FATAL JUSTICE – WENN DU MICH LIEBST

FATAL SERIE 2

MARIE FORCE

Originaltitel: Fatal Justice © 2020 HTJB, Inc.
Copyright für die deutsche aus dem Amerikanischen: Fatal Justice – Wenn du mich liebst von Christian Trautmann
Cover: Kristina Brinton
Buchdesign und Satz: E-book Formatting Fairies

ISBN: 978-1950654901

Zuvor veröffentlicht unter dem Titel „Verhängnis der Begierde" und "D.C. Affairs: Fatales Gier".

Die Fatal Serie

Fatal Affair – Nur mit dir (Fatal Serie 1)
Fatal Justice – Wenn du mich liebst (Fatal Serie 2)
Fatal Consequences – Halt mich fest (Fatal Serie 3)
Fatal Destiny – Die Liebe in uns (Fatal Serie 3.5)
Fatal Flaw – Für immer die Deine (Fatal Serie 4)
Fatal Deception – Verlasse mich nicht (Fatal Serie 5)
Fatal Mistake – Dein und mein Herz (Fatal Serie 6)
Fatal Jeopardy – Lass mich nicht los (Fatal Serie 7)
Fatal Scandal – Du an meiner Seite (Fatal Serie 8)
Fatal Frenzy – Liebe mich jetzt (Fatal Serie 9)
Fatal Identity – Nichts kann uns trennen (Fatal Serie 10)
Fatal Threat – Ich glaub an dich (Fatal Serie 11)
Fatal Chaos – Allein unsere Liebe (Fatal Series 12)
Fatal Invasion – Wir gehören zusammen (Fatal Serie 13)
Fatal Reckoning – Solange wir uns lieben (Fatal Serie 14)
Fatal Accusation – Mein Glück bist du (Fatal Serie 15)
Fatal Fraud – Nur in deinen Armen (Fatal Serie 16)

1

Als Sam die rechte Hand hob, um den Schwur zu sprechen, der sie zum Lieutenant machen würde, fingen sämtliche Handys und Pager im Raum an zu vibrieren.

Sie wandte sich von dem städtischen Beamten ab und sah zu ihrem Partner, Detective Freddie Cruz, der mit einem grimmigen Ausdruck auf seinem attraktiven Gesicht auf seinen Pager schaute.

Kaum hatte Sam die letzten Worte des Eides gesprochen, stürmten mehrere Officer zu den Türen und riefen ihr zu, sie würden sie später auf der Party sehen. Sam hörte einen sagen: „HG multi."

O nein, dachte Sam. HG stand für häusliche Gewalt, multi bedeutete mehrere Verletzte – die reinste Hölle für Polizisten.

„... bin ich zutiefst überzeugt, dass sie in ihrer neuen Rolle weiter glanzvoll und ehrenhaft dienen wird", schloss Chief Farnsworth, den sie als Kind Onkel Joe genannt hatte. „Es ist mir eine persönliche und berufliche Ehre, sie nun als Lieutenant Sam Holland begrüßen zu dürfen."

Sam nahm den Applaus der im Raum verbliebenen Kollegen mit einem dicken Kloß im Hals entgegen. Ihre Schwestern Tracy und Angela traten vor, gefolgt von ihrem Vater in seinem motorisierten Rollstuhl.

Während ihre Schwestern ihr die goldenen Balken ansteckten, wunderte Sam sich, wie unwirklich ihr das alles erschien. Wegen ihrer Dyslexie, mit der sie ihr ganzes Leben zu kämpfen gehabt hatte, hatte sie an diesen Moment schon nicht mehr geglaubt. Tränen befeuchteten die Wangen ihres Vaters, der sie von seinem Rollstuhl aus beobachtete. Er liebte seine drei Töchter sehr, doch jeder, der sie kannte, sah das Besondere an der Beziehung zwischen ihm und Sam.

Nachdem die Balken befestigt waren, wichen Tracy und Angela wieder einen Schritt zurück.

Sam beugte sich hinunter und legte kurz den Kopf auf die Schulter ihres Vaters, ein magerer Ersatz für die Umarmung, die sie so gern von ihm gehabt hätte. Zwei Jahre war es nun her, seit er zuletzt in der Lage gewesen war, sie zu umarmen.

„Meinen Glückwunsch, Lieutenant", brummte er.

„Danke, Chief."

Er küsste sie auf die Wange.

Sie drehte sich um, damit sie Chief Farnsworth die Hand schütteln konnte.

Als sie sah, wie die anderen Cops den Raum verließen, konnte sie sich nur mühsam zurückhalten.

„Es ist in Ordnung, wenn du mit ihnen gehen willst", sagte Nick hinter ihr.

„Auf keinen Fall", erwiderte sie, sich zu ihm umdrehend. „Heute habe ich frei."

„Sam."

„*Nick.*"

Er küsste sie auf die Lippen, im Beisein ihres Vaters, ihrer Schwestern, dem Chief und dem Bürgermeister. Dem *Bürgermeister*, um Himmels willen!

„Herzlichen Glückwunsch, Lieutenant", flüsterte Nick.

„Danke", murmelte sie und nahm sich vor, noch einmal mit ihm über seine völlig unpassenden öffentlichen Zuneigungsbekundungen zu sprechen, sobald sie in der albernen Limousine saßen, auf die er bestanden hatte. In ihr würden sie sich an ihrem großen Tag durch das berühmt-berüchtigte Verkehrschaos des District of Columbia chauffieren lassen.

„Die Uniform ist heiß", flüsterte er ihr ins Ohr. „Ich werde eine ganz private Besichtigung brauchen."

„Hör auf." Sie legte die Hand auf seine Brust und schob ihn

sanft von sich. Selbst durch den Anzug hindurch fühlte sie seine harten Brustmuskeln.

Auf seinen vollen sinnlichen Lippen erschien ein Lächeln, das fleischliche Gelüste verhieß, sodass Sam einen feuchten Slip bekam. Mehr brauchte es nicht, und das wusste er genau.

Während sie an der Feier mit Kaffee und Gebäck teilnahmen, wartete Sam ungeduldig darauf, etwas – *irgendetwas* – Neues von dem Fall häuslicher Gewalt zu hören. Sie trank die zweite Cola light des Tages und beobachtete, wie Nick und ihr Vater gemeinsam lachten. Sie war froh, dass die beiden sich über ihre gemeinsame Sorge um Sams Sicherheit freundschaftlich nähergekommen waren. Allerdings wünschte sie, die zwei würden sich gelegentlich etwas weniger Sorgen machen. Aber immerhin hatte ihr Vater aufgehört, Nick bei jeder sich bietenden Gelegenheit einschüchtern zu wollen – das nämlich war etwas, worin Skip nach wie vor sehr gut war, selbst aus dem Rollstuhl heraus.

Angela und Tracy tauchten aus der Menge auf und hakten sich bei Sam unter.

„Bist du bereit für Teil zwei?“, wollte Tracy wissen.

„Muss ich?“, fragte Sam, während ein kurzer Bauchschmerz sie an ihre vielen Sorgen wegen Nicks neuem Job erinnerte. Der Schmerz erinnerte sie außerdem daran, dass sie Nick versprochen hatte, die lästigen Magenbeschwerden ärztlich untersuchen zu lassen, sobald der Fall O'Connor abgeschlossen war. Sie hatte gehofft, er würde es vergessen, doch das tat er nicht. „Ich muss mich erst umziehen.“

„Wir begleiten dich“, sagte Angela.

Sam machte Nick ein Zeichen, dass sie gleich wieder da sein würde, und begab sich auf den Weg zu ihrem neuen Eckbüro im Detective Department, wo sie zuvor Kleidung zum Wechseln deponiert hatte. Das Kostüm, für das sie viel zu viel bezahlt hatte, hing an einem Haken hinter der Tür.

„Kommt rein und helft mir, Leute“, rief Sam ihren Schwestern zu. „Ich habe heute zwei linke Hände.“

Angela und Tracy marschierten zur Tür herein und übernahmen das Kommando. Sie halfen Sam, die Uniform aus- und das schwarze Kostüm mit den feinen silbernen

Nadelstreifen anzuziehen. Die Jacke mit den drei Knöpfen deutete ihr Dekolleté lediglich an, doch sie befürchtete, das sei schon zu viel. Das Outfit wurde abgerundet durch Sams schwarze Pumps von Jimmy Choo und die Perlenkette ihrer Großmutter, die ihr, wie Sam hoffte, eine gewisse seriöse Ausstrahlung verlieh.

Angela half Sam mit den Schuhen, richtete sich wieder auf und schwankte. „Oha", sagte sie und stützte sich an der Wand ab.

„Was ist los?"

„Nichts. Mir ist nur einen Moment schwindelig geworden."

„Hast du wieder einmal das Frühstück ausfallen lassen?", fragte Tracy.

„Kann sein", räumte Angela verlegen ein. „Ich hole mir etwas auf dem Weg zum Kapitol." Sie wandte sich an Sam: „Du siehst übrigens fantastisch aus. Absolut umwerfend."

Sam zupfte am obersten Knopf des Kostüms, damit das Oberteil nicht so tief saß. Aber kaum ließ sie los, rutschte es wieder nach unten und zeigte zu viel von ihren Brüsten, die ihrer Ansicht nach zu groß waren. „Es ist nicht konservativ genug."

„Nun, da Nick überzeugter Liberaler ist, sollte das kein Problem sein", scherzte Angela.

„Sehr witzig", meinte Sam. „Der Präsident des Obersten Gerichtshofes nimmt die Vereidigung vor. Da will er bestimmt nicht meine Möpse sehen."

„Wollen wir wetten?", schlug Tracy grinsend vor.

Sam kämpfte gegen die aufsteigende Panik an. „Leute, ich kann das nicht. Ich bin nicht dafür geschaffen, die was auch immer eines Senators zu sein."

„Die Liebe seines Lebens?", meinte Angela.

Die ergreifende Schlichtheit der Worte ihrer Schwester warf Sam beinahe um.

„Du siehst wunderschön aus, klasse und elegant." Tracy strich über Sams Revers. „Nick sollte sich geehrt fühlen, dich heute an seiner Seite zu haben."

„Das tut er auch", meldete Nick sich an der Tür zu Wort.

Erschrocken drehten sich alle um, und die Liebe, die Sam in seinem Blick sah, fegte all ihre Ängste weg.

Tracy räusperte sich. „Wir, äh, gehen dann mal und holen Dad und Celia ab. Wir treffen uns im Kapitol." Sie packte ihre jüngere Schwester am Arm und bugsierte sie aus dem Büro hinaus.

Sam fummelte weiter an der tief ausgeschnittenen Kostümjacke herum.

Nick nahm ihre Hand und hob sie an seine Lippen. „Du siehst atemberaubend aus."

„Dieses Kostüm passt nicht zu mir", beklagte sie sich, da sie Unsicherheiten bezüglich ihrer Bekleidung in diesem Ausmaß nicht gewöhnt war. Mode war der Punkt in ihrem Leben, in dem sie ansonsten sehr selbstbewusst war. „Ich verstehe nicht, was ich mir dabei gedacht habe. Es zeigt viel zu viel ..."

Er legte den Arm um sie. „Das Kostüm ist wunderschön, du bist wunderschön und ich liebe dich. Ich war so stolz auf dich da drin, als ich gesehen habe, wie deine Schwestern dir die goldenen Balken an den Kragen geheftet haben."

Gerührt brachte sie für ihn ein Lächeln zustande. „Du verstehst, warum ich sie gebeten habe und nicht dich, oder?"

„Selbstverständlich verstehe ich das. Sie haben deinen Vater vertreten. Es war perfekt."

„Danke", sagte sie, froh über sein Verständnis und darüber, dass er stets alles zu verstehen schien. Obwohl sie selbst ziemlich groß war, musste sie ein wenig zu ihm aufschauen. Mit seinen ein Meter dreiundneunzig gehörte er zu den wenigen Menschen, die sie überragten. „Bist du bereit?"

Das kurze Stocken beim langen Ausatmen war das einzige Zeichen seiner Nervosität, das sie an seinem ansonsten sehr gelassenen Äußeren erkennen konnte. „So bereit, wie es nur geht." Er hielt ihr den Arm hin. „Wollen wir?"

Sam zögerte, aber nur eine Sekunde lang. Er war alles für sie. Das zu bestreiten wäre nicht nur töricht, sondern auch sinnlos. Sie hakte sich bei ihm unter. „Unbedingt."

Eine Stunde später, als Sam unter dem Kuppeldach des Kapitols stand und die Familienbibel der O'Connors hielt, während Nick schwor, die Verfassung der Vereinigten Staaten von Amerika zu schützen und zu verteidigen, gegen alle Feinde, fremde sowie einheimische, wurde ihr klar, dass sein großer Tag ihren bei

Weitem übertraf. Der Präsident der Vereinigten Staaten, ein enger Freund der O'Connors, überraschte Nick mit seinem Besuch in Begleitung der First Lady.

Es war das zweite Mal innerhalb einer Woche, dass Sam den Präsidenten und Mrs. Nelson sah. Das erste Mal war bei John O'Connors Beerdigung gewesen, wo sie auch Nicks Vater Leo kennengelernt hatte. Heute hatte Leo seine hübsche junge Frau und süße dreijährige Zwillinge mitgebracht. Erneut staunte Sam darüber, wie jung Leo noch wirkte. Da er nur fünfzehn Jahre älter als Nick war, war es durchaus nachvollziehbar, dass er eher als Nicks Bruder durchging.

Die ganze Familie O'Connor war gekommen. Sam konnte nur erahnen, wie schwer es für sie sein musste, zu sehen, wie der beste Freund ihres Sohnes und Bruders ihn im Senat ersetzte. Johns Vater, der Senator im Ruhestand Graham O'Connor, hatte Nick für den Posten ausgewählt. Und während Graham und seine Frau Laine voller Stolz zusahen, wie der Mann, der wie ein Sohn für sie war, vereidigt wurde, entging Sam nicht ihre gleichzeitige Trauer. Ihr Verlust war noch frisch und wog schwerer durch die Tatsache, dass John ihnen durch ihren eigenen Enkelsohn genommen worden war.

Ehe Sam sich's versah, war Nick zum Senator ernannt und für das nächste Jahr den Bürgern Virginias verpflichtet. Während Nick dem Präsidenten die Hand schüttelte, hoffte Sam nur, dass ihr verrückter Job ihm nicht irgendwie einen Strich durch die Rechnung machen würde.

2

—————

Nick wurde von seinem Vater, den O'Connors und der First Lady umarmt. Erstaunlich. Als Sohn minderjähriger Eltern war er von seiner Großmutter in einer Einzimmerwohnung in Lowell, Massachusetts, aufgezogen worden. Es war ihm gelungen, ein Stipendium für Harvard zu bekommen, wo er John O'Connor kennengelernt hatte und durch ihn später dessen Familie. Im Lauf der Jahre waren die O'Connors auch Nicks Familie geworden, was der einzige Grund dafür war, dass er jetzt übergangsweise das Amt eines Senators bekleidete.

Angesichts der Kulisse – die Rotunde des Kapitols und die Anwesenheit des Präsidenten des Obersten Gerichtshofes sowie des Gouverneurs von Virginia – kam Nick sich eher wie in einem Film vor. Als der Präsident der Vereinigten Staaten ihm die Hand schüttelte mit den Worten: „Ich gratuliere Ihnen, Senator", wurde es real. Er war Senator Nicholas Cappuano, Mitglied der Demokratischen Partei Virginias. Doch der Gedanke daran, wie er hierhergekommen war – dass sein bester Freund ermordet worden war und man ihn gedrängt hatte, den Platz seines Freundes einzunehmen –, erfüllte ihn mit Schmerz. Als könnte irgendjemand Johns Platz einnehmen.

Die Menge machte sich auf den Weg zu seinen Büros im Hart Building, wo der Empfang der demokratischen Partei Virginias ihm zu Ehren stattfinden sollte. Nick arbeitete sich gegen den

Strom zu Sam durch, während er ununterbrochen Gratulationen entgegennahm. Er entdeckte sie am Ende der Schlange hinter ihrem Vater und dessen Verlobter Celia, mit denen sie sich zu den Fahrstühlen aufmachte. Nick ergriff ihre Hand und hielt Sam zurück.

„Wir kommen gleich nach", sagte er zu Skip und Celia.

„Lass dir ruhig Zeit, Senator", entgegnete Skip, auf dessen nicht gelähmter Gesichtshälfte ein Lächeln erschien.

„Das klingt immer noch komisch", sagte Nick zu Sam, als sie allein waren.

Sie strich ihm eine Haarsträhne aus der Stirn. „Du gewöhnst dich besser daran."

Gerührt von ihrer liebevollen Geste wollte er sich immer noch kneifen, so sehr empfand er es als Wunder, dass er sie berühren, mit ihr zusammen sein, mit ihr schlafen und sie lieben konnte, nachdem er sechs Jahre lang davon geträumt hatte. Die Frau, die er verloren hatte, war in sein Leben zurückgekehrt, und er würde alles tun, damit sie blieb. „Ist alles in Ordnung mit dir?"

„Klar", antwortete sie. „Alles bestens."

„Du bist ein bisschen blass."

„Tatsächlich?"

„Ja. Machst du dir nach wie vor Sorgen wegen all dem?"

Sie sah ihn mit diesen hellblauen Augen an, die jede ihrer Emotionen preisgaben. „Nein."

„Lügnerin", sagte er und küsste sie lächelnd.

Sie versuchte zurückzuweichen, doch er ließ sie nicht los. „Das kannst du hier nicht machen", beschwerte sie sich. „Du bist jetzt Senator."

Er schaute sich in der mittlerweile geleerten Rotunde um. „Wer sieht uns denn?" Seine Lippen streiften erneut sanft ihre, und zufrieden registrierte er, dass die Anspannung in ihren Schultern nachließ.

„Muss ich dich jetzt auch Senator nennen?", fragte sie mit einem Funkeln in den Augen.

„Nur im Bett."

Ihre Wangen röteten sich. „Warum musst du so etwas sagen?"

„Weil es dich nervös macht."

„Macht es nicht."

„Lügnerin."

Sie stieß ihn in die Rippen und brachte ihn damit zum Lachen.

Hinter ihnen räusperte sich jemand. Sie drehten sich um und sahen Nicks Leiter der Kommunikationsabteilung, Trevor Donnelly, der auf ihn wartete. Nick hatte John O'Connors Mitarbeiterstab komplett übernommen, einschließlich des permanent genervten, wuschelköpfigen Donnelly.

„Äh, bitte verzeihen Sie, Senator, aber die Presse wartet, und der Präsident sowie die First Lady haben Sie im Büro gesucht. Die beiden müssen los."

„Ich bin gleich da."

„Soll ich, äh, warten?", wollte Trevor wissen.

„Nein, gehen Sie ruhig schon."

Mit steifem Nicken entfernte Trevor sich.

„Das muss komisch für sie sein", meinte Nick, ihm nachschauend. „Vor zwei Wochen war ich ein Mitarbeiter wie sie. Jetzt müssen sie mich Senator nennen."

„Es wird sich einiges einpendeln müssen, aber du wirst das schon hinbekommen."

„Danke für dein Vertrauen. Ich hoffe, du behältst recht."

„Mach dich lieber auf den Weg. Der Präsident wartet auf dich."

„Bevor ich gehe", sagte er, nahm ihre Hände und hob sie an die Lippen, „muss ich etwas gegen den besorgten Ausdruck auf deinem Gesicht tun." Als er ihre volle Aufmerksamkeit hatte, erklärte er: „Ich liebe dich, Samantha, und du bist mir das Wichtigste im Leben. Du bist mir wichtiger als mein Job, mein neuer Titel und alle damit verbundenen Annehmlichkeiten."

„Es ist süß von dir, das zu sagen." Endlich rang sie sich ein Lächeln ab, als sie zum Fahrstuhl gingen. „Weißt du eigentlich, wie viele Polizei-Lieutenants es in diesem Land gibt?"

„Vielleicht zweitausend plus einem seit heute?", antwortete er, überrascht von ihrer Frage.

„Kommt in etwa hin. Und wie viele Senatoren gibt es?"

„Das weiß ich – es sind exakt hundert. Worauf willst du hinaus?"

„Auf gar nichts. Ich rechne bloß."

Im Fahrstuhl drückte er sie sanft gegen die Wand. „Dein großer Tag war genauso groß wie meiner."

„Nein, war er nicht", widersprach sie, wobei ihre Hände auf seiner Brust lagen. „Bei mir war der Bürgermeister. Du hattest den Präsidenten."

„Er kam aus Respekt vor John und weil er ein alter Freund von Graham ist."

„Er kam, weil er den neuen demokratischen Senator für sich einnehmen wollte."

Nick zuckte die Schultern. „Nichts davon wird mich ändern, Sam. Das schwöre ich. Ich bin noch derselbe, mit dem du heute Nacht schlafen wirst. Versprochen."

„Du setzt ja einiges voraus, was?" Sie verließ den Fahrstuhl und warf Nick ein freches Lächeln über die Schulter zu.

„Ich setze nichts voraus." Er nahm ihre Hand und widerstand Sams Befreiungsversuchen, während sie sein überfülltes Büro betraten. „Ich stelle nur fest, Lieutenant."

„Du sprichst jetzt besser mit dem Präsidenten."

„Komm mit."

„Geh vor. Ich bin dort drüben." Sie zeigte dorthin, wo ihr Vater, Celia, Tracy und Angela mit ihren Familien standen, außerhalb von Nicks ehemaligem Büro.

Er ignorierte das einfach, indem er ihre Hand nicht losließ und stattdessen mit Sam auf den Präsidenten zuging. Während sie ihm widerstrebend folgte, spürte er ihre Anspannung. Doch er ließ nicht zu, dass sie auf Abstand zu ihm ging. Das würde nicht passieren.

„Mr. President", sagte Nick und bot ihm die freie Hand. „Ich kann Ihnen nicht genug danken für Ihr Erscheinen."

„Es war mir ein Vergnügen, Senator", erwiderte Präsident Nelson und wandte sich an Sam. „Und es freut mich, Sie wiederzusehen, Sergeant."

„Lieutenant", korrigierte Nick ihn und legte den Arm um ihre Taille. „Seit zwei Stunden."

„Nun, dann gratuliere ich Ihnen beiden."

„Danke", sagte Sam.

„Wir müssen leider los", erklärte Präsident Nelson. „Aber ich freue mich auf die Zusammenarbeit mit Ihnen. Wenn ich irgendetwas für Sie tun kann – meine Tür steht Ihnen jederzeit offen."

„Das gilt auch für mich, Sir", sagte Nick.

„Wir geben in ein paar Wochen ein Staatsbankett für den kanadischen Premierminister", fügte der Präsident hinzu. „Ich hoffe, Sie beide haben Zeit."

Nick spürte, wie Sam erstarrte. „Es wäre uns eine Ehre", antwortete er.

Präsident Nelson und seine Frau gingen wenige Minuten später. Während Nick und Sam mit seinem Vater und dessen Familie sprachen, tauchte Trevor erneut auf.

„Ich bedaure, Sie stören zu müssen, Senator, aber mehrere Reporter warten auf Sie im Konferenzraum."

„Entschuldigt mich bitte", sagte Nick. „Ich bin gleich wieder da."

Er ließ Sam bei seiner Familie zurück und folgte Trevor. In den nächsten dreißig Minuten erläuterte er der versammelten Presse, dass sein Hauptaugenmerk der Verabschiedung des Einwanderungsgesetzes gelten werde, das zur Abstimmung vorgelegt worden war an dem Tag, als man John ermordet aufgefunden hatte.

„Werden Sie Mitinitiator sein?", wollte ein Reporter von *The Hill* wissen.

„Senator O'Connors Name wird zusammen mit Senator Martins Name auf dem Gesetzesentwurf als Mitinitiator stehen. Mein Büro wird mit Senator Martins Büro eng zusammenarbeiten, um das Gesetz zur Abstimmung zu bringen."

„Wurden Sie bereits über Ihre Ausschusstätigkeiten in Kenntnis gesetzt?", erkundigte sich ein Reporter des *Richmont Times-Dispatch*.

„Nein, aber ich denke, dass ich Senator O'Connors Aufgaben weiterführe, da ich nur für ein Jahr im Amt sein werde."

„Sehr viel Aufmerksamkeit richtete sich in letzter Zeit auf Ihre Beziehung mit Lieutenant Holland ..."

„Darüber werde ich nicht sprechen."

„Die Öffentlichkeit ist neugierig."

„Mein Privatleben hat keinerlei Auswirkungen auf meine Tätigkeit als Senator. Beschränken wir uns auf mein Amt."

„Planen Sie zu heiraten?"

Frustriert stand Nick auf. „Mein Büro ist voller Gäste, wenn Sie mich also entschuldigen wollen, dann würde ich jetzt gerne zu ihnen zurückkehren." Er verließ den Konferenzraum und stieß mit Christina Billings zusammen, die er von der stellvertretenden Stabschefin auf den Posten befördert hatte, der vorher seiner gewesen war – den des Stabschefs.

„Was ist los, Senator?", erkundigte sie sich. „Du siehst genervt aus."

Er fuhr sich durch die Haare. Den neuen Titel aus dem Mund seiner langjährigen Freundin und Kollegin zu hören, war seltsam. „Das Land steht im Krieg, die Wirtschaft ist in Aufruhr und die wollen bloß über mein Liebesleben reden."

„Die Leute sind nun mal neugierig. Das war zu erwarten."

„Es ist ärgerlich."

Nick beobachtete, wie sie zu Sam sah, die sich angeregt mit ihrem Vater und ihren Schwestern unterhielt.

„Wirst du damit klarkommen, Chris? Sie bedeutet mir etwas."

„Mir gegenüber hat sie sich absolut zickig benommen. Hat mich wie eine Mörderin behandelt. Als hätte ich John umbringen können."

„Sie hat doch nur ihre Arbeit gemacht."

„Ihr Job ist Mist."

„Da würde sie dir an vielen Tagen sogar zustimmen. Trotzdem musst du drüber hinwegkommen. Wir bleiben nämlich zusammen."

Ihr Blick trübte sich, während sie sich ihr kurzes Haar hinter das eine Ohr strich. „Es ist erst zwei Wochen her."

„Ich weiß." Nick fühlte mit Christina, da er wusste, dass sie an ihrer unerwiderten Liebe zu John O'Connor gelitten hatte. Sein Tod hatte ihr das Herz gebrochen, und es hatte sie tief getroffen, dass sie, wenn auch nur für kurze Zeit, in den Fokus der Mordermittlungen geraten war. Nick entdeckte Johns Bruder Terry in der Menge und erkannte, dass er auf dem Weg zur Tür war. „Wir sehen uns", wandte er sich an Christina und lief los. „He, Terry!"

Mit seinen zweiundvierzig Jahren wirkte dieser wie jemand mittleren Alters, weil eine ganze Reihe von Problemen dafür gesorgt hatte, dass sein attraktives Gesicht zehn Jahre älter aussah. Sein ehemals dunkles Haar war grau meliert, und mit seinen dunklen, toten Augen besaß er überhaupt keine Ähnlichkeit zu seinem jüngeren blonden Bruder mit den blauen Augen. Die geplatzten Äderchen in Terrys Gesicht zeugten von seinem langen Kampf mit dem Alkohol.

Nachdem Terry drei Wochen vor der Bekanntgabe seiner Kandidatur für den Sitz seines Vaters im Senat betrunken am Steuer erwischt worden war, hatte Graham O'Connor sich an seinen jüngeren Sohn John gewandt, der widerstrebend dem enormen Druck nachgegeben hatte, für den Sitz zu kandidieren, den seit fast vierzig Jahren ein Familienmitglied innehatte.

„Hey Nick. Äh, ich meine, Senator", sagte Terry.

Obwohl das alles schon fünf Jahre zurücklag, spürte Nick noch Terrys Bitterkeit, die unter anderem dazu geführt hatte, dass Sam ihn auf der kurzen Liste der Verdächtigen geführt hatte, zumal er nicht in der Lage gewesen war, die Frau zu benennen, mit der er in der Mordnacht betrunken zusammen gewesen war. „Kann ich dich einen Moment sprechen?" Nick deutete auf Christinas Büro, da es am nächsten lag.

„Klar." Terry zuckte die Schultern.

Nick schob ihn hinein und schloss die Tür.

„Was ist denn los?", fragte Terry.

„Wie geht es dir?"

„Gut. Na ja, es ist schon hart."

Die Brüder hatten sich nicht nahegestanden, doch Nick zweifelte nicht daran, dass Terrys Trauer echt war. „Geht mir genauso. Ich warte ständig darauf, dass es besser wird, aber da bin ich noch nicht."

„Mutter sagt, diese Dinge brauchen Zeit."

Sie lächelten bei der Erwähnung der von ihnen geliebten Laine O'Connor, einer Säule der Kraft und sanften Weisheit, selbst in den dunkelsten Stunden ihres Lebens.

„Der Grund, weshalb ich dich sprechen wollte, ist, dass du sicher schon von Christinas Beförderung zur Stabschefin gehört hast."

„Das war eine gute Entscheidung", sagte Terry. „Sie wird das großartig machen."

„Das glaube ich auch. Aber durch ihre Beförderung fehlt mir

jetzt ein Stellvertreter. Ich habe mich gefragt, ob du an dem Posten interessiert wärst."

Terry hätte nicht erstaunter dreinblicken können, wenn Nick behauptet hätte, Marsmenschen seien im Garten des Kapitols gelandet. „Was?", fragte er leise.

„Möchtest du mein stellvertretender Stabschef werden?"

Terry starrte ihn an.

„Terry?"

„Warum ich?", stammelte er. „Du könntest bestimmt jemanden finden, der nicht so viel Mist aus der Vergangenheit mitschleppt."

„Ich will dich."

„Warum?", fragte er noch einmal und sah immer noch geschockt aus. Er hatte einen miesen Job in einer Lobbyfirma, den sein Vater ihm besorgt hatte. Ansonsten waren seine Aussichten eher trüb, nachdem seine vielversprechende politische Karriere infolge des Trunkenheitsdelikts gescheitert war.

Nick trat einen Schritt näher. „John war mein bester Freund und genauso mein Bruder wie deiner."

„Keine Frage."

„Ich glaube, er hätte es gutgeheißen, wenn du dazu beiträgst, dass all seine harte Arbeit nicht umsonst war und das, was er begonnen hat, weitergeführt wird. Außerdem könnte ich jemanden mit deinem politischen Scharfsinn in meinem Team gebrauchen."

„Meinst du das ernst?" Terrys Miene verriet Misstrauen.

„Ja, ich meine es ernst. Allerdings habe ich eine Bedingung."

„Ich hätte wissen müssen, dass es da einen Haken gibt."

„Kein Haken, nur eine Bedingung – dreißig Tage stationärer Alkoholentzug und anschließende tägliche AA-Meetings. Das ist eine einmalige Chance, Terry. Ein Fehltritt, und du bist raus. Ich mache mir keine Illusionen über eine politische Karriere, aber ich werde nicht zulassen, dass jemand mich, John oder dieses Büro bloßstellt."

Terry schob die Hände in die Taschen und schien die Sache zu überdenken.

„Also, was sagst du?"

„Brauchst du schon jetzt jemanden?"

„Christina schafft es noch einen Monat allein. Wir werden den Job freihalten, wenn du ihn willst."

Terry schwieg wieder eine Weile, und Nick fragte sich bereits, ob er zu viel erwartete.

„Ja", sagte Terry schließlich. „Ich würde mich geehrt fühlen."

„Großartig. Dein Arzt kann dir bestimmt ein Behandlungszentrum empfehlen. Falls nicht, sag mir Bescheid, dann veranlasse ich jemanden hier, sich darum zu kümmern."

„Das wird nicht nötig sein. Ich bekomme das schon hin." Er reichte Nick die Hand. „Danke."

„Ich hoffe, es wird ein echter Neuanfang für dich." Dann fügte Nick hinzu: „Da wäre noch eine Sache."

„Welche?"

„Sam."

Terrys Miene verhärtete sich. „Was ist mit ihr?"

„Wir sind zusammen, was bedeutet, du wirst ihr hin und wieder begegnen."

„Na und?"

Nick kümmerte sich nicht um den gereizten Ton. „Kommst du damit klar?"

Die Frau, mit der Terry die Nacht verbracht hatte, in der John ermordet worden war, hatte letztlich Terrys Alibi bestätigt. Bis dahin hatte Sam ihm jedoch im Verhörraum schwer zugesetzt.

„Wenn ich muss."

„Das reicht mir nicht", stellte Nick klar. „Entweder versicherst du mir, dass du ihr höflich und respektvoll gegenübertrittst, oder wir vergessen die Sache."

„Ich werde mein Möglichstes tun", versprach Terry.

Nick gab dem anderen die Hand. „Dann sehe ich dich in ungefähr einem Monat."

„Ich werde da sein." Er schüttelte Nicks Hand.

Terry öffnete die Tür und sah seinen Vater auf sich zukommen.

„Da steckt ihr beiden!", sagte Graham lächelnd. „Du hast einen ganz besonderen Gast, Senator." Graham trat zur Seite und schob Julian Sinclair in den Raum.

Nick gab einen überraschten Laut von sich. „Julian! Was machen Sie denn hier?" Er war perplex, Grahams engen Freund hier zu sehen. Nick kannte Julian seit seiner Zeit im Harvard-

Hockeyteam, als Julian, damals dort Professor, ein begeisterter Unterstützer des Teams gewesen war.

Julian und Nick umarmten sich, dann wandte Julian sich an Terry, den er ebenso herzlich begrüßte. „Ich habe morgen in der Stadt ein Meeting", erklärte Julian, „und ich wollte unter den ersten Gratulanten des neuesten Senators der Vereinigten Staaten sein."

Nick betrachtete seinen Freund ausgiebig, dessen Haar seit ihrer letzten Begegnung vollständig grau geworden war. Der Anflug von Traurigkeit in Julians braunen Augen war ebenfalls neu. Johns plötzlicher Tod hatte alle hart getroffen.

„Hört euch an, wie bescheiden er wieder ist", bemerkte Graham, der so glücklich aussah, wie Nick es seit Johns Tod nicht mehr erlebt hatte. Dadurch fühlte Nick sich auch sofort besser. „Verrate ihnen, mit wem du dich triffst."

„Nelson", sagte Julian mit einem verlegenen Lächeln.

„Oh!" Nick begriff auf einmal. „Der Oberste Gerichtshof." Der langjährige Richter William Jeremiah hatte erst kürzlich seinen Rücktritt erklärt und Präsident Nelson damit die Gelegenheit seiner ersten Nominierung für den Obersten Gerichtshof gegeben.

Graham klatschte in die Hände. „Du sagst es, Senator. Ihr Jungs steht dem nächsten Richter am Obersten Gerichtshof gegenüber!"

„Wow", meinte Terry. „Herzlichen Glückwunsch."

„Danke, aber das liegt natürlich alles beim Senat", sagte Julian. „Man hat mich wissen lassen, dass ich mich auf einen harten Kampf einstellen soll."

Nick konnte nicht widersprechen. Julians liberale Ansichten zum Thema Abtreibung und anderen brisanten Themen machte ihn für Nelson zu einer polarisierenden Wahl.

„Eine Stimme hast du jedenfalls sicher, oder, Senator?", meinte Graham.

„Selbstverständlich", antwortete Nick. „Ich werde tun, was ich kann, um ihm zu helfen. Das ist einer der Momente, in denen ich froh bin, nur ein Jahr im Senat zu sein. Da kann ich ruhig einigen Leuten auf die Füße treten."

Julian lachte. „Brauch dein gesamtes politisches Kapital nicht für mich auf, mein Freund."

„Ich kann mir niemand Besseren dafür vorstellen", erklärte Nick aufrichtig. Julian war ihm einer der liebsten Menschen. „Wie lange werden Sie in der Stadt sein?"

Julian zuckte die Schultern. „Solange es nötig ist, komme, was da kommen mag."

„Wir essen nächste Woche zusammen in meinem neuen Haus", sagte Nick. „Ich möchte Ihnen Sam vorstellen."

„Ich kann es kaum erwarten, die Frau kennenzulernen, die unserem Jungen den Kopf verdreht hat – noch dazu eine Polizistin", meinte Julian und schaute grinsend zu Graham.

„Wenn du sie näher kennenlernst, wirst du verstehen, wieso sie ihm den Kopf verdreht hat", sagte Graham mit einem Augenzwinkern.

„Na schön, ihr zwei. Das reicht." Nick freute sich, Graham nach den finsteren Tagen, die auf den Mord an John gefolgt waren, wieder in gelösterer Stimmung zu erleben. „Sie ist hier irgendwo."

„Das muss leider warten, da ich im Augenblick keine Zeit habe. Ich möchte sie ja richtig kennenlernen." Julian schaute auf seine Uhr. „Ich bin mit Hanigan verabredet", sagte er und meinte damit den Stabschef vom Weißen Haus. „Ich wollte nur kurz reinschauen und gratulieren." Er gab Nick die Hand. „Ich bin sehr stolz, und John wäre es auch. Er hat stets behauptet, du seist das Gehirn hinter der ganzen Geschichte."

„Danke", erwiderte Nick. „Ihre Worte bedeuten mir viel."

„Mach uns stolz."

„Ich werde mein Bestes geben."

3

Nick verbrachte die nächste halbe Stunde damit, jeden einzelnen im Büro persönlich zu begrüßen und sich mit Judson Knott und Richard Manning zu unterhalten, dem Vorsitzenden und dem stellvertretenden Vorsitzenden der demokratischen Fraktion. Er redete außerdem mit Gouverneur Mike Zorn und dessen Frau Judy. Während Nick höflichen Small Talk betrieb und an einem Glas Wein nippte, das irgendwer ihm in die Hand gedrückt hatte, hielt er unauffällig nach Sam Ausschau.

„Würden Sie mich bitte entschuldigen?", bat Nick die anderen und machte sich auf die Suche. Ihm fiel auf, dass er Sams Familie auch nirgendwo gesehen hatte. Nachdem er die Runde gemacht hatte, zog er sich in Johns Büro zurück. Natürlich war das nun sein Büro, doch für Nick würde es in Gedanken vermutlich immer Johns Büro bleiben. Er fand Sam, die aus dem Fenster auf das Washington Monument in der Ferne schaute.

„He, Liebes", sagte er und schloss die Tür. „Ich habe dich schon gesucht."

Sie warf einen Blick über die Schulter, und ein kurzes Lächeln huschte über sein Gesicht. „Hier bin ich."

„Ist alles in Ordnung?"

„Ja. Und bei dir?"

„Klar. Ist dein Dad schon fort?"

Sie nickte. „Sie lassen dir alle ihre Glückwünsche ausrichten, und dass sie dich später auf der Party sehen. Celia wollte, dass Dad sich vor dem heutigen Abend noch ein wenig ausruht."

„Worüber denkst du nach?", erkundigte er sich, während er ihr die Schultern massierte.

Sie drehte sich um. „Über alles, was dazu geführt hat, dass du in diesem Büro gelandet bist."

„Das müssen wir allmählich hinter uns lassen", sagte Nick. Als er sie sanft auf die Lippen küsste, staunte er über die Intensität seines Verlangens, obwohl er sich inzwischen eigentlich daran gewöhnt haben müsste. Er fragte sich, ob es immer so sein würde zwischen ihnen, und vermutete, dass die Antwort auf diese Frage „ja" lautete. Die Verbindung reichte sechs Jahre zurück und hatte die Versuche ihres Exmannes Peter, sie voneinander fernzuhalten, überstanden. „Heute ist alles neu. Es ist ein ganz neuer Anfang für uns beide." Er hob seine Hände von ihrer Taille an ihre Wangen, während sie mit der Zunge über seine Unterlippe fuhr. Er sog scharf die Luft ein. „Ich wünschte, wir könnten sofort wegfliegen, heute, an irgendeinen tropischen Ort, wo ich nichts weiter tun müsste, als eine ganze Woche lang mit dir zu schlafen."

„Du würdest mich satthaben, ehe die Woche um ist."

„Nein", flüsterte er und ließ eine Hand an ihrem Rücken hinuntergleiten, um Sam an sich zu pressen, damit sie seine Erregung deutlich spürte. „Niemals."

„Macht der Kongress um Ostern herum nicht Ferien?"

„Ja", bestätigte er und biss sie zärtlich ins Ohrläppchen.

Sie erschauerte. „Lass uns dann verschwinden."

„Wirklich? Bekommst du denn frei?"

„Um eine ganze Woche mit dir im Bett zu verbringen? Ich denke, das lässt sich arrangieren."

Er legte seine Stirn an ihre. „Aber bis dahin sind es noch Monate."

„Wir werden beide so viel um die Ohren haben, dass die Zeit wie im Flug vergehen wird."

„Erst wenn wir in dieses neue Haus gezogen sind, wird es etwas ruhiger werden." Er hatte ein Reihenhaus in der Ninth

Street gekauft, drei Türen weiter vom Haus ihres Vaters, sodass sie nah bei ihrem Vater und ihrem Job sein würde. „Der Makler bietet mein Haus in Arlington gleich nach Neujahr an. Aber wir können schon nächste Woche in die Ninth Street ziehen."

Sie löste sich aus seiner Umarmung und sah wieder aus dem Fenster. „Das ist gut."

Er legte ihr die Hände auf die Schultern. „Was geht in deinem Kopf vor?"

„Nichts."

„Samantha, ich kenne dich. Was ist los?"

„Alles geht so schnell. Man kommt kaum zu Atem."

„Ja, es war ziemlich verrückt, das kann ich nicht bestreiten. Aber sobald wir unser Haus in der Stadt bezogen haben, wird es ruhiger. Überleg doch nur, wir werden morgens länger schlafen können, weil wir nicht mehr aus Arlington losfahren müssen."

„Stimmt."

„Wo liegt also das Problem?"

Mit einem tiefen Seufzer drehte sie sich wieder zu ihm um. „Ich bin noch nicht bereit, mit dir zusammenzuziehen."

Er versuchte, seine Enttäuschung vor ihr zu verbergen. „Ich wollte doch nur, dass wir das Haus gemeinsam einrichten."

„Wahrscheinlich ist es besser, wenn du zuerst allein einziehst. Schließlich bist du auch viel pingeliger als ich."

„Über welchen Zeitraum reden wir? Eine Woche? Einen Monat?"

„Ich bin mir nicht sicher. Ich weiß nur, dass ich noch nicht bereit bin."

Überraschenderweise meldete sich in ihm ein Anflug von Zorn. „Es ist wegen Peter." Liebend gern würde er nur fünf Minuten allein mit diesem Dreckskerl von ihrem Exmann verbringen, aber da der im Gefängnis saß, weil er in Nicks und Sams Wagen primitive Sprengsätze versteckt und Sam damit beinahe umgebracht hatte, würde das nicht passieren.

„Nicht nur. Es liegt eher an mir." Sie rieb sich den Bauch, ein Zeichen dafür, dass die Unterhaltung ihrem nervösen Magen zu schaffen machte. „Nach allem, was passiert ist, bin ich noch vorsichtiger als früher."

Um ihr eventuelle Magenschmerzen zu ersparen, lenkte Nick ein. „Wir reden später darüber, Liebes. Nimm Rücksicht auf deinen Magen. Du hast übrigens versprochen, dich nach dem O'Connor-Fall untersuchen zu lassen."

„Mach ich. Bald."

Er umarmte sie und stellte wieder einmal fest, wie gut ihre Körper sich aneinanderschmiegten, wie zwei Hälften eines Ganzen. „Ich verlasse mich darauf."

Ihr Handy klingelte, und sie löste sich von Nick, um es aus ihrer Kostümjacke zu ziehen. „Holland."

Da die Mithörfunktion aktiviert war, hörte Nick ihren Kollegen Freddie Cruz sagen: „Lieutenant."

„Was gibt's?"

„Vier Opfer."

Sam zuckte zusammen. „Kinder?"

„Drei, eins davon ein Baby."

„Verdammt."

„Ja", sagte Freddie müde seufzend. „Es ist übel. Der Vater wurde gesehen, wie er blutüberströmt aus dem Haus lief. Aber du willst vielleicht lieber selbst herkommen."

„Warum?"

„Wir haben einen Haufen Zeug über den Fall deines Vaters in dem Haus gefunden, Zeitungsausschnitte und andere Sachen über die Schießerei. Ich dachte, du willst mal einen Blick darauf werfen." Er ratterte die Adresse herunter.

„Ich bin gleich da." Ihre Augen wurden hart und leidenschaftslos, wie stets, wenn sie an einem Fall arbeitete. Sie steckte ihr Handy wieder ein und sah Nick an. „Es macht dir doch nichts aus, oder?"

„Natürlich nicht." Nick konnte sehen, dass sie bereits in Gedanken ganz bei der Arbeit war. „Soll ich dich begleiten?"

Sie schüttelte den Kopf. „Du hast Gäste."

Er gab ihr einen Kuss. „Sei vorsichtig."

„Bin ich immer."

Sam gab sich Mühe, ruhig zu bleiben, während das Taxi sie in die südöstliche Ecke der Stadt brachte. Sie hatten so lange auf einen

Durchbruch in dem Fall ihres Vaters gewartet. Konnte es jetzt so weit sein? Nach zahlreichen Enttäuschungen wollte sie nicht mehr hoffen.

Vor knapp zwei Jahren war Deputy Chief Skip Holland schon auf dem Heimweg gewesen, als er einen Wagen in der G Street wegen eines Verstoßes anhalten ließ. Das Letzte, woran er sich erinnerte, war der Funkkontakt mit der Zentrale und dass er sich anschließend dem anderen Fahrzeug näherte. Eine Kugel zwischen den Rückenwirbeln C3 und C4 hatte eine Querschnittslähmung verursacht. Nur ein Finger der rechten Hand funktionierte noch ein klein wenig. Eine Woche nach dem Schuss hatte ein leichter Schlaganfall seine linke Gesichtshälfte gelähmt.

Es gab keinerlei Hinweise – keine Zeugen, keine ballistische Untersuchung, da die Ärzte der Ansicht waren, dass das Entfernen der Kugel ihn umbringen könnte. Das Auto hatte kein Kennzeichen gehabt, und es gab keine Beschreibung des Fahrers, da Skip angeschossen worden war, bevor er das Gesicht des Fahrers erkennen konnte. Schon vor langer Zeit waren Sam und ihre Kollegen zu dem Schluss gekommen, dass der Fall höchstens dann gelöst werden konnte, falls irgendwer damit prahlte, einen Polizisten angeschossen zu haben und zufällig ein Informant mithörte. Als der Fall zu den Akten gelegt worden war, hatte Sam sich keinerlei Hoffnung mehr gemacht.

Wenn ihre momentane Bekanntheit in den Medien einen Vorteil hatte, dann den, dass sie die Presse an den ungelösten Fall um ihren Vater erinnern konnte. Irgendjemand wusste etwas. Wenn derjenige sich nur melden würde. Die Polizei brauchte eine Spur, dann würde sich der Fall lösen lassen. Sams Schwestern und sogar ihr Vater hatten sich inzwischen damit abgefunden, dass man den Schützen wahrscheinlich niemals fassen würde. Sam jedoch würde nicht ruhen, solange der Fall ungelöst war.

Skip hatte noch neunzig Tage bis zu seiner Pensionierung gehabt, als er angeschossen wurde. Die folgenden Monate waren geprägt gewesen von Angst und Frustration, während Familie und Freunde ihm dabei zu helfen versuchten, sich mit der neuen Realität anzufreunden. Und die sah so aus, dass er tagsüber an den Rollstuhl gefesselt war und nachts an ein Beatmungsgerät angeschlossen werden musste. Zudem war er auf einen speziell umgerüsteten Wagen angewiesen, den die Gewerkschaft bezahlt hatte.

Als das Taxi vor einem baufälligen Reihenhaus in der First Avenue in Washington Highlands hielt, einer armen Gegend, die für Gewalt bekannt war, nahm Sam ihre 9mm-Pistole aus ihrer Handtasche, schob sie hinten in den Rockbund und klemmte sich ihre Polizeimarke an das Mantelrevers.

Die Menge der Schaulustigen ignorierend, die sich vor dem gelben Absperrband der Polizei versammelt hatte, gab sie dem Fahrer einen Zwanziger und ging zwischen den Streifenwagen, dem Krankenwagen und dem Van des Gerichtsmediziners hindurch zum Gartentor aus Maschendraht. Sie öffnete das rostige Tor, eilte die durchhängenden Treppenstufen hinauf und wäre um ein Haar mit Freddie zusammengestoßen, der gerade mit blassem, müdem Gesicht herauskam.

Ihr gutherziger, mitfühlender Partner tat ihr leid, denn er litt an einem solchen Tatort sicher mehr als die meisten anderen. Sie legte ihm die Hand auf die Schulter. „Atme erst mal tief durch.“

Er tat, was sie sagte, sah jedoch weiterhin aschfahl aus. In seinen Augen lag ein kummervoller, wütender Ausdruck. „Ich kann es einfach nicht fassen, wie jemand armen, wehrlosen Kindern so etwas antun kann. Ein Vater sollte seine Kinder beschützen.“

„Wenn Kinder die Opfer sind, ist es immer schwerer.“ Die Erinnerung an den Jungen, der bei einer von ihr verantworteten Schießerei in einem Crackhaus plötzlich aufgetaucht und getötet worden war, ließ sie erschauern.

„Er hat die Mutter der Kinder in der Küche erschossen“, berichtete Freddie. „Anscheinend hat er sie überrascht. Es gibt keine Abwehrverletzungen bei ihr. Eintrittswunde am linken Schulterblatt. McNamara meint, die Kugel habe sie vermutlich direkt ins Herz getroffen. Wir haben eine Pistole in einer Schachtel im Kleiderschrank im Schlafzimmer gefunden. In einer zweiten Schachtel in diesem Schrank haben wir die Zeitungsausschnitte über deinen Vater gefunden.“

Sam beobachtete, wie er um Fassung rang, während er weiter die Fakten nannte.

„Die Kids wurden erschlagen. Wir haben einen Baseballschläger gefunden, an dem Gehirnmasse klebt."

Sam verzog das Gesicht. „Kennen wir den Mann?"

„Clarence Reese, neununddreißig, langes Vorstrafenregister, meistens Einbruch- und Drogendelikte. Saß im Jugendknast, aber nicht wegen einer Gewalttat."

Sam wünschte, sie könnte behaupten, den Namen zu kennen. „Verwandte?"

„Gonzo und Arnold haben die Adresse seiner Mutter ausfindig gemacht. Die zwei sind vor zwanzig Minuten losgefahren. Nach Reese läuft eine Fahndung."

Die Haustür ging auf, und Chief Medical Examiner Dr. Lindsay McNamara erschien hinter den Sanitätern, die eine kleine Leiche in einem Leichensack auf einer Bahre hinausrollten. In den grünen Augen der Gerichtsmedizinerin, die für ihre stoische Ruhe bekannt war, standen Tränen. „Unwirklich", flüsterte sie im Vorbeigehen.

Sam drückte kurz ihren Arm.

„Das war die letzte Leiche", informierte Freddie sie und klang erleichtert.

Sam riss sich vom Anblick des schwarzen Leichensacks los, der in den Wagen der Gerichtsmedizinerin verladen wurde, und richtete ihre Aufmerksamkeit auf Freddie. „Hast du bei den Vorstrafen von Reese irgendeine Verbindung zu meinem Dad gefunden?"

„Nachdem wir das Zeug über die Schießerei entdeckt hatten, hat Captain Malone Reese' Akte genauer unter die Lupe nehmen lassen. Er ist zurück ins Hauptquartier gefahren, um das zu beschleunigen."

„Zeig mir, was du hast."

Als wollte er sich wappnen, holte Freddie noch einmal tief Luft und führte Sam hinein in die Hölle.

Der Geruch traf sie wie ein Schlag ins Gesicht. Tod. Blut. Körperausscheidungen.

Alte Spielzeuge bedeckten den Fußboden eines spartanisch eingerichteten Wohnzimmers, das von einem

Großbildschirmfernseher dominiert wurde. Der Bildschirm sowie die dahinterliegende Wand waren mit Blut bespritzt. Ein braunes Sofa war eindeutig für eines der Opfer Ground Zero geworden, da die Polster mit trocknendem Blut getränkt waren.

Die Leute von der Spurensicherung, die sich in dem Blutbad bewegten, nickten Sam zu, als sie eintrat.

„Jesus", flüsterte Sam, und diesmal tadelte Freddie sie nicht dafür, den Namen des Herrn benutzt zu haben.

Er führte sie an der Küche vorbei, wo Clarence Reese seiner Frau in den Rücken geschossen hatte. Sie gingen eine Treppe hinauf in den ersten Stock, wo sich drei kleine Schlafzimmer und ein winziges Badezimmer befanden.

Sam bemerkte die Unordnung überall im Haus – Geschirr stapelte sich in der Spüle, Spielzeug lag verstreut herum, abgewetzte Tapeten, schiefe Bilder, Handtücher und dreckige Kleidungsstücke auf dem Boden im Badezimmer, und ein vor Schmutz starrender, fleckiger Teppich im Flur. In diesem Haushalt war es schon lange vor diesem Tag nicht mehr richtig gelaufen, lange bevor Clarence Reese den Verstand verloren und seine Familie abgeschlachtet hatte.

Im Elternschlafzimmer nahm ein Ehebett nahezu jeden Quadratzentimeter ein. Freddie holte eine Schachtel unten aus dem Kleiderschrank, stellte sie auf das Bett und trat zur Seite, damit Sam sich den Inhalt in Ruhe ansehen konnte.

Sie streifte sich die Latexhandschuhe über, die er ihr hinhielt, bevor sie die vergilbten Zeitungsausschnitte berührte, in denen es um den Schuss auf ihren Vater ging. Die Artikel waren sorgfältig aus sämtlichen Lokalzeitungen ausgeschnitten worden, ebenso die Berichte von der Website der Polizei. Zwischen den Ausschnitten befanden sich Fotos und verschiedene andere Artikel über die dreißig Dienstjahre ihres Vaters, alles nach dem Schuss veröffentlicht.

„War er der Täter?", fragte Sam leise, zu dem Familienfoto über dem Bett aufschauend. Nichts an Clarence Reese kam ihr bekannt vor. Er besaß die untersetzte Statur eines früheren Highschool-Footballspielers, hatte kaffeebraune Haut, braune Augen und dichtes dunkles Haar. Auf sehr eigene Art war er durchaus attraktiv. Seine Frau war weiß, hatte ein nichtssagendes, resigniertes Gesicht, strähniges braunes Haar und abgestumpfte Augen. „Glaubst du, er hat meinen Dad angeschossen?"

„Wir wissen es nicht, aber wir werden es herausfinden. Du bist nicht die Einzige, die es wissen will, glaub mir. Farnsworth und Conklin waren beide hier", berichtete Freddie und meinte damit den Chief und stellvertretenden Chief, beide alte Freunde ihres Vaters. „Farnsworths Augen haben geglüht, als Malone ihm dieses Zeug gezeigt hat."

„Tüten wir es ein und schicken es ins Labor. Die Waffe wird uns auch nicht viel über meinen Dad erzählen." Wie sehr wünschte sie sich, man könnte an die Kugel in seinem Körper herankommen.

„Das hat Malone auch gesagt. Ich wollte nur warten, bis du einen Blick darauf geworfen hast."

Sie verließ das Zimmer, um sich um die Beweise zu kümmern. Sie atmete tief mit dem Mund ein und durch die Nase wieder aus, eine Technik, die ihr half, ihre Magenschmerzen unter Kontrolle zu halten. Dummerweise beging sie den Fehler, einen Blick in das Babyzimmer zu werfen. Sofort wandte sie sich von der grausigen Szene wieder ab.

„Ich will nicht, dass mein Dad von dem Zeug erfährt, das wir gefunden haben, solange wir nicht mehr haben", erklärte sie.

„Ich werde es weitergeben."

„Ich will ihm keine falschen Hoffnungen machen."

„Das verstehe ich, und die anderen werden auch Verständnis dafür haben."

„Wenn wir keine Verbindung herstellen können zu Reese' Vorstrafenregister, wird uns nichts anderes übrigbleiben, als meinen Dad zu befragen."

„Dem Problem stellen wir uns, wenn es so weit ist. Aber du hast recht – es besteht kein Anlass, ihm irgendetwas zu sagen, ehe wir nicht mehr in der Hand haben. Hoffentlich finden wir Reese bald, um ihn verhören zu können."

„Wie hieß seine Frau?", erkundigte sie sich.

„Tiffany. Die Kinder hießen Jorge, Ramon, und das Baby Maria."

Sam betrachtete das Familienfoto und die unscheinbare Mutter genauer. „Wie eine Tiffany sieht sie nicht aus."

„Nein." Freddie zog den Verschluss der Beweismitteltüte zu und die Handschuhe aus. „Verschwinden wir von hier. Sollte noch etwas auftauchen, werden die von der Spurensicherung uns informieren."

Noch einmal sah sie sich das Foto der zerstörten Familie genau an, bevor sie Freddie aus dem Haus folgte.

4

___

Stunden später stand Sam vor dem Spiegel in ihrem Schlafzimmer im Haus ihres Vaters und zupfte den Kuttenkragen ihres pflaumenfarbenen Kaschmirpullovers zurecht, den sie von ihm zu Weihnachten bekommen hatte. Celia hatte den Pullover natürlich ausgesucht, aber das spielte keine Rolle. Die Absicht zählte, und ihr Vater hatte stets mit Bedacht geschenkt. Die Familie hatte schon immer die weiche Seite in ihm zum Vorschein gebracht, während er ansonsten der knallharte, abgebrühte Cop war. Skip hatte es geliebt, einzukaufen und das perfekte Geschenk zu finden, es zu verstecken und feierlich zum Geburtstag oder Weihnachten zu überreichen – oder auch einfach nur so.

Bitterkeit erfasste sie bei dem Gedanken daran, dass auch das ihrem Vater, ihnen allen, von einem namenlosen Schützen genommen worden war. Jetzt sah sie allerdings Clarence Reese vor sich, wenn sie an den Schützen dachte. Sie wünschte, man würde ihn endlich finden. Die Polizei hatte die ganze Stadt durchkämmt, doch keine Spur von ihm gefunden, weder bei Familienangehörigen noch an seinen bevorzugten Aufenthaltsorten.

Die Hände auf die Kommode gestützt, ließ Sam den Kopf hängen und rollte mit den Schultern, um die Verspannungen zu lockern – oder es zumindest zu versuchen. Stundenlange

Recherche hatte keine Verbindung zwischen Skip Holland und Clarence Reese herstellen können. Weder eine Verhaftung noch eine Verkehrskontrolle oder eine mündliche Verwarnung – es sei denn, Skip hatte eine nicht dokumentierte Auseinandersetzung mit Clarence gehabt. Um das in Erfahrung zu bringen, würde sie ihren Vater fragen müssen. Doch das wollte sie nicht, solange sie noch nicht mehr in der Hand hatten. Dadurch sollte ihm eine weitere Enttäuschung erspart bleiben.

Sie versuchte, sich auf den Augenblick zu konzentrieren. Mit den Ermittlungen würde sie sich erst morgen wieder befassen. Heute Abend sollte gefeiert werden – das war jedenfalls der Plan. Allerdings war Sam nicht sehr nach Feiern zumute, und sie bedauerte beinahe, dass ihre neuen persönlichen Verpflichtungen sie von dem abhielten, was sie jetzt wirklich tun wollte.

Sie bürstete ihre langen karamellfarbenen Locken und trug einen Hauch Lidschatten auf. Sie mochte vielleicht nicht in Feierstimmung sein, aber elend aussehen wollte sie deshalb noch lange nicht.

Als sie sich bückte, um den Reißverschluss ihrer hochhackigen schwarzen Stiefel zuzuziehen, betrat Nick das Zimmer und schloss die Tür hinter sich. Zwischen ihren Beinen hindurch sah sie, dass er einen schwarzen Pullover zur ausgewaschenen Jeans trug, die an genau den richtigen Stellen knackig saß.

„Hm, das ist ja ein Anblick", meinte er, ihren Po ausgiebig betrachtend.

Sie warf ihm von dort unten einen tadelnden Blick zu.

„O-oh, was ist los?"

Sam richtete sich auf und fuhr sich durch die Haare. „Nichts."

„Unsinn."

„Hör auf, so zu tun, als würdest du mich so gut kennen", fuhr sie ihn an. Im Spiegel sah sie, wie er mit einem sexy Lächeln, das sich langsam auf seinem attraktiven Gesicht ausbreitete, näher kam und ihr die Hände auf die Schultern legte.

„Aber ich kenne dich nun mal wirklich so gut", entgegnete er und unterstrich seine Worte, indem er ihren Nacken küsste. Sam erschauerte. „Siehst du?"

Vergeblich versuchte sie, sich von ihm zu lösen.

„Ich weiß, du bist frustriert, Liebes …"

„Du weißt gar nichts.“

„Ich weiß, dass ich dich liebe und es hasse, wenn du leidest.“

Verdammt, er wusste stets, wie er zu ihr durchdringen konnte. Ihre Verspannung ließ schlagartig nach, und sie schmiegte sich in seine Umarmung.

Er legte das Kinn auf ihren Kopf und die starken Arme um ihre Taille, während er ihr im Spiegel in die Augen sah. „Rede mit mir.“

„Es macht mich einfach wütend!“

„Was denn?“

„Dass mein Dad für immer im Rollstuhl sitzt und die Person, die auf ihn geschossen hat, irgendwo herumläuft und ihr Leben führt, als sei nichts geschehen. Aber diese Person hat meinem Dad die Freiheit geraubt! Sie hat ihm alles genommen! Dafür sollte sie zahlen.“ Die Emotionen schnürten ihr die Kehle zu, sodass sie nur noch ein Flüstern herausbrachte. „Wer immer das getan hat, sollte dafür zahlen müssen.“

„Ja, sollte er. Und ich zweifle nicht daran, dass derjenige das auch wird, denn du wirst nicht lockerlassen. Du gibst nicht auf, bis du ihn gefunden hast.“ Er drehte sie um, sodass sie sich von Angesicht zu Angesicht gegenüberstanden. „Und weißt du was? Er ist sich dessen auch gewiss. Er ist deinetwegen nervös. Der beste Detective der Stadt ist ihm auf den Fersen, und das weiß er, Sam. Ich wette, er liegt deswegen nachts wach.“

Sie schmiegte die Wange an seine muskulöse Brust. „Es macht mich wütend.“

„Wütend zu sein ist gut.“ Er hielt sie fest in den Armen. „Wut motiviert.“

„Wut schwächt einen.“

„Nur, wenn du es zulässt. Dein Dad war heute so stolz auf dich.“ Nick schmiegte das Gesicht in ihre Haare, während er sprach. „Er hat gestrahlt, und als deine Schwestern dir diese Balken an den Kragen geheftet haben, sind ihm Tränen übers Gesicht geronnen. Das reicht für ihn heute, also könnte es doch auch für uns genug sein. Warum vergessen wir Clarence Reese nicht für eine Weile, damit du den heutigen Abend genießen kannst? Jeder Cop, der in dieser Stadt im Dienst ist, hält Ausschau nach Reese. Du könntest es also getrost wenigstens für heute

Abend vergessen. Du hast so hart auf diesen Tag hingearbeitet. Lass es dir nicht von irgendwem nehmen, schon gar nicht von einem, der seiner Familie etwas Derartiges antun konnte."

Widerstrebend sah sie ihn an. „Du bist gut."

Das sexy Lächeln erschien wieder, bei dem sie immer weiche Knie bekam. „Ich gebe mir Mühe."

„Du bist gut für mich."

„Das will ich auch sein." Er küsste sie, auf eine leidenschaftliche, sinnliche Art, die ihr den Atem raubte. Tatsächlich fegte dieser aufregende Kuss all ihre Gedanken hinweg, bis auf den, Nick die Kleidung vom Leib zu reißen.

„Ich weiß, du bist enttäuscht wegen dem, was ich über unser Zusammenwohnen gesagt habe", meinte sie, als sie eine Pause zum Luftholen einlegten.

Nick küsste sie noch einmal kurz auf die Lippen und sagte: „Ich werde auf dich warten, so lange du brauchst, um bei mir einzuziehen."

„Es hat wirklich nichts mit dir zu tun. Ich hoffe, das weißt du. Aber ich habe vier Jahre mit einem Mann zusammengelebt und geschlafen, der dazu fähig war, uns beide in die Luft zu jagen. Das hätte ich niemals für möglich gehalten. Dabei bin ich ein Cop, verdammt noch mal! Trotzdem hab ich es nicht gesehen und ihm so etwas nicht zugetraut."

„Sam ..."

„Ich weiß, du willst sagen, das habe nichts mit uns beiden zu tun."

„Hat es auch nicht."

„Doch, hat es, Nick. Mein Exmann hat versucht, uns umzubringen. Wie soll ich das vergessen und einfach bei dir einziehen? Irgendetwas stimmt da offenbar nicht mit mir, dass ich keine Ahnung hatte ..."

Er brachte sie mit einem zärtlichen Kuss zum Schweigen. „Mit dir ist alles in Ordnung. Du warst das Opfer. Wir beide. Er sitzt im Gefängnis, vergiss das nicht. Es hat keinen Sinn, wenn du dich jetzt quälst."

„Ich brauche Zeit, um das alles zu verarbeiten. Ich muss sicher sein, dass ich alles wieder im Griff habe, bevor ich den nächsten Schritt mit dir mache."

„Das ist nur fair."

Sie fühlte sich schrecklich verwundbar, doch in seinen haselnussbraunen Augen sah sie seine Liebe und sein Verlangen. „Es macht dir nichts aus, zu warten?"

„Ich würde ewig auf dich warten. Was soll's, ich wohne drei Türen weiter, falls dich nachts die Lust überkommt und du mal vorbeischauen möchtest."

Sie lachte. „Das wird höchstwahrscheinlich in den meisten Nächten der Fall sein."

„Du willst mich also nur wegen meines Körpers. Ich verstehe."

Sie schob die Hände unter seinen Pullover und streichelte seine harten Bauchmuskeln. „Was machst du jetzt, Senator?", fragte sie mit einem scheuen Lächeln.

Er biss die Zähne vor Anspannung zusammen und schob ihre Hände zurück. „Jetzt werde ich dich auf unsere Party mitnehmen."

„Ach, verdammt."

Er biss sie zärtlich ins Ohrläppchen. „Aber später werden wir unsere eigene private Silvesterparty feiern."

Die Vorfreude darauf sandte Sam einen Schauer über den Rücken, und sie wunderte sich, wie es Nick gelungen war, sie in Feierlaune zu bringen. Die Liebe hatte wirklich einige Vorteile.

„Das ist deine Vorstellung von einer kleinen Party?", fragte Sam eine Stunde später mit Blick auf die volle K Street Lounge, die Nick für diesen Anlass reserviert hatte. Als sie eine Pizza-und-Bier-Party bei O'Leary's vorgeschlagen hatte, der Lieblingskneipe ihres Vaters, hatte er nur seine Senatorennase gerümpft. Also hatte sie ihm die Organisation der Feier überlassen.

„Ich kann doch nichts dafür, dass du hundert Freunde unter deinen Polizeikollegen hast."

„Die meisten dieser Leute kenne ich überhaupt nicht."

„Wen denn?"

„Die da." Sie deutete auf eine üppige Brünette, die schamlos mit Freddie flirtete. „Eine alte Freundin von dir?"

„Wohl kaum. Das ist Ginger, eine meiner Mitarbeiterinnen."

„Ginger soll ihre dreckigen Hände von meinem Partner

lassen", erklärte Sam, obwohl sie erleichtert war, dass Freddie nach diesem grauenvollen Tag wieder lächeln konnte.

„Ich glaube, dort drüben haben wir ein viel größeres Problem."

Sams Kopf fuhr herum. „Wo?"

Nick deutete auf eine der Tischnischen, wo seine Stabschefin Christine Billings ein vertrauliches Gespräch mit Detective Tommy „Gonzo" Gonzales zu führen schien.

„Haltet sie von ihm fern!"

„Warum?", fragte Nick amüsiert. „Die beiden sind erwachsen."

„Sie mag mich nicht."

„Und deshalb darf sie sich nicht mit deinem Freund unterhalten?"

„Er ist nicht nur mein Freund, sondern jetzt auch mein Untergebener. Sie wird ihn gegen mich aufbringen."

„Mal ehrlich, Samantha." Nick führte sie auf die Tanzfläche. „Deine verdrehten Ideen faszinieren mich immer wieder aufs Neue."

„Na, da bin ich aber froh, dass ich zu deiner Unterhaltung beitrage", murrte sie.

„Tust du." Er gab ihr einen Kuss. „Unendlich."

„Nehmt euch ein Zimmer, ihr zwei", bemerkte Sams Schwester Tracy, als sie mit ihrem Mann Mike neben ihnen tanzte.

Sam versuchte, etwas Abstand zwischen sich und Nick zu bringen, doch er hielt sie noch fester in den Armen.

„Tolle Party", stellte Mike fest.

„Danke", erwiderte Nick und wandte sich an Tracy. „Hat dein Dad etwas zu essen bekommen?"

„Celia kümmert sich darum", meinte Tracy. „Er amüsiert sich prächtig mit all seinen alten Kollegen."

Sie sahen zu Skip, der bei Celia, Chief Farnsworth, Deputy Chief Conklin sowie deren Ehefrauen saß. Detective Captain Malone und einige andere Captains waren auch dabei.

„Er genießt es", sagte Sam zu ihrer Schwester.

„Es war ein guter Tag für ihn", sagte Tracy.

„Ja." Sam dachte an Clarence Reese und wünschte, sie könnte ihrer Schwester von dieser Spur erzählen. Andererseits wollte sie auch ihr die mögliche Enttäuschung ersparen.

„Die O'Connors sind gerade gekommen", stellte Nick mit Blick zur Tür fest. „Wir müssen Hallo sagen." An Mike und Tracy gewandt fügte er hinzu: „Amüsiert euch noch gut."

„Wir sind heute kinderfrei", meinte Tracy, ihren Ehemann anlächelnd. „Wir amüsieren uns schon prächtig, und es wird immer besser."

„Ich mag sie", bemerkte Mike mit einem lüsternen Grinsen. „Ich mag sie *so* sehr."

Lachend verließen Nick und Sam das glückliche Paar auf der Tanzfläche.

„Die beiden sind wirklich süß zusammen", sagte Nick.

„Waren sie schon immer. Ich habe sie stets darum beneidet, wie unbeschwert es bei ihnen aussieht."

Er drückte ihre Schulter und gab ihr einen Kuss auf die Wange. „Es besteht kein Grund mehr, neidisch zu sein. Wir werden ihnen zeigen, wie Unbeschwertheit aussieht."

Gerührt von Nicks Worten versuchte Sam, nicht allzu befangen zu sein, als der Senator und Mrs. O'Connor sie zur Begrüßung umarmten. Für Nick waren sie so etwas wie seine Ersatzeltern, deshalb musste Sam darüber hinwegkommen, dass die beiden sie zu Beginn der Ermittlungen zum Mord an ihrem Sohn angelogen hatten. Sam hatte Johns zwanzigjährigen unehelichen Sohn ausfindig gemacht, den die Familie totgeschwiegen hatte, um Graham O'Connors politische Karriere nicht zu gefährden. Dieser Sohn, seine Mutter und das Geheimnis hatten sich als Motiv für den Mord erwiesen.

„Was für eine reizende Party", sagte Laine O'Connor zu Nick.

„Ich freue mich, dass ihr kommen konntet", sagte Nick.

„Oh, das wollten wir uns nicht entgehen lassen. Royce und Lizbeth sind direkt hinter uns", erklärte Laine und meinte damit ihren Schwiegersohn und ihre Tochter. Sie nahm Nicks Hand. „Ich kann dir gar nicht genug danken für das, was du für Terry getan hast. Das gilt für uns beide."

„Das war eine großzügige Geste", brummte Graham. „Er wird dich nicht enttäuschen."

„Natürlich nicht."

„Julian lässt Grüße ausrichten", meinte Graham. „Er hatte gehofft, hier sein zu können, aber sein Meeting im Weißen Haus hat länger als geplant gedauert."

„Ich bin sicher, die hatten einiges zu besprechen.“

„Das wird eine heftige Auseinandersetzung“, sagte Graham grinsend. „Die Republikaner werden ausflippen, besonders Stenhouse.“ Graham O’Connors erbitterte Rivalität mit dem Führer der Minderheit im Senat, William Stenhouse, reichte Jahrzehnte zurück. Für eine kurze Zeit hatte auch er auf Sams Liste der Verdächtigen im Mordfall John O’Connor gestanden.

„Gut, dass wir sie nicht brauchen“, sagte Nick und grinste ebenfalls.

Graham rieb sich die Hände. „Ich liebe es, zur Mehrheit zu gehören.“

Sam fand seine in der Gegenwart formulierte Aussage interessant. Der Mann hörte nicht auf, Senator zu sein, nur weil er nicht mehr im Senat war …

„Hoffentlich finden wir einen freien Abend nächste Woche für ein gemeinsames Essen“, sagte Nick. „Ich möchte euch mein neues Zuhause in der Stadt zeigen.“

Sam fragte sich, ob er den Verstand verloren hatte. Ein Abendessen für einen potenziellen Richter am Obersten Gerichtshof in einem Haus, das er noch nicht einmal bezogen hatte? Nächste Woche? Na klar. Andererseits würde er das vermutlich genauso hinbekommen, wie er diese Party hinbekommen hatte – mühelos.

„Hört sich gut an“, sagte Graham.

„Ich kann es kaum erwarten, dein neues Haus zu sehen, Nick“, meinte Laine. „Verzeihung. Ich sollte dich jetzt Senator nennen.“

„Du solltest mich weiterhin Nick nennen.“ Er küsste sie auf die Wange. „Holt euch etwas zu trinken und zu essen, wir kommen später zu euch.“

„Gern.“ Graham legte den Arm um seine Frau und führte sie an die Bar.

„Es scheint ihnen besser zu gehen“, bemerkte Nick, als Sam und er allein waren.

„Was hast du denn für Terry getan?“

„Ich habe ihm den Job des stellvertretenden Stabschefs angeboten.“

„Wie bitte? Warum?“

„Weil er Erfahrung besitzt und sein Talent mit dieser

unsinnigen Lobby-Arbeit vergeudet. Außerdem ist er Johns Bruder. Es kam mir einfach richtig vor, das zu tun."

„Aber der hasst mich auch! Deine beiden höchsten Mitarbeiter hassen mich!"

„Ich habe beiden sehr deutlich zu verstehen gegeben, dass sie dich höflich und respektvoll zu behandeln haben und sie sich einen neuen Job suchen können, sollte ihnen das nicht möglich sein."

„Das hast du getan?" Sam war perplex und bekam prompt Herzklopfen. Manchmal wurde sie von ihren Gefühlen überwältigt, wenn sie am wenigsten damit rechnete.

„Die kann ich ersetzen. Dich nicht."

„Du verstehst es wirklich, mit Worten umzugehen, Senator", sagte sie seufzend. „Ehrlich."

5

———————

Zwei Minuten vor Mitternacht konnte Nick Sam nicht finden und geriet fast in Panik. Schon drauf und dran, den DJ zu bitten, sie auszurufen, entdeckte er sie in einer Ecke, wo sie offenbar Textnachrichten auf ihrem Handy las.

Er bahnte sich einen Weg durch die Menge, nahm ihr das Telefon weg, schob es in seine Gesäßtasche und zog Sam an sich.

Sie wehrte sich. „He! Was machst du da?"

„Komm", sagte er und führte sie aus dem Raum hinaus zu einer Treppe.

„Wohin gehen wir? Ist es nicht fast Mitternacht?"

„Ja." Nick stieg die Treppe hinauf und zog Sam beinahe hinter sich her. Oben in dem dunklen Treppenaufgang stieß er die Tür zum Dach auf. Vor ihnen erstreckte sich ihre Stadt, und über ihnen funkelten die Sterne.

„Oh wow", hauchte Sam. „Sieh nur, da!" Sie drehte sich auf dem Absatz, um den Anblick von Kapitol, Weißem Haus und Washington Monument am Ende der National Mall in sich aufnehmen zu können.

Nick schloss sie in die Arme. „Gefällt es dir?"

„Und wie. Es ist fantastisch!"

„Ist dir kalt?"

„Nein", erwiderte sie und schaute hinauf zu den Sternen.

Vom Gehsteig unter ihnen hörten sie, wie die Feiernden die letzten zehn Sekunden des alten Jahres herunterzählten

Nick umfasste Sams Gesicht. „Ich liebe dich. Dieses Jahr, nächstes Jahr, jedes Jahr."

Als das Feuerwerk am Himmel über ihnen explodierte, küssten sie sich leidenschaftlich. „Ich liebe dich auch. Danke für das beste Silvester, das ich je erlebt habe."

„Das erste von vielen." Er küsste sie auf beide Wangen. „Das verspreche ich."

„Können wir das jedes Jahr machen?" Ihre Augen leuchteten, so wie er sie am liebsten sah. „Können wir immer wieder genau hierherkommen, um auf das neue Jahr anzustoßen?"

„Abgemacht." Er spürte einen Kloß im Hals, weil die Gefühle in ihm aufwallten. Er hatte absolut keine Ahnung gehabt, dass man jemanden so sehr lieben konnte. „Nächstes Mal werde ich an den Champagner denken."

„Den brauchen wir nicht."

Obwohl es kalt war und ihr Atem dampfte, blieben sie während des ganzen Feuerwerks oben auf dem Dach. Nick stand hinter Sam und hatte die Arme um sie gelegt, während er ihren Duft nach Jasmin und Vanille einatmete, den er überall wiedererkennen würde.

„Es ist schön, wie sich das Licht des Feuerwerks auf den Monumenten spiegelt", sagte sie. Ihre Hände lagen auf seinen an ihrer Taille.

„Hm, finde ich auch."

Das Feuerwerk endete mit einem bombastischen Finale aus Farben und Sound.

Sam seufzte. „Das war toll." Sie drehte sich zu ihm um. „Danke."

„Ich habe eine Theorie."

Ihre Mundwinkel zuckten vor Belustigung. „Und welche?"

Er konnte nicht widerstehen, deshalb küsste er sie. „Sie besagt, dass das Jahr so wird, wie man die ersten fünf Minuten verbringt." Er fuhr sachte mit der Zunge über ihre Unterlippe und küsste sie erneut, als Sam ihm die Arme um den Nacken schlang. Das erotische Spiel ihrer Zungen machte ihn benommen. Er umfasste ihren Po und hob sie an. Zu seiner Überraschung legte sie die langen Beine um seine Taille.

„Ich nehme an, dir gefällt meine Theorie", sagte er, als er Luft holen musste. Er begehrte sie wie verrückt, als hätte er Jahre ohne sie auskommen müssen statt nur ein paar Stunden.

„Es ist eine großartige Theorie – und eine großartige Methode, das Jahr zu verbringen." Grinsend presste sie sich an seine Erektion. „Allerdings würde es mir ganz und gar nicht gefallen, wenn mein neuer Lieblingssenator am ersten Tag im Amt in einer solch kompromittierenden Stellung ertappt wird."

Widerstrebend ließ er sie herunter. „Lass uns von hier verschwinden."

„Wir können doch nicht einfach von unserer eigenen Feier verschwinden."

„Niemand wird es merken, das garantiere ich dir."

Zu ihrer Verblüffung lotste Nick das Taxi, das er herangewinkt hatte, nach Capitol Hill, wo ihr Vater wohnte. Nachdem er geradezu fluchtartig die Feier verlassen hatte, hatte sie angenommen, er wolle allein mit ihr sein, bei sich zu Hause in Arlington.

„Wir fahren zu meinem Dad?", fragte sie.

„Nein."

„Wohin dann?"

„Das wirst du schon sehen."

Sie betrachtete ihn skeptisch. „Was hast du vor?"

„Nichts", antwortete er mit einem Lächeln, das verriet, wie richtig sie lag.

„Verrate es mir!"

„Geduld, Samantha."

„Gehört nicht zu meinen Stärken."

„Was du nicht sagst."

Sie versuchte zu schmollen und ihn zu überreden, und als das nichts half, probierte sie ein paar fiese Tricks aus. Aber auch damit kam sie nicht weiter. Bis auf einige sinnliche Küsse hielt er den Mund. Schließlich stoppten sie vor dem Haus, das er in der Ninth Street gekauft hatte. „Was machen wir hier?"

Er bezahlte den Fahrer und nahm ihre Hand. „Komm mit, ich werde es dir zeigen."

Sam folgte ihm verwirrt zu dem Haus, das nur drei Häuser von dem ihres Dads entfernt lag. „Gehört es dir denn überhaupt schon?", fragte sie, als er den Schlüssel ins Schloss schob.

„Noch nicht, aber die Besitzer haben nichts dagegen, wenn ich schon ein paar Sachen herbringe."

„Was für Sachen?"

„Mann, du bist vielleicht eine Nervensäge!"

„Vielen Dank."

Er gab ihr einen Kuss auf die Nase und nahm ihr den Mantel ab. „Du bist die einzige Frau, die ich kenne, die das als Kompliment auffasst."

„Deshalb liebst du mich ja."

Lachend führte er sie in die Küche. „Was hältst du davon?"

„Oh!" Sie schaute sich in der stilvollen, nagelneu eingerichteten Küche um. „Ich wusste ja, dass das Haus renoviert wird, aber das habe ich nicht erwartet." Sie fuhr mit der Hand über die Arbeitsfläche. Die Schränke waren aus dunklem Holz, die Küchengeräte aus elegant aussehendem Edelstahl. Über dem Tresen, der die Küche vom Wohnzimmer trennte, hingen tränenförmige Lampen von der Decke. „Ich liebe es."

„Das hatte ich gehofft."

Sie betrat das Wohnzimmer und staunte über die Größe des Raumes. Am anderen Ende befand sich ein in Marmor gefasster Kamin. „Wow!"

„Ich nehme an, du hattest keine Ahnung, dass der ehemalige Besitzer das Haus nebenan gekauft und die Wände eingerissen hat."

„Nein, das habe ich nicht gewusst. Dadurch ist es so riesig! Was machst du mit so viel Platz?"

Er zuckte die Schultern. „Vielleicht einen ganzen Haufen Kinder mit dir großziehen?"

Bei der Erwähnung von Kindern schien ihr Herz einen Moment stillzustehen. Er wusste, dass sie keine Kinder bekommen konnte, doch er hatte ihr klar gemacht, dass das nicht wichtig sei und sie Kinder adoptieren könnten, wenn die Zeit käme.

„Sam? Ist alles in Ordnung mit dir?"

„Natürlich", antwortete sie und nahm sich zusammen. „Zeig mir den Rest."

Außer der Küche und dem Wohnzimmer gab es im Erdgeschoss des doppelten Reihenhauses noch ein enormes Esszimmer sowie ein Badezimmer. Die Fußböden waren aus hellem Holz und vor Kurzem restauriert worden. Im ersten Stock befanden sich vier Schlafzimmer und zwei weitere Badezimmer.

„Ich dachte, fürs Erste können wir das hier als Gästezimmer benutzen, das da als Arbeitszimmer und das dort als Fitnessraum", meinte er zu den zusätzlichen Zimmern.

„Du hast dir alles schon genau überlegt."

„Ich konnte uns zwei hier von Anfang an sehen. Deshalb habe ich es gekauft."

„Es ist wirklich ein sehr schönes Haus", gab sie zu. „Ich habe ganz sicher noch nie in einem schöneren Zuhause gewohnt."

„Ich auch nicht. Komm, sieh dir das mal an." Er führte sie ins Hauptschlafzimmer, wo ein neues Doppelbett mit kunstvoll gestaltetem schmiedeeisernem Kopf- und Fußteil das einzige vorhandene Möbelstück war.

Erschrocken fragte Sam: „Du hast schon ein Bett gekauft?"

„Ja." Er setzte sich auf die Kante und streifte seine Schuhe ab. „Ich wollte die Nacht hier verbringen."

„Die haben dich ein Bett hier hereinstellen lassen?"

„Na ja, die finden es sehr cool, an einen Senator zu verkaufen."

Ihn verlegen zu sehen, brachte Sam zum Lachen. „Du nutzt deine neue Position schon kräftig aus, was?"

„So würde ich das nicht nennen. Sieh dir mal den begehbaren Kleiderschrank an. Der gefällt dir bestimmt."

„Nette Methode, das Thema zu wechseln." Sam betrat den Kleiderschrank, schaute sich um und entschied, dass die Hälfte ihrer Kleidungsstücke hier Platz finden würde.

„Ist das nicht toll?", fragte er lächelnd.

„Wo würdest du deine Sachen aufbewahren?"

Sein Lächeln erstarb. „Na, ich dachte, den teilen wir uns."

„Aha, klar. Okay."

„So viele Schuhe hast du doch bestimmt auch wieder nicht."

„Was ich bei meinem Dad habe, ist etwa ein Zehntel dessen, was ich besitze. Der Rest ist eingelagert."

Er starrte sie perplex an. „Ist das dein Ernst?"

„Mit Schuhen ist es mir immer ernst."

Er rieb sich die Stoppeln am Kinn und musterte sie. „Tja, ich schätze, wir können den Fitnessraum im zweiten Stock einrichten und dir einen großen Kleiderschrank in einem der Gästezimmer bauen."

Sie setzte sich neben ihn auf das Bett. „Das würdest du für mich tun?"

„Natürlich würde ich das. Außerdem ist es bestimmt besser, wenn wir uns keinen Kleiderschrank teilen. Du bist, na ja, nicht ganz so ordentlich wie ich."

„Penibel meinst du wohl."

„Ich bevorzuge den Begriff ‚ordentlich'."

Lachend sagte sie: „Sicher doch." Sie gab ihm einen Kuss und legte den Kopf auf seine Schulter. „Es ist ein wundervolles Haus."

„Ich bin froh und erleichtert, dass du so denkst. Als ich es gekauft habe, ohne dir davon zu erzählen, habe ich schon befürchtet, einen großen Fehler begangen zu haben."

„Es war kein Fehler. Ein solches Haus wäre nicht lange auf dem Markt gewesen."

„Das hat der Makler auch gesagt." Er streichelte ihren Rücken. „Ich möchte hier mit dir zusammenwohnen, Sam." Mit der freien Hand zog er einen Schlüssel aus der Tasche.

Gerührt nahm sie ihn und steckte ihn in die Gesäßtasche. „Ich verspreche dir, ich werde so oft hier sein, dass du das Gefühl haben wirst, ich würde hier wohnen."

„Das ist nicht dasselbe."

„Kann es nicht fürs Erste genügen?"

„Ich nehme an, ich muss mich mit dem zufriedengeben, was ich bekomme." Er seufzte dramatisch, was jedoch von einem Funkeln in seinen Augen kompensiert wurde.

„Ich enttäusche dich nur ungern."

Er hob ihre Hand an seine Lippen. „Das tust du nicht." Er stand auf und zog Sam mit hoch. „Da sind noch zwei weitere Dinge, die ich dir zeigen will." Im großen Badezimmer zeigte er auf den riesigen Whirlpool.

„O wow!"

„Ich hoffe, du hast nichts gegen Whirlpools."

„Ich liebe sie. Ich habe mir immer einen gewünscht." Mit dem Fuß aufstampfend setzte sie hinzu: „Das ist einfach nicht fair!"

„Das könnte alles dir gehören."

Ihre Miene verfinsterte sich. „Und was wolltest du mir noch zeigen?"

Er deutete in die Richtung, aus der sie gekommen waren. Im Schlafzimmer ging er zum Kamin und zündete ein Streichholz an, um das Gasfeuer zu entzünden.

Sam seufzte. „Es ist wirklich nicht fair."

„Lass mich raten – du hast dir auch immer schon einen Kamin im Schlafzimmer gewünscht?"

Sie nickte, schnappte sich die Kissen und die Tagesdecke vom Bett und legte beides auf den Teppich vor dem Kamin.

„Was wird das?", wollte er wissen und ließ sich von auf die Decke herunterziehen.

„Camping."

„Dann hätte ich auf das Bett getrost verzichten können?"

Sam zog ihm den Pullover aus und warf das Kleidungsstück beiseite. „Genau." Sanft drängte sie ihn herunter und küsste seine Brust und seinen flachen Bauch.

Nick sog scharf die Luft ein und fuhr ihr mit den Fingern durch die Haare. „Komme ich in den Genuss dieser Spezialbehandlung, weil ich einen Whirlpool habe?"

„Nein", antwortete sie und setzte nun auch ihre Zunge ein.

„Warum dann?" Er schnappte hörbar nach Luft, als sie den Reißverschluss seiner Jeans herunterzog und mit einem Finger über seine Erektion strich.

Mit einem frechen Ausdruck auf dem Gesicht schaute sie zu ihm hoch. „Ich wollte schon immer mit einem Senator vögeln." Sie nahm ihn in den Mund und fing an, sich langsam und präzise zu bewegen.

Sein Lachen wandelte sich zu einem Stöhnen. „Sam!"

„Was?" Sie vollführte einen kleinen Wirbel mit der Zunge und leckte ihn wie eine hungrige Katze.

Seufzend sank er aufs Kissen. „Du bist wirklich gut darin."

Sie grinste. „Darf ich das in meinen Lebenslauf schreiben?"

Kopfschüttelnd erwiderte er: „Das ist nur für mich." Er zog sie zu sich herauf, sodass sie auf ihm zu liegen kam. „Küss mich."

Ihre Lippen schienen mit seinen zu verschmelzen, und Sam unterbrach den Kontakt nur, damit er ihr den Pullover ausziehen konnte. Dann half sie ihm dabei, ihre restlichen Kleidungsstücke loszuwerden. Sie bewegte sich schnell, da sie es kaum erwarten konnte, seine Haut an ihrer zu spüren, sein seidiges Brusthaar, die festen Muskeln, und seinen Duft einzuatmen. Alles an ihm war anziehend – und machte ihr zugleich Angst. Diese Art von Gefühlen bedeutete, zu viel zu riskieren, und nach ihrer desaströsen Ehe hatte sie sich geschworen, das nie wieder zu tun.

„Was?", fragte er, und seine Lippen befanden sich dicht vor ihren.

„Ich habe nur gerade daran gedacht, dass es mir gefallen würde, wenn wir das Jahr auf diese Weise verbringen."

„Nein, das hast du nicht gedacht." Er veränderte die Position, sodass er auf einmal oben war. Er küsste sie zärtlich und sah ihr tief in die Augen, damit sie erkannte, dass sie vor ihm nichts geheim halten konnte.

„Ich habe daran gedacht, wie sehr ich dich liebe, und wie traurig ich wäre ..."

„Sprich es nicht aus." Er drang in sie ein. „Denk nicht mal daran. Es wird nicht passieren."

Sam bog sich ihm entgegen. „Nick!"

„Was denn, Liebes?" Er strich mit seinen Lippen über ihre Wange.

„Schneller."

„Nicht heute Nacht."

„Warum nicht?"

„Ich habe heute in der Zeitung gelesen", flüsterte er ihr ins Ohr, während sich seine Hüften quälend langsam bewegten, „dass Sextherapeuten der Meinung sind, der Akt sollte zwischen drei und dreizehn Minuten dauern."

Wie kann er ausgerechnet jetzt reden?, fragte sie sich. Ich habe schon Schwierigkeiten, zu atmen!

„Da wir uns für gewöhnlich am unteren Ende des Spektrums befinden", fuhr er fort, „dachte ich, wir schauen mal, wie's am anderen Ende ist."

Im Inneren lodernd, packte sie seine seidigen braunen Haare und schlang die Beine um seine Taille. Dreizehn Minuten? Sie würde in fünf gestorben sein. Doch nichts, was sie tat oder probierte, brachte ihn dazu, sich schneller zu bewegen.

Er presste seine Lippen auf ihre und begann ein aufregendes Spiel mit seiner Zunge, während er ihre Brüste massierte. Plötzlich löste er sich von ihr und arbeitete sich mit einer Spur heißer kleiner Küsse hinunter zu ihren Brustwarzen.

Sam hätte weinen können angesichts der süßen Folter, die seine Küsse bedeuteten, und sie spürte die inzwischen vertrauten Anzeichen des sich ankündigenden Orgasmus. Es ging so schnell mit Nick, dass sie beinahe schon vergessen hatte, wie unerreichbar das in vergangenen Beziehungen gewesen war.

Er küsste jetzt ihren Bauch, und seine Zunge legte eine Spur bis zu ihrem lodernden Zentrum der Lust.

Das Kaminfeuer verlieh seiner Haut einen rötlichen Schimmer. Sein Anblick allein raubte ihr den Atem, doch ihn dabei zu beobachten, wie er sie beobachtete, während er sie liebte, war so ziemlich das Aufregendste, was sie je gesehen hatte. Sie streckte die Hand nach ihm aus.

Er schüttelte den Kopf. „Noch nicht." Mit seinen breiten Schultern drängte er ihre Beine ein wenig weiter auseinander, als er sich zwischen ihnen in Position brachte. Er fing an, sie mit der Zunge zu liebkosen, wobei er bei seinem vorherigen langsamen Tempo blieb. Er reizte sie, bis ihre Schenkel zitterten und ihr Herz raste. Dann ließ er sie an der Klippe hängen und arbeitete sich küssend wieder hinauf zu ihren Lippen, drang erneut tief in sie ein und stürzte sie in den Abgrund sinnlicher Lust. Mit einem Schrei gelangte sie zum Höhepunkt und nahm Nick mit.

Ihren Hals küssend, flüsterte er: „Frohes neues Jahr."

6

___

Während Nick den Neujahrstag damit verbrachte, in seinem Haus in Arlington Sachen einzupacken, saß Sam an ihrem Laptop und suchte nach jedem Fitzel an Informationen, die sie über Clarence Reese bekommen konnte. Gonzo und Arnold leiteten die Fahndung nach ihm. Durch ihre Recherche hatte Sam herausgefunden, dass Reese nur wenige Blocks von dem Haus in der Ninth Street gewohnt hatte, wo sie ihre Kindheit verbracht hatte. Unwillkürlich fragte sie sich, ob er einen Nachbarschaftsstreit mit ihrem Vater gehabt hatte. Ein Anruf bei Tracy, die ein Jahr älter war als Reese, ergab nichts, da diese sich nicht daran erinnern konnte, mit jemandem mit diesem Namen zur Schule gegangen zu sein.

Gegen Mittag war Sam so weit, sich die Haare zu raufen. Es musste doch eine Verbindung geben. Ihr Magen rebellierte, und sie beschloss, nach unten zu gehen und ihr Glück dort zu versuchen. Sie fand ihren Vater am Küchentisch, mit Blick auf das Lesegerät an seinem Rollstuhl. Sam beugte sich zu ihm herunter und gab ihm einen Kuss auf die Wange. „Wie geht's?"

„Alles bestens. Was hast du den ganzen Vormittag getrieben?"

„Papierkram erledigt."

„Gute Party gestern Abend."

„Hat alles Nick organisiert."

„Ach was, tatsächlich?"

Sein spöttisches Augenverdrehen amüsierte sie. „Wenn es nach mir gegangen wäre, hätte es ein Bier bei O'Leary gegeben.“

„Der gibt dir ganz gut kontra. Gefällt mir an ihm.“

Um das Thema zu wechseln, deutete sie auf das Lesegerät. „Was ist das?“

„Die *Washington Post.*“

„Was schreiben die über die Familientragödie gestern?“, fragte sie in, wie sie hoffte, beiläufigem Ton, während sie sich eine Cola light aufmachte und sich zu ihm an den Tisch setzte.

„Das meiste weißt du schon. Man hat Nachbarn befragt und Freunde, die alle geschockt waren. Niemand hätte ihm eine solche Tat zugetraut. Das Übliche. Die Kinder und die Frau waren sehr beliebt, aber er blieb meistens für sich. Anscheinend hatte er gerade seinen Job verloren.“

„Sein Name kommt mir irgendwie bekannt vor.“ Sam beobachtete ihren Vater. „Klingelt da bei dir irgendwas?“

„Nö.“

Sie hoffte, dass er ihr die Enttäuschung nicht ansah. „Ich habe gelesen, dass er in der Seventh Street aufgewachsen ist.“

„Habe ich auch gesehen. Wer leitet die Ermittlungen?“

Nichts, dachte Sam mutlos. Wenn Skip Holland diesem Clarence Reese jemals begegnet war, dann erinnerte er sich jedenfalls nicht mehr daran. „Gonzo und Arnold.“

„Dass er seinen Job verloren hat, könnte der Auslöser gewesen sein.“

„Möglich. Dem Zustand des Hauses nach zu urteilen lief es in der Familie schon länger nicht gut. Die Sache mit dem Job war vielleicht der Tropfen, der das Fass zum Überlaufen brachte.“

„In der *Post* steht ein schöner Artikel über Nicks Vereidigung, falls du den lesen möchtest. Die Zeitung hat gestern eine Umfrage in Virginia gemacht. Über achtzig Prozent der Befragten befürworten es, dass der Gouverneur Nick eingesetzt hat, um John O'Connors Amtszeit fortzuführen. Das ist eine verdammt hohe Zustimmungsquote für den Anfang.“

Sam nahm die Titelseite und sah das große Foto, das sie zeigte, wie sie die Bibel hielt bei Nicks Vereidigung. „Du meine Güte! Du hättest mich wenigstens warnen können!“

„Und mir diese Reaktion entgehen lassen? Auf keinen Fall.“

In der Bildunterschrift hieß es: „Metro Police Lieutenant Sam Holland hält die Bibel, während der Präsident des Obersten Gerichtshofes, Byron Riley, Nicholas Cappuano den Amtseid abnimmt. Cappuano, Demokrat aus Virginia, wird das letzte Jahr der Amtszeit des kürzlich ermordeten Senators John O'Connor weiterführen. Die Romanze zwischen Cappuano und Holland hat in den vergangenen Wochen die gesamte Hauptstadtregion beschäftigt."

Skip lachte. „Das ist vielleicht ein Foto. Du siehst aus wie versteinert."

Sam legte den Kopf auf die Tischplatte. „Warum interessieren die sich nur so sehr für uns?"

„Ihr seid jung und attraktiv, ihr habt wichtige Jobs, und die Leute lieben eine gute Romanze."

„Warum können die sich nicht um ihre eigenen Angelegenheiten kümmern?"

„Tja, so ist es eben. Und ehe das Interesse wieder erlahmt, wird es vermutlich noch schlimmer werden – vorausgesetzt, dass das Interesse tatsächlich erlahmt."

„Na fabelhaft."

Skips Pflegerin und Verlobte, Celia, kam mit einem Wäschekorb aus dem Keller herauf. „He, Sam, hast du schon die Zeitung gesehen? Was für ein schönes Foto von dir und Nick!"

Skip grinste, während Sam finster dreinblickte.

„O ja, sehr schön", sagte Sam.

„Sam mag es nicht, im Scheinwerferlicht zu stehen", erklärte Skip.

„Ich finde es so süß", meinte Celia mit einem verträumten Gesichtsausdruck. „Ihr zwei seid so hinreißend zusammen."

Skip prustete, und Sam schlug mit der Stirn auf den Tisch.

Detective Freddie Cruz lief auf dem Gehsteig vor „Total Fitness" in der Sixteenth Street auf und ab. An diesem ersten Tag des neuen Jahres war er voller Vorsätze, aber keiner beinhaltete, noch mehr Zeit vor dem Fitnessstudio zu verbringen. Nein, dies war das Jahr, in dem er endlich mit einer Frau ins Bett gehen würde. Ganz gleich, was dazu nötig war und was er tun musste, ganz gleich auch, welche persönlichen Ideale er dafür würde opfern müssen – er würde Sex haben.

Von einer alleinstehenden Mutter zum strenggläubigen Christen erzogen, hatte er neunundzwanzig Jahre sein Bestes getan, um seine Mutter stolz zu machen, indem er sich für die Ehe aufsparte. Aber da er nicht einmal eine Freundin hatte, geschweige denn eine potenzielle Ehefrau, und da der Aufruhr der Hormone ihm das Leben zur Hölle machten, hatte er beschlossen, den Kampf aufzugeben.

Nicks Assistentin Ginger hatte sich ihm auf der Party letzte Nacht förmlich an den Hals geworfen. Nur war Freddie nicht an ihr interessiert.

Seit er und Sam die Personal Trainerin Elin Svendsen im Zuge der O'Connor-Ermittlungen befragt hatten, fantasierte er Tag und Nacht von ihr. Die offene Art, in der sie über bizarre Sexpraktiken gesprochen hatte, die sie mit dem Senator ausprobiert hatte, ging ihm nicht aus dem Kopf. Er konnte an nichts anderes mehr denken als an diese Frau. Sie war diejenige, die er wollte.

Aus diesem Grund lungerte er vor „Total Fitness" herum, in dem für ihn typischen Trenchcoat, während er versuchte, den Mut aufzubringen, hineinzugehen und um ein individuelles Training zu bitten. Sie brauchte nicht zu wissen, dass er an einem persönlichen Training ganz besonderer Art interessiert war. Zumindest jetzt noch nicht.

„Detective Cruz?"

Erschrocken sah er auf, und da war sie. Groß, blond – so blond, dass ihre Brauen beinahe weiß waren – mit dunkelblauen Augen und einem Lächeln wie aus einer Zahnpastawerbung. Sie trug ein kleines Tablett mit vier Kaffeebechern darauf und war mit einer hellblauen Daunenweste sowie einer schwarzen Yogahose bekleidet. Bei ihrem Anblick hätte Freddie fast angefangen zu sabbern. In Wirklichkeit war sie noch sexyer als in seiner Erinnerung – und er erinnerte sich an jedes einzelne quälende Detail jener Nacht, in der er sie in einem Motelzimmer beschützt hatte, während Thomas O'Connor die Exfreundinnen seines Vaters gejagt hatte.

„Dachte ich mir doch, dass Sie das sind", sagte sie. „Wie geht es Ihnen?"

„Ich, äh, gut. Und Ihnen?"

„Verrückter Tag heute. Für uns ist es der arbeitsreichste Tag im Jahr, Sie wissen schon, wegen all der guten Vorsätze."

„Ja, klar." Freddie dachte an seine eigenen Vorsätze.

„Arbeiten Sie an einem Fall?"

„Ich?" Nein, du Idiot, tadelte er sich im Stillen, sie meint den anderen Typen, mit dem sie gerade redet. „Heute nicht. Ich war in der Gegend und dachte über Vorsätze nach."

Sie lächelte.

Er wurde hart wie Stein und war froh über den langen Mantel.

„Möchten Sie mit reinkommen? Ich könnte Ihnen alles zeigen und Ihnen unser Programm erklären."

„Hm, ja, das klingt gut." Er fragte sich, ob sie es befremdlich finden würde, wenn er drinnen den Mantel anbehielt.

Nachdem sie den Sonntagnachmittag damit verbracht hatte, Nick beim Packen seiner Sachen in Arlington zu helfen, wachte Sam am Montagmorgen mit Magenschmerzen auf. Sie lag ruhig in Nicks großem neuen Bett und versuchte, durch ihre Atmung die inzwischen vorhersagbaren Schmerzen unter Kontrolle zu halten. Sobald sie gestresst oder nervös war, konnte sie sich darauf verlassen, dass ihr Magen sich meldete. Und dem momentanen scharfen Schmerz nach zu urteilen, musste sie ziemlich nervös sein.

Heute würde sie offiziell das Kommando über die Detective-Einheit im Hauptquartier übernehmen. Diesen Job hatte sie haben wollen, seit sie Detective geworden war. Doch sie empfand Nervosität angesichts der Verantwortung, die die Führung von vierzig Detectives mitbrachte, die Hunderte von Fällen jedes Jahr bearbeiteten, von den Personalangelegenheiten ganz zu schweigen.

Ein weiterer stechender Schmerz ließ sie wimmern.

Nick legte den Arm um sie. „Was ist los?"

„Mein Magen."

„Das reicht jetzt. Ich besorge dir einen Termin beim Arzt."

„Ich kümmere mich selbst darum. Heute."

„Versprochen?"

Sam biss sich auf die Unterlippe und nickte, da ein weiterer scharfer Schmerz ihr den Atem nahm.

„Komm her." Er bettete ihren Kopf auf seine Schulter, streichelte ihr den Rücken und sprach leise mit ihr.

Sam entspannte sich unweigerlich in seinen Armen. Umgeben von seinem ganz individuellen, wundervollen Duft, konzentrierte sie sich darauf, durch ruhiges Atmen die Schmerzen in den Griff zu bekommen. „Bist du nervös?", erkundigte sie sich. „Wegen heute?"

„Ach was. Wir werden am selben Ort mit denselben Leuten arbeiten."

„Nur dass wir ab jetzt Vorgesetzte sind."

„Wird dich das verändern?"

„Ich habe nicht vor, mich dadurch verändern zu lassen", entgegnete sie.

„Ich auch nicht. Also wird alles bestens sein. Sei einfach du selbst, sei fair, dann kannst du gar nicht verlieren. Die anderen Detectives lieben dich. Die würden alles für dich tun, denn sie wissen, dass du auch alles für sie tun würdest."

„Einige Leute in der Abteilung glauben, ich hätte diese Beförderung nur bekommen wegen meinem Vater und seinen Verbindungen."

„Was, wie du sehr wohl weißt, nicht wahr ist."

Sam schluckte hart und sah ihn an. „In gewisser Hinsicht schon."

Er zog verwirrt die Brauen zusammen. „Was meinst du damit?"

„Ich hatte Probleme mit der Prüfung. Die ersten beiden Male bin ich durchgefallen – wegen meiner Lese-Rechtschreibschwäche. Diesmal habe ich nur knapp bestanden."

„Aber du *hast* bestanden."

„Mein Dad hat Farnsworth von meiner Dyslexie erzählt. Es lag in seinem Ermessen als Chief, meine Beförderung zu genehmigen. Wenn das jemals herauskommt, wird es heißen, ich sei begünstigt worden."

„Stellt die Prüfung denn das einzige Qualifikationskriterium dar?"

„Nein, dazu gehört natürlich noch mehr – Erfahrung,

Training, Verhörpraxis, die Akademie, auf der ich mir den Arsch aufgerissen habe. Auf das alles kommt es an."

„Dann hört es sich für mich eher danach an, als habe Farnsworth die fähigste Kandidatin befördert."

Sam lächelte und stellte fest, dass ihre Magenschmerzen verschwunden waren. „Und du bist nicht das kleinste bisschen voreingenommen."

„Kein Stück." Er hob ihr Kinn, um sie zu küssen. „Du wirst der beste Lieutenant, den die Abteilung je gehabt hat. Daran hege ich nicht den geringsten Zweifel."

Sie musste aufstehen und sich fertig machen, doch sie konnte sich einfach nicht aus seiner wärmenden Umarmung lösen. „Danke."

„Gern geschehen." Er rollte sich auf sie.

„Was wird das?", fragte sie mit einem neckischen Lächeln.

„Ich will nur sicherstellen, dass du an deinem ersten Tag ein gutes Frühstück bekommst", erklärte er und drang in sie ein.

Sam lachte und sog gleichzeitig vor Erregung scharf die Luft ein. „Wir haben keine Zeit ..."

„Dann sollten wir es lieber schnell machen."

„Hm", meinte sie seufzend. „Ich liebe es schnell."

7

Als Sam und Nick fünfundvierzig Minuten später sein Haus verließen, wurden sie geblendet von Kamerablitzen.

„Was ist denn jetzt los?", murmelte Sam und bedeckte ihre Augen.

Nick umfasste ihren Ellbogen und führte sie die Treppenstufen hinunter. „Lasst uns durch", verlangte er mit beherrschtem Zorn und bahnte sich seinen Weg zwischen dem halben Dutzend Fotografen hindurch. „Verdammt noch mal", flüsterte er.

Um den Fotografen nicht noch mehr Material zu liefern, versuchte Sam, Nicks Hand abzuschütteln, doch sein Griff wurde nur fester.

Sie erreichten ihren Wagen und Nick nahm ihre Schlüssel, um aufzuschließen. Während weiter die Blitzlichter um sie herum zuckten, sagte sie mit erzwungenem Lächeln zu ihm: „Das ist lustig."

Seine Miene war undurchdringlich. „Ich rufe dich an. Viel Glück heute."

„Dir auch." Ohne den Kuss, den sie gern gehabt hätte, stieg Sam in den Wagen, und Nick warf die Tür zu. Sie schaute ihm hinterher, bis er in seinem schwarzen BMW saß. Ihr Handy klingelte. „Holland", meldete sie sich, ohne auf die Anruferkennung zu achten.

„Ist alles in Ordnung mit dir?", fragte Nick.

„Bestens. Und bei dir?"

„Fantastisch", antwortete er lachend. „Tut mir leid."

„Was denn?"

„All diese Aufmerksamkeit. Sie wird nachlassen, irgendwann."

„Das bezweifle ich."

„Du klingst genervt", stellte er fest.

„Eher resigniert."

„Wann wirst du mir vorhalten, dass du es mir gleich gesagt hast?"

„Das spare ich mir für einen geeigneten Moment auf, wenn ich es wirklich brauche", scherzte sie. Die Kombination aus seiner sexy Stimme und ihrem Geplänkel half, ihre gute Laune wiederherzustellen.

„Darauf freue ich mich schon", sagte er. „Sehe ich dich später?"

„Ja, wirst du. Hab dich lieb."

„Hab dich auch lieb, Schatz. Pass auf dich auf."

„Mach ich immer."

Sam steuerte durch den Berufsverkehr und erreichte das öffentliche Gebäude fünfzehn Minuten später. Ihre gute Laune verschwand erneut, als sie Lieutenant Stahl vorfand, der in dem Büro wartete, das früher seins gewesen war.

„Ich muss den Hausmeister informieren." Sie schaltete das Licht ein und hängte ihren Mantel hinter die Tür. „Die Rattenfallen, die hier aufgestellt wurden, funktionieren anscheinend nicht."

„Sie halten sich wohl für äußerst witzig, was?"

Sein wabbelndes Doppelkinn erzeugte bei ihr Übelkeit.

Sam nahm sich vor, sich aus dieser Ecke des Büros fernzuhalten, bis sie desinfiziert war.

„Und Sie sind mein erster Tagesordnungspunkt."

„Ich fühle mich geschmeichelt."

Er kniff die Knopfaugen zusammen. „Sie werden nicht mehr so vorlaut sein, wenn Ihre erbärmliche Affäre mit einem Zeugen Ihnen die Degradierung zum Streifendienst eingebracht hat."

Sie stützte sich auf den Schreibtisch, um ihm in die Augen zu sehen. „Raus damit, was wollen Sie?"

Wütend hievte er sein breites Gesäß aus dem Sessel. „Ihr

Wunsch ist mein Befehl." Er knallte ihr einen Zettel auf den Schreibtisch. „Anhörung nächste Woche. Seien Sie hier und bereit, sich zu rechtfertigen."

„Ich freue mich schon darauf", sagte sie und atmete oberflächlich, um dem Magenschmerz zuvorzukommen.

„Glauben Sie ja nicht, Ihr edler Daddy könnte Sie diesmal herausboxen, Lieutenant." Er blieb an der Tür stehen und bedachte sie mit einem schmierigen Grinsen. „Und genießen Sie Ihren neuen Titel, solange Sie noch können. Wenn ich mit Ihnen fertig bin, werden Sie schon froh sein über einen Job bei der Nachtschicht eines Sicherheitsdienstes im Parkhaus."

Sam ließ ihn das letzte Wort haben, denn sie hätte ohnehin nicht sprechen können, selbst wenn sie gewollt hätte. Sobald sie allein war, ließ sie sich in ihren Bürosessel sinken und wartete darauf, dass der Schmerz vorbeiging. So hatte sie ihren ersten Tag ganz sicher nicht beginnen wollen.

Freddie erschien im Türrahmen. „Na, richtest du dich gerade ein, Lieutenant?" Er schaute genauer hin. „Was ist los?"

Sam strengte sich an, um den Schmerz und die Wut abzuschütteln. „Nichts. Wie geht es dir? Hattest du schöne Weihnachten?"

Er trat ein und schloss die Tür hinter sich. „Du bist leichenblass. Was ist los?"

Sie reichte ihm den Zettel, den Stahl ihr dagelassen hatte.

Freddie überflog ihn, und seine Miene verdüsterte sich. „Eine Vorladung von den Internen Ermittlungen? Was soll das?"

„Nick."

„Was ist mit ihm?"

„Stahl hat die Internen Ermittlungen eingeschaltet, weil ich während des laufenden Falls O'Connor ein Verhältnis mit Nick angefangen habe."

„Ist das dein Ernst? Ohne Nicks Hilfe wären wir immer noch auf der Suche nach O'Connors Mörder."

„Er war derjenige, der die Leiche von O'Connor gefunden hat, also habe ich, technisch gesehen, mit einem Zeugen gevögelt. Stahl wird einen Weg finden, mich dafür dranzukriegen."

„Du musst dir keine Sorgen machen. Farnsworth und Malone stehen hinter dir."

„Sie werden bestätigen müssen, dass ich mich während der laufenden Ermittlung mit Nick eingelassen habe." Sie strich über ihre Haare, die sie mit einer Klammer zusammengesteckt hatte. „Dieser verdammte Peter." Allein der Gedanke an ihren Exmann versetzte ihren Magen in Aufruhr, aber eher wegen der Abscheu, nicht wegen irgendwelcher Schmerzen. Aus rasender Eifersucht hatte er an ihrem und Nicks Wagen Bomben befestigt. Als Sams Wagen explodiert war, waren sie beide verletzt worden. Außerdem war ihre Affäre danach nicht mehr geheim gewesen. „Das ist alles seine Schuld. Hätte er mir nicht diesen Ärger gemacht, wäre das mit mir und Nick nicht herausgekommen, bevor Thomas O'Connor ins Gefängnis kam und wir darauf vorbereitet waren."

„Es wird schon in Ordnung kommen. Stahl ist sauer, weil man dir sein Kommando gegeben hat. Nur darum geht es, und das wird jeder durchschauen."

„Ich hoffe, du hast recht", sagte sie, nicht überzeugt. „Tu mir einen Gefallen und erwähne es weder Nick noch meinem Dad gegenüber."

„Du wirst es Nick nicht erzählen?", meinte Freddie ungläubig.

„Nicht, wenn es sich vermeiden lässt. Er hat momentan genug um die Ohren, und solche Sachen würden ihn nur aufregen."

„Wird er sich nicht noch mehr aufregen, wenn er herausfindet, dass du das vor ihm geheim gehalten hast?"

Sams finstere Miene war Antwort genug. Sie würde das auf ihre Weise regeln, und wenn Nick das nicht passte, hatte er eben Pech gehabt. Sie schrieb ihm ja auch nicht vor, wie er seinen Job zu machen hatte. „Sind Gonzo und Arnold schon hier?"

„Die kümmern sich um eine Vergewaltigung und sind gerade in der Notaufnahme des George Washington Hospital, wo sie das Opfer vernehmen."

„Schick sie zu mir, sobald sie hier sind. Ich will wissen, was sie bis jetzt über Clarence Reese herausgefunden haben. Ich habe diesen Namen meinem Dad gegenüber fallen lassen, aber er ist nicht darauf angesprungen. Falls er je Kontakt mit Reese hatte, erinnert er sich nicht daran."

„Frustrierend."

„Und ob. Ich frage mich dauernd, warum Reese all dieses Zeug über die Schüsse auf meinen Vater besessen hat, wenn er nicht irgendwie damit zu tun hat. Mal abwarten, was Gonzo und Arnold in Erfahrung haben bringen können, und dann nehmen wir uns der Sache heute Nachmittag selber an. Ich will mich mit Reese' Mutter und Bruder unterhalten."

„Du bist der Boss, Lieutenant."

„Es wird mir alles bizarr vorkommen hier, bis ich mich richtig eingearbeitet habe. Ich hätte Verständnis dafür, wenn du lieber einen anderen Partner möchtest ..."

Er hob die Hand. „Ich bin zufrieden mit der Partnerin, die ich habe."

„Ich werde in den nächsten Wochen Spät- und Nachtschichten machen, um alle genau kennenzulernen. Dazu hast du bestimmt keine Lust."

„Ich werde arbeiten, wann immer mein Partner arbeitet."

Sie musterte ihn misstrauisch. „Schleimst du dich gerade ein?"

„Auf jeden Fall."

Sie betrachtete ihn von Kopf bis Fuß. „Was ist eigentlich los mit dir? Du bist heute so schick angezogen."

„Ach nichts", meinte er, wurde dabei jedoch rot.

Sam stand auf und kam hinter ihrem Schreibtisch hervor, um ihn genauer in Augenschein zu nehmen. Als sie ihm nah genug gegenüberstand, setzte sie ihre einschüchterndste Miene auf. „Sag mir die Wahrheit – hast du mit dieser Ginger aus Nicks Büro etwas angefangen?"

„Nein!"

Sie schnupperte und stellte fest, dass er Eau de Toilette aufgetragen hatte. „Da ist doch was im Busch."

„Ich weiß nicht, wovon du sprichst." Er wich vor ihr zurück. „Nur weil du momentan im siebten Himmel schwebst, gilt das nicht auch automatisch für uns andere."

Sie hob eine Braue. „Wer hat denn etwas vom siebten Himmel gesagt?"

„Ich habe zu tun", brummte er, während sein attraktives Gesicht erneut rot anlief.

O ja, da war definitiv etwas im Busch.

„Sag mir Bescheid, wenn du loswillst", bat er, ehe er sich in sein Büroabteil im Detective Department flüchtete.

„Du wirst es als Erster erfahren."

Sie schaute ihm hinterher, registrierte seine gebügelte Khakihose und das aus der Hose hängende gestreifte Hemd, beides sehr untypisch für Freddie, der ansonsten Jeans und T-Shirt trug. Hat mein kleiner Junge etwa eine Freundin?, fragte Sam sich unvermittelt. Nachdenklich beschloss sie, ein Auge auf ihren jungen Kollegen zu haben.

Sie kehrte hinter ihren Schreibtisch zurück und las wieder und wieder die Vorladung zur Anhörung. Seufzend legte sie den Kopf auf die verschränkten Arme.

„Das beantwortet wohl meine Frage, wie Ihr erster Tag läuft."

Erschrocken schaute sie auf und entdeckte Captain Malone im Türrahmen. Ihr Förderer war beinahe ebenso groß wie Nick, mit breiten Schultern und grauen Haaren. Heute hatte er ein gestärktes weißes Uniformhemd und eine dunkle Hose an. Sein goldenes Abzeichen war an die Brust geheftet, seine Dienstwaffe trug er im Holster an der Hüfte.

„Ist schon Feierabendzeit?"

„Nicht mal Mittag, fürchte ich."

Sie legte den Kopf gegen die Sessellehne. „Mir war nie so ganz klar, was das eigentlich heißt: ‚Pass auf, was du dir wünschst.' Bis heute."

Er lachte.

„Vielleicht bin ich für so was nicht gemacht", gestand sie. „Ich bin noch keine Stunde im Büro, und schon sehne ich mich nach dem Außendienst."

„Es gibt keinen Grund, warum Sie nicht beides machen können."

Sie warf ihm einen skeptischen Blick zu.

„Sie sind immerhin der Boss, Lieutenant. Richten Sie alles so ein, wie es Ihnen am besten gefällt. Delegieren Sie."

Sam dachte über diesen Rat nach. „Ich werde verrückt, wenn ich nicht direkt an einigen Fällen arbeiten kann."

Er zuckte die Schultern. „Suchen Sie sich aus, was Sie wollen."

Zum ersten Mal seit ihrer Ankunft in ihrem neuen Büro hatte Sam einen Grund zu lächeln.

„Das nennt man ‚Kommando', Lieutenant. Übernehmen Sie das Kommando."

„Stahl hat alle Fäden selbst in der Hand behalten", erinnerte sie ihn.

„Stahl war ein Armleuchter. Seine Leute haben ihn gehasst, und seine Vorgesetzten auch. Schauen Sie sich von dem bloß nichts ab. Gehen Sie Ihren eigenen Weg. Hauptsache, Sie laden Ihren Mist nicht bei mir ab, dann kommen wir gut zurecht."

Sie nahm das Papier, das Stahl ihr dagelassen hatte, reichte es dem Captain und beobachtete seine missbilligende Miene, während er das Geschriebene las.

„Da ich mir sicher bin, dass Sie den Inhalt dieses Schreibens nicht vergessen, erlauben Sie mir, es dem Chief zu zeigen?"

„Nur zu."

„Machen Sie sich keine Sorgen. Solche Sachen lösen sich meistens in Wohlgefallen auf."

„Er kommt nicht damit klar, wie ich meinen Posten erhalten habe", sagte sie, auf ihr Büro deutend. „Er kann nicht beweisen, dass die Beförderung erschwindelt ist, also versucht er, die Vorlage zu nutzen, die ich ihm während des O'Connor-Falles gegeben habe."

„Nick galt zu keinem Zeitpunkt als Verdächtiger", erklärte Malone. „Das Schlimmste, was passieren kann, ist eine schriftliche Abmahnung."

„Das wäre trotzdem eine Ohrfeige."

„Vergessen Sie es vorläufig einfach. Ich werde von meiner Seite aus tun, was ich kann."

„Danke."

„Ich hoffe, Ihr Tag wird besser", meinte Malone mit einem aufmunternden Lächeln, bevor er sie mit den Aktenstapeln allein ließ, die sie von Stahl geerbt hatte.

Nicks erste Amtshandlung bestand in einem Meeting mit Christina und Trevor.

„Wir müssen uns über einen Stellvertreter unterhalten", sagte Christina und nahm ein Blatt Papier aus ihrem Ordner. „Hier ist eine Liste mit einigen Leuten, die infrage kommen."

Nick überflog die Liste der Mitarbeiter. „Darum habe ich mich bereits gekümmert."

Christina sah erschrocken auf. „Wer soll es machen?"

„Terry O'Connor."

Sie starrte ihn an. „Das ist ein Witz, oder?"

„Nein."

Sie wirkte geschockt. „Aber ich verstehe nicht – wieso?"

„Weil er sein Leben lang darauf vorbereitet wurde, einmal dieses Büro zu beziehen. Ich garantiere euch, dass er mehr Können einbringen wird als alle anderen auf deiner beeindruckenden Liste."

„Das hat mit deiner Loyalität den O'Connors gegenüber zu tun, richtig?"

Nick unterdrückte seinen aufwallenden Zorn. „Es hat ganz einfach nur mit meinen Vorstellungen zu tun, Christina."

„Er hat ziemlich viel im Gepäck", bemerkte Trevor.

„Glücklicherweise kandidieren wir für nichts", entgegnete Nick. „Nächster Punkt."

Die beiden tauschten einen Blick.

„Was ist los?"

Trevor nahm ein Blatt von seinem Stapel und hielt es hoch, damit Nick es sehen konnte.

„So ein Mist", murmelte Nick, als er den Ausdruck der Fotos sah, die heute Morgen vor seinem Haus geschossen worden waren. „Die sind schon online?"

„Auf der Seite der *Post* und auf der von *Star's*."

„Na klasse." Er malte sich Sams Reaktion auf die heimlichen Schnappschüsse aus.

„Wir haben auch neue Umfrageergebnisse", berichtete Trevor mit einem nervösen Blick zu Christina. „Ihre Zustimmungsrate liegt immer um die achtundsiebzig Prozent. Dummerweise gehören die anderen zweiundzwanzig Prozent zum konservativen, die Familienwerte vertretenden Lager, und das hält von solchen Fotos gar nichts."

„Tja, wie schade." Nicks Miene verriet Anspannung. „Ich erinnere euch noch einmal daran, dass ich für kein Amt kandidiere."

„Nein, aber diese moralische Minderheit kann dafür sorgen, dass das nächste Jahr für uns sehr unerfreulich wird", meinte Trevor.

„Es wird eine Ablenkung darstellen, Nick, äh, ich meine, Senator", sagte Christina. „Verzeihung."

„Das Thema ist tabu, Leute", erklärte Nick.

„Sie könnten der ganzen Sache ein Ende machen", schlug Trevor zögernd vor. „Sie wissen schon, indem Sie sie heiraten."

„Ich kann sie nicht einmal dazu bewegen, offiziell bei mir einzuziehen. Sie ist noch nicht bereit, und für die Ehe schon gar nicht. Nicht nach allem, was sie mit ihrem Exmann durchmachen musste."

„Ich weiß, Sie wollen das nicht hören, Senator", begann Trevor, „aber Ihre Beziehung zu dieser Frau lenkt die Aufmerksamkeit von den wichtigen Themen ab. Ich will damit nur sagen: wenn Sie sie davon überzeugen können, Sie zu heiraten, würde es den Medien den Wind aus den Segeln nehmen. Schon eine Verlobung würde die Dinge um einiges leichter machen."

„Er hat recht", sagte Christina. „Sobald die Beziehung legitim ist, wird sie ihre Faszination verlieren."

„Seid ihr zwei fertig damit, mein Privatleben zu analysieren?", beschwerte Nick sich.

Sie besaßen immerhin so viel Anstand, ein wenig verlegen auszusehen.

Nick beugte sich vor, um ihre ganze Aufmerksamkeit zu bekommen. „Die Beziehung ist längst legitim, und es ist mir herzlich egal, was irgendwer darüber denkt. Ist das klar?"

„Wir haben es verstanden", sagte Christina. „Wir bitten dich ja auch nur darum, über Trevors Worte nachzudenken. Falls ihr eine Heirat in Betracht zieht, wäre es nicht schlecht, wenn es bald passiert."

„Ihr habt Sam kennengelernt", sagte Nick, inzwischen amüsiert über diese lächerliche Unterhaltung. „Was glaubt ihr, wie sie die Idee findet, aus politischer Berechnung zu heiraten?"

„Wenn ich mal tippen soll – nicht so gut", gab Christina zu.

„Ganz genau. Können wir also bitte mit diesem Thema aufhören und uns dem zuwenden, weswegen wir hier sind?"

Christina räusperte sich und schaute in ihre Notizen. „Du bist um zehn mit Senator Martin am Telefon verabredet, um darüber zu sprechen, wie ihr O'Connor-Martin nach der Pause wieder in die Debatte bringt. Außerdem hat Senator Cooks Büro angerufen, weil er sich mit dir zum Mittagessen treffen will, falls du Zeit hast."

„Das ist gut", sagte Nick, da er den dienstälteren Senator von Virginia, der zur demokratischen Partei gehörte, unbedingt so bald wie möglich treffen wollte.

„Und wir haben für heute Abend Studiozeit gebucht, damit du deine Willkommensbotschaft aufzeichnen kannst, die in den Flughäfen Virginias gezeigt wird."

„Ich erinnere mich daran, wie John das vor Jahren gemacht hat", sagte Nick und lächelte bei der Erinnerung an die fast fünfzig Takes, durch die John sich geholpert hatte, bis die einminütige Botschaft im Kasten war. Der Schmerz über seinen Verlust kehrte mit plötzlicher Heftigkeit zurück und rief Nick ins Gedächtnis, wie er hierhergekommen war. Er atmete tief durch und konzentrierte sich wieder. „Sonst noch was?"

„Es gab eine Menge Interview-Anfragen", berichtete Trevor und reichte ihm eine zweiseitige Liste von Reportern.

„Ich werde mir das ansehen", versprach Nick.

„Trevor, würdest du uns bitte einen Moment allein lassen?", wandte Christina sich an ihren Kollegen.

„Natürlich." Trevor stand auf, verließ den Raum und machte die Tür hinter sich zu.

Nick musterte seine Mitarbeiterin misstrauisch. „Wenn du jetzt wieder wegen Sam anfängst ..."

„Nein", unterbrach sie ihn und knetete nervös ihre Hände, was bei ihr äußerst selten vorkam. „Ich wollte dich fragen, ob es dir etwas ausmachen würde, oder ob es vielleicht komisch aussähe, wenn, na ja ..."

Nick lachte. „Raus damit."

„Sams Freund, Tommy Gonzales, hat mich gefragt, ob ich mit ihm ausgehen möchte. Ich wollte nur wissen, ob du ein Problem damit hast."

Während er zu entscheiden versuchte, ob er in der Stimmung war, sich ein wenig mit ihr anzulegen, lehnte er sich zurück und betrachtete sie eingehend. „Warum sollte ich etwas dagegen haben?"

„Aus zweierlei Gründen. Erstens bin ich bei Sam nicht gerade beliebt."

„Sie hat keinen Streit mit dir, Chris. Sicher, im Zuge der Ermittlungen hat sie dir zugesetzt, aber das war nichts Persönliches."

„Mir kam es ziemlich persönlich vor."

Da er dagegen nicht argumentieren konnte, versuchte er es gar nicht erst. „Was ist der zweite Grund?"

„John", antwortete sie mit leiser Stimme. „Es ist erst einige Wochen her. Es ist noch zu früh für mich, um daran zu denken, mit jemand anderem auszugehen."

Nick stand auf und kam hinter seinem Schreibtisch hervor. „Du warst ihm eine loyale und vertrauensvolle Freundin. Ich weiß, dass du starke Gefühle für ihn gehegt hast, aber ihr zwei wart kein Paar, auch wenn du es dir anders gewünscht hättest. Daher sehe ich nicht, was daran unpassend sein könnte, wenn du ein Date mit jemandem hast."

Ihre Miene hellte sich auf. „Danke." Mit einem boshaften Grinsen fügte sie hinzu: „Sam wird Augen machen, wenn sie hört, dass ich mit Tommy ausgehe."

„Wahrscheinlich."

„Warum macht diese Tatsache es noch aufregender?"

„Sei bloß nett zu ihr", ermahnte er sie.

„Unbedingt", sagte sie und schaute beim Verlassen des Raumes lächelnd über die Schulter. „Immer."

8

Um die Mittagszeit begleitete Senator Robert Cook Nick in den Speisesaal des Senats. „Ich bin froh, dass Sie heute für mich Zeit haben, Nick."

In Gegenwart dieser lebenden Institution des Senats war Nick nervös. Sicher, er hatte mit Cooks Stab jahrelang eng zusammengearbeitet, aber nur sehr begrenzt Kontakt zu dem Mann persönlich gehabt. Mit ihm allein zu essen war jedenfalls etwas völlig Neues. „Danke für die Einladung."

„Es ist eine gute Gelegenheit, um uns außerhalb der Sitzungsperiode besser kennenzulernen", erklärte Cook mit seiner tiefen Stimme.

Sie wurden an einen Tisch in dem prunkvollen Raum geführt, in dem nur ein weiterer Tisch besetzt war.

„Southern Comfort, pur, Schätzchen", sagte Cook zur Kellnerin.

Sie lächelte. „Süßen Tee, Senator?"

„Ach, na meinetwegen", gab Cook nach und machte ein so niedergeschlagenes Gesicht, dass Nick grinsen musste.

„Das Gleiche für mich", sagte er.

„Millie hat allen von meinem verdammten Blutdruck erzählt", brummte Cook, auf seine Frau anspielend. „Jetzt kriege ich nirgendwo in der Stadt mehr einen anständigen Drink."

Nick lächelte über die Zerknirschtheit des Senators.

„Sie sollten die Senatsbohnensuppe probieren", empfahl Cook.

Es gab Nick einen Stich, als er sich daran erinnerte, wie sehr John diese traditionelle Suppe gemocht hatte. „Die kenne ich. Senator O'Connor hat sie geliebt."

„Ja", sagte Cook. „Das hat er."

Als die Kellnerin mit den Getränken zurückkam, bestellten sie zwei Teller Suppe und Putenkeulen.

Cook schüttelte den Kopf, wobei seine weiße Mähne sich kaum bewegte. „Schrecklich, was mit ihm geschehen ist. Aber das muss ich Ihnen wohl nicht erzählen."

„Nein, Sir."

Cook drückte eine Zitrone über seinem Tee aus und rührte um. Jede seiner Bewegungen und Gesten verriet, wie wohl er sich in seiner Haut fühlte. Nick war unweigerlich ein wenig eingeschüchtert. „Wie heißt es doch gleich?", meinte Cook. „Wenn das Leben Zitronen an dich austeilt, mach Limonade draus."

„In Massachusetts, wo ich aufgewachsen bin, sagen wir: ‚Drück sie auf einem Hummer aus.'"

Auf Cooks faltigem Gesicht erschien ein Lächeln. „Das gefällt mir. Sehr gut." Er trank einen großen Schluck. „Das Leben hat an Sie ein paar Zitronen ausgeteilt, Nick. Es wird Zeit, sie auf einem Hummer auszuquetschen."

„Das habe ich auch vor. Tatsächlich habe ich bereits mit Senator Martin gesprochen. Wir haben beschlossen, jedes Mitglied anzurufen und zu versuchen, gleich nach der Pause O'Connor-Martin wieder in die Debatte einzubringen."

Cook nickte zustimmend. „Ich sage es nur ungern, aber wir müssen auf die Tränendrüse drücken und die Sache in Gang bringen, bevor die Leute O'Connors viel zu frühen Tod vergessen haben."

Nick war sich ziemlich sicher, dass er den Tod von John O'Connor nie vergessen würde, zog es jedoch vor, lieber nichts zu sagen. Cook besaß jahrzehntelange politische Erfahrung – und er hatte recht. Es würde nicht lange dauern, bis das offizielle Washington vergessen hatte, dass John einst in den Hallen der Macht gedient hatte. Jetzt war der richtige Zeitpunkt, um das

Einwanderungsgesetz von historischer Bedeutung erneut auf den Weg zu bringen.

Cook beugte sich über den Tisch und senkte die Stimme. Er schien seine Worte sorgsam zu wählen. „Sie haben nur ein Jahr. Ich würde Ihnen gern dabei helfen, etwas Bleibendes daraus zu machen."

„Dafür wäre ich Ihnen sehr dankbar, Senator."

„Nennen Sie mich Bob. Aber wie ich schon erwähnte, die Zeit vergeht schnell, und es liegt sicher in Ihrem Interesse, in Ihrem Amt die größtmögliche Wirkung zu entfalten."

Nick aß die wohlschmeckende Suppe und nickte. „Natürlich."

„Ich denke, es wäre das Beste, Sie würden mich vorangehen lassen und mir folgen. Auf diese Weise kann ich Ihnen den Weg etwas ebnen."

Nick legte den Löffel in den Teller und wischte sich den Mund mit der weißen Stoffserviette ab. Er mochte jünger und unerfahrener sein, aber er erkannte Herablassung, wenn er ihr begegnete. Er fragte sich, ob Cook das Gleiche bei John versucht hatte. Nick war das jedenfalls nicht zu Ohren gekommen. „Ich fürchte, ich werde mich Ihnen nicht anschließen, Bob", erklärte er, nachdem er beschlossen hatte, sich zunächst mal dumm zu stellen, für den Fall, dass er die Worte des anderen falsch interpretierte.

„Nun, schauen wir den Tatsachen ins Gesicht. Ihnen bleibt gar keine Zeit, es ganz allein zu versuchen. Und wir beide dienen demselben Wahlkreis. Wenn Sie mir das Kommando überlassen, werden Sie gut dastehen, und die Partei bekommt von uns beiden das, was sie braucht."

Nein, er hatte nichts falsch interpretiert. Nick schluckte seinen Ärger herunter und zwang sich, ruhig zu bleiben, während sein Gegenüber sich weiter ins Abseits brachte.

„Nehmen Sie nur diese Nominierung von Julian Sinclair, zum Beispiel."

„Was ist damit?"

„Er ist eine schlechte Wahl für den Obersten Gerichtshof. Viel zu links. Ich weiß nicht, was Nelson sich dabei gedacht hat." Cooks Miene verfinsterte sich. „Er hat uns in arge Bedrängnis gebracht, denn was bleibt uns anderes übrig, als den Mann zu bestätigen?

Schließlich können wir den Republikanern keinen so leichten Sieg gönnen."

„Sinclair ist ein renommierter Jurist. Ich halte ihn für eine kluge Wahl."

„Er ist ein polarisierender Mistkerl", konterte Cook, und seine zuvor freundliche Miene verhärtete sich, als ihm zu dämmern schien, dass Nick einen eigenen Kopf hatte und die Absicht besaß, diesen auch zu benutzen. „Sie wollen mir doch nicht ehrlich sagen, dass Sie seine Nominierung unterstützen."

„Nicht nur das. Abgesehen davon, dass er ein guter Freund von mir ist, genießt Julian den Ruf eines allseits respektierten Anwalts, und ich habe die größte Hochachtung vor ihm."

Cook verzog das Gesicht. „Warten Sie, bis die Proteste gegen ihn losgehen. Ich hoffe nur, er hat für Rückendeckung gesorgt. Jemand könnte es auf ihn abgesehen haben."

„Ist das eine Drohung?", fragte Nick einigermaßen entsetzt.

„Seien Sie nicht albern. Natürlich ist das keine Drohung." Cook trank einen weiteren großen Schluck seines Tees, ehe er seine harten Augen auf Nick richtete. „Mein Sohn, Sie sind noch nicht lange genug im Geschäft, um zu wissen, wie sehr eine solche Nominierung dem Senat schaden kann. Sie würde eine Spaltung herbeiführen, und dieser Streit könnte die gesamte Legislaturperiode hindurch anhalten."

Nick merkte, dass er den anderen erschreckte, als er einfach aufstand und seine Serviette neben den halb leeren Suppenteller warf. „Ich weiß es sehr zu schätzen, dass Sie mir die Grundregeln erklären, Senator. Aber ich bin mir ziemlich sicher, dass ich über genügend Erfahrung verfüge, um das Beste aus meinem Jahr im Amt zu machen." Er wandte sich zum Gehen, drehte sich aber noch einmal um. „Oh, und übrigens steht es Ihnen frei, mich Nick oder Senator zu nennen. Aber Ihr Sohn bin ich nicht. Ich wünsche Ihnen noch einen schönen Tag."

Sam stand in Clarence Reese' Schlafzimmer und betrachtete das Foto, das ihn mit Frau und Kindern zeigte. Die Polizei hatte die Stadt durchkämmt, aber nirgends eine Spur gefunden von dem Mann, der seine Familie abgeschlachtet hatte. Falls Reese' Mutter oder Bruder wussten, wo er sich aufhielt, verrieten sie es nicht. Bis man ihn gefunden hatte, konnte Sam nur spekulieren, was Reese mit den Schüssen auf ihren Vater zu tun hatte.

„Sind wir hier fertig?", fragte Freddie an der Tür. „Dieses Haus ist gruselig."

Sam warf einen letzten langen Blick auf den Mann auf dem Foto, dann drehte sie sich zu ihrem Partner um. „Irgendetwas übersehen wir."

„Die Spurensicherung hat dieses Haus regelrecht auseinandergenommen." Der unordentliche Zustand des Hauses bestätigte diese Aussage. „Da war nichts."

Sam legte die Hand auf ihren Magen, da sie in Situationen wie dieser allein auf ihr Bauchgefühl vertraute. „Da ist etwas. Ich weiß es."

„Was soll ich machen? Wo soll ich suchen?"

„Das allerdings weiß ich nicht", gestand sie und fühlte sich unzulänglich. „Ich wünschte, ich wüsste es."

„Sam, hör zu. Vielleicht ist es nur Zufall, dass Reese all diese Zeitungsausschnitte besitzt ..."

„Das glaubst du ebenso wenig wie ich."

Das Scheppern von Metall in der Gasse hinter dem Haus ließ sie beide aufhorchen.

„Was war das?", flüsterte Freddie.

Sam zog ihre Waffe und machte ihm ein Zeichen, es ihr gleichzutun. Sie zeigte zur Haustür und machte sich auf den Weg zum Hintereingang.

Langsam, mit erhobener Waffe, näherte sie sich der Tür. Erneutes Klappern war draußen zu hören, vermutlich eine Katze oder ein Waschbär. Oder der Täter, der törichterweise an den Tatort zurückkehrte. Sam hoffte inständig, Letzteres möge zutreffen. In diesem Moment schwang die Tür auf.

„Keine Bewegung!" Sam erhaschte einen kurzen Blick auf Reese' erstauntes Gesicht, ehe er kehrtmachte und losrannte. „Stehen bleiben, Polizei!" Sam rannte ihm hinterher, die Stufen hinunter und durch eine stinkende Gasse, in der sich links und rechts einen Meter hoch der Müll stapelte. Normalerweise hätte sie auf ihn geschossen, aber tot nützte er ihr nichts. Er hatte Informationen, die sie unbedingt brauchte. Sie hoffte, dass

Freddie ihm am anderen Ende der Gasse den Weg abschneiden würde. Ihre Schenkel brannten vom Rennen, ihre Lunge zog sich zusammen, während sie keuchend die kalte Luft ein- und ausatmete.

Reese schaute zurück, erkannte, dass sie aufholte und feuerte auf gut Glück über die Schulter. Die Kugel sauste an Sams rechtem Ohr vorbei, was ihre Wut und ihre Entschlossenheit, ihn zu erwischen, noch stärker anfachte. *Das mag bei meinem Dad funktioniert haben, du Dreckskerl, aber es braucht mehr als einen schlechten Schuss, um mich zur Strecke zu bringen.* Vom Adrenalin befeuert, sprang sie über einen im Weg liegenden Müllsack, landete auf einer vereisten Fläche und fiel.

Ihr Kinn fing den Großteil der Aufprallwucht ab. Sam schrie vor Schmerz auf und versuchte instinktiv, mit der freien Hand den Sturz abzufangen. Ellbogen und Knie schlugen aufs Pflaster. Sie schaute gerade noch rechtzeitig auf, um Reese am Ende der Gasse verschwinden zu sehen. Von Freddie war weit und breit nichts zu sehen.

Einen langen Moment lag sie einfach da, schätzte ihre Verletzungen ein und versuchte, wieder zu Atem zu kommen. Die kalte Luft machte das Atmen schmerzhaft, aber das war nichts im Vergleich zu ihrem brennenden Kinn, den Knien und Ellbogen. Sie zwang sich aufzustehen und rief Verstärkung, um die Nachbarschaft zu durchkämmen. Reese hatte sich offenbar nicht sehr weit entfernt, nachdem er seine Familie abgeschlachtet hatte.

Langsam schaffte sie es bis zum Ende der Gasse, wobei jeder Schritt mehr wehtat als der vorangegangene. Da von Freddie immer noch nichts zu sehen war, ging sie zur Vorderseite des Hauses, wo er gerade damit beschäftigt war, einem stämmigen dunkelhaarigen Mann Handschellen anzulegen. Ihr Herz schlug schneller. Hatte er Reese doch geschnappt? Aber als er den gefesselten Mann umdrehte, konnte sie sehen, dass es nicht Reese war, sondern dessen Bruder Hector, den sie gestern befragt hatten.

„Was hast du?", fragte Sam Freddie, während sie auf die beiden zuhumpelte.

„Was ist mit dir passiert? Du bist verletzt."

„Es geht mir gut. Ich bin auf einem Stück Glatteis ausgerutscht, als ich Reese verfolgt habe. Nicht schlimm. Was ist mit dem da?"

„Von deinem Kinn tropft Blut und du sagst, es sei nicht schlimm?"

Sam wischte sich das Blut ungeduldig mit der Hand ab und gab ihm durch ihren Blick zu verstehen, dass er jetzt lieber schnell mit Informationen über Reese' Bruder herausrückte.

„Ich habe diesen Kerl erwischt, als er durch die Haustür kam. Er meinte, er brauche ein paar Dinge und habe jedes Recht, das Haus seines Bruders zu betreten."

„Es handelt sich um einen Tatort", erinnerte Sam Hector Reese. „Man hat Ihnen gesagt, dass Sie sich von hier fernzuhalten haben."

„Meine Mama wollte ein paar Sachen von den Kindern", erklärte er unwirsch und funkelte sie an. „Es ist sehr schwer für sie."

„Wenn das so ist, warum haben Sie dann Ihren Bruder mitgebracht, von dem sie angeblich nicht wissen, wo er sich aufhält, wie Sie uns gestern gesagt haben? Der Bruder, der diese Kinder umgebracht hat, die Ihre Mutter nun betrauert."

„Ich habe ihn nicht mitgebracht", erwiderte Hector. „Und er hat niemanden umgebracht."

„Oh, dann sollen wir vermutlich glauben, dass Sie und ihr Bruder sich rein zufällig zur gleichen Zeit ins Haus geschlichen haben?" Sam sah zu Freddie. „Kaufst du ihm das ab, Cruz?"

„Keine Sekunde, Lieutenant."

„Haben Sie uns noch etwas zu sagen, Reese?"

Hector schaute zu Boden, und seine ganze Haltung verriet Feindseligkeit.

„Das werte ich als ein Nein." Sam deutete auf einen der eintreffenden Polizisten. „Nehmen Sie Mr. Reese bitte mit und sperren Sie ihn ein."

„Weswegen denn?", schrie Hector. „Das ist das Haus meines Bruders!"

„Widerrechtliches Betreten eines Tatorts, Deckung eines polizeilich Gesuchten."

„Ich habe es Ihnen doch schon gesagt! Ich weiß nicht, wo er ist!"

Sam baute sich vor ihm auf. „Und ich habe Ihnen schon gesagt, dass ich Ihnen nicht glaube."

„Polizeischlampe", murmelte er vor sich hin.

„Was war das, Hector? Ich habe Sie nicht verstanden."

Er funkelte sie wütend an.

„Setzen Sie Ruhestörung mit auf die Liste", sagte Sam zu dem Polizisten, der Hector zum Streifenwagen führte. „Ach, und falls Sie uns doch noch verraten wollen, wo sich Ihr Bruder aufhält, rede ich gern mit dem Staatsanwalt über eine Reduzierung der Anklagepunkte."

„Leck mich."

„Ich versuche nur nett zu sein, aber es bringt einfach nichts", beklagte sie sich bei Freddie. „Das verletzt meine Gefühle."

„Wenn du Gefühle hättest, tätest du mir leid."

Sam schnaubte. „Nicht schlecht, Cruz. Du wirst besser."

„Ich arbeite in meiner Freizeit daran." Er sah sie an. „Wir sollten in die Notaufnahme fahren, damit die mal einen Blick darauf werfen."

„Ich habe zu Hause Verbandszeug." Zumindest hoffte sie, dass Nick welches da hatte. Sie schaute sich lange um. „Reese versteckt sich ganz in der Nähe."

„Ich frage mich, was er in dem Haus vergessen hat, das ihm wichtig genug erschien, dieses Risiko einzugehen."

„Ich will eine Rund-um-die-Uhr-Überwachung. Morgen lassen wir die Spurensicherung noch einmal kommen, um herauszufinden, was er gewollt hat. Und dann nehmen wir das Absperrband weg und stellen ihm eine Falle. Was auch immer er sucht, er wird wiederkommen. Beim nächsten Mal sind wir bereit."

Viel später an diesem Abend, nach gefühlt mindestens sechzig Takes für den Spot, der die Fluggäste auf den Flughäfen Virginias willkommen heißen sollte, betrat Nick sein Haus in Capitol Hill, für das er morgen den Kaufvertrag unterschreiben sollte. Er wurde empfangen von hämmernder Musik aus dem ersten Stock. Lächelnd lehnte er sich mit dem Rücken gegen die Haustür. In den letzten Wochen hatte er festgestellt, dass Sam die Musik der Rockband Bon Jovi liebte, und zwar laut.

Er legte den Kopf schräg und lauschte, bis er den Song „Make a Memory" erkannte, einer ihrer Lieblingssongs. Obwohl Nick es kaum erwarten konnte, sie zu sehen, nahm er sich einen Moment Zeit, sich in der weiten Leere des Erdgeschosses umzusehen. Ihm wurde klar, dass er sich in diesem Haus, das ihm offiziell noch nicht einmal gehörte, mehr heimisch fühlte, als es jemals woanders der Fall gewesen war.

Es ist nicht schwer zu verstehen, wieso, dachte er, während er den Mantel, die Arbeitstasche und den Schlüsselbund in der Küche deponierte, ehe er nach oben ging. Die Musik wurde lauter, je näher er dem Badezimmer kam. Jon Bon Jovis markante Stimme röhrte durch den melodischen Refrain. Nick blieb im Türrahmen stehen und betrachtete die Szene. Sam lag schlafend im Bett, ein aufgeklapptes Buch auf der Brust. Sämtliche Lampen im Zimmer brannten, und die Musik lief in einer ohrenbetäubenden Lautstärke.

Er schüttelte amüsiert den Kopf, nach wie vor froh, sie jeden Abend in seinem Bett vorzufinden, und bückte sich, um die Kombination aus Wecker und iPod-Dockingstation auszuschalten, mit der sie vor ein paar Tagen aufgetaucht war. Dass sie etwas Persönliches von sich mit in sein Haus brachte, fand er ermutigend. Bis ihm dämmerte, dass dies und die Zahnbürste vorerst die einzigen Dinge waren.

Er schaute genauer hin und bemerkte das Pflaster an ihrem Kinn sowie die sich darum abzeichnende Prellung. Schon wieder verletzt. Sein Herz zog sich zusammen, wenn er daran dachte, dass sie jeden Tag ihr Leben riskierte. Die Vorstellung, dass sie ihm eines Tages ohne jede Vorwarnung genommen werden könnte, ließ ihn frösteln. Plötzlich verspürte er den Drang, ihr nah zu sein.

Er legte seinen Anzug über das Fußteil des Bettes, schaltete alle Lichter bis auf eines aus, ging noch schnell ins Badezimmer und kroch zu ihr ins Bett. Als er sah, was sie gelesen hatte, musste er leise lachen: *Der Kongress für Dummies.* Vorsichtig nahm er ihr das Buch von der Brust.

Sie rührte sich und sah ihn verschlafen an.

Er beugte sich über sie und gab ihr einen Kuss. „Tut mir leid, Liebes", sagte er und strich ihr die Haare aus der Stirn.

„Du kommst spät", sagte sie, und ihre Stimme klang heiser und sexy vom Schlaf.

„Ich habe versucht anzurufen, aber du konntest wegen Bon Jovi wohl das Telefon nicht hören."

Ein verlegenes Lächeln erschien auf ihrem Gesicht. „Sorry."

Er berührte sacht das Pflaster an ihrem Kinn. „Was ist passiert?"

„Ich gegen Glatteis. Das Eis hat gewonnen."

Er verzog das Gesicht.

Sie zog die übel geprellten und abgeschürften Ellbogen unter der Decke hervor.

„Autsch." Nick küsste zärtlich beide Ellbogen und fragte: „Hast du es röntgen lassen?"

„Nein, aber da ist nichts gebrochen." Sie unternahm den tapferen Versuch, die Arme zum Beweis zu beugen.

„Hör auf. Das tut ja schon vom Hingucken weh. Sonst noch was?"

„Die Knie. Sehen genauso aus wie die Ellbogen."

„Armer Schatz." Er küsste sie sanft auf den Mund. „Hast du etwas auf die Abschürfungen getan?"

„Celia hat mich versorgt."

„Du bist also wirklich auf Eis ausgerutscht? Das ist alles?"

„Ja." Sie wich seinem Blick aus.

„Du kannst mir entweder freiwillig die Wahrheit sagen, oder ich kitzle sie aus dir heraus, was angesichts deiner Verletzungen vermutlich nicht so lustig wäre wie sonst."

„Das würdest du mit einem im Dienst verletzten Officer nicht machen."

Er hob die Finger bedrohlich über ihren Rippen. „Lass es drauf ankommen."

„Na schön! Ich habe Reese verfolgt. Er kam zurück zu seinem Haus, als Freddie und ich uns dort noch einmal umgesehen haben."

„Ohne Verstärkung?", fragte Nick beunruhigt.

„Ich hatte Freddie. Willst du die Geschichte nun hören oder nicht?"

Er bedeutete ihr, fortzufahren, und sie erzählte ihm den Rest.

„Er hat auf dich *geschossen*?"

„Ach, er hat einfach um sich geschossen. Hat mich meilenweit verfehlt."

Nick drückte das Gesicht ins Kissen und stöhnte.

„Was soll's, du hast mich gezwungen, alles zu erzählen."

Er drehte sich auf die Seite und sah sie an. „Freiwillig hättest du es nicht getan, oder?"

„Was?", fragte sie verwirrt.

„Du hättest es mir nicht erzählt, wenn ich dir nicht gedroht hätte."

„Ich will dich nicht beunruhigen, und mein Job ist eben manchmal beunruhigend. Es geht mir gut; weshalb hätte ich es dir also erzählen sollen, nur damit du dir am Ende ganz unnötig Sorgen machst?"

Er nahm ihre Hand und verschränkte seine Finger mit ihren. „Es geht darum, dass ich es wissen will. Wenn auf dich geschossen wird oder du sonst irgendwie verletzt wirst, will ich das einfach wissen. Einverstanden?"

„Aber du versprichst mir, nicht auszuflippen? Das war nämlich eines der Probleme mit Peter. Ich habe ihm nie etwas erzählt, weil er jedes Mal ausgeflippt ist. Nur dass er es dann von jemand anderem erfahren hat und die Sache dadurch noch schlimmer geworden ist."

„Ich kann dir nicht versprechen, dass ich mich nicht aufregen werde. Aber ausrasten werde ich bestimmt nicht. Zumindest nicht dir gegenüber."

„Und auch sonst niemandem vom Metro Police Department gegenüber."

Er zögerte.

„Nick ..."

„Auch sonst niemandem vom MPD gegenüber, es sei denn ..."

Sie brachte ihn mit einem Kuss zum Schweigen. „Keine Einschränkungen. Sonst haben wir keine Abmachung."

„Woher hast du das?" Er hielt das Buch hoch, das sie las. Zu seinem Erstaunen errötete seine mutige, harte Polizistin.

„Das solltest du nicht sehen." Sie nahm ihm das Buch weg und warf es auf den Fußboden.

Vorsichtig, um ihr verletztes Kinn nicht zu berühren, drehte er ihr Gesicht so, dass sie ihn ansehen musste. Fragend hob er eine Braue.

Seufzend gab sie nach. „Ich habe mein ganzes Leben in dieser

Stadt verbracht, nicht mal eine Meile vom Kapitol entfernt, aber ich habe keine Ahnung, was da drin eigentlich läuft."

„Ich könnte es dir erklären."

„Ich wollte mit dir darüber sprechen können", sagte sie mit einem scheuen Blick, der ihn zutiefst rührte. „Ich wollte wissen, wie deine Arbeitstage so sind."

Er gab ihr erneut einen Kuss. „Ich liebe dich", flüsterte er und nahm es entzückt zur Kenntnis, als sich ihre Lippen teilten. Sie schlang ihm die verletzten Arme um den Nacken, und Nick widmete sich ganz diesem Kuss. „Und was hast du aus diesem Buch gelernt?", erkundigte er sich viele Minuten später, während er ihr Gesicht mit kleinen Küssen bedeckte.

„Dass ein Filibuster eine Technik ist, um eine Debatte zu verlängern und dadurch eine Abstimmung zu verhindern oder zu verschieben", erklärte sie mit einem stolzen Lächeln. „Ich habe mich immer gefragt, was das ist." Ihr Lächeln verwandelte sich in das scheue Grinsen, das er so liebte. „Glaubst du, dass du jemals eine solche Verschleppungstaktik anwenden wirst?"

„Ich weiß es nicht", sagte er lachend. „Aber ungewöhnliche Umstände verlangen ungewöhnliche Maßnahmen, heißt es bekanntlich. Also ..."

Mit einem übertriebenen Schauder meinte sie: „Oh, es ist so sexy, mir vorzustellen, wie mein Mann das Parlament mit seiner eloquenten Redekunst gefangen hält. Aber weißt du, was nicht sehr sexy ist?"

Nick labte sich noch daran, dass sie ihn „mein Mann" genannt hatte. „Was denn?"

Sie drehte sich auf die Seite, um ihm ins Gesicht zu sehen, und legte ihm die Hand auf die Brust. „Seersucker-Donnerstag", sagte sie und rümpfte die Nase.

„Was?" Er tat empört. „Du glaubst nicht, dass ich in meinem Seersucker-Anzug sexy aussehe?"

Die seine Brust streichelnde Hand hielt inne. „Das ist nicht dein Ernst."

„Ich will die Erfahrung ganz auskosten, Süße. Außerdem ist es Tradition, ein Vorbote des Frühlings."

„Seersucker ist total unsexy."

„An mir nicht."

„Du bist ganz schön von dir selbst überzeugt, was?"

„Ich sage es nur." Er legte sein Bein über ihre Hüfte, um sie näher zu sich heranzuziehen.

„Ich werde mich so nicht mit dir blicken lassen."

Er umfasste eine ihrer vollen Brüste und rieb die Brustwarze zwischen Daumen und Zeigefinger. „Doch, wirst du."

„Auf keinen Fall."

„Wie war dein erster Tag eigentlich sonst so, Lieutenant – mal abgesehen davon, dass man auf dich geschossen hat?"

Während er mit ihrer Brustwarze spielte, schloss sie langsam die Augen. „Ganz gut. Nichts Besonderes. Und versuch nicht, das Thema zu wechseln."

„Du willst noch weiter über den Kongress reden?"

„Nur eine Sache noch." Sie rollte sich auf den Rücken und zog ihn dabei mit sich.

„Was denn?", fragte er und konnte es vor Verlangen kaum noch erwarten, obwohl er sehr auf ihre Verletzungen achtgeben musste.

Mit einem breiten Grinsen hob sie das Becken und drückte sich an seine Erektion. „Füll sie, Buster."

Lachend tat er, was sie verlangte.

9

Spät am Freitagabend hielt Freddie seinen zerbeulten Mustang vor Elins Wohnung an und stellte den Motor aus. Er hatte Herzklopfen vor Nervosität und Verlangen. Alles, was er tun musste, war, das Signal auszusenden, und schon könnte er die Nacht in ihrem Bett verbringen. Doch nun, da dieser Moment gekommen war, fühlte er sich unsicher. Vor einigen Tagen schien die Entscheidung noch ganz klar gewesen zu sein. Jetzt hatte er wieder Zweifel. Neunundzwanzig Jahre Enthaltsamkeit mündeten in diese Situation.

Sie sah ihn an und legte die Hand auf seinen Arm. „Möchtest du noch mit reinkommen?"

Er betrachtete sie, während ihm alle möglichen Gedanken und Bilder durch den Kopf schossen und als Lustimpuls in seinem Schoß landeten.

„Freddie?"

„Können wir das verschieben?" Er war fassungslos über die Worte, die da aus seinem Mund kamen. „Sam lässt uns ziemlich hart arbeiten, damit sie ständig mit allen Kontakt hat. Ich bin geschafft, und um sieben muss ich schon wieder arbeiten."

„Ich habe von ihr und dem Senator in der Zeitung gelesen."

„Ja, sie ist total begeistert von der vielen Aufmerksamkeit, die sie beide bekommen", sagte er und verdrehte dabei die Augen.

„Kann ich mir vorstellen."

Freddie hatte nicht erwartet, dass er so gern mit Elin zusammen sein würde, wie es tatsächlich der Fall war. Er unterhielt sich gern mit ihr, sie war einnehmend und witzig. Natürlich war ihr sofort klar gewesen, dass er dort vor dem Fitnesscenter nicht herumlungerte, weil er private Trainingsstunden wollte, und als er vorgeschlagen hatte, essen zu gehen, hatte sie begeistert eingewilligt. Den Großteil des Abends hatte er allerdings damit verbracht, seine in Aufruhr befindlichen Hormone unter Kontrolle zu halten. Er hatte Elin nicht einmal geküsst, obwohl sie ihm deutlich signalisierte, dass sie dafür empfänglich wäre.

Aber er wusste, er würde nicht mehr aufhören können, wenn er sie erst berührte.

„Freddie?"

„Hm?" Er drehte den Kopf in ihre Richtung und stellte fest, dass sie ihn ansah. In diesem Moment erinnerte er sich daran, dass er im Zuge der Ermittlungen im Fall O'Connor von ihrem tätowierten Amorpfeil auf der linken Brust und ihren gepiercten Nippeln erfahren hatte. Sein Penis zuckte, und Freddie veränderte seine Sitzposition, damit es erträglicher wurde.

Sie beugte sich zu ihm herüber und presste ihre Lippen auf seine.

Erschrocken riss er die Augen auf und stellte fest, dass ihre geschlossen waren, während sie mit der Zunge über seine Unterlippe fuhr. Er griff in ihre Haare und drückte sie an sich. Ihre Finger tanzten über seine Brust, knöpften sein Hemd auf und tauchten hinein, bis sie seine Haut spürte. Als sie mit dem Fingernagel über seine flache Brustwarze strich, kam er beinah in seinen Slip.

Er unterbrach den Kuss und hielt ihre Hand fest. „Elin."

„Ja?", fragte sie mit einem sexy Grinsen, während sie ihre freie Hand seinen Schenkel hinaufschob, um sein aufgerichtetes Glied durch die Hose hindurch zu umfassen.

Freddie schluckte hart und versuchte, sich von dem in seinem Schoß lodernden Feuer abzulenken. Er war noch nie mit einer Frau zusammen gewesen, die so dreist war. Aber genau das hatte ihn ja von Beginn an an ihr gereizt.

Sie streichelte ihn durch den Jeansstoff hindurch.

Kapitulierend ließ er den Kopf gegen die Sitzlehne zurücksinken.

„Willst du wirklich nicht mit hineinkommen?", fragte sie und fuhr mit der Zunge über seinen Hals.

„Muss arbeiten", brachte er mit zusammengebissenen Zähnen heraus. Gefangen in einem Nebel aus Begierde und Versuchung merkte er gar nicht, dass sie seine Hose öffnete, bis die auf seine erhitzte Haut treffende kühle Luft ihn aus der Benommenheit riss. „He!"

Die Worte erstarben auf seinen Lippen, als sie sich herunterbeugte, um ihn in den Mund zu nehmen. Ach du lieber Himmel! Er fand, er sollte wenigstens versuchen, sie daran zu hindern, doch schien sein Gehirn die Worte nicht formulieren zu wollen, die er dazu brauchte. Zumindest würde das hier nicht lange dauern. Und verdammt, diese Frau wusste ganz genau, wo sie drücken, lecken, saugen musste.

„Elin, Liebes", stieß er warnend hervor.

Als hätte er gar nichts gesagt, nahm sie ihn noch tiefer in den Mund, und er kam mit einem heiseren Aufschrei, der ihn selbst verblüffte. Sein Atem dampfte in kleinen weißen Wölkchen, während er sich von diesem intensiven Orgasmus zu erholen versuchte.

Sie setzte sich auf, leckte sich die Lippen und sah ziemlich zufrieden mit sich aus. „Schade, dass du so früh arbeiten musst", meinte sie, im Scherz schmollend.

„Ja", erwiderte er schwer atmend. „Wirklich schade."

„Dann also nächstes Mal?"

„Klar." Er war immer noch außer Atem. Er sah sie an und legte die Hand auf ihr Bein. „Was ist mit dir?"

Sie lächelte. „Ich kann mich um mich selbst kümmern. Keine Sorge."

Etwas an der Art, wie sie das sagte, ließ seine gerade erst befriedigte Libido von Neuem erwachen, weil er sich Elin unwillkürlich dabei vorstellte, wie sie sich „um sich selbst kümmerte". Er atmete schwer aus und hatte das Gefühl, mit der ganzen Situation ziemlich überfordert zu sein. „Ich sollte fahren."

Sie beugte sich noch einmal zu ihm herüber und küsste ihn. „Ich hatte Spaß heute Abend. Danke für das Abendessen."

Er streichelte ihre zarte Wange. „War mir ein Vergnügen."

„Rufst du mich an?"

Freddie nickte. Er sollte sie zur Tür bringen, aber er war nicht sicher, ob seine Beine ihm schon gehorchen würden. Daher schaute er ihr einfach nur hinterher, bis sie sicher im Haus war. Dann zog er den Reißverschluss seiner Hose hoch und startete den Motor. Einen langen Moment saß er noch da und versuchte sich zu sammeln, ehe er den Gang einlegte und nach Hause fuhr.

Da die Medien nach Gerechtigkeit für die ermordete Familie schrien und Sam ein eigenes Interesse daran hatte, wurde das Reese-Haus am nächsten Tag auf den Kopf gestellt. Stunden später lag das Haus mehr oder weniger in Trümmern, und das einzige Interessante, das sie gefunden hatten, waren zehntausend Dollar in einer Metallkiste im Keller.

„Jetzt wissen wir zumindest, was er gesucht hat", bemerkte Freddie mit Blick auf den dicken Stapel Hundertdollarnoten.

„Er ist verzweifelt und auf der Flucht", sagte Sam. „Er braucht Geld, um aus der Stadt zu kommen, und das hier ist vermutlich alles, was er hat. Ich wette, dass er deswegen noch einmal zurückkommen wird."

„Ich habe mit Gonzo gesprochen. Sie haben die Nachbarschaft durchkämmt, aber niemand hat ihn gesehen."

„Oder sie schützen ihn."

„Warum sollten sie einen Kerl decken, der seiner Familie so etwas angetan hat?"

„Wer weiß? Vielleicht spielt hier Loyalität unter Nachbarn eine große Rolle."

Freddies attraktives Gesicht verdüsterte sich. „Tiffany und ihren Kindern gegenüber war niemand loyal."

„Sie ist nicht hier aufgewachsen. Ich habe gelesen, dass sie vor sieben Jahren aus Pennsylvania hergezogen ist."

„Und dann hatte sie auch noch das Glück, Reese kennenzulernen."

„Ja."

„Hier können wir nicht mehr viel tun, Lieutenant."

Sam schaute sich noch einmal genau um in dem verwüsteten Wohnzimmer. „Ich weiß."

„Willst du die Aktion abbrechen?"

„Ich werde noch eine Weile hierbleiben. Mal sehen, ob er zurückkommt."

„Du kannst nicht allein hierbleiben", protestierte er.

Sie legte die Hand auf die Waffe in ihrem Hüftholster. „Ich werde ja auch nicht allein sein."

„Ich gehe erst, wenn du gehst." Er ließ sich in einen Sessel sinken und verschränkte trotzig die Arme vor der Brust.

„Wie du willst." Sie setzte sich in den anderen Sessel und legte die Füße auf den wackligen Couchtisch. Nach langem Schweigen richtete sie den Blick auf ihren Partner und registrierte ein weiteres Mal seine anscheinend sorgfältig gewählte Garderobe. „Da wir ein bisschen Zeit totschlagen müssen, könntest du mir ruhig von deiner Freundin erzählen."

„Welche Freundin?", fragte er erschrocken, und seine sich rötenden Wangen verrieten ihn. „Ich weiß nicht, wovon du redest."

„Von wegen." Sie lehnte sich genüsslich zurück, um sich ihren Kollegen vorzuknöpfen. „Wie wäre es, wenn wir uns mal die Beweise genauer anschauen?"

„Ich habe einen besseren Vorschlag: lassen wir es."

Nick duschte und rasierte sich schnell, während er in Gedanken ein letztes Mal die Checkliste für die Dinnerparty durchging. Die vergangene Woche war absolut chaotisch gewesen. Er hatte den Kaufvertrag für das neue Haus unterschrieben, war eingezogen und hatte seine ganze Energie darauf verwendet, das Erdgeschoss des Hauses für die heutige Zusammenkunft vorzubereiten. Zusätzlich musste er mit der Hälfte des Senats Gespräche führen, um Unterstützung für Johns Einwanderungsgesetz zu bekommen.

Im ersten Stock herrschte ein Durcheinander aus Umzugskartons und nicht zusammenpassenden Möbeln. Er rechnete damit, dass Laine sich oben umschauen wollte, aber sie würde die momentane Situation verstehen.

Nick hasste Unordnung, und er hasste Chaos. Viel schlimmer war jedoch, dass Sam ihm aus dem Weg zu gehen schien.

Einerseits jagte sie Clarence Reese mit an Verbissenheit grenzender Entschlossenheit, andererseits hatte sie sehr unregelmäßige Arbeitszeiten, weil sie mit allen Detectives in Kontakt stehen wollte, die ihr jetzt unterstanden. Abgesehen von einigen kurzen Telefonaten hatte Nick keine Zeit mehr mit ihr verbracht seit jenem Abend, als er sie in seinem Bett entdeckt hatte, wo sie „Kongress für Dummies" gelesen hatte. Seitdem schlief sie im Haus ihres Vaters, weil, wie sie sagte, sie ihn mit ihrem nächtlichen Kommen und Gehen nicht stören wollte. Es war ihm nicht gelungen, sie davon zu überzeugen, dass er sehr gern von ihr gestört werden wollte.

„Vielleicht bin ich ja der Dummie", sagte er zu seinem Spiegelbild.

Er wusste, dass sie sich in der Rolle der Gastgeberin bei der Dinnerparty für Julian unwohl fühlte, deshalb hatte er die Zahl der Gäste auch beschränkt. Lediglich Julian, Graham und Laine würden kommen. Außerdem hatte er vorsichtshalber während der wenigen Telefonate mit ihr darauf verzichtet, dieses Essen zu erwähnen. Ein Partyservice kümmerte sich um das Menü, ein Florist lieferte die Blumen, und Nick hatte einen für sein Empfinden eleganten Tisch für fünf vorbereitet. Alles, was Sam noch zu tun brauchte, war aufzutauchen. Er schaute auf seine Uhr, erschrocken darüber, wie knapp Sam dran war.

Dass er sich fragen musste, ob sie überhaupt kommen würde, ärgerte ihn. *Nein, du hast nur ungefähr alles von ihr verlangt, und jetzt bist du unzufrieden, weil sie es dir nicht geben will.*

Während er sich einen burgunderfarbenen Kaschmirpullover mit V-Ausschnitt anzog, kam Sam hereingerauscht, die Wangen gerötet von der Kälte und Anstrengung. „Tut mir leid."

„Was denn?", fragte er und gab sich Mühe, nicht zu frustriert zu klingen.

„Ich bin spät dran. Heute war die Beerdigung der Reese-Familie, und mir ist die Zeit davongelaufen."

Er drehte sich zu ihr um und war beeindruckt von ihrem paillettenbesetzten Top, das sie zu einer figurbetonenden schwarzen Hose trug. „Wie war die Beerdigung?"

„Der totale Horror", antwortete sie seufzend und benutzte den Spiegel auf seiner Kommode, um sich die Haare zu richten, die sie offen trug, so wie er es am liebsten mochte. „Wir haben Brüder, Schwestern, Freunde, Cousins befragt. Niemand hat Reese je über meinen Dad sprechen hören. Und keine Spur von ihm."

„Das tut mir leid, Sam."

Sie zuckte die Schultern. „Eine weitere Sackgasse." Sie bewegte den Kopf hin und her, um die Verspannungen im Nacken zu lösen, und fügte hinzu: „Je länger er auf der Flucht ist, umso unwahrscheinlicher wird es, dass wir ihn finden."

„Du solltest mit deinem Vater darüber reden, was ihr in Reese' Haus gefunden habt. Er ist stärker, als du glaubst, und vielleicht hat er eine Idee."

„Du hast recht. Das habe ich mir auch schon überlegt." Sie drehte sich vom Spiegel weg und sah ihn an. „Das Haus sieht toll aus. Ich bin verblüfft, wie schnell du das hinbekommen hast. Du hast ja sogar schon Bilder aufgehängt!"

„Es kann alles noch geändert werden, wenn es dir nicht gefällt."

„Was könnte einem hier nicht gefallen?"

Er verkniff sich, ihr zu gestehen, dass er den Eindruck gehabt hatte, sie sei ihm aus dem Weg gegangen. Stattdessen sagte er: „Du siehst wundervoll aus."

„Danke." Sie zupfte seinen Hemdkragen zurecht. „Du siehst auch nicht schlecht aus." Sie stellte sich auf Zehenspitzen und gab ihm einen Kuss. „Du hast mir gefehlt."

Er legte ihr die Arme um die Taille und drückte sie an sich. „Du mir auch."

„Was ist los?"

„Nichts."

„Doch", widersprach sie, was eigentlich sein Part war.

Er schüttelte den Kopf. „Danke, dass du heute Abend gekommen bist."

Sie betrachtete ihn eingehend. „Das ist doch selbstverständlich. Es ist wichtig für dich. Aber ich wünschte, du würdest mir verraten, was mit dir los ist. Bist du wütend, weil wir uns in letzter Zeit …"

Er brachte sie mit einem sinnlichen Kuss zum Schweigen.

„… kaum gesehen haben", hauchte sie mit geschlossenen

Augen und erneut sanft geröteten Wangen, was diesmal weder auf Kälte noch auf Anstrengung zurückzuführen war.

„Wenn du hier mit mir wohnen würdest, könnten wir uns öfter sehen."

„Nick."

Er lehnte seine Stirn an ihre. „Ich weiß. Du willst nicht darüber reden." Er ließ sie los und machte sich auf die Suche nach seinen Schuhen.

„Du bist genervt, das merke ich."

„Ich bin nicht genervt." Er schlüpfte in seine Halbschuhe. „Ich bin frustriert."

Sam kaute auf ihrer Unterlippe. „Das tut mir leid."

„Hör auf, dich dauernd zu entschuldigen", fuhr er sie gereizt an, was er gar nicht beabsichtigt hatte.

Sie ging zu ihm und legte ihm die Hände auf die Brust. „Warum? Es ist meine Schuld. Du hast mir so viel angeboten, und ich zögere. Ich weiß, dass es das ist, was dir zu schaffen macht."

„Ich will so sehr, dass es funktioniert", gestand er, überrascht von der Dringlichkeit in seinem Ton. „Ich will es mehr als alles andere."

„Ich doch auch." Ihre Augen flehten ihn an, ihr zu glauben. „Wir wussten, es würde sehr schwierig werden."

„Ich will dich nicht tagelang nicht sehen können. Das halte ich nicht aus. Ich brauche dich, Samantha."

„Glaubst du, es funktioniert nicht zwischen uns?" Sie massierte seine Schultern. „Bist du deshalb so angespannt?"

„Doch, es funktioniert", versicherte er ihr, insgeheim weniger überzeugt.

Sam ließ die Hände sinken und schlang die Arme in einer schützenden Geste um sich, die ihn berührte. „Wow. Du bist wirklich geladen. Es tut mir leid, dass ich in dieser Woche so viel arbeiten musste."

„Du entschuldigst dich schon wieder."

In ihren Augen flackerte Zorn auf und noch etwas, bei dem es sich um Panik handeln konnte. „Dann sag mir, was du hören willst, Nick! Was soll ich dir sagen? Das ich dich liebe? Das weißt du. Und falls du daran zweifelst ..."

„Das tue ich nicht."

„Ah!" Sie warf die Hände in die Luft. „Das ist genau der Grund, weshalb ich mich seit der Trennung von Peter mit niemandem mehr eingelassen habe. Ich kann so was nicht!"

Angst packte Nick und machte ihn benommen. „Ich bin derjenige, der sich entschuldigen sollte. Ich habe mir in dieser Woche zu viel zugemutet und bin einfach erledigt." Er fuhr sich durch die vom Duschen noch feuchten Haare. „Keine Ahnung, warum ich es an dir auslasse."

„Muss ich mir Sorgen machen?", wollte sie wissen und wirkte dabei sehr verletzlich, was ein scharfer Kontrast war zu ihrem ansonsten selbstbewussten bis dreisten Auftreten. Es tat ihm leid, dass er ihr Anlass zum Zweifel gegeben hatte – zum Zweifel an ihnen als Paar.

Er ging zu ihr und umarmte sie. „Nein, Liebes. Du musst dir überhaupt keine Sorgen machen. Ich brauche nur mehr Zeit mit dir."

Sie klammerte sich fest an ihn. „Ich habe bis morgen Abend um elf frei und gehöre ganz dir."

„Gut", sagte er mit vor Emotionen und Erleichterung heiserer Stimme, während er sie in den Armen hielt. Wie hatte das passieren können? Wie hatte er ihnen beiden einen Grund geben können, an dem zu zweifeln, was ihm das Wichtigste im Leben war?

Unten klingelte es an der Tür.

Widerstrebend ließ er Sam los. „Bereit?"

„So bereit, wie ich nur sein kann."

„Ich liebe dich", sagte er und küsste ihre Hand. „Und ich bin wirklich froh, dass du hier bist."

„Ich auch."

10

Aufgewühlt von der seltsamen Unterhaltung mit Nick gab Sam ihr Bestes, eine dem Anlass entsprechende Unbeschwertheit an den Tag zu legen, als sie die O'Connors und Julian Sinclair begrüßte, die gleichzeitig eintrafen. Sie musste sich immer noch an die Herzlichkeit der O'Connors gewöhnen, die ihr nur deshalb zuteilwurde, weil sie mit Nick zusammen war.

Er legte ihr besitzergreifend den Arm um die Schultern und stellte sie Julian vor, der ihre Hand in seine Hände nahm. „Es ist mir eine Freude, Sie kennenzulernen, Sam. Ich habe alles über Sie in der Zeitung gelesen."

Sie verdrehte die Augen. „Na fabelhaft."

„Wie hieß es in dem heutigen Artikel? ‚Seit Jack und Jackie war Washington von einem politischen Pärchen nicht mehr so fasziniert.'"

„Danke, Julian." Nick schüttelte ihm die Hand. „Das musste sie wirklich noch mal hören."

Julian lachte. „Du siehst gut aus, Senator. Die Macht bekommt dir."

Sam war amüsiert von Nicks verblüffter Reaktion auf das Kompliment. Julian war kleiner, als er im Fernsehen wirkte, seine Stirn reichte Nick kaum bis an die Schulter. Er hatte glatte Haut, silbergraues Haar und ein freundliches Lächeln. Das Wort „gelehrt" kam ihr in den Sinn, während sie ihn im Gespräch mit den anderen beobachtete. Er besaß Stil und Klasse und war mit Nick und den O'Connors vertraut – so sehr, dass Sam sich ein wenig außen vor fühlte.

In der Küche öffnete Graham eine Flasche Merlot. „Es ist schön, dass du für eine Weile in der Stadt bist, Julian."

„Es hat mir sehr leid getan, dass ich zu Johns Beisetzung nicht hier sein konnte", erklärte Julian. „Ich war in Sacramento bei einer Hochzeit, einen Tag vor der Beerdigung. Wäre ich nicht Trauzeuge gewesen, hätte ich mich gleich in die nächste Maschine gesetzt und wäre hergeflogen."

„Wir haben deine liebe Nachricht erhalten." Laine tätschelte seinen Arm. „Und auch die Blumen. Im Geiste warst du da."

„Was gibt es Neues im Fall Thomas?", erkundigte Julian sich, während er ein Glas Wein von Graham entgegennahm und den anderen ins Wohnzimmer folgte.

Sam öffnete eine Flasche Pinot Grigio und schenkte sich ein Glas ein, ehe sie sich zu den anderen gesellte.

„Sie prüfen, ob man auf Unzurechnungsfähigkeit plädieren kann", berichtete Graham.

„Keine schlechte Idee", bemerkte Julian.

Grahams Miene verhärtete sich vor Kummer. „Es war meine Schuld, weil ich Patricia und Thomas all die Jahre versteckt habe. Ich habe John zu einem Doppelleben und zur Lüge ihnen gegenüber gezwungen. Als Thomas herausfand, dass es im Leben seines Vaters noch andere Frauen gegeben hatte, drehte er einfach durch."

„Du hast getan, was du für richtig gehalten hast", erwiderte Julian. „Das waren andere Zeiten damals. Du hättest politisch schweren Schaden genommen, wenn die Vaterschaft deines minderjährigen Sohnes an die Öffentlichkeit gedrungen wäre. Ganz zu schweigen davon, was es für Johns Zukunft bedeutet hätte."

„Wusstest du davon?", wandte Nick sich an Julian. „Von Thomas?"

Julian sah zu Graham. „Ja, ich wusste es."

Nick atmete schwer aus und lehnte sich auf dem Sofa zurück.

Sam wusste, dass ihm nach wie vor der Schock und die Fassungslosigkeit über die Tatsache, dass John seinen Sohn selbst vor den engsten Freunden geheim gehalten hatte, zu schaffen machte.

„Er hat zu den wenigen Menschen gehört, die Bescheid wussten", beeilte Graham sich angesichts von Nicks Bestürzung zu erklären. „Ich wusste nicht, was ich tun sollte, daher habe ich ein befreundetes Paar um Rat gefragt."

„Ich war einverstanden mit dem, was du getan hast. Das macht mich zumindest teilweise mitschuldig, nehme ich an", sagte Julian und schwenkte mit reumütiger Miene den Wein in seinem Glas.

„Es hat doch keinen Sinn, sich im Nachhinein zu grämen", meinte Laine und sandte damit den anderen die Botschaft, dass sie jetzt genug über die Todesumstände ihres jüngsten Kindes gehört hatte.

„Du hast vollkommen recht", pflichtete Julian ihr bei und richtete seine Aufmerksamkeit auf Sam. „Sie sind also Detective?"

„Gerade erst zum Lieutenant befördert", meldete Nick sich stolz zu Wort.

„Herzlichen Glückwunsch", sagte Julian. „Das ist eine hervorragende Leistung."

„Danke."

„Wie ist der neue Job, Sam?", wollte Laine mit offenbar ehrlichem Interesse wissen.

„Chaotisch."

„In Johns Fall hat sie erstklassige Arbeit geleistet", meinte Graham. „Wirklich erstklassig."

Mit einem kurzen Lächeln nahm sie das Kompliment zur Kenntnis. „Danke."

„Deine Schwägerin macht in letzter Zeit genauso viele Schlagzeilen wie du", wandte sich Laine an Julian.

„Allerdings", bestätigte dieser verdrießlich. „Sie hat so ihre Ansichten."

„Ich hatte keine Ahnung, dass sie dermaßen voller Hass ist", meinte Graham. „Nach allem, was sie im Fernsehen über Homosexuelle, Juden und Afroamerikaner geäußert hat. Wie ich gehört habe, bekommt sie eine eigene Sendung zur besten Programmzeit. Eine ganze Stunde voller Hass und Bosheit."

„Es ist eine Schande", meinte Julian. „Ich habe nie verstanden, was mein Bruder an ihr findet. Seit er sie kennt, ist er wie besessen von ihr. Kennst du schon das neueste Gerücht?"

„Über ihr Buch?", fragte Graham.

Julian nickte. „Es wird in zwei Wochen erscheinen. Es handelt sich um die Fortsetzung des Buches, das ihr Vater, der Minister, vor Jahren verfasst hat. Darin beschrieb er, dass die Homosexuellen der Untergang der Republik seien."

Nick stieß einen leisen Pfiff aus. „Wow."

„Sie ist in letzter Zeit schwer in Fahrt", bemerkte Julian.

„Hast du mal von ihnen gehört?", fragte Laine.

Julian schüttelte den Kopf. „Ich habe seit Jahren mit keinem der beiden gesprochen."

„Waren Sie von Ihrer Nominierung für den obersten Gerichtshof überrascht?", erkundigte Sam sich, da sie spürte, dass alle einen Themenwechsel herbeisehnten.

„Nun, da David mich bei der ersten Gelegenheit gewarnt hat, dass ich ganz oben auf seiner Liste stehe, war ich, als der Anruf schließlich kam, nicht allzu sehr überrascht."

„Das hat David getan, ja?" Sam war sich nicht sicher, woher die plötzliche Gereiztheit in ihrer Stimme kam. Sie schob es auf die seltsame Stimmung, in die sie Nicks eigenartiges Verhalten vorher versetzt hatte.

Nick warf ihr einen skeptischen Blick zu.

„Verzeihung", meinte sie in versöhnlicherem Ton. „Ich muss mich erst noch daran gewöhnen, dass ich ständig mit Leuten zu tun habe, die den Präsidenten der Vereinigten Staaten mit dem Vornamen anreden."

„Ich nenne ihn Mr. President, wenn ich mit ihm zusammen bin", stellte Julian klar.

„Ihr Gesicht habe ich in letzter Zeit ebenso häufig auf der Titelseite gesehen wie mein eigenes", stellte Sam fest.

„Uns war durchaus klar, dass die Nominierung eine Kontroverse auslösen würde", räumte Julian ein.

„Die Proteste werden in den nächsten Tagen in dieser Stadt verstummen", prophezeite Graham.

„Wir hatten gestern erst ein Meeting wegen des bevorstehenden Massenandrangs", sagte Sam. „Man erwartet bis zu einer Million Menschen."

„So viele?“ Julian schien verblüfft zu sein.

„Sie sind überrascht?“, fragte Sam.

Auf Nicks Gesicht lag ein versteinerter, verschlossener Ausdruck, den Sam noch nie gesehen hatte.

„Ich wusste, es würde Proteste geben“, meinte Julian. „Aber eine Million? Wow.“

„Die Menschen berührt diese Sache sehr“, sagte Sam. „Ihre Bestätigung würde das Gericht deutlich nach links rücken.“

„Und Sie sind dagegen, Sam?“, wollte Laine wissen. Ihre Frage schien keinerlei Urteil zu beinhalten, sondern aus reinem Interesse gestellt worden zu sein.

„Ich bin Polizistin.“

„Ohne Überzeugungen?“, fragte Graham und hob eine weiße Braue, möglicherweise erfreut über ihr Selbstbewusstsein.

Ein rascher Blick zu Nick verriet ihr jedoch, dass er alles andere als begeistert war.

„Ich habe durchaus ein paar, aber die behalte ich für gewöhnlich für mich.“

„Bitte“, sagte Nick. „Klär uns doch mal auf.“

Etwas an seinen mit Anspannung ausgesprochenen Worten weckte Sams Unbehagen. „Ich bin sicher, es gibt noch eine Menge anderer Themen, über die Sie sprechen wollen“, wandte sie sich an die Runde.

„Du hast uns neugierig gemacht“, ließ Nick nicht locker und sah sie durchdringend an.

Prompt brannte ihr Magen. „Ich würde gern das Thema Abtreibung endlich geklärt sehen“, sagte sie.

„Und das haben Sie bei Roe gegen Wade nicht gesehen?“, meinte Julian.

„Wenn es da geklärt worden wäre, würden wir dreißig Jahre später nicht immer noch darüber diskutieren.“

„Das ist ein gutes Argument“, meldete sich Laine zu Wort.

„Wenn du an Julians Stelle wärst“, meinte Nick, „und ein Fall käme vor das Gericht, der das damalige Urteil aufheben würde – wie würdest du da stimmen?“

Sein Blick verursachte ihr zunehmend Unbehagen. „Das weiß ich nicht. Frag mich das nicht.“

Sichtlich entgeistert starrte Nick sie an. „Du hältst nichts von dem Recht der Frau auf Selbstbestimmung?"

„Das habe ich nicht gesagt."

„Du weißt nicht, ob du für eine Aufhebung des Urteils stimmen würdest? Das macht dich nicht gerade zur Unterstützerin der Frauenrechte."

„Es macht mich zur Unterstützerin derer, die nicht für sich selbst sprechen können", konterte Sam.

„Das hätte ich nicht vermutet", sagte Nick ungläubig.

Nach langem, unangenehmem Schweigen räusperte Sam sich schließlich. „Ich glaube, ich rieche etwas Angebranntes. Ich schaue lieber mal nach." Sie stand rasch auf, ging in die Küche und lehnte sich an den Tresen, während ihr Herz pochte. Wie hatte sie zulassen können, dass das Gespräch so hitzig wurde und außer Kontrolle geriet?

„Was sollte das denn?", verlangte Nick wütend zu erfahren, als er in der Küche erschien.

„Was?" Sam machte den Ofen auf und schaute hinein, aber eher, um etwas zu tun zu haben.

„Wolltest du ihn provozieren?", flüsterte er gereizt.

„Du hast mich provoziert!"

Er ignorierte ihren Vorwurf. „Hast du vergessen, dass er unser Gast ist?"

„*Dein* Gast."

„Ganz genau." Er bewegte sich aufgebracht in der Küche hin und her, gab Dressing auf einen gemischten Salat und holte die im Ofen aufgewärmten Teller heraus. „Wir sind schließlich kein Paar, das gemeinsam Gäste bewirtet oder sonst irgendwas tut, was man eben als Paar tut."

Sam verschränkte die Arme. „Vielleicht sollte ich einfach gehen."

„Na fein. Lauf einfach davon. Das ist es, was du machst, oder?"

„Nein", erwiderte sie ruhig. „Normalerweise bleibe ich, weshalb ich vier lange Jahre unglücklich mit einem Mann verheiratet war, der jeden meiner Gedanken und Schritte kontrollieren wollte."

Der Ausdruck auf Nicks Gesicht wandelte sich von Zorn zu Bedauern.

Mit seinem Zorn wurde Sam leichter fertig.

„Sam …“

Sie hob die Hand, damit er nicht näher kam. „Ich werde gehen, damit du einen friedlichen Abend mit deinen Freunden verbringen kannst. Ich gehöre nicht hierher.“

„Das ist nicht wahr, und das weißt du auch.“

„Sag ihnen, ich musste beruflich weg“, schlug sie vor, weil sie unbedingt verschwinden wollte, bevor sie emotional wurde. „Es tut mir leid.“ Mit einem letzten Blick auf sein ausdrucksloses Gesicht stürmte sie aus der Küche, schnappte sich ihren Mantel und war zur Tür hinaus, während sie mit einem dicken Kloß im Hals zu kämpfen hatte.

11

Der Hummer war aus Maine eingeflogen worden, doch für Nick hätte er ebenso gut aus Pappe bestehen können. Das bis zur Garnitur durchorganisierte Essen erhielt begeistertes Lob von den Gästen. Es hätte Nick nicht gleichgültiger sein können. Die anderen bemerkten seine Betroffenheit nicht, sie scherzten und lachten und erzählten sich alte Geschichten. Obwohl er sich an der Unterhaltung beteiligte, wünschte er, die anderen drei würden verschwinden, damit er Sam folgen und diese Sache zwischen ihnen bereinigen konnte, ehe es zu spät war.

Aber die Gäste blieben bis zum Kaffee und Dessert, und danach baten sie, den Rest des Hauses sehen zu dürfen.

Nick führte sie durch die drei Stockwerke, beantwortete die Fragen nach seinen Plänen für das Haus und hielt die gutmütigen Scherze über seine ach so öffentliche Romanze mit dem hübschen weiblichen Lieutenant aus.

Als sie um elf endlich gingen, war Nick dem Nervenzusammenbruch nahe. Er schnappte sich seinen Mantel, lief die Straße entlang und die Rampe zu Skips Haus hinauf. Nachdem er einen Monat dort ein- und ausgegangen war, kam es ihm nicht in den Sinn, zu klopfen. Er stürmte ins dunkle Wohnzimmer, wo er Celia und Skip in intimer Umarmung auf dem Sofa überraschte.

„Oh, Mist", murmelte er verlegen. „Tut mir leid."

Wie ein Teenager, der gerade mit seinem Freund überrascht worden war, rutschte Celia von Skips Schoß und presste die Hände auf die vom Küssen leicht geschwollenen Lippen. Skips leerer Rollstuhl stand neben dem Sofa, auf dem Skip, gestützt auf eine Lehne, mit Kissen unter den Armen lag. Offenbar hatten sie sich einige Gedanken über dieses Arrangement gemacht, weshalb Nick umso entsetzter darüber war, die beiden gestört zu haben.

„Ich, äh, gehe nur schnell nach oben zu Sam."

„Sie ist nicht da", sagte Celia. „Wir dachten, sie sei mit dir zusammen auf deiner Dinnerparty für den Richter."

„Da war sie auch. Vor einer Weile. Aber wir hatten da eine ... kleine Auseinandersetzung."

„Einen handfesten Streit", vermutete Skip, dessen scharfer Blick auf Nick gerichtet war.

„So ähnlich." Nick fuhr sich frustriert durch die Haare. „Was glaubt ihr, wo sie sein könnte?"

„Wie wütend war sie?", fragte Skip.

„Ziemlich wütend."

„Lincoln."

„Wie bitte?"

„Sie geht zu Lincoln, wenn sie wütend ist oder nachdenken will."

„Du meinst das Denkmal?"

„Genau das."

„Um elf Uhr nachts?", fragte Nick ungläubig.

„Sie trägt eine Waffe, und vor der Dunkelheit fürchtet sie sich nicht."

„Na schön, ich werde dort mal nachschauen. Danke für die Information."

„Was hast du mit ihr gemacht?"

„Gar nichts!"

„Wenn sie zum Lincoln geht, kann es nicht nichts gewesen sein."

„Jedenfalls nichts, was wir nicht klären können", erwiderte er selbstbewusster, als er sich fühlte.

„Geh und finde sie", forderte Celia ihn auf und sah demonstrativ zu Skip.

„Entschuldigt noch mal die Störung", bat Nick auf dem Weg

hinaus. Er rannte die Ninth Street hinunter, nahm die Abkürzung durch den Eastern Market und winkte in der East Capitol ein Taxi heran.

„Lincoln Memorial", wies er den Fahrer an.

„Da ist um diese Zeit nicht viel los", bemerkte der Fahrer, da er annehmen musste, einen orientierungslosen Touristen aufgegabelt zu haben.

„Ich weiß", lautete Nicks knappe Antwort, die nicht zu weiterer Unterhaltung ermutigte. Sie erreichten das Ziel zehn Minuten später. Nick bezahlte den Fahrer, stieg aus und lief auf das beleuchtete Denkmal zu.

„Kann ich Ihnen helfen, Sir?", wollte ein Park Ranger wissen, als Nick die Marmorstufen hinaufstieg.

Er hätte Nein sagen können. Das Bauwerk war wie all die anderen Monumente rund um die Uhr geöffnet, und er brauchte keine Erlaubnis, um hier zu sein. Doch zum ersten Mal in den zwei Wochen seit seiner Vereidigung nutzte er seinen neuen Rang aus. „Ich bin Senator Nick Cappuano und hier mit jemandem verabredet."

„Freut mich, Ihre Bekanntschaft zu machen, Senator." Der Ranger schüttelte ihm die Hand. „Ich glaube, Ihre Bekannte hält sich auf der Seite dort auf", erklärte er und zeigte in die Richtung. „Unter der Gettysburg-Rede."

Nick fand es nach wie vor gewöhnungsbedürftig, dass er die Hälfte eines Paares war, das jeder in der Hauptstadt kannte. „Danke." Mit einem Blick über die Schulter registrierte er das Grinsen des Rangers, der Nick hinterhersah, wie er, zwei Stufen auf einmal nehmend, die Treppe hinauflief. Er fand Sam an der Stelle, die der Ranger ihm genannt hatte. Sie saß auf dem Boden, hatte die Knie an die Brust gezogen, die Arme fest darum geschlungen und das Gesicht in das Tal zwischen ihren Knien gelegt.

„Samantha."

Sie hob erschrocken den Kopf, ihr Gesicht war tränennass. „Was machst du hier?"

„Dein Dad hat mir gesagt, dass ich dich hier vielleicht finde." Ihr verweintes Gesicht verunsicherte ihn, und er fragte sich, ob er dafür verantwortlich war. Er deutete auf Lincoln. „Ist das Zufall, dass du zum ersten republikanischen Präsidenten flüchtest, wenn du allein sein willst?"

„Ich komme nicht her, weil er Republikaner ist."

Nick setzte sich neben sie auf den kalten Fußboden. „Warum dann?"

Sie zuckte die Schultern. „Es ist so friedlich hier. Ich habe es immer geliebt."

„Ich persönlich fühle mich eher zu Jefferson hingezogen."

„Natürlich. Der erste Demokrat."

„Einer von ihnen." Er betrachtete sie eine Weile, ehe er sagte: „Bist du Republikanerin, Samantha Holland?"

„Wirst du mich weniger lieben, wenn ich mit Ja antworte?"

Er schüttelte den Kopf und nahm ihre Hand. „Nichts könnte mich dazu bringen, dich weniger zu lieben."

Ihre Miene verriet eine Anspannung, die ihn verwirrte und ihm Angst machte. Er rieb Sams kalte Hand, damit sie warm wurde. „Sei dir mal lieber nicht so sicher."

„Das beantwortet meine Frage nicht."

„Wie ich Graham schon gesagt habe – ich bin Cop. Ich gehöre keiner Partei an."

„Aber wenn du könntest, welche wäre es dann?"

Sie schaute hoch zu Lincoln. „Wirklich, keine. Ich habe sehr unterschiedliche Meinungen zu unterschiedlichen Fragen."

Nick atmete schwer aus.

„Bist du enttäuscht, dass ich nicht gesagt habe, ich sei Demokratin?"

„Natürlich nicht."

„In einigen Fragen, die dir am Herzen liegen, stimme ich nicht mit dir überein."

„Das erwarte ich auch gar nicht."

„Bist du dir da sicher? Politik nimmt einen großen Platz in deinem Leben ein, jetzt mehr denn je. Ich hätte Verständnis dafür, wenn einige Differenzen dir einfach zu schwerwiegend wären. Schließlich sind wir Hals über Kopf in diese Affäre geschlittert. Wir kennen uns im Grunde gar nicht richtig ..."

Er brachte sie zum Schweigen, indem er ihr zwei Finger auf die Lippen legte. „Ich kenne dich. Weiß ich alles, was man wissen kann? Nein. Will ich das? Unbedingt. Wird es noch weitere

Überraschungen geben? Das hoffe ich doch. Aber sag mir nicht, ich kenne dich nicht. Ich kenne dein Herz, Samantha. Ich kenne, worauf es ankommt." Mit ihrem plötzlichen Schluchzen hatte er nicht gerechnet. Er legte den Arm um sie und drückte ihren Kopf sanft an seine Brust. „Was ist los, Liebes?"

„Es tut mir leid, wie ich mich Julian gegenüber verhalten habe", brachte sie heraus, als sie wieder sprechen konnte. „Ich stand völlig neben mir. Du hattest recht. Er war unser Gast, und ich habe ihn provoziert."

„Er ist Leute mit einer ausgeprägten Meinung gewöhnt. Solche Überzeugungen lösen nun einmal Kontroversen aus."

„Aber du hast das von mir nicht erwartet, und ich habe dich in Verlegenheit gebracht."

„Nein, du hast mich überrascht."

„Ich war von mir selbst überrascht. Ich hatte nicht vor, mich auf eine solche Diskussion mit ihm einzulassen."

„Warum hast du es dann getan?", erkundigte er sich, mehr aus Neugier.

„Ach, vielleicht wegen der vielen Berichterstattung über ihn und seine Nominierung. Die Tatsache, dass ich ihn persönlich kennenlernen würde, hat ein paar Dinge in mir aufgewühlt."

„Was für Dinge?"

„Das ist eine lange Geschichte." Sie warf ihm einen vorsichtigen Blick zu.

Er lehnte sich gegen die Marmorwand und zog Sam an sich, um sie zu wärmen. „Mr. Lincoln und ich haben nichts vor."

Sie schwieg eine ganze Weile, sodass er sich schon fragte, ob ihr das Erzählen zu schwerfallen würde. Aber dann begann sie: „Ich habe das noch nie jemandem erzählt. Abgesehen von meinen Schwestern."

Nick machte sich bereit, sich anzuhören, was immer sie zu erzählen haben würde. Er verschränkte seine Finger mit ihren und hielt ihre Hand zwischen seinen Händen.

Nach einem tiefen Seufzer sagte sie: „Auf dem College war ich mit einem französischen Austauschstudenten namens Jean Paul zusammen, für zwei Monate. Du willst das wahrscheinlich nicht hören, aber es war eine dieser Beziehungen, bei denen es sich hauptsächlich um Sex dreht. Wenn du verstehst, was ich meine."

Und ob er verstand, und er hasste prompt die Vorstellung, dass sie mit jemand anderem zusammen gewesen war. Er hielt jedoch den Mund, damit sie weitererzählte.

„Jean Paul war längst nach Frankreich zurückgekehrt, als ich feststellte, dass ich schwanger war."

Nick musste sich zusammenreißen, da er natürlich ahnte, worauf die Geschichte hinauslief.

„Tracy hatte gerade Brooke bekommen", fuhr sie fort, auf ihre fünfzehnjährige Nichte Bezug nehmend. „Ich habe dir doch erzählt, dass Brookes Vater die Familie verlassen hat, oder?"

Nick bejahte und erinnerte sich, dass Tracys Mann Mike Brooke wie seine eigene Tochter großgezogen hatte.

„Nachdem ich erlebt hatte, was Tracy durchmachen musste, geriet ich in Panik. Ich musste noch ein Jahr zum College gehen und wollte anschließend unbedingt auf die Polizeiakademie. Mit der Dyslexie fiel mir das College schon schwer genug, aber ich war entschlossen, meinen Abschluss zu machen, weil ich ihn für die Akademie brauchte. Wie passte da ein Baby ins Bild? Ich war auf mich allein gestellt. Meine Mutter hatte sich mit diesem Kerl nach Florida abgesetzt, und mein Dad war deswegen am Boden zerstört. Angela trat einen neuen Job an und ging mit Johnny, Tracy hatte mit Brooke alle Hände voll zu tun. Ich kann aufrichtig behaupten, dass es die einzige Zeit in meinem Leben war, in der ich nicht wusste, was ich tun sollte."

Nick wischte ihr die Tränen von der Wange. „Hättest du das Baby nicht zur Adoption freigeben können?"

„Mein Dad war so wütend und enttäuscht wegen Tracy. Nicht, dass er es zeigte, aber er sprach mit mir darüber. Heute sieht die Sache ganz anders aus, weil wir Brooke alle lieben. Aber damals herrschte ziemliche Aufregung deswegen."

„Du wolltest ihn nicht auch noch enttäuschen."

„Nein", bestätigte sie und klang sehr niedergeschlagen. „Das hätte ich neben allem anderen, mit dem ich fertig werden musste, nicht auch noch ausgehalten."

„Was hast du gemacht?"

Nach einer langen Pause sagte sie mit leiser Stimme: „Ich habe mir einen Termin in einer Klinik geholt. Ich sah einfach keinen anderen Ausweg. In der Nacht davor lag ich die ganze Nacht wach, mit Magenschmerzen, wie ich glaubte. Aber bei der Untersuchung vor dem Eingriff stellte sich heraus, dass ich eine Fehlgeburt erlitten hatte."

„Dann hast du nichts Falsches getan, Sam."

„Ich wollte mein Baby umbringen!" Die Hysterie in ihrer Stimme beunruhigte ihn. „Wie kannst du sagen, ich hätte nichts Falsches getan? Ich bekam danach nie wieder meine Periode normal, und etwa ein Jahr später begann die Endometriose. Es war, als würde mein Körper mich für das bestrafen, was ich beinahe getan hätte." Sie schluchzte. „Ich schäme mich so, Nick. Selbst nach all den Jahren schäme ich mich immer noch."

Da er nicht wusste, was er sonst tun sollte, hielt er sie einfach nur fest im Arm und ließ sie erzählen.

„Ich weinte zwei Wochen lang. Meine Schwestern kümmerten sich um mich in der ersten schlimmen Zeit. Aber außer ihnen habe ich bis zum heutigen Tag niemals jemandem etwas davon erzählt. Ich weiß, dass die Fehlgeburt der Grund für die beiden folgenden Fehlgeburten war, und dass ich deswegen keine Kinder haben kann."

„Woher weißt du das?"

„Ich werde bestraft, weil ich bereit war, das eine ungewollte Kind wegmachen zu lassen."

„Sam, Liebes, wie kannst du so etwas nur denken?"

„Darum! Sieh dir doch an, was passiert ist! Ich konnte nicht mehr schwanger werden, wenn ich es wollte. Und als ich es doch wurde, erlitt ich Fehlgeburten. Wie soll ich das deiner Meinung nach sonst interpretieren?"

„Als einen schrecklichen Zufall. Wie hättest du als Einundzwanzigjährige ohne Ausbildung ein Kind versorgen sollen?"

„Ich hätte einen Weg gefunden."

„Aber du wärst nie Polizistin geworden. Denk mal an die Leben, die du gerettet, und an die Morde, die du verhindert hast, indem du all diese Killer aus dem Verkehr gezogen hast. Ist das etwa kein tröstlicher Gedanke?"

Sie schüttelte den Kopf. „Nichts kann mich darüber hinwegtrösten, dass ich mein eigenes Kind nicht wollte."

„Du warst ja selbst noch ein Kind. Du hattest das Gefühl, in der Falle zu sitzen und ganz auf dich allein gestellt zu sein. Es ging gar nicht darum, ob du dein Kind wolltest oder nicht. Dir war einfach klar, dass du dich nicht ausreichend hättest kümmern können.“

„Manchmal frage ich mich, ob es wusste, dass ich es nicht wollte, und ich deshalb die Fehlgeburt hatte.“

„Es tut mir sehr leid, dass dir das passiert ist. Dass du in dieser Lage warst und gezwungen warst, eine schreckliche Entscheidung zu treffen.“

„Dadurch sinke ich sicher in deinem Ansehen.“

„Das ist nicht wahr, Sam. Ich schwöre es. Ich trete ein für das Recht der Frau, diese Entscheidung selbst zu treffen. Jede Frau sollte dieses Recht haben, auch du.“

Ohne auf seine Worte einzugehen, sagte sie: „Deine Mutter war erst fünfzehn, als sie dich bekommen hat. Und aus dir ist auch etwas geworden.“

„Das habe ich nicht ihr zu verdanken.“

„Trotzdem.“ Sam atmete tief ein. „Bei dem Meeting neulich, bei dem es um die Sicherung der Protest-Veranstaltung ging, zeigte man uns einiges von dem Propagandamaterial, damit wir wissen, was bei den Protesten auf uns zukommt. Es waren Bilder von abgetriebenen Föten dabei. Ich drückte die Rückruftaste auf meinem Pager, um verschwinden zu können, und musste mich auf der Toilette übergeben. So heftig, dass ich dachte, es hört nie mehr auf.“

„Das tut mir leid, Liebes“, flüsterte er. „Es tut mir aufrichtig leid, dass du diese Bilder sehen und diese Tortur noch einmal durchmachen musstest. Und es tut mir leid, dass du eine solche Last zu tragen hast.“

„Ich glaube, dass ich auf eine verdrehte Weise Julian nur deshalb provoziert habe, weil ich einen Grund gesucht habe, um dir die Geschichte erzählen zu können. Ich wusste einfach nicht, wie ich es anstellen sollte. Aber ich wollte, dass du es weißt.“

„Ich bin froh, dass du es mir erzählt hast.“

Sie legte den Kopf auf die Knie und drehte ihn so, dass sie Nick ansehen konnte. „Das ist der Grund, weshalb wir keine Kinder haben werden.“

„Das ist nicht sicher. Vielleicht hättest du ohnehin

Endometriose bekommen, auch ohne die Fehlgeburt. Möglicherweise hattest du diese Erkrankung bereits, ohne es zu wissen, und das hat die Fehlgeburt verursacht."

Sie sah ihn verblüfft an. „Glaubst du wirklich, dass das möglich ist?"

„Alles ist möglich. Der Punkt ist, dass du es niemals genau wissen wirst. Warum also das Schlimmste annehmen? Hast du versucht, mit jemand anderem als mit Peter Kinder zu haben?"

„Natürlich nicht."

„Wie viel möchtest du darauf wetten, dass er die Ursache war und nicht du?" Nick wackelte zum Scherz mit den Augenbrauen. „Immerhin ist uns inzwischen bekannt, dass er auch in anderen wichtigen Dingen das Problem war, oder? Du hast, zum Beispiel, noch nie versucht, mit mir Kinder zu haben. Und denk an das, was ich dir gesagt habe – wenn wir bereit dafür sind, werden wir Kinder haben. Wenn nicht auf dem üblichen Weg, dann eben per Adoption oder Leihmutter. Was immer auch nötig sein wird, wir werden Kinder bekommen."

„Ich bin mir nicht sicher, ob ich sie verdiene – oder dich."

Er stand auf und reichte ihr die Hand. „Natürlich tust du das."

Sie nahm seine Hand und ließ sich von ihm aufhelfen.

Weil er es ebenso sehr brauchte wie sie, drückte er sie fest an sich.

Sie klammerte sich unter seinem Mantel an seinen Rücken. „Ich liebe dich", flüsterte sie. „Ich liebe dich so sehr."

„Und ich liebe dich jetzt noch mehr als vorher, falls das überhaupt möglich ist." Den Arm um ihre Schultern gelegt, führte er sie zur Treppe. „Gehen wir nach Hause. Ich habe dir etwas Hummer aufbewahrt."

Mit dem Anflug eines Lächelns sah sie zu ihm auf. „Danke."

Er wusste, dass sie damit nicht den Hummer meinte. „Gern geschehen, Liebes."

12

———————

Das war's, beschloss Freddie, während er sich von Elin durch ihre dunkle Wohnung führen ließ. Er würde keinen Rückzieher machen, nicht an seine Mutter denken, seinen Glauben oder an die Vorsätze, die er gefasst hatte, bevor er ein Mann mit männlichen Bedürfnissen geworden war. Natürlich hätte er es besser gefunden, wenn ein wenig Romantik mit im Spiel gewesen wäre, ein paar Kerzen vielleicht. Liebe wäre auch nicht schlecht gewesen.

All das hatte sich nicht ergeben. Aber das hier würde passieren. Und es würde vorbei sein, noch ehe es richtig begonnen hatte, falls er keinen Weg fand, die Sache ein wenig zu verlangsamen.

Er hielt ihre Hände fest, als sie sich an seinen Hemdknöpfen zu schaffen machte. „Hey."

Sie schmiegte das Gesicht an seine Brusthaare. „Was?"

„Wie wäre es, wenn wir uns Zeit lassen?"

Elin biss ihn sanft in die eine Brustwarze. „Wir haben uns schon Zeit gelassen. Wir sind dreimal miteinander ausgegangen, Freddie."

„Ganze drei Mal", sagte er mehr zu sich selbst.

„Was ist denn los mit dir? Willst du es denn nicht?"

Wollte er? Wollte er es wirklich auf diese Weise? Er erinnerte sich an seinen Entschluss. Dies war das Jahr, in dem es passieren würde. Er hatte diese Frau erwählt, weil er wusste, dass sie unkompliziert und ungezwungen war. Es lag nicht an ihr, dass es sich nun leer und unbefriedigend anfühlte. „Doch", sagte er und zog seinen Mantel aus.

Sie nahm ihm den Mantel ab und erklärte mit einem frechen Blick über die Schulter: „Mach es dir bequem. Ich bin gleich wieder da."

Freddie setzte sich auf das Bett und schaute sich in dem überraschend feminin wirkenden Raum um. Er war sich nicht sicher, was er erwartet hatte, Pink und Rüschen jedoch nicht. Vielleicht würde sie ihn auch in anderen Dingen noch überraschen.

„Freddie."

Er sah auf und hätte beinah seine Zunge verschluckt. Elin stand splitternackt im Türrahmen. Sein Blick fiel auf das Amor-Tattoo auf ihrer linken Brust, und fasziniert beobachtete er, wie sich ihre gepiercten Brustwarzen aufrichteten.

„Gefällt dir, was du siehst?"

„Ja", brachte er mühsam heraus. „Komm her."

Sie ging mit sexy Hüftschwung auf ihn zu und stellte sich zwischen seine leicht gespreizten Beine. Die Hände auf seine Schultern gestützt, bot sie ihm ihre Brüste dar.

Er fuhr mit der Zunge über eine ihrer Brustwarzen, umfasste ihren straffen Po und zog sie an sich. Jedem Zentimeter ihres muskulösen Körpers sah man die vielen im Fitnesscenter verbrachten Stunden an. „Tat es weh?"

„Was?", hauchte sie.

„Sie piercen zu lassen."

„Und wie."

„Warum hast du es dann getan?"

„Weil es das, was du gerade tust, umso intensiver macht. Außerdem fühle ich mich damit sexy."

„Ich kann mir kaum vorstellen, dass du irgendein Hilfsmittel brauchst, um dich sexy zu fühlen."

Sie schaute auf ihn herunter, mit einem verletzlichen Ausdruck in ihrem ansonsten stets selbstbewussten Gesicht, und zuckte die Schultern. Sie streifte ihm das Hemd von den

Schultern, warf es auf den Boden und drängte ihn sanft hinunter auf das Bett.

Freddie sah ihr dabei zu, wie sie ihm die Hose und den Slip auszog. Und als sie beide nackt waren und voller Begierde, war er weiter gegangen als je zuvor.

Elin bewegte sich küssend vorn an ihm hinunter, und Freddie ließ es geschehen. Es war besser, die schlimmste Anspannung loszuwerden, um beim Hauptgang nicht peinlich zu versagen. Eine Frau wie sie hatte zweifellos gewisse Ansprüche, und dazu gehörte ganz sicher nicht, dass die ganze Sache in weniger als dreißig Sekunden vorbei war.

Sie schloss die Finger um seinen aufgerichteten Penis und massierte ihn, bis er so hart war wie nie zuvor.

„Hm", murmelte sie, ehe sie die Lippen um ihn schloss.

Freddie hatte seine Freunde und Kollegen darüber reden hören, dass es tatsächlich Frauen gab, die einen Blowjob genossen, während die anderen es lediglich ihrem Partner zuliebe taten. Der Begeisterung nach zu urteilen, mit der Elin ihn massierte, leckte und an ihm saugte, hatte er eine Frau gefunden, der die Sache Spaß machte. Er griff in ihre Haare und stellte fest, dass ihr zuzuschauen fast genauso aufregend war wie der Akt an sich.

Als sie ihn auf besonders geschickte Weise umfasste und tief in den Mund nahm, stieß Freddie einen Schrei aus und gelangte zu einem heftigen Orgasmus. Auf dem Rückweg zur Erde bemerkte er, dass er immer noch die Finger in ihre Haare krallte, und ließ sie los.

Elin leckte ihn ab und machte ihn sauber. „Wie kannst du so kommen und trotzdem noch so hart sein?", fragte sie ihn, während sie ihn erneut massierte.

Er zog sie hoch und brachte sie dazu, dass sie sich auf ihn legte. „Standfestigkeit." Und wenig Gebrauch, hätte er am liebsten hinzugefügt, unterließ es aber.

„Wir brauchen ein Kondom", erklärte sie.

„Sofort." Er küsste sie leidenschaftlich, und plötzlich spielte es keine Rolle mehr, dass er sie nicht liebte und man ihm beigebracht hatte, dass dies vor der Ehe falsch war. Es fühlte sich nicht falsch an. Im Gegenteil, es fühlte sich gut an, und er wollte mehr. Er wollte alles. „Lass mich schnell das Kondom holen."

„O nein, lass mich das machen“, meinte sie mit einem sexy Funkeln in den Augen.

Gerade als er ihr von den Kondomen in der Gesäßtasche seiner Hose erzählen wollte – die er für alle Fälle stets bei sich trug –, nahm sie ein schwarzes Folienpäckchen aus der Schublade ihres Nachtschränkchens.

„Gerippt, um *mein* Vergnügen zu steigern.“ Ohne den Blickkontakt zu unterbrechen, riss sie mit den Zähnen das Päckchen auf und streifte ihm das Kondom über.

Freddie biss sich auf die Unterlippe, um nicht an diesem Punkt schon die Beherrschung zu verlieren, als sie langsam mit der Hand über sein hartes Glied strich.

Als sie damit fertig war, setzte sie sich rittlings auf ihn und beugte sich herunter, um ihn zu küssen.

Er umfasste ihre vollen Brüste und bekam vor Erregung kaum noch Luft. Das hier passierte tatsächlich. Endlich.

„Wie magst du es?“, flüsterte sie.

„Wie du es magst.“

„Dann ist es gut, dass wir die ganze Nacht Zeit haben.“

Sie führte ihn mit der Hand zu ihrer feuchten Öffnung und sank auf ihn herab.

Bis zum Schaft von ihrer Hitze umgeben, stöhnte Freddie auf.

„Tut das weh?“, erkundigte sie sich besorgt.

Kaum fähig zu atmen, geschweige denn zu sprechen, schüttelte er nur den Kopf und packte ihre Hüften.

Sie lehnte sich zurück und nahm ihn noch tiefer in sich auf.

Freddie war nicht sicher, ob er sich bewegen oder sie ihn einfach reiten lassen sollte. Doch sein Becken schien plötzlich ein Eigenleben zu entwickeln, denn es bewegte sich und passte sich Elins Rhythmus an. O Mann, dachte er, warum habe ich so lange darauf gewartet? Warum nur?

Als sei eine wilde Bestie in ihm losgelassen worden, setzte er sich auf, schlang die Arme um sie und drehte sie auf den Rücken, sodass er nun oben war. Er schob sie zur Bettkante, stützte sich mit den Füßen auf dem Boden ab und begann, hart in sie zu stoßen. Schweiß bildete sich auf seinem Rücken, brannte ihm in den Augen, befeuchtete seine Stirn, doch er spürte nichts wirklich, außer der samtigen Glut, die seinen Penis umschloss.

Elin krallte die Nägel in seinen Po, um ihn tief in sich zu halten, während sie mit einem schrillen Schrei kam.

Irgendwie gelang es Freddie, sich lange genug zu beherrschen, um sie ein weiteres Mal zum Orgasmus zu bringen. Als er sich schließlich gestattete, mit ihr zum Höhepunkt zu kommen, dämpfte die Erleichterung darüber, dass er sich nicht blamiert hatte, den überwältigenden Orgasmus. Schwer atmend auf ihr liegend, noch mit ihr vereinigt, fragte er sich, wie lange er wohl warten musste, bevor er das wieder tun konnte.

Sam legte den Kopf auf Nicks Brust und lauschte seinem leisen, gleichmäßigen Atem. Sie hatten zusammen die Hummerreste gegessen und dazu eine Flasche Wein genossen. Danach hatten sie den neuen Whirlpool eingeweiht und sehr intensiv gekuschelt. Er hatte nicht versucht, mit ihr zu schlafen, und sie war erleichtert gewesen, dass er zu wissen schien, dass sie heute Nacht etwas anderes brauchte. Eine Schulter zum Anlehnen. Seine Schulter.

Sie küsste seine Brust und seufzte zufrieden. Ein seltsamer innerer Friede hatte sich in ihr ausgebreitet, nachdem sie ihm ihr dunkelstes Geheimnis anvertraut hatte. Dass er das Schlimmste von ihr wusste und sie trotzdem liebte, empfand sie als besonderes Geschenk, neben allem anderen, das er in ihr Leben gebracht hatte.

„Warum bist du um vier Uhr morgens wach?", flüsterte er und erschreckte sie damit.

„Warum bist *du* wach?"

„Weil ich an Schlaflosigkeit leide."

„Wie kommt es, dass ich davon nichts gemerkt habe, wo ich doch seit einem Monat bei dir schlafe?"

„Weil du normalerweise sägst, wenn ich wach bin."

„Ich ‚säge' nicht", erwiderte sie empört.

„Na ja, tust du doch."

„Soll ich dir den Rücken massieren?"

„Wirklich?"

„Dreh dich um."

Er wechselte in eine Position, in der sie seinen Rücken streicheln konnte.

Er seufzte. „Das tut gut.“

„Was hat es mit deiner Schlaflosigkeit auf sich?“

„Die kommt und geht. Das hängt meistens vom Stresslevel ab.“

„Und du dachtest, Senator zu werden würde gut dagegen sein?“

Er lachte in sein Kissen. „Es war eine Überlegung von vielen, die ich in meine Entscheidung miteinbeziehen musste.“

„Du solltest damit mal zum Arzt gehen.“

„Sobald du Harry wegen deines Magens aufgesucht hast.“ Damit meinte er seinen Freund, den Internisten, der sich einverstanden erklärt hatte, sie zwischen seine Termine einzuschieben.

„Ich habe Freitag einen Termin.“

„Gut. Soll ich mitkommen?“

„Am Freitag wirst du jede Menge mit den Anhörungen wegen der Nominierung zu tun haben.“

„Ich kann es einrichten, wenn du mich brauchst.“

„Ich komme schon klar.“ Sie küsste seine Schulter. „Schlaf jetzt.“

Er legte den Arm um sie und zog sie an sich. „Nur, wenn du auch schläfst.“

„Abgemacht.“

Sie waren beide auf dem besten Weg, einzuschlafen, als das Telefon klingelte.

„Das ist meins.“ Sam griff nach ihrem Handy auf dem Nachttisch. „Holland.“

„Tut mir leid, dich stören zu müssen“, meldete sich Detective Jeannie McBride. „Wir haben einen Mord, und du hast uns gebeten, informiert zu werden.“

„Wo?“

„Lincoln Park.“

„Ich bin unterwegs.“ Sie stand auf und schnappte sich ihre Sachen vom Vorabend, ehe ihr klar wurde, dass das für einen Tatort mitten im Winter nicht die richtige Kleidung war. „Mist. Ich muss rüber zu meinem Dad, um mir etwas anzuziehen.“

„Tja, wenn du bei mir wohnen würdest, wären deine Sachen hier“, bemerkte Nick.

„Haha.“

Er stand ebenfalls auf.

„Was hast du vor?", fragte sie.

„Ich helfe dir, ein wenig Zeit zu sparen." Er betrat seinen begehbaren Kleiderschrank und kam mit einem seiner Pullover wieder heraus, den er ihr zuwarf. In der anderen Hand hielt er ein Paar Laufschuhe. „Die hast du letzte Woche hier vergessen."

„Ausgezeichnet", sagte sie und zog sich den Pullover an. „Hm, der riecht nach dir."

„Brauchst du auch Socken?"

Sie zog ihre schicke schwarze Hose an und grinste schief. „Ehrlich gesagt, ja."

Er gab ihr ein Paar.

„Danke." Sie schlang die Arme um seinen warmen nackten Körper, stellte sich auf die Zehenspitzen und küsste ihn. „Versuche, ein wenig zu schlafen."

„Sei vorsichtig da draußen, Liebes."

„Bin ich immer."

Sam hob das gelbe Absperrband der Polizei an und betrat Lincoln Park. Der stürmische Winterwind wehte ihr kalt ins Gesicht, während sie versuchte, die Benommenheit nach der schlaflosen Nacht abzuschütteln. Sie fröstelte und sehnte sich nach Nick und der Wärme seines Bettes.

Am Horizont zeigten sich schon die ersten Zeichen des bevorstehenden Sonnenaufgangs. Auf der anderen Seite des Parks, im Licht greller Scheinwerfer, standen zwei Officer zur Bewachung des Opfers.

„Was haben wir?", erkundigte sie sich bei Detective Jeannie McBride.

Die Polizistin schaute in ihr Notizbuch. „Das Opfer ist männlich, weiß, Ende sechzig. Mit einem einzelnen Schuss in den Hinterkopf getötet. Seine Hände und Füße waren gefesselt."

„Eine Hinrichtung?"

„Ja, Chefin."

„Identität?"

„Noch nicht geklärt. Aber er war gut gekleidet."

„Fertige eine Liste an von allen Leuten, die hier sind oder noch kommen."

„Verstanden."

„Wo ist Cruz?"

„Reagiert weder auf sein Handy noch auf seinen Pager."

Das machte Sam stutzig. „Merkwürdig."

„Stimmt, Lieutenant."

Sam fragte sich, wo um alles in der Welt ihr Partner steckte, und schob die Hände in die Manteltaschen. „Versuch weiter, ihn zu erreichen." Mit großen Schritten marschierte sie zu dem zusammengekrümmt am Boden liegenden Opfer.

Sie nickte den Streifenpolizisten zu, zog sich Latexhandschuhe an und ging in die Hocke, um das Seil zu untersuchen, mit dem man ihm Hände und Füße gefesselt hatte. Ihr fiel auf, dass seine Schuhe fehlten. Blut lief aus der Schusswunde. Sie legte ihm die Hand auf die Schulter und drehte ihn auf den Rücken. Beim Anblick des Gesichts des Toten schnappte sie erschrocken nach Luft.

„O nein!", flüsterte sie. „Armer Nick." Als sie über dem leblosen Körper des für den Obersten Gerichtshof nominierten Julian Sinclair stand, musste sie daran denken, wie sie und Nick damals nach Leesburg gefahren waren, um den O'Connors die Nachricht von der Ermordung ihres Sohnes zu überbringen. Und nun war auch noch ihr langjähriger Freund tot. Sie konnte sich nur schwer vorstellen, wie sie mit dieser neuerlichen Schreckensnachricht fertig werden würden.

„Lieutenant?", meldete sich Detective McBride hinter ihr.

„Es ist Julian Sinclair."

McBride war ebenfalls erschrocken. „Der für den Obersten Gerichtshof nominiert war?"

Sam nickte. „Informiere bitte Malone und Farnsworth und richte ihnen aus, dass Senator Cappuano, Senator und Mrs. Graham O'Connor sowie ich selbst zu den Letzten gehören, die das Opfer lebend gesehen haben."

McBride sah sie lange an.

„Na los, erledige die Anrufe, Jeannie."

„Ja, Chefin."

Jeannie ging davon, und Sam richtete ihre Aufmerksamkeit

wieder auf das Opfer. „Was ist passiert, Julian?", flüsterte sie und fühlte sich entsetzlich wegen der merkwürdigen Konfrontation zwischen ihnen am Abend zuvor. Sie überprüfte seine Hände, fand jedoch keine Abwehrverletzungen. Wer auch immer ihn angegriffen hatte, es musste überraschend geschehen sein. „Was ist passiert, nachdem du Nicks Haus verlassen hast?"

„Lieutenant", sagte McBride einige Minuten später. „Der Gerichtsmediziner ist hier. Der Chief und der Captain sind unterwegs. Bei Cruz hatte ich noch kein Glück."

„Danke." Sie warf einen letzten langen Blick auf Sinclair, dann stand sie auf und zog die Handschuhe aus. „Wer hat ihn gefunden?"

„Ein Betrunkener ist über ihn gestolpert. Der Kerl ist außer sich." Sie deutete auf den Krankenwagen, der am Gehsteig parkte. „Die Sanitäter kümmern sich gerade um ihn."

„Ich werde mich mit dem Captain und dem Chief unterhalten, danach spreche ich mit ihm. Zeugenbefragung?"

„Tyrone und ein paar Uniformierte erledigen das", antwortete McBride und bezog sich dabei auf ihren Partner.

„Gute Arbeit, McBride. Danke."

„Du hast ihn also kennengelernt? Das Opfer?"

„Er war zum Abendessen bei uns in Nicks neuem Haus in Capitol Hill. Die beiden sind befreundet."

„Du meine Güte, und er hat erst vor Kurzem einen Freund verloren."

Sam presste kurz die Lippen zusammen. „Ja."

Captain Malone und Chief Farnsworth trafen mit einigen Minuten Abstand ein, und Sam setzte sie über die Lage in Kenntnis. „Ich bin vor dem Essen gegangen, deshalb muss ich Nick fragen, wann es geendet hat und wie Sinclair zurück zum Hotel gekommen ist."

„Tun Sie das", sagte der Chief, während er mit grimmiger Miene die Schusswunde an Sinclairs Kopf untersuchte.

„Ich warte noch auf die Spurensicherung", erklärte Sam.

„Ich werde auf sie warten", bot Malone an. „Machen Sie sich ruhig auf den Weg."

„Das wird ein weiterer heikler Fall, Lieutenant", warnte Farnsworth sie.

„Und wieder einmal werde ich mit meinem Privatleben im Rampenlicht stehen", murrte Sam.

„Wird das eine zu große Belastung darstellen?", wollte Farnsworth wissen.

„Nein, Sir. McBride, Sie kommen mit mir." Sie winkte der anderen Frau, ihr zu folgen.

Jeannie trottete auf dem Weg durch den Park hinter Sam her, die mit dem Betrunkenen sprechen wollte, der Sinclair gefunden hatte. Dieser allerdings redete wirr und konnte zur Ermittlung nichts beitragen.

Wütend marschierte Sam zu ihrem Wagen, erneut dicht gefolgt von Jeannie.

„Soll ich noch mal versuchen, Cruz zu erreichen?"

„Nein." Sam grübelte über die richtigen Worte, um Nick die niederschmetternde Nachricht zu überbringen. Die Vorstellung allein brach ihr das Herz, doch sie durfte sich keine Emotionen erlauben bei dem, was innerhalb der nächsten Stunden zu erledigen war. „Er wird sich auf den Stand der Ermittlungen bringen müssen, sobald er wieder auftaucht."

13

Sam parkte in der Ninth Street in zweiter Reihe und sah zu Nicks Eingangstür.

„Wie willst du es machen?", fragte Jeannie.

„Er schläft noch", sagte Sam, auf das dunkle Fenster im ersten Stock deutend. „Ich werde ihn wecken und ihn nach unten bitten. Ich möchte, dass du bei dem Gespräch anwesend bist."

„Aha." McBride knetete ihre Finger im Schoß.

„Ich weiß, dass dir das unangenehm ist, Detective, aber ich brauche dich als Zeugin und Protokollantin des Gesprächs. Alles muss absolut vorschriftsmäßig laufen. Immerhin ist er ein möglicher Zeuge."

„Ich verstehe."

Sam konzentrierte sich auf ihre Atmung, um die Bauchschmerzen erträglicher zu machen.

„Ist alles in Ordnung mit dir, Lieutenant?"

„Ja." Wegen des Schmerzes brach Sam der kalte Schweiß aus, als sie die Hand auf den Türgriff legte. „Bringen wir es hinter uns."

Jeannie folgte ihr die Stufen hinauf und wartete, während Sam mit ihrem Schlüssel aufschloss.

Drinnen schaltete sie das Licht ein.

Jeannie stieß einen leisen Pfiff aus. „Wow, schickes Haus."

„Ja. Setz dich. Ich bin gleich wieder da." Sam holte tief Luft, um ihre Nerven und ihren Magen zu beruhigen. Dann ging sie die

Treppe hinauf. Im Flur schaltete sie das Licht ein und ging zur Schlafzimmertür, wo sie einen Moment im Türrahmen stehen blieb, um Nick im Schlaf zu beobachten. Sie wünschte, sie könnte ihm ersparen, was sie ihm gleich zumuten musste.

Sie trat ans Bett und beugte sich herunter, um ihm einen Kuss auf die Wange zu geben. „Nick." Sie rüttelte sanft an seiner Schulter. „*Nick.*"

„Hm, hallo, Liebes. Schon zurück?"

„Ich muss mit dir reden."

„Okay." Er versuchte, sie zu sich ins Bett zu ziehen.

Sam widerstand. „Nick."

Jetzt erst machte er die Augen auf.

„Ich muss wirklich mit dir reden."

„Was ist denn los?"

„Kannst du mit nach unten kommen?"

Er fuhr sich durch die Haare und sah zu ihr auf. „Warum reden wir nicht hier?"

Sie schluckte hart. „Es muss protokolliert werden."

„Was ist los, Sam?" Er setzte sich unvermittelt auf.

„Bitte."

„Na schön." Er schlug die Decke zurück und griff nach seiner Jogginghose. „Darf ich vorher noch auf die Toilette?"

„Ja, aber mach schnell. Detective McBride wartet unten auf uns."

Er warf ihr einen finsteren Blick zu, stellte aber keine weiteren Fragen mehr, sondern verschwand im Badezimmer.

Sam ging nach unten, wo Jeannie umherwanderte. „Er kommt gleich."

„Das Haus ist riesig!"

„Der Typ, der vorher hier gewohnt hat, hat das Nachbarhaus dazugekauft und die Wände eingerissen."

„Wohnst du auch hier?"

„Nein. Ich wohne nach wie vor bei meinem Dad, drei Häuser weiter."

„Warum?"

„Weil ..."

„Weil sie noch nicht bereit ist, bei mir einzuziehen", sagte Nick, der jetzt ein T-Shirt zur Jogginghose trug, als er die Treppe herunterkam. Er legte den Arm um Sam und gab ihr einen Kuss auf den Kopf.

Sie schüttelte ihn ab.

Erschrocken und vermutlich gekränkt sah Nick sie an.

„Das ist Detective Jeannie McBride."

Nick bot ihr die Hand. „Ja, ich erinnere mich von der Party an Sie."

„Freut mich, Sie wiederzusehen, Senator."

„Bitte nennen Sie mich Nick." Er wandte sich an Sam. „Wirst du mir endlich verraten, was los ist?"

„Setz dich", forderte sie ihn auf und deutete zum Sofa.

„Ich stehe lieber, danke."

Die Hände auf den Hüften, erklärte Sam förmlich: „Detective McBride, bitte nehmen Sie dieses Gespräch zu Protokoll."

Nick war perplex. „Sam ..."

Sie nickte Jeannie zu, die daraufhin ein kleines Aufnahmegerät auf den Couchtisch stellte. „Ich bedaure sehr, dir mitteilen zu müssen, dass Julian Sinclair heute in den frühen Morgenstunden ermordet im Lincoln Park aufgefunden worden ist."

Nick wich einen Schritt zurück, schüttelte den Kopf und flüsterte: „Nein." Er schüttelte erneut den Kopf und ließ sich benommen in einen Sessel sinken.

„Es tut mir sehr leid", sagte Jeannie.

„Aber er war doch eben noch hier." Nick sah zu Sam, in seinen Augen schimmerten Tränen. „Wie?"

„Er ist erschossen worden", erklärte Sam, da sie kurz und schonungslos für die beste Strategie hielt. „Er war an Händen und Füßen gefesselt."

Nick schlug die Hände vors Gesicht und weinte, wobei er nicht aufhörte, den Kopf zu schütteln.

Jeannie sah unsicher zu Sam und bedeutete ihr stumm, sie solle zu ihm gehen.

Sam wollte um jeden Preis professionell bleiben. Andererseits fühlte sie mit ihm, deshalb setzte sie sich auf die Sessellehne und legte ihm den Arm um die Schultern.

Er lehnte sich in ihre Umarmung, von Weinkrämpfen geschüttelt. „Wie konnte das passieren? Erst John und dann das? Und Graham und Laine – es wird sie umbringen!"

„Ich weiß, es ist ein schrecklicher Schock für dich, aber ich muss dir ein paar Fragen stellen."

Er wischte sich das Gesicht ab. „Ich werde dir helfen, so gut ich kann."

„Um wie viel Uhr ist Julian gestern Abend von hier aufgebrochen?"

„Das war kurz nach elf", antwortete er und fügte rasch hinzu: „Ich habe auf die Uhr geschaut, weil ich wollte, dass sie gehen, damit ich mich auf die Suche nach dir machen konnte."

Sam sah zu Jeannie, die jedes der zwischen ihnen gewechselten Worte begierig aufsog. „Hat er etwas gesagt oder getan, was darauf schließen ließ, dass er besorgt war oder sich durch irgendwen bedroht gefühlt hat?"

„Nein, nichts dergleichen. Er konnte die Anhörungen im Senat kaum erwarten, aber ansonsten hat er nichts erwähnt."

„Hätte er das getan? Wenn er wegen irgendetwas besorgt gewesen wäre, hätte er darüber gesprochen?"

„Das glaube ich schon. Besonders nachdem du gegangen warst und wir nur zu viert waren. Er und Graham sind die besten Freunde, und er wusste, dass er mir ebenfalls vertrauen konnte."

„Wie ist er zurück zum Hotel gekommen?"

„Da er mit dem Taxi hergekommen ist, haben Graham und Laine ihn auf dem Rückweg mitgenommen."

Sam sah zu Jeannie. „Ich muss mit ihnen reden."

„Ich werde dich begleiten", sagte Nick und stand auf.

„Das musst du nicht", sagte Sam. „Wir schaffen das schon."

Er kniff die Augen zusammen. „Verlang nicht von mir, dass ich tatenlos hier herumsitze, während du ihnen in Leesburg den Boden unter den Füßen wegziehst – schon wieder. Bitte verlang das nicht von mir, Sam."

Sie sahen einander eine Weile unnachgiebig in die Augen.

„Ich könnte mich von Tyrone abholen lassen", meldete sich Jeannie zu Wort. „Wir können zu Sinclairs Hotel fahren, den Portier befragen, die Bänder der Videoüberwachung sicherstellen und uns in seinem Zimmer umsehen."

Als Sam merkte, dass es nicht nötig war, diesen kleinen Machtkampf zu gewinnen, sagte sie: „Gut, mach das." An Nick gewandt sagte sie: „Am besten, du ziehst dich an."

Nach einem letzten harten Blick auf sie drehte er sich um und ging wieder nach oben.

Das beharrliche Schweigen im Auto zerrte an Sams Nerven. Sie hatte keine Ahnung, was sie sagen oder ob sie tröstend die Hand nach Nick ausstrecken sollte. Ein Gefühl sagte ihr, dass er momentan nichts dergleichen von ihr annehmen würde. Sie wusste nur nicht, warum. Gab er ihr vielleicht die Schuld an diesen jüngsten niederschmetternden Nachrichten? Sie machte doch nur ihre Arbeit.

Sie warf ihm einen Seitenblick zu. Er sah aus dem Fenster und schien in Gedanken versunken zu sein. Die Distanz zwischen ihnen ängstigte sie.

„Nick."

Er antwortete nicht, blinzelte nicht und schien weder zu merken, dass sie da war, noch sich groß darum zu scheren.

Schließlich legte sie doch ihre Hand auf seine. „Rede mit mir."

„Da gibt es nichts zu sagen."

„Tut mir leid, was mit deinem Freund passiert ist."

„Danke."

„Bist du wütend auf mich?"

Endlich richtete er den Blick auf sie. „Warum hast du es mir nicht gesagt, als wir zusammen oben waren? Als wir allein waren?"

„Weil ich das nicht konnte."

„Klar."

„Ich habe es auf diese Weise gemacht, um dich zu schützen! Damit deine Aussage bezeugt und zu Protokoll genommen wird. Du warst einer der letzten Menschen, die ihn lebend gesehen haben. Ich wollte nur sicherstellen, dass du über jeden Verdacht erhaben bist."

Er sackte tiefer in seinen Sitz. „Darüber habe ich überhaupt nicht nachgedacht."

„Ich habe mich bestimmt nicht darum gerissen, es dir beizubringen. Und ich bin nicht besonders scharf darauf, diese schreckliche Nachricht zwei Menschen zu überbringen, die etwas Besseres verdient haben."

„Stimmt", sagte er leise. „Sie haben etwas Besseres verdient."

„Genau wie du.“

„Ich habe nicht viele enge Freunde“, sagte er und sah wieder geradeaus. „Und es gibt nicht viele Leute, in deren Gegenwart ich mich vollkommen wohlfühle. Julian jedoch war einer davon.“

Sie fühlte mit ihm und drückte seine Hand. „Jetzt hast du mich. Ich bin bei dir.“

Statt zu antworten, nickte er nur.

Während Sam fuhr, warf sie ihm immer wieder einen Blick zu. Die beiden kurz hintereinander geschehenen Morde hatten ihn in so tiefe Verzweiflung gestürzt, dass sie nicht mehr wusste, wie sie noch an ihn herankommen sollte.

Im Landhaus der O'Connors in Leesburg empfing Laine sie mit einem herzlichen Lächeln und Umarmungen.

„Nick! Sam! Wie schön, euch beide so schnell wiederzusehen.“ Sie winkte sie in die Eingangshalle hinein. „Was führt euch hierher?“

Nick brach in ihren Armen förmlich zusammen.

Alarmiert hielt Laine ihn fest. „Mein Lieber, was ist denn?“

Sam hatte Nick noch nie derartig aufgelöst gesehen, selbst nach Johns Tod nicht. Es beunruhigte sie. Außerdem hatte sie erneut das Gefühl, eine Außenstehende zu sein. Dass er gewartet hatte, bis er bei seiner Ersatzmutter war, um seinen ganzen Schmerz zu offenbaren, verletzte Sam.

„Du machst mir Angst, Nick“, sagte Laine, während sie ihm die Tränen aus dem Gesicht wischte. „Würde mir bitte einer von euch erzählen, was los ist?“

„Es ist Julian“, sagte Nick leise.

Laine schnappte nach Luft und wich einen Schritt zurück. Die Hand auf dem Herzen, starrte sie ihn entsetzt an. „Nein.“

„Ist Senator O'Connor zu Hause?“, fragte Sam.

„Er ist im Arbeitszimmer.“

„Ich werde ihn holen“, erklärte Nick, wischte sich das Gesicht trocken und verließ den Raum.

„Wie?“, wollte Laine wissen und strahlte bereits wieder die eiserne herrschaftliche Strenge aus, die Sam in den Wochen, seit sie diese Frau kannte, bewundern gelernt hatte.

Sam berichtete ihr, was sie wusste.

„Das wird Graham zerstören“, flüsterte Laine.

„Das Gleiche habe ich auch über Nick gesagt."

Ihre Blicke trafen sich, zwei Frauen, vereint in der Sorge um die Männer, die sie liebten.

Aus einem hinter dem Wohnzimmer gelegenen Zimmer war ein Aufheulen zu hören.

Laine verschwand eilig in Richtung Arbeitszimmer.

Sam folgte ihr. Sie fanden die beiden Männer auf dem Sofa sitzend. Nick hatte den Arm um Grahams Schultern gelegt.

Laine ging zu ihrem Mann.

„Ich kann es nicht glauben", sagte Graham mit tränenerstickter Stimme und ergriff die Hand seiner Frau. „Es ging ihm doch bestens. Wir haben uns praktisch eben noch gesehen."

Sam betrat das Zimmer, in dem wegen des Kamins eine behagliche Wärme herrschte. „Mein tiefes Beileid", sagte sie.

Laine winkte sie heran.

Sam setzte sich neben Nick.

Graham richtete seine vom Kummer getrübten Augen auf Sam. „Werden Sie herausfinden, wer das getan hat? Ich muss wissen, wer zu dieser Tat fähig war."

Dankbar für diese Eröffnung, erklärte sie: „Es muss ein schrecklicher Schock sein für Sie, aber Sie gehören zu den letzten Menschen, die Julian lebend gesehen haben. Können Sie mir sagen, wie das war, als Sie ihn zurück zum Hotel gebracht haben?"

Graham wischte sich das Gesicht mit dem Handrücken ab. „Er hat im ‚Willard' gewohnt, deshalb boten wir an, ihn dort abzusetzen."

„Um welche Uhrzeit war das?"

Er sah zu seiner Frau. „Gegen Viertel nach elf, oder?"

Sie nickte.

„Haben Sie beobachtet, wie er das Hotel betrat?"

Laine überlegte. „Nein, ich habe es nicht gesehen."

„Ich auch nicht", sagte Graham.

„Waren zu dem Zeitpunkt noch andere Leute dort?"

Laine musste erneut nachdenken. „Ich glaube, einer der Hotelangestellten empfing die Gäste an der Tür."

„Ja", bestätigte Graham. „Ich habe jemanden in Uniform gesehen."

„Wie steht es mit anderen Autos?", wollte Nick wissen.

„Vor dem Hoteleingang waren wir die Einzigen", berichtete Graham. „Ich erinnere mich, Laine gegenüber die Bemerkung gemacht zu haben, dass Washington nur mitten in der Nacht nicht völlig verstopft sei."

„Während Ihres gemeinsamen Abendessens", wandte Sam sich an alle drei, „hat er da ein Problem erwähnt oder dass er vielleicht ein Problem mit jemandem habe? Mit einem Freund, einer Freundin, einer Bekannten?"

Die drei tauschten Blicke.

„Was?", hakte Sam nach.

„Julian war schwul", sagte Nick.

Sam verarbeitete diese neue Information und lehnte sich zurück. „War das bekannt?"

„Nur denen, die ihm nahestanden. Er war sehr diskret", erklärte Nick. „Die Medien hatten sich jedenfalls noch nicht auf seine sexuelle Orientierung gestürzt."

„Ihm war aber klar, dass das passieren würde", meldete Laine sich zu Wort. „Er hat angenommen, dass es während der Anhörungen im Senat zur Sprache kommen würde."

„Hat er sich deswegen Sorgen gemacht?"

„Nicht allzu sehr", antwortete Graham mit sanfter Stimme. Der doppelte Schicksalsschlag, erst seinen Sohn und dann einen engen Freund zu verlieren schien ihn in sich zusammenfallen zu lassen. „Seine Mutter ist vor einigen Jahren gestorben, ohne je erfahren zu haben, dass er schwul war. Ihr Tod war für ihn in gewisser Weise befreiend. Es war ihm nicht mehr so wichtig, ob die Leute es herausfanden oder nicht."

„Hatte er eine Beziehung?"

„Nicht mehr", schaltete Laine sich ein und fragte Nick: „Wann haben er und Duncan Schluss gemacht?"

„Vor über einem Jahr."

Graham nickte bestätigend.

„Waren die beiden lange zusammen?", fragte Sam.

„Es müssen an die zwanzig Jahre gewesen sein", sagte Graham.

„Hat Duncan sich geoutet?"

„Nur in seinem engsten Bekanntenkreis. Duncan wollte sich zur Ruhe setzen und nach Florida ziehen", erklärte Nick. „Julian wollte aber noch nicht aufhören zu arbeiten, und das führte zum

Bruch zwischen ihnen. Julian hat gern in Harvard unterrichtet, und als Nelson gewählt wurde, wusste er, dass eine Nominierung für den Obersten Gerichtshof wahrscheinlich war." Seine Stimme wurde brüchig. „Ich kann einfach nicht glauben, dass er nicht mehr da ist."

„Ist es möglich", fuhr Sam fort, „dass Duncan besorgt war wegen der ungewollten Aufmerksamkeit während der Anhörungen zur Nominierung?"

„Besorgt genug, um Julian zu fesseln und in den Hinterkopf zu schießen?", konterte Nick.

Laine schnappte erschrocken nach Luft. „Gütiger Himmel!"

„Tut mir leid", sagte Nick. „Ich wollte damit nicht herausplatzen."

„Duncan hat Julian geliebt", meinte Graham. „Ich habe zwar nie verstanden, wie zwei Kerle ... ihr wisst schon. Aber wenn man sie zusammen erlebt hat ..."

Laine tupfte sich die Tränen ab. „Die zwei waren ein reizendes Paar. Wir mochten sie sehr."

„Ich werde mit Duncan sprechen müssen", erklärte Sam. „Wissen Sie, wo ich ihn finden kann?"

„Er lebt in South Beach." Laine erhob sich und ging zu dem kleineren der beiden Schreibtische. Als sie zurückkam, gab sie Sam ein Stück Papier. „Hier ist die Adresse."

Sam schob die Adresse in ihre Gesäßtasche und schaute auf die Uhr. Fast neun. „Ich muss zurück in die Stadt", sagte sie zu Nick. „Möchtest du hierbleiben?"

Er sah zu Graham.

„Du musst wegen des Beginns der neuen Sitzungsperiode im Kapitol sein", meinte Graham.

„Willst du wirklich nicht, dass ich bleibe?", fragte Nick. „Es macht mir nichts aus."

„Geh an die Arbeit, Senator. Sorg dafür, dass Johns Gesetzesentwurf durchkommt."

Nick umfasste die Hand des anderen und umarmte ihn.

„Wir werden darüber hinwegkommen", versprach Graham mit rauer Stimme. „Irgendwie werden wir darüber hinwegkommen."

Nick stand auf und umarmte auch Laine.

Sam tat es ihm gleich.

„Sie werden es Duncan schonend beibringen?“, bat Laine.

„Ich verspreche es.“

Laine streichelte Sams Wange. „Ich beneide Sie nicht um Ihren Job, aber ich habe vollstes Vertrauen, dass Sie die Person finden werden, die Julian das angetan hat.“

Verblüfft über die liebevolle Geste erwiderte Sam: „Ich werde mein Bestes geben.“

14

Nach einer weiteren stillen Fahrt war Sam noch mehr über Nicks inneren Rückzug beunruhigt. Ihre Versuche, mit ihm eine Unterhaltung zu beginnen, scheiterten, und er verbrachte den überwiegenden Teil der Fahrt damit, aus dem Seitenfenster zu schauen. Als sie in eine Parklücke in der Ninth Street fuhr, fing ihr Magen an zu schmerzen. Sie musste dringend ins Hauptquartier, aber wie konnte sie ihn in diesem Zustand allein lassen?

„Nick?"

Er starrte aus dem Fenster, scheinbar ohne irgendetwas wahrzunehmen von dem, was er sah.

Sie legte ihm die Hand auf den Arm. „Nick, Liebling, komm. Wir sind zu Hause."

Er schreckte hoch. „Du musst arbeiten."

„Ich bringe dich noch rein." Sam stieg aus und ging um den Wagen, um ihm die Tür zu öffnen. Dann folgte sie ihm die Stufen hinauf und ins Haus, wo er sich in den ersten Sessel fallen ließ und den Kopf in die Hände stützte.

Der Pager in ihrer Tasche vibrierte zum sechsten Mal innerhalb der letzten zehn Minuten. Gleichzeitig klingelte ihr Handy, doch so schwer es ihr auch fiel, sie ignorierte es – erneut. Sie ging in die Küche, um Nick Kaffee zu kochen. Dort entdeckte sie sein Handy auf der Arbeitsfläche. Nach kurzem Zögern nahm sie es und scrollte durch die Liste seiner Kontakte. An zweiter Stelle in der Liste seiner Kurzwahltasten kam nach ihr Christina. Sam drückte die Taste.

„Senator", meldete Christina sich. „Ich habe gerade von Julian Sinclair gehört. Es tut mir so leid."

„Äh, hier spricht Sam."

„Oh. Hallo. Ist er …"

„Er ist am Boden zerstört. Ich muss zur Arbeit, aber ich kann ihn so nicht allein lassen."

„Ich bin gleich da."

„Macht es Ihnen auch nichts aus?" Sam ärgerte sich darüber, wie dämlich sie klang.

„Selbstverständlich nicht. Er bedeutet mir auch etwas, wissen Sie?"

„Natürlich."

„Es tut mir leid. Ich kann einfach nicht glauben, dass das passiert ist."

„Das geht allen so."

„Ich bin so schnell da, wie ich kann."

„Danke."

Als Sam zwanzig Minuten später die Haustür öffnete, war sie erstaunt, sowohl Christina als auch Gonzo vor sich zu sehen.

„Was machst du denn hier?", wandte sie sich an Gonzo, als sie die beiden hereinließ.

Prompt errötete der ansonsten stets Respekt einflößende Tommy „Gonzo" Gonzales. „Ich war, äh, mit ihr zusammen, als sie den Anruf wegen Sinclair erhielt. Und da dachte ich, ich könnte vielleicht helfen."

Sam sah von ihm zu Christina, die geradewegs zu Nick gegangen war, ehe sie sich wieder an ihn wandte. „Definiere ‚zusammen'."

Er wand sich. „Na ja, du weißt schon." Auf Nick deutend meinte er: „So, wie du mit ihm zusammen bist."

„Soll das ein verdammter Witz sein?"

„Was denn? Wir sind beide erwachsen."

Ehe sie darauf etwas erwidern konnte, meldeten sich Sams

Pager und Handy gleichzeitig. Sie schaute auf beide Displays und nahm den Anruf von Captain Malone entgegen.

„Lieutenant. Ich versuche schon seit einer Stunde, Sie zu erreichen.“

„Ich habe mit dem Senator und Mrs. O'Connor gesprochen, den vermutlich letzten Personen, die Sinclair lebend gesehen haben.“

„Was haben Sie herausgefunden?“

Sie berichtete, was die O'Connors ihr über die Fahrt mit Sinclair zum Hotel erzählt hatten. „Ich habe McBride und Tyrone zum Willard geschickt, um die Überwachungsbänder abzuholen und die Mitarbeiter zu befragen.“

„Sie sind schon wieder zurück, die beiden sehen sich die Bänder gerade an. Der Portier kommt gegen Mittag.“

„Gut. Sie sollen mir berichten, was er zu sagen hat. Sie müssen mir eine Reise nach Miami genehmigen, für mich und Detective Gonzales.“

„Wo ist Cruz?“

„Gute Frage.“

„Was gibt es in Miami?“

Sam schaute zum Sofa, wo Nick leise mit Christina sprach. Sie versuchte, nicht gekränkt zu sein, weil er mit ihr nicht hatte reden können, sich seiner Stabschefin gegenüber jedoch anscheinend öffnete.

„Lieutenant?“, sagte Malone.

Sam riss sich von der Szene auf dem Sofa los. „Dort wohnt Sinclairs langjähriger Liebhaber Duncan Quick.“

„Er war schwul?“

„Ja. Er hat die zwanzigjährige Beziehung vor einem Jahr beendet, und offenbar hat sich Quick nach wie vor nicht richtig geoutet.“

„Die Anhörungen im Senat hätten das schnell geändert.“

„Das denke ich auch. Ich will sehen, wie Quick auf die Nachricht von Sinclairs Tod reagiert.“

„Genehmigt.“

„Wir sind heute Abend wieder da.“

„Müssen wir uns wegen Cruz Sorgen machen?“

„Bleiben Sie mal kurz dran.“ Sie scrollte durch die Liste ihrer entgangenen Anrufe und Pager-Benachrichtigungen, fand jedoch nichts von Freddie. „Kein Wort von ihm den ganzen Morgen. Das ist sehr untypisch für ihn."

„Ich werde einen Streifenwagen zu seiner Wohnung schicken."

„Halten Sie mich auf dem Laufenden." Sie beendete das Gespräch und wandte sich an Gonzo. „Wir sehen uns draußen."

„Verstanden."

Sam näherte sich den beiden auf dem Sofa. „Würden Sie uns einen Moment entschuldigen?", wandte sie sich an Christina.

„Natürlich." Sie ließ Nicks Hand los und stand auf.

Sam setzte sich neben ihn und strich ihm die Haare aus der Stirn. „Ich fliege nach Florida, um mit Duncan zu reden."

„Okay."

„Es kommt mir falsch vor, jetzt zu gehen und dich allein zu lassen." Sie lehnte die Stirn an seine Schulter.

„Ich will, dass du herausfindest, wer das getan hat."

„Wirst du arbeiten?"

„Ja. Christina hat mir erzählt, der Senat werde Johns Gesetzesentwurf als ersten Punkt auf die neue Tagesordnung setzen."

„O Nick, das sind großartige Neuigkeiten."

Es schien ihm gleichgültig zu sein, was Sams Sorge nur vergrößerte.

Sie küsste ihn auf die Wange. „Ich bin wieder da, so schnell ich kann."

„Ich weiß."

Widerstrebend stand sie auf und ging in die Küche, wo Christina Kaffee einschenkte. „Werden Sie bei ihm bleiben?", fragte Sam.

„Jede Minute."

Sam sah, wie Nick im Zimmer nebenan vor sich hinstarrte. „Diesmal ist es schlimmer als bei Johns Tod."

„Ja."

Sie strich sich über die Haare, die sie mit einer Klammer zusammengesteckt hatte, und überlegte, ob sie den Fall abgeben sollte. Sie war schließlich der Boss. Sie konnte Gonzo die Verantwortung übertragen, ihn nach Florida schicken und selbst bei Nick bleiben. Doch er wehrte all ihre Versuche, ihn zu trösten, ab.

„Sam."

Sie drehte sich um und stellte fest, dass Christina sie eindringlich ansah. „Er wird es verstehen, wenn Sie gehen. Er weiß, dass es Ihr Job ist, und er muss heute selbst arbeiten. Wir brauchen diese Abstimmung."

Sam nickte. „Lassen Sie ihn nicht allein." Dann fiel ihr ein, dass Christina nicht zu ihren Detectives gehörte. „Bitte."

„Sie haben mein Wort."

„Danke." Sie ging ins Wohnzimmer und gab Nick einen Kuss auf die Stirn. „Bis heute Abend."

Falls er sie überhaupt hörte, reagierte er zumindest nicht.

Erst als sie schon draußen war, wurde ihr klar, dass er ihr nicht gesagt hatte, sie solle auf sich aufpassen.

Sam näherte sich dem Wagen, wo Gonzo auf sie wartete. Mit jedem Schritt fort von Nick fühlte sie sich mehr hin- und hergerissen. Während sie auf dem Gehsteig auf und ab ging, fragte sie sich, was sie tun sollte. Sie war es nicht gewohnt, durch Unentschlossenheit wie gelähmt zu sein, und analysierte jeden Aspekt genau, nur um am Ende jedes Mal zum gleichen Schluss zu kommen. Ehe sie mit Nick zusammengekommen war, hatte sie nie vor so einer Entscheidung gestanden. Der Job war an erster Stelle gekommen. Immer. Jetzt war die Sache nicht mehr so einfach.

Gonzo wartete geduldig und beobachtete ihr Hin- und Hergehen.

Schließlich blieb sie stehen und wandte sich an ihn. „Flieg nach Florida." Sie nahm das Stück Papier aus ihrer Tasche, das Laine ihr gegeben hatte, gab es ihm und setzte ihn über das, was sie über Duncan Quick wusste, in Kenntnis. „Er war mit Sinclair zwanzig Jahre zusammen, also bring es ihm schonend bei. Ich will wissen, wo Quick sich in den letzten vierundzwanzig Stunden aufgehalten hat. Und ich will von jedem, den er als Alibi nennt, eine Bestätigung."

„Kommst du nicht mit?"

Sam sah zu Nicks Haustür. „Nein."

Gonzo wirkte überrascht.

„Sprich es nicht aus", knurrte sie.

Mit Unschuldsmiene sagte er: „Was denn?"

„Ruf mich an, sobald du etwas weißt."

„Mach ich."

Sie schaute ihm hinterher, als er zu seinem Wagen ging und davonfuhr. Dann trat sie wütend gegen einen Reifen an ihrem Wagen.

„Sam?"

Sie sah auf und entdeckte ihren Vater und Celia.

„Was ist los?", wollte ihr Vater wissen und lenkte seinen Rollstuhl um ein Stück Glatteis auf dem Boden.

„Habt ihr das von Sinclair schon gehört?"

„Der Chief hat deinen Vater angerufen", sagte Celia. „Wir sind fassungslos. Wie geht es Nick?"

„Schlecht."

„Misshandelst du deshalb dein Auto?", fragte Skip.

„Ich muss nach Florida, um Sinclairs Ex-Lover zu befragen. Aber wie soll ich Nick in dem Zustand allein lassen?" Sam deutete zu Nicks Haus.

„Ist jemand bei ihm?", wollte Celia wissen.

„Christina, seine Stabschefin", antwortete Sam. Sie selbst sollte diejenige sein, die ihn tröstete, doch aus irgendeinem Grund wollte er keinen Trost von ihr.

In diesem Moment ging Nicks Haustür auf, und Christina, die die Wetterschutztür offenhielt, schob Nick vor sich her hinaus. Er trug jetzt einen Anzug, hatte sich jedoch nicht rasiert.

Sam, Skip und Celia beobachteten, wie die beiden die Steinstufen hinuntergingen.

„Was machst du denn noch hier?", fragte Nick Sam mit tonloser Stimme.

„Ich habe Gonzo nach Florida geschickt."

„Oh."

„Wir gehen ins Kapitol, um zur Eröffnung der neuen Sitzungsperiode dort zu sein und für O'Connor-Martin zu stimmen", erklärte Christina.

„Ich komme später nach", sagte Sam.

„Sprich mit Senator Cook", meinte Nick, der nach wie vor ein wenig abwesend wirkte.

„Warum?", fragte Sam.

„Er hat mir gegenüber eine Bemerkung über Julian gemacht", sagte Nick. „Dass er auf der Hut sein sollte, weil jemand es auf ihn abgesehen haben könnte."

„Ich werde mit Cook sprechen." Sam stellte sich auf Zehenspitzen, um ihn auf die Wange zu küssen. „Das hilft mir sicher weiter. Danke."

Christina schob ihn in ihren Wagen, und sie fuhren davon.

„Wow", meinte Skip. „Du hast nicht übertrieben."

„Was soll ich nur tun?", sagte Sam. „Ich weiß nicht, wie ich ihm beistehen soll."

„Du liebst ihn", stellte Celia fest. „Das ist alles, was du tun kannst."

Freddie erwachte aus tiefem Schlaf und fühlte sich ermattet nach dem Sexmarathon der vergangenen Nacht. Die Hand auf der weichen Üppigkeit ihrer Brüste, fragte er sich, ob es irgendein besonderes Verhalten für den Morgen danach gab, an das er sich halten sollte.

Während er über diese Frage nachdachte, regte Elin sich, und ihr muskulöser Po streifte seine Lenden.

Sein Penis schmerzte tatsächlich nach dem, was Freddie ihm letzte Nacht zugemutet hatte. Zum Glück musste er heute Morgen arbeiten. Andernfalls würde womöglich von ihm erwartet werden, es erneut zu tun, und er war nicht sicher, ob er dazu imstande wäre.

Er streckte sich und hob den Arm, um auf die Uhr zu schauen und herauszufinden, wie viel Zeit ihm noch blieb, ehe sein Handywecker ihm signalisieren würde, dass er aufstehen musste. „Scheiße!" Er setzte sich so rasch auf, dass Elin fast auf ihrer Seite aus dem Bett gefallen wäre.

„Was ist denn?"

Freddie sprang aus dem Bett und rannte los, um seinen Mantel zu holen, den Elin am Abend zuvor ins Wohnzimmer gelegt hatte. Er durchwühlte die Taschen, fand sein Handy und starrte es fassungslos an. Es war ausgeschaltet. Er schaltete sein Telefon nie aus. Niemals. „Hast du mein Handy ausgeschaltet?" Er kehrte ins Schlafzimmer zurück und schaltete das Handy ein.

Noch halb im Schlaf murmelte Elin: „Hm?"

„Hast du mein Handy ausgeschaltet?" Es fing sofort an, wegen der vielen Nachrichten zu summen. „So ein verdammter Mist!"

„Du warst doch nicht im Dienst", erklärte sie, ohne die Augen zu öffnen. „Ich wollte, dass du dich entspannst."

„Ist das dein Ernst? Ich bin bei der Mordermittlung! Ich bin immer im Dienst!" Mehrere Anrufe von Jeannie McBride, Sam und Captain Malone tauchten in der Liste der entgangenen Anrufe auf. „Scheiße, scheiße, scheiße", flüsterte er und zog sich so schnell an, wie er konnte. Sein Herz pochte. Was hatte er verpasst?

Elin schaute ihm vom Bett aus zu, die Decke bis zu ihren üppigen Brüsten hochgezogen. „Bist du sauer?", fragte sie verlegen.

Er war so wütend, dass er befürchtete, etwas zu ihr zu sagen, womit er auf der Stelle alles zwischen ihnen kaputtmachen würde. Er stieg in seine Wanderstiefel, die er im Winter bevorzugte, und marschierte zur Tür, ohne die Schuhe zuzubinden.

Sie stand auf, zog sich einen Bademantel über und folgte ihm ins Wohnzimmer. „Es tut mir leid, Freddie. Ich habe über deine Arbeit nicht nachgedacht."

Ohne einen Blick zurück ging er aus der Wohnung und ließ die Tür hinter sich zufallen.

Auf dem Weg zum Hauptquartier musste Freddie gegen eine Welle der Übelkeit nach der anderen ankämpfen. Dabei konnte er niemandem außer sich selbst die Schuld geben. Dies war die Strafe dafür, dass er seine moralischen Überzeugungen für eine Nacht voller wildem Sex geopfert hatte. Wenn er seinen primitiven Bedürfnissen nicht nachgegeben hätte, wäre er jetzt bei der Arbeit, wo er hingehörte, und würdet nicht verzweifelt nach einer Ausrede suchen, die Sam ihm abkaufen würde.

·　·　·

„Spiel es noch einmal ab." Sam betrachtete hochkonzentriert den Bildschirm. „Da! Halt mal an." Sie zeigte mit dem Finger auf die Stelle. „Spricht er da mit dem Portier? Die Größe stimmt."

Jeannie sah in ihre Notizen. „Der Portier behauptet, sich nicht an ein Gespräch mit Sinclair erinnern zu können."

„Es ist ein bisschen unscharf, Lieutenant", bemerkte Malone hinter ihr. „Es könnte irgendwer sein."

„Niemand erinnert sich daran, mit ihm gesprochen zu haben", sagte Jeannie. „Wir haben sämtliche Mitarbeiter der Schicht befragt."

„Bringt es ins Labor", sagte Sam. „Die sollen mal versuchen, die Bildqualität zu verbessern."

Freddie kam hereingestürzt.

„Cruz", begrüßte Sam ihn. „Nett, dass du uns mal wieder Gesellschaft leistest."

„Es tut mir leid, Lieutenant", keuchte er außer Atem. „Ich habe verschlafen. Mein Telefon hatte keinen Saft mehr."

„Was denn nun?" Sam musterte sein zerzaustes Aussehen.

Freddie holte tief Luft. „Mein Akku war leer, der Wecker klingelte nicht, also habe ich verschlafen. Ich bitte um Entschuldigung. Es wird nicht wieder vorkommen. Was habe ich verpasst?"

„Einen Mord", klärte Sam ihn auf und informierte ihn über die Einzelheiten.

„Ist das nicht Nicks Freund?"

„Ja."

„O Mann", meinte Freddie.

Er drehte den Kopf, und da sah Sam den Knutschfleck an seinem Hals.

„Was kann ich tun?", fragte er. „Gib mir etwas zu tun."

Ihn weiter misstrauisch musternd, gab Sam ihm das Band und wiederholte die Anweisung an das Labor, den betreffenden Ausschnitt zu vergrößern. „Ich werde bei diesem Fall mit Detective McBride zusammenarbeiten."

„Warum?", rief Freddie. „Weil ich ein einziges Mal zu spät gekommen bin?"

„Nein." Sam bedachte ihn mit einem kühlen Blick. „Weil du mich angelogen hast."

„Ich habe dir gesagt, was passiert ist! Ich bin noch nie zu spät gekommen. Nie."

„Bring das Band ins Labor, Detective, und dann löse die Officer ab, die Reese' Haus beobachten."

Freddies Kinnlade klappte herunter. „Im Ernst?"

„Du hast mich gehört."

Er marschierte aus dem Konferenzraum und warf die Tür hinter sich zu.

„Ich, äh, sehe mir mal die Ergebnisse der Befragungen an", meinte McBride und folgte Cruz eilig.

Malone musterte Sam.

„Was?", fuhr sie ihn an.

„Sind Sie nicht ein bisschen hart gegen Cruz?"

„Sie haben gesagt, ich soll meine Abteilung führen, wie ich es für richtig halte. Und genau das tue ich."

„Woher wissen Sie, dass er gelogen hat?"

„Ich kenne ihn.

„Na gut", sagte Malone. „Ich überlasse es Ihnen. Sie wissen, wo ich bin, falls Sie mich brauchen."

Als sie allein war, lief Sam in dem kleinen Raum auf und ab. Ihre Frustration drohte überzukochen. Wo war Clarence Reese? Wer hatte Julian Sinclair umgebracht? Wie würde sie mit Nick und seiner Trauer inmitten zweier Mordermittlungen umgehen? Und schlussendlich, wer hatte ihrem Partner einen Knutschfleck verpasst?

15

Gonzo saß seit über einer Stunde auf dem Boden vor Duncan Quicks Apartment. Ein Fenster am einen Ende des Flurs bot einen Blick über South Beach, das elf Stockwerke unter ihm lag. Die Untätigkeit ließ ihm viel zu viel Zeit, über die unglaubliche Nacht zu grübeln, die er mit Christina Billings verbracht hatte.

Ihre Bereitschaft, schon nach dem zweiten Date mit ihm zu schlafen, hatte ihn erstaunt. Er hatte damit gerechnet, härter daran arbeiten zu müssen, eine scharfsinnige, erfolgreiche Frau wie sie zu erobern. Beklagen wollte er sich natürlich nicht. Auf keinen Fall. Die Frau war wirklich aufregend. Es war nur so, dass ihn nach zehn Jahren als Cop eigentlich nicht mehr viel überraschte.

Diese Frau jedoch überraschte ihn nicht nur, sie faszinierte ihn. Und er war es nicht gewohnt, von Frauen fasziniert zu sein. Er fand sie unterhaltsam, das ja. Aber fasziniert war er nie von einer gewesen. Daher hatte er damit gerechnet, dass sie wie die anderen sein würde, die in sein Leben getreten und wieder verschwunden waren. Frauen, die weitergezogen waren, auf der Suche nach einer dauerhaften Beziehung, die sie mit ihm nicht bekommen würden. Im Lauf der Zeit hatte ihm das den Ruf eines Playboys eingebracht. Na und?

„Ich glaube, die behalte ich eine Weile", murmelte er vor sich hin. „Mal sehen, was dabei herauskommt." Natürlich war Christina für ihn noch anziehender geworden durch Sams Reaktion, als sie sie zusammen gesehen hatte. „Ein kluger Mann bringt seinen Boss nicht gegen sich auf." Er lachte in sich hinein und fuhr sich durch das pechschwarze Haar. „Tja, anscheinend bin ich nicht sehr klug."

Erneut schaute er auf die Uhr. Wo blieb Quick nur? Die Nachbarn hatten alle keine Ahnung gehabt, wo er sich aufhalten könnte. Seit dem gestrigen Morgen hatte ihn niemand mehr gesehen. Gonzo hatte bereits vergeblich alle von Quick regelmäßig besuchten Plätze in der Gegend überprüft.

Sein Handy klingelte. „Gonzales."

„Was hast du bis jetzt?", wollte Sam wissen.

„Noch nichts. Nirgends eine Spur von Quick."

„Interessant."

„Wie lange soll ich warten?"

„So lange, wie es dauert. Irgendwann muss er ja mal wieder nach Hause kommen."

„Ich habe befürchtet, dass du das sagen würdest. Was läuft bei euch?"

„Wir haben auch noch nichts. Niemand von den Hotelangestellten erinnert sich daran, Sinclair gesehen zu haben, nachdem er von den O'Connors am Hotel abgesetzt wurde. Es gibt einen sehr verschwommenen Film, auf dem er offenbar im Gespräch mit jemandem zu sehen ist. Aber das Material ist nicht scharf genug, um wirklich hilfreich zu sein."

„Könnte er jemanden getroffen haben?"

„Das versuchen wir gerade herauszufinden. Sein Bruder, zu dem er seit Jahren keinen Kontakt mehr hatte, lebt hier in der Stadt. McBride und ich sind unterwegs, um mit ihm zu sprechen."

„Halte mich auf dem Laufenden. Hast du was von Cruz gehört?"

„Er ist vor einer halben Stunde aufgetaucht, mit einem Knutschfleck am Hals und der Ausrede, der Akku seines Handys sei leer gewesen."

Gonzo lachte herzhaft. „Ah, unser Kleiner wird langsam erwachsen."

„Er hat eben seine Zeit gebraucht."

„Es ist das erste Mal, dass er zu spät gekommen ist. Also bleib locker, Lieutenant."

„Ich wünschte, ich müsste mir das nicht dauernd von allen Seiten anhören!"

„Würdest du jeden so hart behandeln?", argumentierte Gonzo und machte sich schon auf etwas gefasst.

„Was willst du damit sagen? Dass ich ihn bevorzugt behandle?"

„Er ist dein Partner, natürlich tust du das. Aber vielleicht erwartest du auch mehr von ihm." Er wappnete sich erneut. „Weil du ihn ausgebildet hast."

„Hm, von der Seite habe ich es noch gar nicht betrachtet."

„Na schön, er hat eine tolle Nacht verbracht. Das wurde auch Zeit, findest du nicht?"

„Ja, kann sein", räumte sie ein. „Wahrscheinlich sollte ich dich als Partner haben oder sonst irgendjemanden mit mehr Erfahrung, damit ich von diesem Mist verschont bleibe."

„Du würdest ihm das Herz brechen, Sam. Er ist dir vollkommen treu ergeben."

„Du lieber Himmel", murmelte sie. „All diese Verwicklungen. Wie bin ich denn da bloß hineingeraten?"

Gonzo lachte wieder. „Es ist echt lästig, dass die Leute sich Gedanken um einen machen, was?"

„Im Ernst! Ruf mich an, sobald du Quick gefunden hast."

„Mach ich." Gonzo schob das Handy in die Tasche und stand auf, um noch einmal zum Fenster zu gehen. Beim Blick auf die Palmen, den puderzuckerweißen Strand und das klare blaue Wasser wünschte er, er würde hier seinen Urlaub verbringen. Wann hatte ich eigentlich zuletzt Urlaub?, fragte er sich. Seine Großeltern hatten eine Weile hier gelebt, nachdem sie aus Kuba gekommen waren. Später war die Familie in den Norden gezogen. Vielleicht konnte er mit Christina hier eine Woche Strandurlaub machen, wenn der Fall abgeschlossen war.

„Moment mal", sagte er. „Wo kommt das denn her?" Er war überhaupt nicht der Typ dafür, mit einer Frau einen gemeinsamen Urlaub zu verbringen. Die meisten Frauen traf er nicht einmal wieder, nachdem er mit ihnen geschlafen hatte.

Das Klingeln des Fahrstuhls am anderen Ende des Flurs riss

ihn aus seinen beunruhigenden Gedanken. Er drehte sich um und sah einen älteren Mann, der sich mit zielstrebigem Tempo bewegte. Erst beim Näherkommen erkannte Gonzo die Prellungen im Gesicht des Mannes und das trocknende Blut auf seiner Lippe. Er hatte eine kleine Reisetasche bei sich und trug eine Khakihose, dazu ein über der Hose hängendes Button-down-Hemd.

„Mr. Quick?"

Der andere zuckte zusammen, offensichtlich erschrocken über Gonzos Gegenwart.

„Tut mir leid, wenn ich Ihnen Angst eingejagt habe. Sind Sie Duncan Quick?"

„Wer will das wissen?"

Gonzo zückte seine Polizeimarke. „Detective Tommy Gonzales, Metro Police, Washington, D.C."

Quick fuhr sich mit zitternder Hand durch die dünnen grauen Haare. „Ja, ich bin Duncan Quick. Was kann ich für Sie tun?"

„Was ist mit Ihrem Gesicht passiert?"

„Ich hatte einen Unfall."

Gonzo glaubte ihm nicht, ging vorerst jedoch nicht weiter darauf ein. „Können wir hineingehen?"

„Worum geht es denn überhaupt?"

„Lassen Sie uns hineingehen, dann erzähle ich es Ihnen."

Misstrauisch schloss Quick seine Wohnungstür auf und winkte Gonzo in einen stilvoll und modern eingerichteten Raum.

„Hübsche Wohnung."

„Danke. Also, was kann ich für Sie tun, Detective?"

„Es tut mir sehr leid, Ihnen mitteilen zu müssen, dass Julian Sinclair in Washington ermordet wurde." Gonzo hatte gelernt, in solchen Momenten rasch zur Sache zu kommen.

Quick schnappte hörbar nach Luft und wich mit aschfahlem Gesicht zurück. Die plötzliche Blässe hob die Prellungen besonders hervor. „Das ist nicht möglich", stammelte er. „Er sollte doch an den Obersten Gerichtshof gehen. Ich habe es in den Nachrichten gesehen."

„Er wurde letzte Nacht ermordet."

„Wie?", flüsterte Quick.

„Er wurde erschossen. Man fand seine Leiche in den frühen Morgenstunden in einem Park in Washington."

„Das kann einfach nicht sein", meinte Quick und ließ sich auf das Sofa fallen, als wären seine Knochen geschmolzen. Dann folgten tiefe Schluchzer.

Gonzo schaute aus dem Fenster aufs Meer, um diesen kummervollen Anblick zu vermeiden. „Kann ich Ihnen etwas bringen?", erkundigte er sich nach einigen Minuten.

Quick schüttelte den Kopf, ohne aufzusehen.

Gonzo ließ ihm noch ein paar Minuten Zeit. „Mr. Quick, es tut mir leid, aber ich muss wissen, wo Sie sich in den letzten vierundzwanzig Stunden aufgehalten haben."

Quick gab ein harsches Lachen von sich. „Wo ich gewesen bin? Ich habe mich gründlich verprügeln lassen von einem Typen, den ich in einer Bar kennengelernt habe." Seine Stimme versagte, weil er schluchzen musste, und er vergrub das Gesicht in den Händen. „Julian, o Gott, das ist alles meine Schuld."

Gonzo setzte sich Quick gegenüber. „Was meinen Sie damit?"

„Ich habe das Problem heraufbeschworen." Er wischte sich die Tränen aus dem Gesicht. „Ich wollte, dass er sich zur Ruhe setzt und mit mir hierher zieht. Aber er war noch nicht bereit dafür. Wenn ich bei ihm geblieben wäre, wenn ich bei ihm gewesen wäre, dann wäre vielleicht ..."

„Ich brauche den Namen des Mannes, mit dem Sie letzte Nacht zusammen waren."

Quick sah mit kummervollem Gesicht auf. „Sie verdächtigen *mich*?"

„Ich muss Sie als Verdächtigen ausschließen." Gonzo deutete auf die Reisetasche, die Quick neben der Tür abgestellt hatte. „Was ist da drin?"

„Sportsachen."

„Haben Sie was dagegen, wenn ich mal einen Blick hineinwerfe?"

Quick erteilte ihm mit einer müden Handbewegung die Erlaubnis.

Gonzo stand auf und ging neben der Tasche in die Hocke. Er zog den Reißverschluss auf, zog ein blutiges T-Shirt heraus und drehte sich zu Quick um.

„Das hatte ich an, als das hier passierte", sagte er und zeigte auf seine Lippe.

Gonzo musterte das zerschrammte Gesicht des älteren Mannes und glaubte ihm. Laut Sams Bericht hatte Sinclairs Leiche keine Spuren eines Kampfes aufgewiesen, wie Quick ihn anscheinend hinter sich hatte. „Mit wem waren Sie zusammen, Duncan?"

Quick fuhr sich mit resignierter Geste durch die Haare. „Müssen Sie wirklich mit ihm sprechen?"

„Ja, muss ich."

„Ich wäre Ihnen dankbar, wenn Sie nicht alles weitergeben müssten", sagte er und zeigte auf sein Gesicht.

„Warum wollen Sie, dass er damit durchkommt?"

„Ich war ohne Julian so verloren, Detective." Diese Worte und der Kummer dahinter rührten Gonzo. „Ich habe etwas riskiert und den Preis dafür gezahlt." Er zuckte die Schultern. „Nicht zum ersten Mal, und wahrscheinlich auch nicht zum letzten Mal."

"Wann haben Sie zuletzt mit Julian gesprochen?"

„Vor einigen Monaten. Er rief mich an, um mir zu sagen, dass die Nominierung unmittelbar bevorstünde und er sein Bestes tun würde, um meinen Namen aus allem herauszuhalten."

„War Ihnen das wichtig?"

„Es gibt Menschen in meinem Leben, die es nicht wissen."

„Was stand für Sie auf dem Spiel?"

„Ach, es war schlicht und einfach Bigotterie." Er machte eine Pause, um seine Gedanken zu sammeln. „Julian hat einen Bruder, der nicht mehr mit ihm spricht, seit er das über uns herausgefunden hat. Die zwei haben seit dreizehn Jahren kein Wort miteinander gewechselt." Traurig fragte er: „Können Sie sich das vorstellen? Mit dem eigenen Bruder nicht mehr zu reden, wegen der Person, die man liebt?"

„Nein, Sir, das kann ich mir nicht vorstellen."

„So ist das für Leute unserer Generation." Er stand auf, ging an eine Bar neben einem der Fenster mit Blick auf den Strand und schenkte sich einen Schnaps ein. „Oft müssen wir uns vor denen verbergen, die uns am nächsten stehen."

Gonzo lehnte das Angebot, auch etwas zu trinken, ab.

„Wir waren sehr diskret. Immer. In den ersten sieben Jahren unserer Beziehung wusste nur ein kleiner Kreis guter alter Freunde, dass wir nicht bloß beste Freunde waren. Wir behielten sogar getrennte Wohnungen, zumindest auf dem Papier. Dann fand seine Schwägerin es heraus und drehte durch. Danach waren wir noch vorsichtiger." Duncan schenkte sich einen weiteren Schnaps ein. „Ich kam jedoch an einen Punkt, wo ich keinen Tag länger mehr mit dieser Lüge leben wollte. Zwanzig Jahre sind eine lange Zeit, müssen Sie wissen."

Gonzo nickte.

„Julians Mutter starb. Sein Bruder spielte keine Rolle mehr. Und meine Familie wäre nicht sehr überrascht gewesen, wenn ich mich geoutet hätte. Ich sah nicht ein, was uns noch im Weg stehen sollte."

„Was war es?"

Duncan lächelte, doch das Lächeln erreichte seine Augen nicht. „Ehrgeiz." Er ließ sich wieder auf das Sofa fallen. „Julian wollte den Obersten Gerichtshof mehr, als er mich wollte."

„Das muss Sie wütend gemacht haben."

„Es hat mich verletzt. Ich hatte vor, mit ihm alt zu werden." Seine Stimme stockte wegen eines Schluchzers. „Ich liebte ihn. Mehr als irgendwen sonst auf dieser Welt. Nach seiner Nominierung hoffte ich dauernd, die Presse würde es endlich herausfinden."

Gonzo wartete darauf, dass er weitersprach.

„Ich dachte mir, wenn es herauskommt, scheitert vielleicht die Nominierung. So fortschrittlich wir mittlerweile auch sein mögen, ich bezweifle, dass Amerika bereit ist für einen schwulen Richter am Obersten Gerichtshof. Ich schäme mich, gestehen zu müssen, dass ich daran gedacht habe, es selbst durchsickern zu lassen. Aber ich habe festgestellt, dass ich ihm das nicht antun konnte. So sehr liebte ich ihn. Als ich gehört habe, er sei wegen der Anhörungen im Senat in Washington, ging ich aus, betrank mich, lernte einen Schläger namens Ron kennen und ging mit zu ihm nach Hause. Den Rest kennen Sie."

„Rons Nachname und Adresse?"

Duncan verzog das Gesicht, nannte jedoch beides.

Dreißig Minuten später stand Gonzo in Begleitung zweier Officer der South Beach Police vor der Tür von Ron Spauldings Wohnung. Offenbar hatten sie Ron aus dem Bett geklingelt, und

Gonzo registrierte zufrieden, dass seine Lippe aufgeplatzt und geschwollen war. Duncan hatte sich immerhin zur Wehr setzen können.

„Was wollen Sie?", brummte Ron. Er war blond und gut aussehend, auf arrogante Art, mit einem gepiercten Ohr und perfekten Bauchmuskeln. Am liebsten hätte Gonzo ihn ein bisschen verprügelt, dafür, dass er Duncan Gewalt angetan hatte, der immerhin dreißig Jahre älter war.

„Ron Spaulding?"

„Was geht Sie das an?", knurrte er und kratzte sich den Bauch über dem Bund seiner Sportshorts.

Gonzo hielt seine Polizeimarke hoch. „Detective Tommy Gonzales, Metro Police, Washington, D.C. Haben Sie die vergangene Nacht mit einem Mann namens Duncan verbracht?"

„Na und?"

„Um wie viel Uhr trafen Sie sich?"

„Ich weiß es nicht. Vielleicht um neun."

Als die O'Connors ihn um Viertel nach elf am Hotel abgesetzt hatten, lebte Sinclair noch. „Waren Sie die ganze Nacht mit ihm zusammen?"

„Ja."

Während Duncan sich dafür zu schämen schien, einen Fremden aufgelesen zu haben, gab sich dieser Typ so gelassen, als sei das nichts Besonderes in seinem Leben. Gonzo wandte sich an die beiden Polizisten. „Er gehört euch."

„Wir verhaften Sie wegen Körperverletzung, begangen an Duncan Quick", verkündete einer von ihnen.

„Was soll der Scheiß?", rief Spaulding. „Nehmt eure Scheißfinger von mir!"

Gonzo überließ alles weitere ihnen. Er hatte, was er brauchte.

16

———————

W as wissen wir über Preston Sinclair?", fragte Sam Jeannie McBride, während sie zu Sinclairs Haus in Georgetown fuhren.

Jeannie las aus ihren Notizen vor, was sie herausgefunden hatte. „Professor für Geschichte an der Katholischen Universität. Aufgewachsen in Massachusetts, einer von zwei Söhnen. Studierte in Princeton und Harvard. Hat einen Doktortitel in amerikanischer Geschichte. Lebt seit dreiundzwanzig Jahren in Washington. Hat sich seit dreizehn Jahren mit seinem Bruder überworfen. Ist verheiratet, hat zwei erwachsene Söhne, von denen einer Buchhalter, der andere Anwalt ist. Seine Frau Diandra ist konservative Kommentatorin bei Capital News Network."

„Richtig, die Hasspredigerin. Wir sprachen neulich beim Abendessen über sie. Julian war entsetzt von ihr."

„Das kann ich gut verstehen. Leider hat sie eine riesige Fangemeinde."

„Gute Arbeit, McBride." Sam bog in Sinclairs Straße ein, entdeckte eine Parklücke und sagte: „Ich weiß deine Hilfe sehr zu schätzen."

„Kein Problem. Hast du schon mit dem Senator gesprochen, seit wir ihn heute Morgen gesehen haben?"

„Nein."

„Er tut mir leid.“

„Mir auch.“ Sam versuchte nicht mehr daran zu denken, wie verzweifelt und traurig Nick gewesen war. In letzter Zeit hatte sie sich daran gewöhnt, sich auf seine stille Kraft zu verlassen. Umso hilfloser fühlte sie sich jetzt, denn sie hatte keine Ahnung, wie sie ihm helfen sollte. „Er wird schon irgendwie damit fertig. Er ist stark.“ Doch noch während sie das sagte, überkamen sie Zweifel. „Jetzt hören wir uns an, was Mr. Sinclair zum Mord an seinem Bruder zu sagen hat.“

Das gepflegte Reihenhaus mit Backsteinfassade lag in einer der besseren Gegenden Washingtons. Sinclairs Frau, eine beeindruckende Blondine, öffnete ihnen die Tür.

„Mrs. Sinclair?“ Sam zeigte ihr die Polizeimarke. „Ich bin Lieutenant Holland von der Metro Police. Das hier ist meine Partnerin Detective McBride. Dürfen wir Sie einen Moment stören?“

„Um was geht es denn?“

Verblüfft über die Schroffheit der Frau, erklärte Sam: „Wir müssen mit Ihnen und Ihrem Mann sprechen. Dürfen wir reinkommen?“

Resigniert ließ Diandra Sinclair die beiden eintreten. Zweifellos von einem teuren Innenarchitekten eingerichtet, war das Haus möbliert mit einem Mix aus Antiquitäten und zeitgenössischen Stücken.

„Ist Ihr Mann zu Hause?“

„Er ist sehr beschäftigt. Es wäre besser, wenn Sie zu einem anderen Zeitpunkt wiederkämen.“

„Wir müssen ihn jetzt sprechen.“ Sam hielt dem zornigen Blick der anderen Frau stand, bis Diandra sich abwandte.

„Ich hole ihn.“

„Kalt“, flüsterte Jeannie.

„Und wie.“

Fünf Minuten später kehrte sie mit einem Mann zurück, der Ähnlichkeit hatte mit seinem verstorbenen Bruder. Allerdings war er ein Stück größer und einige Jahre älter.

Sam stellte sich und Jeannie vor.

„Ich habe Sie in der Zeitung gesehen“, bemerkte Preston.

„Mr. Sinclair, ich bedaure sehr, Ihnen mitteilen zu müssen,

dass Ihr Bruder heute in den frühen Morgenstunden ermordet wurde.“

Preston reagierte geschockt. „Was?“

Diandra streckte die Hand nach ihrem Mann aus.

Sam nannte ihnen die wenigen Details, die sie kannte.

Er ging zum Sofa. Seine Frau folgte ihm, setzte sich neben ihn und nahm seine Hand.

„Mein herzliches Beileid“, sagte Sam.

„Danke“, sagte er mit einer Stimme, die kaum mehr als ein Flüstern war.

„Soweit ich weiß, hatten Sie und Ihr Bruder kein besonders gutes Verhältnis.“

„Das ist richtig.“ Er sah gequält aus. „Seit dreizehn Jahren schon nicht mehr.“

„Was war der Grund dafür?“

„Eine Meinungsverschiedenheit, die eskaliert ist. Sie wissen ja, wie so etwas ist.“

„Ehrlich gesagt weiß ich das nicht. Mir käme es jedenfalls nicht in den Sinn, dreizehn Jahre lang nicht mit meinen Schwestern zu reden.“

„Sie haben kein Recht, ihn zu verurteilen“, schnappte Diandra.

„Das tue ich nicht“, stellte Sam klar. „Ich nenne nur die Fakten, Ma’am.“ Sie wandte sich wieder an Preston. „Seit er für den Obersten Gerichtshof nominiert wurde, hatten Sie keinen Kontakt zu ihm?“

Preston sah zu seiner Frau, dann wieder zu Sam. „Nein.“ Er räusperte sich. „Nun, bis auf eine E-Mail, die ich ihm geschickt habe, um ihm zu gratulieren.“

Diandra starrte ihren Mann entsetzt an. „Wann?“

„Neulich.“ Er schien deswegen zerknirscht zu sein. „Ich wollte ihn wissen lassen, dass ich mich für ihn freue.“

„Erhielten Sie eine Antwort?“

Preston schüttelte den Kopf. „Er muss viel um die Ohren gehabt haben. Wenn er gekonnt hätte, hätte er zurückgeschrieben.“

„Habt ihr davor schon per E-Mail miteinander kommuniziert?“, wollte Diandra wissen und nahm damit Sams nächste Frage vorweg.

„Ein- oder zweimal."

Zorn blitzte in Diandras Augen auf. „Das glaube ich einfach nicht!"

„Er war schließlich mein Bruder, Di. Ich habe sonst keine Geschwister."

„Er war ein Lügner und Betrüger."

„Er war mein Bruder", flüsterte Preston und wischte sich eine Träne aus dem Gesicht.

„Hör auf damit", fuhr sie ihn an, offenbar entsetzt darüber, dass er Julians Tod beweinte.

Während Preston gehorsam die Tränen abtupfte, tauschten Sam und Jeannie einen Blick. Hier handelte es sich um eine bizarre Beziehung.

„Haben Sie damit gerechnet, ihn zu treffen, während er in der Stadt ist?", fragte Sam.

„Ich hatte es gehofft. In der E-Mail bot ich ihm ein Treffen an. Aber wie ich schon sagte, ich habe nichts von ihm gehört."

„Unglaublich", murmelte Diandra, ihren Mann feindselig anstarrend.

Preston schaute zu Boden wie ein von der Mutter getadeltes Kind.

„Mrs. Sinclair, können Sie uns erzählen, wie es zu dem Bruch zwischen Ihrem Mann und seinem Bruder kam?", wandte Sam sich an Diandra.

„Warum fragen Sie ihn nicht?"

„Weil ich Sie frage."

„Meinetwegen. Ich habe sie gesehen – Julian und die Tunte, die er seinen ‚Freund' nannte. Sie haben sich geküsst! In aller Öffentlichkeit! Und ich habe meinen Kindern – meinen *Söhnen* – gestattet, bei ihm zu übernachten. Er hat ihnen seinen unmoralischen Lebenswandel gezeigt und wer weiß was sonst noch." Sie schüttelte sich.

„Er hat die Jungen geliebt", meldete Preston sich gereizt zu Wort. „Das weißt du genau! Und sie haben ihn geliebt." Zu Sam sagte er: „Sein Tod wird sie zutiefst treffen. Sie haben wieder Kontakt zu ihm gehabt und ihn regelmäßig gesehen."

„Das ist nicht wahr!" Diandra war von Neuem geschockt.

„Doch, es ist wahr", erwiderte Preston trotzig. „Sobald sie aus deinem Haus ausgezogen waren, haben sie ihre eigenen Entscheidungen getroffen."

Seine Frau sandte ihm einen giftigen Blick, der Preston wieder in sich zusammenfallen ließ.

„Wo waren Sie beide gestern Nacht?", erkundigte Sam sich und dachte daran, wie Preston wohl zusammengestaucht werden würde, nachdem sie gegangen waren.

Überrascht von der Frage, antwortete er: „Wir sind essen gegangen und anschließend früh zu Bett. Gegen zehn oder so."

Diandra nickte mit zusammengepressten Lippen.

„Und keiner von Ihnen hat das Haus noch einmal verlassen, nachdem Sie vom Essen zurückgekommen waren?"

„Nein", antwortete er.

„Selbstverständlich nicht", sagte sie.

„Nimmt einer von Ihnen Medikamente, um schlafen zu können?"

„Was ist das denn für eine Frage?", meinte Diandra.

„Es ist eine simple Ja-oder-nein-Frage. Brauchen Sie Medikamente zum Einschlafen?"

„Ich nehme hin und wieder eine Schlaftablette", erklärte Preston.

„Haben Sie letzte Nacht auch eine genommen?"

Er nickte. „Seit Julians Nominierung habe ich schlecht geschlafen."

„Warum?", fragte Sam.

„Ich habe mir Sorgen gemacht", gestand er zögernd. „Dass diese Nominierung alte Wunden aufreißt. Dinge, die besser in der Vergangenheit bleiben."

Sam wandte sich an Diandra. „Nehmen Sie Schlafmittel?"

„Nein."

„Verraten Sie mir, Mrs. Sinclair, welche Auswirkungen hat es auf Ihren Job, wenn Ihr Schwager sich im Zuge seiner Nominierung vor ganz Amerika outet?"

„Ich habe keine Ahnung." Sie spuckte die Worte förmlich aus. „Tja, ich schätze, wir werden es nie erfahren."

Sam hielt ihrem feindseligen Blick stand. Dann sagte sie: „Ich würde mich gern mit Ihren Söhnen unterhalten. Wohnen sie auch in der Gegend?"

„Wozu?", wollte Diandra wissen.

„Wir ermitteln in einem Mordfall, deshalb kann ich reden, mit wem ich will."

„Ich werde Ihnen die Adressen aufschreiben", bot Preston mit einem demonstrativen Blick auf seine Frau an. „Sie wohnen beide in der Stadt."

Sam und Jeannie brachen auf, nachdem sie die Sinclairs aufgefordert hatten, nicht die Stadt zu verlassen, ehe die Ermittlungen abgeschlossen waren.

„Wow", meinte Jeannie, als sie wieder im Wagen saßen. „Die Frau war verkrampft, was?"

„Und absolut homophob. So viel Hass erlebt man heutzutage nur selten."

„Keine Frage, sie ist der Grund, weshalb die beiden Brüder nichts mehr miteinander zu tun haben."

„Sie hält nichts von Julian", pflichtete Sam ihr bei. „Ich will wissen, welche Probleme es ihrer ,Karriere' bereitet hätte, wenn Julians sexuelle Orientierung öffentlich geworden wäre."

„Ja, dem sollten wir unbedingt nachgehen."

„Sie weiß verdammt genau, dass es für sie einer Katastrophe gleichgekommen wäre, wenn er sich zum Zeitpunkt der Veröffentlichung ihres Buches geoutet hätte. Ich will außerdem mit ihren Söhnen sprechen. Ich wette, dass sie seine Erben sind."

„Wahrscheinlich. Warum hast du dich nach Schlafmitteln erkundigt?"

„Nur so eine Ahnung", antwortete Sam. „Sie geben sich gegenseitig ein Alibi, aber wenn einer von beiden mithilfe von Medikamenten tief und fest geschlafen hat, hätte sich der andere davonschleichen können."

„Ich hätte nie daran gedacht, das zu fragen", gestand Jeannie voller Bewunderung.

„Mist", murmelte Sam. „Jetzt hörst du dich genauso an wie Cruz." Ihr Gewissen meldete sich bei dem Gedanken daran, dass er jetzt in der Kälte saß und Reese' Haus beobachtete. Aber dann verdrängte sie es. Eine Schicht lang zu observieren würde ihn nicht umbringen, und das war das Mindeste, was er für seine Lüge verdiente.

„Plaudern wir ein bisschen mit Senator Robert Cook", erklärte Sam.

Im Kapitol wurde Sam und Jeannie gesagt, Senator Cook befinde sich in einem Meeting und dürfe nicht gestört werden.

Sam setzte ihre einschüchterndste Miene auf und registrierte genüsslich, wie die Sekretärin immer kleinlauter wurde. Ausgezeichnet. „Entweder holen Sie ihn jetzt, oder ich gehe und hole ihn. Ihre Entscheidung."

„Bitte warten Sie hier", sagte die Sekretärin und eilte davon.

„Könnest du mir diesen Blick beibringen?", bat Jeannie.

„Das ist eine Gabe. Damit muss man geboren werden."

Jeannie lachte. „Hätte ich mir denken können, dass du so antwortest."

Die Sekretärin kehrte zurück. „Hier entlang, bitte."

„Siehst du?", sagte Sam laut genug zu Jeannie, dass die Sekretärin es hörte. „Ich liebe es, wenn die Bürger die Gesetzeshüter unterstützen."

„Es ist unerlässlich, um Gesetz und Ordnung aufrechtzuerhalten", ging Jeannie auf das Spiel ein.

Hätte die Sekretärin den Mut dazu besessen, hätte sie den beiden sicherlich einen finsteren Blick zugeworfen.

Cooks Büro war etwa viermal so groß wie Nicks, wie Sam sofort feststellte. Das höhere Dienstalter hatte offenbar seine Vorteile.

„Was kann ich für Sie tun?", brummte Cook mürrisch. „Ich bin sehr beschäftigt."

„Dann werden wir Sie nicht lange stören", versprach Sam. „Sie haben Senator Cappuano gegenüber geäußert, der für den Obersten Gerichtshof nominierte Julian Sinclair solle auf der Hut sein. Können Sie mir verraten, wie Sie das gemeint haben?"

„Das war doch nur so eine Redensart." Cook schien die Frage ein wenig aus der Fassung zu bringen. „Was macht er eigentlich? Rennt er gleich nach Hause und berichtet seiner kleinen Frau brühwarm, was alles hier gesagt wird?"

„Nein, nur Bemerkungen, die im Zusammenhang mit einer Mordermittlung stehen."

„Mord? Wovon reden Sie?"

„Julian Sinclair wurde in der vergangenen Nacht ermordet."

Cooks rundliches Gesicht nahm einen unschönen violetten Farbton an. „Sie wollen damit doch wohl nicht andeuten, dass ich irgendetwas damit zu tun habe, oder?"

„Kennen Sie denn jemanden, der mit der Sache zu tun haben könnte?"

„Natürlich nicht. Ich verkehre nicht mit Mördern."

Sam schaute in ihr Notizbuch. „Waren Sie und Robert ‚Junior' Desposito, der heute wegen versuchten Mordes und Drogenhandel im Gefängnis sitzt, nicht mal Geschäftspartner?"

Cooks Gesicht war vor Wut verzerrt. „Er ist ein ehemaliger Klassenkamerad von mir, der ein paar falsche Entscheidungen im Leben getroffen hat. Ich habe geschäftlich schon seit dreißig Jahren nichts mehr mit ihm zu tun."

„Haben Sie Mr. Sinclair kennengelernt?"

„Nein. Ich glaube, irgendwann in der nächsten Woche hätten wir ein gemeinsames Meeting gehabt. Treffen mit den Senatoren, die für sie stimmen werden, gehören zum Routineprogramm der Kandidaten für den Obersten Gerichtshof."

„Wo waren Sie gestern Abend nach elf?"

„Zu Hause im Bett."

„Kann das irgendwer bestätigen?"

„Meine Frau."

Sam hielt dem Senator ihr Notizbuch hin. „Haben Sie eine Telefonnummer für mich, unter der ich Sie erreichen kann?"

Cook starrte sie einen langen Moment an. „Ich bin U.S. Senator. Mein Wort sollte genügen."

„Tut es aber nicht", erwiderte Sam. „Die Nummer, bitte?"

Er schnappte ihr das Notizbuch aus der Hand. „Ihre Vorgesetzten werden von unserer Begegnung hören."

„Die stehen darauf, Beschwerden über mich zu bekommen, weil ich meine Arbeit getan habe. Möchten Sie eine Telefonnummer von mir, unter der Sie sie am besten erreichen?"

Cook schleuderte ihr das Notizbuch entgegen. „Richten Sie Ihrem *Freund* aus, er soll lernen, den Mund zu halten, falls er nicht vorhat, sich hier Feinde zu machen."

„Sie drohen ihm doch nicht etwa, oder, Senator?"

„Selbstverständlich nicht", schnaufte Cook. „Ich mache ihn nur darauf aufmerksam, dass man sich hier keine Freunde macht, indem man mit den Cops plaudert."

„Ich bin mir ziemlich sicher, hier Freunde zu finden ist ihm nicht annähernd so wichtig, wie den Mörder eines echten Freundes zu finden. Detective?"

Jeannie folgte ihr hinaus. „Das war krass."

„Heißt das gut oder schlecht?", fragte Sam.

„Gut", sagte Jeannie. „Sehr gut sogar."

„Krass. Gefällt mir." Sam speicherte es für den späteren Gebrauch ab.

Freddie bibberte in der eisigen Kälte, während er Reese' Haus im Auge behielt. Vor einer halben Stunde hatte er den Wagen angelassen, damit die Heizung lief, doch die warme Luft hatte ihn nur schläfrig gemacht. Trotz der Kälte kochte er innerlich vor Wut auf Sam, auf Elin und vor allem auf sich selbst. Das alles war seine Schuld. Wäre er bei seinem Glauben und seinen Überzeugungen geblieben, würde er jetzt zusammen mit seiner Partnerin in einem Mordfall ermitteln, statt diese kalte Zwangspause absolvieren zu müssen. Es wurde früh dunkel, da schwere Wolken über der Stadt hingen, und Freddie kämpfte gegen die Müdigkeit.

Er hätte wissen müssen, dass Sam seine Lüge durchschauen würde. „Idiot", murmelte er. Sein Atem bildete kleine Dampfwölkchen in der Luft. Er rutschte tiefer in seinen Mantel und hätte Elin am liebsten übers Knie gelegt. Aber das würde er natürlich niemals tun. Andererseits war die Vorstellung, diesen perfekten Hintern ein bisschen zu versohlen, ziemlich aufregend. Frustriert, beschämt und genervt nahm Freddie zur Kenntnis, dass sein Körper mit ärgerlicher Vorhersehbarkeit auf diese Fantasie reagierte.

Da er nicht geduscht hatte, klebte ihr Duft noch an seiner Haut. Bilder aus ihrer gemeinsamen erotischen Nacht quälten ihn, als befände er sich in einem Film, aus dem er nicht entkommen konnte. So sehr er auch Lust verspürte, Elin zu würgen – das würde wohl nicht das Erste sein, was er täte, wenn sie jetzt plötzlich neben seinem Wagen auftauchen würde.

Freddie schaute auf die Uhr im Armaturenbrett. „Noch drei Stunden. Das überstehe ich nicht." Er wollte eine Dusche, ein warmes Bett und acht Stunden Schlaf, und zwar so sehr, dass er dafür glatt seine Seele verkauft hätte. Mit einem herzhaften Gähnen griff er nach seinem Handy und wünschte, er könnte Sam anrufen, um herauszufinden, was es Neues im Fall Sinclair gab.

Es quälte ihn, dass er sie im Stich gelassen hatte. Nach seiner Mutter war Sam die wichtigste Frau in seinem Leben – nicht, dass er ihr das jemals verraten würde. Morgen würde er einen Weg finden, die Sache wieder in Ordnung zu bringen. Sie arbeiteten viel zu gut zusammen und bedeuteten einander zu viel, um diesen Zwist weiter schwelen zu lassen.

Er nahm Reese' Haus genau ins Visier und dachte, dass er alles dafür geben würde, wenn er derjenige sein könnte, der den Kerl schnappte, der auf Skip Holland geschossen hatte. Freddie mochte Skip sehr und wollte diesen Fall ebenso dringend abschließen wie Sam.

Eine weitere Stunde verging in der kalten Stille, bis Freddie glaubte, allmählich den Verstand zu verlieren, wenn er noch länger auf das dunkle Haus starren musste. Plötzlich bemerkte er einen schmalen Lichtstrahl, der sich hinter den Fenstern bewegte. Spielten ihm seine müden Augen einen Streich? Nein, jemand ging tatsächlich mit einer Taschenlampe durchs Haus.

Instinktiv griff er nach dem Funkgerät, um Verstärkung zu rufen. Aber dann hielt er inne. Wie viel würde es Sam bedeuten, wenn er Reese verhaftete? Es würde definitiv dazu beitragen, die Kluft zwischen ihnen wieder zu schließen. Ohne jede Verstärkung hineinzugehen verstieß jedoch gegen alles, was er während der Ausbildung gelernt hatte. Trotzdem stieg er aus und überquerte die verlassene Straße, wobei er den Lichtstrahl im Auge behielt.

Er lief durch die Gasse hinter dem Haus, zog seine Waffe und näherte sich mit pochendem Herzen der Hintertür. Eine Verhaftung wie diese würde ihn im Hauptquartier zum Helden machen, und obwohl sein Verstand ihm erneut riet, Verstärkung anzufordern, unterließ er es.

Sein Herz hämmerte. Die Hintertür war unverschlossen. Er öffnete sie und betrat die Küche. Am Ende des Flurs sah er den sich hin und her bewegenden Taschenlampenstrahl und ging mit erhobener Waffe darauf zu. Gerade als er den Eindringling überrumpeln wollte, klingelte Freddies Handy und verriet ihn. Freddie verfluchte sich im Stillen für seine Blödheit, zückte das Mobiltelefon und klappte es auf, damit das Klingeln verstummte.

Der Mann, ganz in Schwarz, wirbelte herum und feuerte.

Die Kugel traf Freddie in die Schulter, und er wurde durch die Aufprallwucht rückwärts gegen die Wand geschleudert. Während er zu Boden sank, fielen ihm Handy und Waffe aus den Händen. Das Letzte, was er sah, ehe er das Bewusstsein verlor, war der Lauf einer Pistole, der auf seine Brust gerichtet war.

17

Im Konferenzraum des Hauptquartiers stand Sam grübelnd an der Mordtafel. Von links beginnend mit den verschwommenen Fotos der Hotelüberwachung über Bilder von der Leiche Julian Sinclairs im Lincoln Park bis zu den Autopsiefotos hatte Sam alle in eine chronologische Reihenfolge gebracht. Jedes Teil des Puzzles würde letztlich zum Gesamtbild beitragen. So viele Fäden liefen in diesem Fall zusammen – die geheim gehaltene sexuelle Orientierung, der Familienstreit, die extremen Ansichten zu brisanten Themen (sowohl Julians als auch die seiner Schwägerin) und letztlich die Verbindung zu den O'Connors.

Sam dachte über den Mann nach, dem sie erst zwei Abende zuvor beim Dinner begegnet war, und war überrascht von ihrer Trauer über den Verlust. Er war in die Stadt gekommen, in *ihre* Stadt, um Richter am Obersten Gerichtshof zu werden. Stattdessen verließ er die Stadt in einem Leichensack. Als jemand, der verantwortlich war für die Sicherheit von Besuchern und Einwohnern gleichermaßen, traf Sam sein Tod persönlich.

„Ich werde ihn kriegen, Julian", versprach sie dem Toten auf dem Foto. „Ich verspreche Ihnen, dass ich ihn erwischen werde."

Die Tür des Konferenzraums flog auf. „Schüsse in Reese' Haus", verkündete Jeannie McBride mit vor Schreck geweiteten Augen.

Sams Herz zog sich zusammen. „Cruz?"

„Meldet sich nicht über Funk, und sein Handy klingelt nur."

Sam rannte hinaus, schnappte sich ihren Mantel und eilte zum Ausgang. „Tyrone, McBride." Ihre Kehle war wie zugeschnürt, sodass sie kaum ein Wort herausbrachte.

Die beiden Detectives liefen hinter ihr her zum Parkplatz.

„Es ist sicher alles in Ordnung", sagte McBride. „Er hat Reese geschnappt und wird sich jeden Moment über Funk melden."

„Sorgen Sie dafür, dass ein Krankenwagen unterwegs ist", befahl Sam, denn sie war weit weniger optimistisch.

„Seine Mutter hat die Zentrale angerufen", berichtete Tyrone. „Sie hat ihn am Handy erreicht und Schüsse gehört. Sie ist völlig außer sich."

„Und Cruz hat sich nicht gemeldet?", wollte Sam wissen.

Mit grimmiger Miene schüttelte Tyrone den Kopf, als das Funkgerät knisternd verkündete, ein Polizist sei möglicherweise verwundet worden.

Sam konnte vor Angst kaum atmen. Mit Sirene und Blaulicht raste sie durch die Stadt. Sie hatte Cruz zur Strafe das Haus observieren lassen, und jetzt ... bitte, dachte sie, lass ihn nicht tot sein!

„Lieutenant", sagte Jeannie.

Aus ihren trüben Gedanken gerissen, sah Sam sie an.

„Streifenwagen sind bereits eingetroffen. Die Kollegen wollen wissen, ob sie vor uns hineingehen sollen."

Sams Verstand arbeitete fieberhaft. Wenn der Schütze sich nach wie vor im Haus aufhielt, würde sie das Leben weiterer Leute aufs Spiel setzen, wenn sie die Officer hineinschickte. Aber wenn Freddie dort drin und verwundet war, konnte Zeit der entscheidende Faktor sein. „Haben sie schusssichere Westen?"

Jeannie gab die Frage per Funk weiter. „Ja, haben sie."

„Sie sollen mit ihren Westen ausgerüstet reingehen. Zwei vorn, zwei hinten. Und sie sollen zusammenbleiben."

Jeannie gab Sams Anweisungen weiter.

Sie warteten in gespanntem Schweigen, während sie sich durch den Verkehr schlängelten, auf dem Weg zum Tatort.

Als einige Minuten später der Code für einen verwundeten

Officer über Funk kam, hätte Sam am liebsten laut aufgeheult. „Scheiße", flüsterte sie und trat das Gaspedal durch.

Sie kamen an, als Sanitäter Freddie auf einer Bahre aus dem Haus schoben.

„Oh", sagte Jeannie und wich einen Schritt zurück.

Freddies Gesicht war leichenblass, und die Sanitäter, die neben der Bahre herliefen, versuchten hektisch das Blut zu stoppen, das aus seiner Schulter strömte.

„Verdammt", murmelte Tyrone und legte Jeannie tröstend den Arm um die Schultern.

„Was haben wir?", wandte Sam sich an einen der Officer, um beim Anblick ihres leblosen Partners nicht die Nerven zu verlieren.

Der geschockte Polizist musste erst einmal tief durchatmen. „Schusswunde in der Schulter. Beträchtlicher Blutverlust. Wir haben im Flur eine Taschenlampe gefunden, sie brannte noch. Möglicherweise hat Cruz den Schützen überrascht."

„Keine Spur vom Schützen?"

„Nein, Ma'am."

„Wohin bringen sie ihn?"

„Ins George Washington University Hospital." Er griff in seine Tasche. „Cruz' Handy klingelte wie verrückt."

Sam nahm das Telefon von ihm entgegen und sah nach den entgangenen Anrufen. „Seine Mutter", sagte sie und beobachtete, wie der Krankenwagen abfuhr. „Ich kümmere mich darum." Sie gab Jeannie und Tyrone ein Zeichen, ihr ins Haus zu folgen. Sie schauten sich im Erdgeschoss um und entdeckten die brennende Taschenlampe ebenso wie die Blutlache, die Cruz hinterlassen hatte. Den Blick auf das Blut gerichtet, sagte Sam: „Ihr zwei habt die Verantwortung hier. Ich will, dass ihr euch die gesamte Nachbarschaft vornehmt. Die erste Schicht bleibt im Dienst. Ruft die dritte Schicht zurück. Lasst uns diesen Dreckskerl finden."

„Ja, Lieutenant", sagte Tyrone, in dessen Augen der Zorn blitzte. „Halten Sie uns über Cruz auf dem Laufenden?"

Sie biss sich auf die Lippe und nickte.

Jeannie drückte ihren Arm. „Er wird wieder gesund. Er ist jung und stark."

„Ja." Bevor sie sich die Blöße geben und vor den Detectives die

Fassung verlieren konnte, ging sie und machte sich auf den Rückweg zum Hauptquartier. Wut beschleunigte ihren Puls, und sie umklammerte das Lenkrad so fest, dass die Knöchel weiß hervortraten.

Freddies Handy klingelte erneut. Sam nahm sich zusammen und meldete sich. „Mrs. Cruz, hier spricht Lieutenant Holland.“

„Sam! Verraten Sie mir, was passiert ist! Ich habe einen Schuss gehört! Was ist mit Freddie?“

„Man hat ihn in die Schulter geschossen.“

„O nein! Um Himmels willen!“

„Er wird gerade ins Krankenhaus gebracht. Soll ich Ihnen einen Wagen vorbeischicken, der Sie hinbringt?“

„Wird er durchkommen, Lieutenant? Bitte sagen Sie mir die Wahrheit.“

„Ich weiß es nicht, Ma'am. Er hat viel Blut verloren.“

Die wimmernden Laute der Frau am anderen Ende der Leitung zerrten an Sams ohnehin schon angegriffenen Nerven. „Ich schicke Ihnen einen Wagen. Bleiben Sie, wo Sie sind. Der Wagen wird in wenigen Minuten da sein, und wir treffen uns dann im Krankenhaus. Einverstanden?“

„Danke.“

Sam bestellte per Funk den Wagen für Mrs. Cruz, während sie auf den Parkplatz des Hauptquartiers raste. Sie sprang aus dem Wagen und rannte los. Im Stadtgefängnis befahl sie dem verblüfften Officer hinter dem Empfangstresen, Hector Reese solle in ein Verhörzimmer gebracht werden.

Reese grinste, als er sie fünf Minuten später hereinkommen sah. „Man hat mir gesagt, die Bullenschlampe ...“

Sam zerrte ihn von seinem Stuhl hoch und schleuderte ihn mit dem Rücken gegen die Wand.

„Was soll der Scheiß?“

Sam schlug ihm so hart sie konnte ins Gesicht. „Halt's Maul!“

„Sie können mich nicht schlagen ...“

Ihre Faust traf ihn in die Magengrube. „Ihr Wort steht gegen meines, Sie nutzloses Stück Dreck. Wer wird Ihnen glauben?“

Hector schnappte nach Luft und verzog das Gesicht, als sie den Griff an seinem Hemdkragen verstärkte. „Was wollen Sie eigentlich?“, presste er hervor.

„Wo ist Ihr Bruder, dieser Drecksack? Und antworten Sie bloß nicht, Sie wüssten es nicht."

„Ich weiß es nicht ..."

Sam schlug ihn erneut.

Erschrocken sah Hector zu ihr auf.

„Jeder Cop in dieser Stadt sucht nach ihm. Die werden nicht zögern, ihn zu erschießen, wenn sie ihn finden. Er wird bereits verdächtigt, den Schuss damals auf den Polizisten abgegeben zu haben ..."

„Auf welchen Cop soll er geschossen haben? Er hat nie auf irgendeinen Cop geschossen."

„Auf meinen Vater, Arschloch." Sie zerrte ihn wieder hoch. „Also tischen Sie mir keine Lügen auf. Sagen Sie mir, wo er sich versteckt."

„Ich lüge nicht", versicherte er ihr. „Wenn Sie ihn wollen, müssen Sie ihn schon selbst finden."

„Er wird es nicht überleben. Sie könnten das verhindern."

„Er kann auf sich selbst aufpassen, und ich auf mich."

Sam rammte ihm das Knie in den Unterleib und ließ ihn ein weiteres Mal auf die Knie sinken.

Er heulte vor Schmerz auf. „Sie beschissene Schlampe!"

Sie packte sein Haar und zwang ihn, ihr ins Gesicht zu sehen. „Von mir aus können Sie hier drin verrotten. Falls Sie sich jedoch entscheiden zu kooperieren, lasse ich mich vielleicht auf einen Deal ein. Denken Sie mal darüber nach." Sie ließ ihn los und ging zur Tür.

„Schlampe", murmelte, nach wie vor am Boden kniend.

Schwitzend, frustriert und wütend verließ Sam den Raum und stieß auf Captain Malone, der auf sie wartete.

„Haben Sie etwas herausbekommen?", erkundigte er sich mit gestresster Miene.

Sam wischte sich den Schweiß von der Stirn mit der Hand, deren Knöchel von den wiederholten Schlägen in Hectors Rippen wund waren. „Nein." Sie gab den Officers, die die Tür bewachten, ein Zeichen, Hector in seine Zelle zurückzubringen. Dann wandte sie sich wieder an den Captain. „Ich habe ihn ziemlich aufgemischt."

„Okay", sagte er, obwohl sie beide wussten, dass es das nicht war. Aber wenn einer aus ihren Reihen verwundet war, vergaß man schon mal die üblichen Regeln.

„Gibt es etwas Neues von Cruz?“

„Er ist im OP. Der Blutverlust stellt das größte Problem dar.“

„Ich muss zum Krankenhaus.“

„Ich komme mit.“

Sam setzte während der Fahrt Blaulicht und Sirene ein.

„Präsident Nelson hat den Chief angerufen“, berichtete Malone. „Er will wissen, was wir unternehmen, um Sinclairs Mörder zu finden. Die beiden waren gute Freunde. Er ist außer sich.“

„Wir arbeiten an dem Fall“, sagte Sam. „Momentan habe ich alle verfügbaren Kräfte mit der Suche nach Reese beauftragt.“

Malone nickte zustimmend. „Wir werden uns ein paar Stunden lang ausschließlich darauf konzentrieren. Aber dann müssen wir uns wieder dem Fall Sinclair zuwenden.“

Sie erreichten den Medienzirkus, der sich draußen vor dem Krankenhaus gebildet hatte.

„Lieutenant, wer wurde angeschossen?“

„Handelt es sich bei dem Schützen um Reese?“

„Welche Maßnahmen werden ergriffen, um ihn zu finden?“

„Wie nah sind Sie im Fall Sinclair an einer Verhaftung?“

Malone bedeutete Sam, voran ins Krankenhaus zu gehen, während er sich den Medienvertretern stellte.

Dankbar für seine Hilfe betrat Sam das Krankenhaus und wurde zum Wartezimmer in der Chirurgie geführt, wo sie auf Freddies Mutter sowie seine große Familie traf, die einen Gebetskreis gebildet hatte. Die Hände tief in den Manteltaschen vergraben wartete Sam, bis sie fertig waren. Bei dem Gedanken an ihren gut aussehenden, sensiblen, energiegeladenen, Junkfood liebenden Partner fürchtete sie, in Tränen auszubrechen. Sie kämpfte gegen die aufsteigenden Emotionen und konzentrierte sich auf Freddies Mutter.

Juliette Cruz wischte sich das Gesicht ab und wandte sich an Sam. „Oh, Lieutenant.“

„Nennen Sie mich bitte weiterhin Sam.“ Sie umarmte die attraktive, jugendlich wirkende Frau, die sie schon mehrmals getroffen hatte. „Gibt es Neuigkeiten?“

„Nichts Neues, seit sie ihn in den OP geschoben haben."

Sam führte Freddies Mutter zu einem Stuhl und drängte sie sanft dazu, sich zu setzen.

„Es ist gut, dass Sie hier sind", sagte Juliette.

„Ich würde nirgendwo anders sein wollen."

„Er ist alles, was ich habe", flüsterte Juliette. „Ich weiß nicht, was ich tun soll, wenn ..."

Sams Magen zog sich schmerzhaft zusammen, als sie Juliettes Hand ergriff. „Er wird durchkommen."

Alles andere war unvorstellbar.

Nick saß in seinem Büro und starrte aus dem Fenster. Johns Gesetz war mit zehn Stimmen Mehrheit verabschiedet worden – neun Stimmen mehr, als er vor seinem Tod bekommen hätte. Der Name O'Connor war nun für immer verbunden mit der Reform des Einwanderungsgesetzes. Nach über einem Jahr harter Arbeit an diesem Gesetz hätte Nick eigentlich begeistert sein sollen. Doch er fühlte sich nur benommen.

In der Auftaktsitzung hatte der Senat feierlich John gedacht und eine Schweigeminute für Julian abgehalten – zwei von Nicks engsten Freunden, die beide innerhalb eines Monats ermordet worden waren.

Christina kam hereingeeilt. „Trevor hat gerade gehört, dass ein Cop in dem Haus angeschossen wurde, in dem dieser Typ letzte Woche seine Familie umgebracht hat."

Ihre Worte rissen ihn aus seiner Benommenheit, in die er nach Julians Tod versunken war. Noch ehe sie den Satz ganz beendet hatte, war er schon aufgesprungen. „Wer ist es?" Er widerstand nur mit Mühe dem Wunsch, sie bei den Schultern zu packen und die Information aus ihr herauszuschütteln. „Wer?"

„Man hat noch keinen Namen veröffentlicht. Trevor meint, der verwundete Cop sei ins George Washington University Hospital gebracht worden."

Nick verzichtete auf den Fahrstuhl und rannte die Treppe hinunter zu seinem Wagen. An die Stelle des tauben Gefühls der letzten Stunden war jetzt kalte Angst getreten. Sam war besessen von der Suche nach Reese. Bei dem verwundeten Polizisten musste es sich um sie handeln. Wenn er sie auch noch verlor ... Er hörte auf zu rennen, da seine Beine nachzugeben drohten.

Christina holte ihn ein und führte ihn zu ihrem Wagen.

Unterwegs konzentrierte Nick sich auf seine Atmung. Seine Brust schmerzte unter dem Gewicht der Angst, die auf ihr lastete. Niemand konnte so viel Pech haben. Das sagte er sich wieder und wieder. Einatmen. Ausatmen.

„Du weißt doch gar nicht, ob sie es ist", meine Christina zögernd. „Es könnte ebenso gut Tommy oder sonst wer sein."

Nick schüttelte den Kopf. „Sam war hinter Reese her. Sie glaubt, er hat etwas mit dem Schuss auf ihren Vater zu tun."

„Versuch einfach, nicht das Schlimmste anzunehmen."

„Warum sollte ich das nicht?"

Sie fuhren die restliche Strecke in unbehaglichem Schweigen. Jede Minute kam ihm vor wie eine Ewigkeit.

Im Krankenhaus nutzte Nick ein weiteres Mal seine neu gewonnene Macht, um zu erfahren, dass der verwundete Polizist sich in der Chirurgie im siebten Stock befand. Gefolgt von Christina, die stets dicht hinter ihm blieb, trat Nick aus dem Fahrstuhl und rannte zum Wartezimmer am Ende des Flurs. Als er Sam sah, die mit einer hübschen dunkelhaarigen Frau sprach, blieb er unvermittelt stehen. Er taumelte einen Schritt rückwärts, und die Anspannung der letzten halben Stunde entwich mit einem Stöhnen, das Sams Aufmerksamkeit weckte.

Sie stand auf und eilte zu ihm. „Ich bin so froh, dich zu sehen."

Christina war direkt hinter ihm.

„Was ist passiert?", brachte er mühsam heraus, noch außer Atem und bemüht, seinen Herzschlag wieder unter Kontrolle zu bringen.

„Es ist Freddie", sagte sie, schlang die Arme um ihn und legte den Kopf an seine Brust. „Ich habe ihn zur Bewachung des Hauses geschickt, weil ich wütend auf ihn war. Er ist allein hineingegangen, und Reese hat auf ihn geschossen. Es ist schrecklich, Nick. Er hat viel Blut verloren."

Christina ging an ihnen vorbei ins Wartezimmer.

Nick wusste, er sollte Sam trösten, doch es gelang ihm nicht, die Arme zu heben. Plötzlich wurde aus seiner Angst um Sam Wut. „Ich kann nicht."

„Was?", fragte sie erschrocken.

„Ich kann nicht hierbleiben. Tut mir leid." Er machte auf dem Absatz kehrt und ging wieder zu den Fahrstühlen.

Sam folgte ihm. „Wohin willst du?"

Er beschleunigte seine Schritte, denn er musste hier raus. Sofort. „Ich weiß es nicht. Nach Hause. Ich kann das nicht, Sam. Ich dachte, ich kann es, aber das stimmt nicht."

„Was kannst du nicht?" Sie packte seinen Arm und zwang Nick, sie anzusehen. „Was redest du da?"

„Ich dachte, du wärst es." Er betrachtete ihr außergewöhnlich schönes Gesicht, während ihm das Herz brach. „Ich dachte, du wärst angeschossen worden."

„Aber das wurde ich nicht." Sie legte die Hände auf seine Brust und sah ihm in die Augen. „Ich bin hier, und es geht mir gut."

„Dieses Mal."

„Du bist immer noch aufgewühlt wegen Julian. Reden wir später darüber, wenn ich nach Hause komme."

Er schüttelte den Kopf. „Ich kann mein Leben nicht damit zubringen, darauf zu warten, dass es eines Tages dich erwischt. Es tut mir leid, Sam."

Die Fahrstuhltüren öffneten sich, und Skip und Celia kamen heraus.

„Sam!", rief Celia. „Wie geht es Freddie?"

Nick bestieg den Fahrstuhl und drückte den Knopf für die Lobby. Kurz bevor sich die Türen schlossen, sah er ein letztes Mal Sams erstaunte Miene.

18

———————

Sam?", sagte ihr Vater. „Was ist los? Steht es so schlimm um Freddie?"

Ohne den Blick von den Fahrstuhltüren zu lösen, schüttelte sie den Kopf. „Ich glaube, Nick hat gerade mit mir Schluss gemacht." Sie konnte nicht glauben, wie sehr es schmerzte, diese Worte auszusprechen.

„Nein, Schatz." Celia legte ihr den Arm um die Schultern. „Er würde dich nie verlassen. Er ist bloß aufgewühlt."

„Es war mehr als das."

„Sobald sich die Dinge beruhigt haben, wird er wieder zu sich kommen", meinte Skip.

In diesem Moment wurde Sam klar, dass sich die Dinge niemals beruhigen würden. Dafür waren ihre Jobs viel zu anspruchsvoll und aufreibend. „Ich weiß nicht, Dad. Er klang sehr davon überzeugt."

„Sieh mich an."

Erschrocken über seinen schroffen Ton, sah Sam ihm ins Gesicht. „Er ist aufgewühlt wegen Sinclair. Du kannst nicht alles, was er momentan von sich gibt, für bare Münze nehmen. Lass ihm ein wenig Zeit. Er wird schon zu sich kommen."

„Sam", rief Captain Malone aus dem Wartezimmer und winkte sie zu sich.

Mit ihrem Vater und Celia im Schlepptau ging Sam den Flur

entlang. Sie durfte jetzt nicht mehr daran denken, was zwischen ihr und Nick gerade vorgefallen war, sondern musste sich auf Freddie konzentrieren, auf die Suche nach Reese und auf den Fall Sinclair. Sie würde tun, was sie stets tat, wenn ihr das Leben über den Kopf wuchs – arbeiten, bis sie vor Erschöpfung nicht mehr konnte. Nick liebte sie. Daran hatte sie keinen Zweifel, und deshalb würde sie weiterhin darauf vertrauen, bis sie das nächste Mal mit ihm zusammen sein konnte.

Eine OP-Schwester kam zu ihnen, um sie darüber zu informieren, dass Freddie aus dem Operationssaal heraus sei und sich nun im Aufwachraum befinde. Der Chirurg werde in Kürze persönlich mit ihnen sprechen.

Nachdem sie diese Nachricht vernommen hatte, sank Sam auf einen Stuhl, schloss die Augen und sandte ein stummes Dankgebet zum Himmel. Dann zog sie ihr Handy aus der Tasche und rief Gonzo an, der ihr eine Textnachricht geschickt hatte, er sei wieder in der Stadt und bei Reese' Haus. „Er ist aus dem Operationssaal heraus", informierte sie ihn, als er sich meldete.

„Und?"

„Mehr weiß ich im Augenblick auch nicht. Was gibt es Neues da draußen?"

„Nirgends eine Spur von Reese", antwortete Gonzo mit angespannter Stimme. „Der Mistkerl sollte lieber hoffen, dass ich nicht derjenige sein werde, der ihn findet."

„Ich will ihn lebend", stellte Sam klar. „Gib das weiter. Ich weiß, dass er etwas mit dem Schuss auf meinen Vater zu tun hat. Tot nützt er uns nichts."

„Verstanden, Lieutenant."

Sie schaute auf ihre Uhr. Zehn Minuten nach Mitternacht. Sam war seit fast vierundzwanzig Stunden auf den Beinen, und allmählich fühlte sie sich ein wenig benebelt vor Müdigkeit. „Schick die erste Schicht jetzt nach Hause. Lass die zweite Schicht bis vier arbeiten. Um acht sollen sich alle im Hauptquartier einfinden zur Lagebesprechung. Wir werden unsere Kräfte aufteilen – die Hälfte der Leute widmet sich der Suche nach Reese, die andere der Aufklärung des Mordes an Sinclair. Alles andere muss vorerst warten. Sobald es irgendwelche Spuren von Reese gibt, will ich informiert werden."

„Ich werde die Leute instruieren und vorbeikommen, sobald ich kann. Alle wollen da sein."

„Mir wäre es lieber, du würdest nach Hause fahren und schlafen, statt ins Krankenhaus zu kommen." Sie sah zu Christina hinüber und fragte sich, weshalb sie noch da war, obwohl Nick längst gegangen war. Und dann dämmerte es ihr – Christina hoffte, Gonzo würde auftauchen. Aber Sam würde ihm nicht verraten, dass seine Freundin auf ihn wartete.

„Ich kann eh nicht schlafen, bevor Cruz über den Berg ist."

Da sie wusste, dass es keinen Sinn hatte, mit ihm darüber zu streiten – ganz abgesehen davon, dass sie es genauso sah –, erklärte sie: „Dann sehen wir uns, wenn du herkommst."

Sie klappte das Handy zu und stellte fest, dass ihr Vater sie beobachtete.

„Was hat Reese mit meinem Fall zu tun?"

Ihr Magen zog sich vor Schmerz zusammen. „Gehen wir hinaus auf den Flur."

Skip überließ es Celia, Freddies Mutter zu trösten, und folgte ihr hinaus.

Sam zwang sich, ruhig zu bleiben, mehrmals tief durchzuatmen und sich von ihrem Magen nicht aus dem Konzept bringen zu lassen.

Skip sah sie erwartungsvoll an. „Also, verrate es mir."

„Wir haben Zeug in seinem Haus gefunden. Zeitungsartikel, Fotos ..."

„Über den Schuss auf mich?"

Sie nickte.

„Und wann hattest du vor, mir das zu sagen?"

„Sobald ich mehr weiß. Ich wollte dir keine falschen Hoffnungen machen, sondern meiner Sache erst ganz sicher sein."

„Du hast Glück, dass ich dich nicht erwürgen kann."

„Wofür denn? Weil ich dir weitere Enttäuschungen ersparen wollte?"

„Ich will, dass der Kerl gefasst wird, Sam. Das will ich wirklich. Aber wenn er hinter Gittern sitzt, werde ich immer noch an diesen Rollstuhl gefesselt sein. Für mich wird sich nichts ändern."

„Wie hältst du es aus, zu wissen, dass er frei herumläuft und sein Leben lebt, während du in der Hölle gefangen bist? Wie erträgst du das nur?"

„Was bleibt mir denn anderes übrig? Ich habe den besten Detective der Stadt, der nach dem Täter sucht. Und ich weiß, dass dieser Detective ihn eines Tages erwischt. Darüber hinaus denke ich, ehrlich gesagt, gar nicht mehr so viel darüber nach."

Sie starrte ihn an. Was war mit den Männern in ihrem Leben heute Abend bloß los? „Du denkst nicht viel darüber nach?" Sie warf die Hände in die Luft. „Ich kann an nichts anderes denken!"

„Das liegt daran, dass du etwas unternehmen kannst. Ich nicht."

Sie richtete den Blick auf die Wand hinter ihm und erinnerte sich an all die vielen Sackgassen und Beinahe-Erfolge der vergangenen zwei Jahre. „Jedes Mal, wenn ich glaube, wir sind nah dran, läuft die Spur ins Leere. Ich habe ständig das Gefühl, ich lasse dich im Stich. Und das hasse ich."

„Sam, du hast mich nie im Stich gelassen. Ich weiß, du wirst ihn erwischen. Und wenn du es geschafft hast, lassen wir eine Party steigen. Die größte Party aller Zeiten."

Skip Hollands Partys waren früher legendär gewesen.

Sam beugte sich herunter, um ihren Kopf auf seine Schulter zu legen. „Darauf freue ich mich schon. Möglicherweise haben wir früher als erwartet Erfolg, wenn wir nur diesen Bastard Reese finden. Inzwischen hat er nicht nur zwei Polizisten angeschossen, sondern auch seine Familie ausgelöscht."

„Hältst du mich auf dem Laufenden?"

„Ja." Sie hob den Kopf, um ihn anzusehen. „Ich verspreche es." Die Türen des Fahrstuhls am anderen Ende des Flurs öffneten sich. Sam stutzte und glaubte zu träumen. „Das darf nicht wahr sein", murmelte sie. „Das darf doch einfach nicht wahr sein."

„Was denn?", wollte Skip wissen.

Eine Frau mit hellen Haaren und vom Weinen geröteten Augen kam auf sie zu.

„Ich bin mir nicht sicher, ob Sie sich noch an mich erinnern, Lieutenant ..."

„Doch, ich erinnere mich. Was machen Sie hier?"

„Ich habe das mit Freddie gehört", stammelte sie. „Im Radio. Er ist ... wir sind befreundet."

Zumindest wusste Sam jetzt, wer am Hals ihres Partners geknabbert hatte.

„Sind Sie der Grund dafür, dass sein Handy letzte Nacht abgeschaltet war?"

„Er war müde ..."

„Er ist Detective in der Mordkommission! Er ist hier, weil ich ihn für sein Zuspätkommen bestraft habe! Ich habe ihn zu diesem Haus geschickt, und dort wurde er angeschossen!"

Elin brach in Schluchzen aus. „Es tut mir schrecklich leid. Es ist meine Schuld."

Plötzlich ergab einiges von Freddies jüngstem Benehmen Sinn – die flotte Kleidung, das Eau de Toilette, seine Verwirrung. Sobald er das Krankenhaus verlassen hatte, würde Sam ihm dafür die Leviten lesen.

„Ich will doch nur wissen, ob er wieder gesund wird", sagte Elin zwischen zwei Schluchzern.

„Das wissen wir noch nicht. Er wurde operiert."

„Ich will Sie lieber nicht noch mehr aufregen, also gehe ich besser."

„Warten Sie." Später würde Sam Erschöpfung für diesen Moment der Schwäche verantwortlich machen. „Würde er Sie sehen wollen?"

„Das kann ich nicht sagen." Elin wischte sich das Gesicht ab. „Heute Morgen war er stinkwütend, wegen des Handys. So habe ich ihn noch nie erlebt."

Sam lächelte in sich hinein. Sie konnte es sich gut vorstellen. Wer ihr Handy ausschalten würde, könnte sich auf etwas gefasst machen. „Haben Sie seine Mutter kennengelernt?"

Elin wurde blass, was Sam zum ersten Mal seit Stunden zum Lachen brachte. „Nein."

„Erweisen Sie mir die Ehre", sagte sie und sah mit einem boshaften Grinsen zu ihrem Vater.

Skip verdrehte die Augen, aber es war offensichtlich, dass er die Show genoss.

Dreißig Minuten später wimmelte es im Wartezimmer von Detectives, die bei der Suche nach Reese von den Kollegen der zweiten und dritten Schicht abgelöst worden waren, damit sie nach Cruz schauen konnten. Auf dem Gang standen Christina und Gonzo dicht beieinander. Gonzo redete leise mit ihr, während er ihre Hand drückte. Sam vermochte nicht zu sagen, warum die Vorstellung von den beiden als Paar ihr so sehr missfiel. Es war einfach so. Ihr passte es nicht, dass sich ihre und Nicks Welten überschnitten. Und dann fiel ihr wieder ein, dass Nick ja vorhin aus ihrer Welt verschwunden war.

Vor Angst zog sich ihr Magen zusammen. Genau davor hatte sie sich gefürchtet – dass unweigerlich etwas zwischen sie treten würde, sobald ihre Gefühle für ihn aufrichtig und tief waren. Nun, sie konnte nicht zulassen, dass es etwas gab, was sie trennte.

Eine Stunde später wurde Freddie auf die Intensivstation verlegt. Seine Mutter ging zu ihm und kam fünfzehn Minuten später sichtlich aufgewühlt wieder aus dem Zimmer heraus. „Er fragt nach Ihnen, Lieutenant."

Sam schluckte und betrat den abgedunkelten Raum, in dem das Piepen der Geräte und Maschinen die einzigen Geräusche waren. Beim Anblick von Freddie erschrak sie, weil er so blass und krank aussah. Behutsam legte sie ihre Hand auf seine.

Seine Lider öffneten sich flatternd. „He", krächzte er und hatte Mühe, die Augen offen zu halten. „Ich hätte ihn fast gehabt. Wenn mein Handy nicht geklingelt hätte ..."

„Das war's, was passiert ist?" Sie bemühte sich, mit gedämpfter Stimme zu sprechen. „Wie oft haben wir darüber schon gesprochen?"

Er schloss die Augen und schluckte. „Jedenfalls zu oft, um es einfach zu vergessen."

„Und was sollte das, ohne Verstärkung hineinzugehen? Was, zur Hölle, hast du dir denn dabei gedacht?"

„Ich habe überhaupt nicht nachgedacht." Er hielt die Augen geschlossen. „Ich wollte den Kerl einfach nur erwischen. Für dich."

Tränen brannten in Sams Augen. „Dummkopf. Das war idiotisch. Du kannst von Glück sagen, dass er dich nur in die Schulter getroffen hat."

„Ich weiß. Tut mir leid."

„Bist du dir sicher, dass er es war?"

„Ja."

„War Elin Svendsen diejenige, die an deinem Hals geknabbert hat?"

Er schlug die Augen wieder auf. „Wovon sprichst du?"

„Verarsch mich nicht, Cruz", warnte sie ihn.

Er seufzte resigniert. „Woher weißt du es?"

„Ich bin der beste Detective in dieser Stadt. Ich weiß alles."

„Wie auch immer." Er verzog das Gesicht, was jedoch nichts mit seiner Verletzung zu tun hatte.

„Sie ist hier."

„Wirklich?"

Froh und erleichtert, ihren Partner wiederzuhaben, sagte sie: „Würde ich dich vielleicht anlügen?"

„Äh ... *ja.*"

„Nein, würde ich nicht! Sie ist im Wartezimmer bei deiner Mutter."

Angesichts dieser Nachricht schien er gerührt zu sein. „Du hast sie nicht weggeschickt? Du hast sie nicht zusammengestaucht und davongejagt?"

„Das hatte ich eigentlich vor", gestand Sam, ein wenig beunruhigt über die Tatsache, dass er sie so gut kannte. „Aber ich war einfach zu erschöpft."

„Es tut mir leid, dass ich dich angelogen habe. Ich wollte vermeiden, dass du ausflippst."

„Ja, die Möglichkeit hätte bestanden. Du kriegst deinen Ärger mit mir schon noch, sobald du hier raus bist."

Er lachte und zuckte zusammen. „Danke für die Warnung."

„Du hast ein Recht auf dein Privatleben", erklärte sie widerstrebend. „Aber lass nie mehr zu, dass dir jemand dein Handy ausschaltet. Hast du mich verstanden?"

„Keine Sorge. Diese Lektion habe ich gerade auf die harte Tour gelernt."

„Willst du sie jetzt sehen, oder was?"

„Ja", antwortete er. „Das will ich."

„O Mann", murmelte Sam auf dem Weg zur Tür, um Elin zu holen.

.   .   .

Sam bog um halb vier Uhr morgens in die Ninth Street ein, fast vierundzwanzig Stunden, nachdem sie den Anruf wegen Sinclair erhalten hatte. Sie parkte auf halbem Weg zwischen dem Haus ihres Vaters und Nicks Haus und überlegte, ob sie bis zum Vormittag warten sollte, bevor sie mit Nick sprach. Aber dann entdeckte sie Licht hinter seinem Schlafzimmerfenster.

„Jetzt", flüsterte sie, und ihr Atem bildete kleine weiße Wölkchen in der kalten Luft. „Wenn ich es nicht tue, werde ich ohnehin nicht schlafen können."

Sie schloss mit ihrem Schlüssel auf und warf auf dem Weg zur Treppe ihren Mantel aufs Sofa. Sie fand Nick im Schlafzimmer, schlafend in sitzender Position im Bett. Neben ihm auf dem Nachtschrank stand eine Flasche Whisky. Seine Haare waren zerwühlt, auf seinen Wangen sprossen frische Bartstoppeln. Sam war noch nie so glücklich gewesen, ihn zu sehen.

Sie überlegte, ob sie ihn wecken sollte, war jedoch unsicher, ob sie überhaupt willkommen war. Also beschloss sie, ihn noch schlafen zu lassen. Nachdem sie rasch geduscht hatte, löschte sie die Lichter und schlüpfte zu ihm ins Bett.

Als sie neben ihm lag, fühlte sie sich zum ersten Mal, seit sie zusammen waren, einsam. Sie sehnte sich danach, in seinen starken Armen zu liegen und dass er ihr versicherte, alles werde gut, so wie er es stets tat. Es war beunruhigend, zu erkennen, wie sehr sie sich schon an ihn gewöhnt hatte. Wie sollte sie jemals wieder ohne ihn leben?

Sie kuschelte sich an ihn und presste zarte Küsse auf seine Brust.

Er wachte langsam auf, und Anspannung erfasste seinen ganzen Körper. „Was machst du da?", fragte er und versuchte zurückzuweichen.

Sie hielt ihn fest, da sie wusste, dass er sonst womöglich nie mehr zurückkommen würde. „Ich brauche dich, Nick."

„Ich habe es dir erklärt. Es funktioniert nicht."

„Doch, das tut es. Es funktioniert in jeder nur erdenklichen Hinsicht." Sie liebkoste seine Brust. „Ich weiß, dass du Angst um mich hattest, und das tut mir auch leid." Sein Schweigen zerrte an ihren ohnehin schon angegriffenen Nerven. „Sprich mit mir", forderte sie ihn auf, jedes ihrer Worte mit Küssen unterstreichend. „Verrate mir, woran du denkst."

Er schwieg noch eine Weile, bis Sam sich schon fragte, ob er überhaupt noch etwas sagen würde. „Jedes Mal, wenn ich höre, dass einem Polizisten in dieser Stadt etwas zugestoßen ist, werde ich fürchten, dass du es bist", erklärte er schließlich stockend. „Und so will ich nicht leben. Das kann ich einfach nicht."

„Du würdest lieber ohne mich leben?" Ihre Lippen hinterließen einen Pfad von seinem Schlüsselbein bis zu seiner Wange. „Ohne das, was wir haben?" Als sie sein leichtes Zittern spürte, begann sie zu hoffen, dass sie doch allmählich zu ihm durchdrang. „Ich liebe dich so sehr, Nick. Wenn du mir das nimmst, werde ich niemals darüber hinwegkommen." Sie bedeckte sein Gesicht mit Küssen, bis seine Wange feucht war. „Ich weiß, dass du traurig bist wegen Julian. Das bin ich auch. Ich bin ihm zwar nur einmal begegnet, aber ich habe gemerkt, dass er ein ganz besonderer Mensch war. Lass mich dir helfen, Nick. Lass mich dich lieben."

Plötzlich presste er seine Lippen zu seinem leidenschaftlichen, verzweifelten Kuss auf ihre und rollte Sam auf den Rücken, sodass er über ihr war.

Er unterbrach den Kuss. „Alle Dinge geschehen dreifach, pflegte meine Großmutter zu sagen."

„Und du dachtest, ich bin die Nummer drei nach John und Julian."

Er nickte und legte die Stirn an ihre. „Ich wusste ja, dass du hinter Reese her warst. Ich war mir so sicher, dass es dich erwischt hat."

„Das dritte Ereignis war Freddie, der angeschossen wurde."

„Wie geht es ihm?"

„In ein paar Wochen wird er wieder auf dem Damm sein."

„Hat man Reese erwischt?"

„Noch nicht. Aber das werden wir."

„Was, wenn er das nächste Mal auf dich schießt?"

„Das ist schon möglich", räumte sie ein, da es an der Zeit für Aufrichtigkeit war. „Jedes Mal, wenn ich den Fuß vor die Tür setze, könnte das passieren. Das ist das Risiko, das wir alle tragen. Aber ich verbringe keine einzige Minute meines Tages damit, mir deswegen Sorgen zu machen."

„Ich kann es nicht ertragen, Sam." Seine Stimme war heiser vor Emotionen. „Ich dachte, ich könnte es, doch heute habe ich feststellen müssen, dass ich es nicht kann."

„Weißt du eigentlich", begann sie, ihr Becken an seine Erektion schmiegend, „dass mein Dad und Freddie die einzigen Cops sind, die ich persönlich kenne, die in Ausübung ihres Dienstes angeschossen wurden? Und ich habe schon viele Cops kennengelernt."

„Versuch bloß nicht, mir zu erzählen, das könnte dir nicht passieren. Seit wir zusammen sind, wärst du beinahe in die Luft gesprengt worden, zweimal wurde auf dich geschossen, du hattest Abschürfungen am Kinn, an den Armen und den Knien. Du hast einen Ellbogen ins Gesicht bekommen und wurdest von deinem Exmann gewürgt, der dich tot sehen wollte. Und dann wurde auch noch dein Partner angeschossen. Habe ich etwas vergessen?"

Sie fuhr mit den Händen über seine Rippen und unterdrückte ein Kichern. „Nein, das kommt ziemlich genau hin."

Genervt warf er sich auf den Rücken. „Und das ist nur dein erster Monat."

Sam setzte sich rittlings auf ihn und beugte sich herunter, um ihn zu küssen. „Zumindest wird es nie langweilig." Sie neckte ihn, indem sie ihre feuchte Hitze über seine Erektion gleiten ließ, ehe sie ihn tief in sich aufnahm.

Er packte ihre Hüften, um sie davon abzuhalten, sich zu bewegen. „Ich versuche mit dir zu reden, Sam."

„Und ich höre zu", sagte sie, während sie ihn langsam ritt.

„Ich kann das nicht, wenn du das tust."

Sie nahm seine Hände und führte sie von ihren Hüften zu ihren Brüsten. „Was tue ich denn?"

„*Samantha.*"

„Wolltest du wirklich mit mir Schluss machen?"

„Ja."

Überwältigt von Traurigkeit hielt sie inne. „Du hast mir gesagt, es gäbe nichts, was dich dazu bringen würde, mich eines Tages nicht mehr zu wollen. Das waren deine Worte." Als er nicht antwortete, streichelte sie seine muskulöse Brust. „Mehr als einmal."

„Das dachte ich auch. Aber nach dem, was heute geschehen ist …"

„Darf ich dich mal etwas fragen?"

Er ließ seine Hände von ihren Brüsten abwärts wandern und umfasste ihre Taille. „Ja."

„Ist es nicht besser, das zu haben, so lange es eben dauert, als sich nur aus Furcht zu trennen?"

Er warf sie auf den Rücken und zog sich aus ihr zurück. „Das ist nicht fair. Du musst dir ja nicht jeden Tag Sorgen machen, dass ich angeschossen oder in die Luft gejagt oder überfahren werde."

„Niemand hat versucht, mich zu überfahren. Noch nicht."

„Du nimmst mich nicht ernst."

„Meinst du? Seit du mich im Krankenhaus hast stehen lassen, habe ich keinen ruhigen Moment mehr gehabt. Gerade als ich angefangen habe, auf unsere Beziehung zu vertrauen, änderst du plötzlich die Regeln."

„Ich hatte auch keinen ruhigen Moment mehr, seit ich gehört hatte, dass ein Cop in Reese' Haus angeschossen worden ist, bis ich dich im Wartezimmer sah."

„Dann wären wir quitt. Können wir jetzt zur Normalität zurückkehren?"

Er streichelte ihr Gesicht. „Ich weiß nicht, was ich tun würde, wenn dir etwas zustoßen würde. Wenn ich dich auf diese Weise verliere."

„Dann verlier mich einfach nicht. Behalte mich. Geh das Risiko ein, dass vielleicht alles gut wird."

„Aber ich will mich nie wieder so fühlen wie heute."

„Das kann ich dir nicht versprechen."

Er fuhr ihr durch die langen Haare, eine so vertraute Geste und so typisch für ihn, dass ihr Herz schneller schlug. „Ich weiß."

„Was machen wir nun?", wollte sie wissen.

„Ich brauche etwas Zeit."

Ein Anflug von Angst kroch ihr die Wirbelsäule hinauf. „Wozu?"

„Julians Tod hat mich sehr mitgenommen. Ich will jetzt nichts sagen oder tun, was ich später bereuen könnte."

„Okay", sagte sie und hatte plötzlich Mühe, zu schlucken.

„Ich war nicht darauf vorbereitet, wie es sich anfühlen würde, zu glauben, du seist verwundet worden oder ... Schlimmeres."

„Nimm dir so viel Zeit, wie du brauchst." Während sie das sagte, fragte sie sich, woher diese neue, gereifte Sam kam. Bei jedem anderen Mann hätte sie längst das Handtuch geworfen. Aber dieser Mann war nun einmal anders. „Ich habe allerdings eine Bedingung."

„Welche?"

„Falls du dich dazu durchringst, uns eine Chance zu geben, darfst du mir das nicht noch einmal antun. Ich kann mir nicht jedes Mal Sorgen machen, sobald in meinem Job etwas schiefläuft, dass ich auch noch um unsere Beziehung kämpfen muss. Entweder wir machen es, oder wir lassen es."

„Einverstanden."

„Über welchen Zeitraum sprechen wir?"

Er zog sie an sich und küsste sie auf die Stirn. „Ich weiß nicht. Das Einzige, was ich ganz sicher weiß, ist, dass ich dich liebe. Heute habe ich herausgefunden, wie sehr."

Von ihren Gefühlen überwältigt, schloss sie die Augen, schlang die Arme um ihn und schmiegte sich an ihn. Sie war sich schmerzlich der Tatsache bewusst, dass Liebe, selbst diese Liebe, nicht genug war. „Es tut mir leid, dass du Angst hattest. Falls so etwas noch einmal passiert, werde ich dich so schnell wie möglich anrufen, damit du weißt, dass ich nicht betroffen bin."

Statt darauf etwas zu erwidern, drückte er sie fest an sich.

Sie biss ihn zärtlich in den Hals. „Willst du beenden, was wir begonnen haben?", fragte sie und zwang sich dabei zu einem unbeschwerten Ton.

„Und du?"

Sie schloss die Finger um seinen aufgerichteten Penis. „Hm."

Seine Lippen fanden ihre zu einem sinnlichen, sanfte Verführung verheißenden Kuss. Wie üblich loderte das Feuer dicht unter der Oberfläche, als Nick begann, ihren Hals zu küssen.

Sam grub die Finger in seine Haare und schloss die Augen. Trotz ihrer Furcht, dies könnte schon ihr letztes Mal sein, ließ sie sich davontragen. Was, wenn er ging? Nein, das würde er nicht. Hatte er nicht gerade erst gesagt, wie sehr er sie liebte?

Er schloss die Hände um ihre Brüste und widmete sich mit aufregendem Zungenspiel ihren Brustwarzen.

Sam bog sich ihm entgegen und begehrte ihn verzweifelt. „Nick."

„Was denn, Liebes?", flüsterte er.

„Jetzt."

Er küsste sie erneut wild und leidenschaftlich auf den Mund, ehe er geschmeidig in sie eindrang.

Sam überließ sich ganz ihren Gefühlen. Tief in ihrem Inneren wusste sie, dass sie das bei keinem anderen finden würde. Sie schlang die Arme um ihn, damit er das Tempo verlangsamte, denn sie wollte, dass es so lange wie möglich dauerte.

Ihre Blicke trafen sich in der Dunkelheit.

„Ich liebe dich", flüsterte sie. „Nur dich. Immer."

„Samantha."

Seiner angespannten Miene nach zu urteilen, würde er sich nicht mehr lange beherrschen können. Ein Kribbeln breitete sich in ihr aus, während sie versuchte, mit ihm gemeinsam den Gipfel zu erreichen.

Nick befreite sich aus ihrer Umarmung und fing an, sie hart und schnell zu lieben, genau so, wie sie es am liebsten hatte. Doch nichts, was er tat, konnte den Knoten der Angst auflösen, der in ihr blieb.

„Sam", flehte er flüsternd, damit sie gemeinsam mit ihm kam.

Zum ersten Mal, seit sie zusammen waren, schloss sie die Augen und täuschte ein explosives Finale vor.

19

———————

Sie hatte den Orgasmus vorgetäuscht! Glaubte sie etwa, er wäre nicht in der Lage, den Unterschied zu bemerken? Nachdem sie so oft miteinander geschlafen hatten, dachte sie da, er würde es nicht wissen? Sam schnarchte leise, eng an ihm geschmiegt, während er wütend wach lag.

In letzter Zeit war es mit seiner Schlaflosigkeit, die ihn bei Stress plagte, noch schlimmer geworden, weshalb er kaum noch Hoffnung hegte, in dieser Nacht wieder schlafen zu können. Er wäre aufgestanden und nach unten gegangen, um ein paar Akten durchzusehen, doch er liebte es, wenn Sam sich im Schlaf an ihn drängte. Abgesehen davon wollte er sie auch nicht stören, da sie ohnehin zu wenig Schlaf bekam.

Es wurmte Nick, dass sie es für nötig gehalten hatte, ihm den Orgasmus vorzuspielen. Er wusste, dass sie in diesem Punkt bei ihrem Exmann Probleme gehabt hatte. Aber mit Nick bisher nie. Es lag natürlich daran, weil er ihr mit der Diskussion um ihre Beziehung Angst gemacht hatte. Er bedauerte, dass seine eigenen Ängste eine derartige Wirkung auf sie hatten. Doch er konnte nun einmal nichts gegen seine Empfindungen machen. Wenn er an sein Entsetzen zurückdachte, als er geglaubt hatte, Sam sei angeschossen worden ... nein, er hielt es nicht einmal aus, daran zu denken. Tausendmal hatte er das schon durchlebt.

Er hatte das Gefühl, stundenlang zu grübeln. Vor einer Woche noch hätte er sich nicht vorstellen können, Sam verlassen zu wollen. Nun aber musste er sich fragen, ob er die Nerven hatte, eine Beziehung mit einem weiblichen Detective der Mordkommission zu führen. Er drehte sich auf die Seite, drückte sie enger an sich und atmete ihren Duft ein, nach dem er sich dauernd sehnte. Er schloss die brennenden Lider, rechnete jedoch nicht damit, dass der Schlaf kommen würde.

Offenbar war er dann doch noch eingeschlafen, denn er schreckte in der grauen Dämmerung hoch und tastete nach Sam. Statt der warmen Frau neben sich fühlte er nur das kalte Laken. Sie musste schon lange fort sein. Da er jetzt hellwach war, hatte es keinen Zweck, wieder einschlafen zu wollen, daher stand er auf und machte sich fertig für die Arbeit. Unter der Dusche dachte er wieder an John und Julian und durchlebte ein weiteres Mal die grausame Angst nach den Schüssen auf Freddie. Nicks Nerven waren zweifellos angegriffen, kein guter Zustand für einen Mann, der es gewohnt war, zu jeder Zeit alles im Griff zu haben.

Während er in der Küche eine Tasse Kaffee trank, bemerkte er den Stapel Post auf der Arbeitsfläche, den Sam mit hereingebracht haben musste. Nick schaute die Sendungen durch, bei denen es sich größtenteils um Werbung handelte. Aber dann stieß er auf ein Einschreiben, für das Sam unterschrieben hatte. Absender war eine Versicherungsgesellschaft. Er öffnete den Umschlag und erschrak beim Anblick des Schecks in der Höhe von zwei Millionen Dollar. Der Scheck war auf ihn ausgestellt. Johns Lebensversicherung. Nachdem er den Scheck einige Minuten lang angestarrt hatte, warf er ihn zusammen mit der restlichen Post auf die Arbeitsfläche, nahm seinen Mantel und beschloss, vorerst nicht über das Geld nachzudenken. Er hatte genug andere Sorgen.

Sam eilte die Rampe vor dem Haus ihres Vaters herunter und jonglierte dabei mit ihrem Handy, einem halben Bagel und der Flasche Cola light, die sie unter den Arm geklemmt hatte. „Wir sind also keinen Schritt weiter seit gestern Abend?", fragte sie Gonzo.

„Wir durchkämmen die Stadt. Jeden einzelnen

Quadratzentimeter." Er klang frustriert. „Weit und breit keine Spur von dem Bastard."

„Ich habe um acht ein Meeting, danach komme ich raus zu dir."

„Du brauchst mich nicht bei diesem Meeting, oder? Ich würde lieber hier bleiben. Ich gehe auch ein, zwei neuen Ideen im Fall Sinclair nach."

Es gelang ihr, in den Wagen zu steigen, ohne den Bagel fallen zu lassen. Die Cola stellte sie in den Flaschenhalter. „Nein, spar dir den Weg. Ich melde mich telefonisch noch mal, wenn ich das Hauptquartier wieder verlasse."

„Gibt es etwas Neues von Cruz?"

„Ich habe vor einer Stunde im Krankenhaus angerufen. Seine Nacht war gut. Vielleicht wird er morgen oder übermorgen schon entlassen."

„Das ist gut. Also, bis bald."

Als Sam den Schlüssel ins Zündschloss steckte, wurde eine der hinteren Wagentüren zugeschlagen. Sie wirbelte erschrocken herum und entdeckte Clarence Reese, der eine Pistole auf sie richtete.

„Her mit dem Handy", knurrte er. „Und fahren Sie los."

Sam schaute auf die leere Straße, gab ihm das Telefon und griff nach ihrer Waffe.

„Denken Sie nicht mal daran." Reese drückte ihr das kalte Metall seiner Pistole an den Nacken. „Her damit."

Sam gab ihm auch die Waffe.

„Die Ersatzkanone ebenfalls."

Sie griff unter den Schlag ihrer Jeans, die sie für den Außendienst angezogen hatte, zog die zweite, kleinere Waffe aus dem Wadenhalfter und gab sie Reese.

„Jetzt fahren Sie los. Und versuchen Sie bloß keine Tricks."

Sam kämpfte gegen die Panik an. „Wohin fahren wir?"

„Richtung Norden. Raus aus der Stadt."

Sie schaute auf die Uhr. Viertel vor acht. In fünfzehn Minuten würde man anfangen, sich auf die Suche nach ihr zu machen. Als sie an Nicks Haus vorbeifuhr, richtete sie den Blick auf seine Tür und hoffte, dass er ihren stummen Hilfeschrei irgendwie hörte.

„Ist das das Haus Ihres Senators?", fragte Reese.

„Ja“, antwortete Sam leise.

„Vielleicht sollten wir ihn auf unsere kleine Reise mitnehmen.“

Sam trat aufs Gaspedal, ehe Reese auf die Idee kommen konnte, diese Drohung in die Tat umzusetzen und Nick in diesen Albtraum mit hineinzuziehen, wie auch immer der aussehen würde. „Was wollen Sie?“

„Ich will das Geld, das Sie aus meinem Haus geholt haben.“

„Das habe ich nicht. Es wurde als Beweismittel sichergestellt.“

„Ich will es. Und bis ich es habe, behalte ich Sie.“

Ihr Handy klingelte. „Wenn ich mich nicht melde, werden die wissen, dass irgendetwas nicht stimmt.“

„Versuchen Sie bloß keine Tricks.“

Sam hielt die Hand hin, und Reese gab ihr das Telefon. „Holland.“

„Lieutenant“, meldete Captain Malone sich. „Alle sind hier zum Meeting versammelt, das Sie einberufen haben. Wo bleiben Sie?“

„Hallo, Liebling“, sagte sie mit pochendem Herzen und sah in den Rückspiegel. Reese verfolgte mit seinen kalten Augen jede ihrer Bewegungen. „Nein, tut mir leid. Ich hab’s nicht geschafft, die Sachen von der Reinigung abzuholen.“

„Holland, was reden Sie da?“

„Du hast keine Hemden mehr?“

„Stimmt etwas nicht?“ Endlich schien Malone stutzig zu werden.

„Ganz recht, Liebling. Ich weiß, ich habe es versprochen. Ich bin gerade aus dem Haus, sonst hätte ich dir noch etwas herausgesucht.“

„Sie befinden sich noch in Capitol Hill?“

„Genau. Du musst selbst das Bügeleisen schwingen.“

„Ist es Reese?“

„Allerdings. Das schaffst du schon.“

„Bleiben Sie ganz ruhig“, forderte Malone sie auf. „Wir sind unterwegs.“

„Ich liebe dich auch, und ich wünsche dir einen schönen Tag.“

„Da muss ich ja kotzen“, bemerkte Reese vom Rücksitz und schnappte ihr das Handy weg. „Er hat Sie schon dazu gebracht, dass Sie seine Sachen aus der Reinigung abholen? Für den häuslichen Typ habe ich Sie gar nicht gehalten. Sie enttäuschen mich."

Erleichtert darüber, dass er ihr das Telefonat abgekauft hatte, warf Sam ihm einen Blick im Rückspiegel zu. „Ich kümmere mich um ihn, er kümmert sich um mich."

„Darauf wette ich." Reese streckte die Hand aus und strich mit dem Zeigefinger über ihre Halsbeuge, die wegen ihrer hochgesteckten Haare freilag. „Ich wette, er kümmert sich wirklich gut um Sie."

Sam beherrschte sich, um nicht zusammenzuzucken.

„Eine Frau wie Sie braucht einen richtigen Mann. Keinen, der Sie wie sein kleines Frauchen behandelt."

„Haben Sie Ihre Frau so behandelt?", fragte sie ihn und sah dabei in den Rückspiegel.

Er kniff die Augen zusammen. „Sie war eine Nörglerin. Nichts war ihr je gut genug. Immer musste sie noch mehr haben."

„Also hat sie es verdient, getötet zu werden?"

„Sie musste endlich den Mund halten."

„Was ist mit den Kindern? Womit haben die verdient, was mit ihnen geschehen ist?"

„Das geht Sie nichts an! Halten Sie das Maul und fahren Sie!"

Sam gehorchte und hielt unauffällig nach Verstärkung Ausschau. Sie nahm die Massachusetts Avenue, eine Hauptverkehrsader Richtung Nordwesten. Weitere fünf Minuten vergingen in angespanntem Schweigen, ehe Sam das Zivilfahrzeug der Metro Police hinter ihnen bemerkte.

Ein Schweißtropfen lief ihr den Rücken hinunter. Sie konnte nur noch daran denken, dass Reese vermutlich getötet wurde, ehe sie ihm die wichtigste Frage stellen konnte. Da ihr Mund trocken war, trank sie einen großen Schluck von ihrer Cola. Natürlich reagierte ihr Magen mit ärgerlicher Vorhersehbarkeit. Nachdem sie mehrmals durchgeatmet hatte, fragte sie: „Haben Sie auf meinen Vater geschossen?"

„Was? Wovon, zur Hölle, reden Sie da?"

„Mein Vater, Metro Police Deputy Chief Skip Holland." Sie beobachtete ihn im Rückspiegel, auf irgendein Anzeichen dafür wartend, dass er den Namen kannte. Aber es gab keines. „Er wurde vor zwei Jahren in der G Street niedergeschossen."

Perplex antwortete Reese: „Ich habe keinen Cop in der G Street niedergeschossen."

Sam biss die Zähne zusammen, um nicht loszuschreien. „Man hat Zeitungsausschnitte in Ihrem Haus gefunden."

„Das Zeug in dem Schrank? Gehörte nicht mir, sondern dem Typen, der vorher da gewohnt hat. Er sollte vorbeikommen und es abholen. Hat er aber nie gemacht."

„Sie haben über ein Jahr dort gewohnt und nie den Mist weggeworfen, den die Vormieter dagelassen haben?"

Er zuckte die Schultern. „Wir hatten immer zu viel zu tun."

Aus irgendeinem Grund glaubte sie ihm. Enttäuschung breitete sich in ihr aus. Eine weitere Sackgasse. „Wer wohnte denn vor Ihnen in dem Haus?"

„Woher soll ich das wissen? Ich bin schließlich nicht der verdammte Vermieter."

„Warum haben Sie auf meinen Partner geschossen?"

„Wer ist Ihr Partner?"

Verwickle ihn weiter in ein Gespräch, Sam. Versuch so viel wie möglich aus ihm herauszubekommen, bevor die Sache übel wird. „Gestern? In Ihrem Haus?"

„Das war ein Cop?"

Zufrieden registrierte sie, wie Reese blass wurde. „Ja."

„Ich wollte nicht auf einen Cop schießen. Er hat sich an mich herangeschlichen. Ich dachte, er wäre ein Einbrecher. Ein Mann hat das Recht, sich in seinem eigenen Haus aufzuhalten und sein Eigentum zu schützen."

Zumindest hatte sie sein Geständnis, dass er auf Freddie geschossen hatte. Das war immerhin ein Teilerfolg. „Nicht, wenn er vorher seine Familie in dem Haus umgebracht hat."

Reese drückte ihr den Lauf der Waffe fester in den Nacken. „Schnauze halten und fahren."

Als Nick sein Büro betrat, fand er die Mitarbeiter um den Fernseher im Konferenzraum versammelt. „Was ist denn los?"

„Dieser Typ, Reese, der seine Familie umgebracht und auf den Partner des Lieutenant geschossen hat?", begann Trevor.

Nicks Herzschlag verlangsamte sich drastisch. „Was ist mit ihm?"

Trevor schluckte hart. „Er hat einen Metro Cop als Geisel genommen. Es wird live im Fernsehen gezeigt. Ein Hubschrauber folgt ihnen auf der Mass Ave."

Nick trat näher an das TV-Gerät, um besser sehen zu können. Beim Anblick der dunkelblauen Limousine schnappte er nach Luft. Aber dann sagte er sich, dass es Hunderte solcher Wagen für die Detectives und hochrangigen Polizisten gab. Es konnte jeder sein. „Man hat noch nicht gesagt, wer es ist?"

Trevor schüttelte den Kopf.

Nick dachte an Sams Versprechen, ihn so bald wie möglich bei derartigen Ereignissen anzurufen, damit er wusste, dass sie nicht darin verwickelt war. Er zog sein Handy aus der Tasche und prüfte alle entgangenen Anrufe. Nichts. Er starrte sein Telefon an, als könnte er es allein dadurch zum Klingeln bringen.

„Was ist das?", wollte Reese wissen und schaute aus dem Heckfenster.

„Klingt wie ein Hubschrauber."

„Was zur Hölle ... Folgen die uns? Woher wissen die überhaupt Bescheid?"

Während er immer wütender wurde, musste Sam an Nick und ihre Unterhaltung der vergangenen Nacht denken. Wenn er wusste, was los war – und das würde er inzwischen –, wartete er darauf, von ihr zu hören. Sie litt noch immer bei der Erinnerung daran, wie aufgebracht er nach den Schüssen auf Freddie gewesen war. Und jetzt das. Zwei Tage hintereinander, und diesmal befand sie sich wirklich in Gefahr. Nach diesem Vorfall würde er bestimmt nicht mehr bei ihr bleiben. Dieser Gedanke machte sie unendlich traurig.

„Die verfolgen uns!" Er warf ihr das Handy zu. „Rufen Sie die an! Sagen Sie denen, die sollen verschwinden!"

Mit zitternden Händen nahm Sam das Telefon und klappte es auf. Nach kurzem Zögern rief sie Nick an.

„Sam!" Er klang, als hätte er auf das Telefon eingehämmert. „Ist alles in Ordnung bei dir?"

Sie behielt Reese im Rückspiegel im Auge und gab sich Mühe, nicht hysterisch zu klingen. „Er will, dass du den Hubschrauber abziehst."

„Ich werde es an Malone weitergeben. Ich bin gleich ins Hauptquartier, als ich die Nachrichten gehört habe. Er ist hier neben mir. Willst du mit ihm sprechen?"

„Ja." Dann fiel ihr ein, dass sie vielleicht nie wieder mit Nick würde sprechen können. „Nein, warte. Ich will mit dir reden."

„Liebes", sagte er und klang gequält. „Ich liebe dich. Ich liebe dich so sehr."

„Ich dich auch."

Reese schnappte ihr das Telefon aus der Hand und klappte es zu.

Sam war nach weinen zumute. Es gab noch so vieles, was sie Nick sagen wollte. Ein ganzes Leben würde dafür nicht ausreichen.

„Warum dauert das so lange?", brüllte Reese, den Blick auf den Hubschrauber gerichtet.

Sam erschrak angesichts seines lauten Tons. „Es könnte auch die Presse sein."

„Arschlöcher", murmelte er.

Im Spiegel sah Sam, wie sein Blick nervös von der einen Seite der Massachusetts Avenue zur anderen sprang.

„Da." Er zeigte mit der Waffe in die Richtung. „Fahren Sie da rauf."

Sam blinkte, damit das Zivilfahrzeug hinter ihnen Bescheid wusste, und bog auf einen Parkplatz vor einem Imbiss ab.

„Schön langsam", knurrte Reese. „Steigen Sie aus und gehen Sie zur hinteren Tür." Er packte die Klammer, mit der sie ihre Haare zusammenhielt.

Sam verzog das Gesicht, als er sie nah genug zu sich heranzog, um ihr ins Ohr flüstern zu können.

„Eine falsche Bewegung, und Sie sind tot. Verstanden?"

„Ja."

„Beeilung."

Sam hoffte, ihre Knie würden nicht nachgeben, als sie ausstieg und zur hinteren Tür ging. Aus dem Augenwinkel beobachtete sie, wie ihre Kollegen sich in Position brachten. Wenn es ihr irgendwie gelänge, ihnen genug Platz zu verschaffen, damit sie einen Schuss anbringen konnten ...

Aber daran hatte Reese auch gedacht. Als sie die hintere Wagentür öffnete, packte er Sam und zog sie zu sich herunter. Er legte ihr den Arm um den Hals, drückte ihr den Lauf der Pistole an die Schläfe und flüsterte. „Los jetzt. Langsam."

Sam richtete sich vorsichtig auf.

Halb führte, halb zerrte er sie in den Imbiss. „Hört zu", schrie Reese und hielt die Waffe weiter an ihre Schläfe gedrückt. „Ich will, dass alle innerhalb einer Minute verschwunden sind, sonst ist die Schlampe hier tot und jeder andere auch, der den Laden noch nicht verlassen hat."

Die Gäste eilten entsetzt zur Tür.

„Sie." Reese deutete mit einem Kopfnicken auf einen stämmigen Mann mittleren Alters, offenbar der Imbissbesitzer. „Herkommen."

Dem Mann sprangen fast die Augen aus dem teigigen Gesicht.

Jetzt, wo sie aus dem Wagen heraus waren, wartete Sam auf ihre Chance, ihr jahrelanges Training anwenden zu können, indem sie Reese außer Gefecht setzte. Allerdings nicht, solange sich noch Zivilisten in dem Imbiss befanden.

Eine der Kellnerinnen führte den letzten älteren Gast zur Tür und warf ihrem Boss auf dem Weg nach draußen einen letzten panischen Blick zu.

„Gehen Sie da raus und erklären denen, dass ich mein Geld will." Reese richtete die Pistole auf den vor Schreck wie gelähmten Manager. „Ich will jeden Cent von den zehn Riesen, die sie aus meinem Haus mitgenommen haben. Die haben eine Stunde Zeit. *Sie* hat eine Stunde. Los!"

Das musste er dem Manager nicht zweimal sagen.

Sam schaute auf die Uhr an der Wand. Zwanzig nach acht. Es waren erst fünfunddreißig Minuten vergangen, seit Reese sie als Geisel genommen hatte. Es kam ihr vor wie Stunden. Wenn er sie lange genug gefangen hielt, kam sie vielleicht um die Anhörung durch die Internn Ermittlungen herum, die Lieutenant Stahl für heute Nachmittag anberaumt hatte. Bei dieser Vorstellung hätte sie beinahe angefangen zu kichern. Schön wär's. Stahl würde sie vermutlich noch kritisieren, weil sie die Anhörung verpasst hatte. Würde es ihn kümmern, dass sie von einem Mann als Geisel genommen worden war, der seine ganze Familie umgebracht hatte und deshalb kaum davor zurückschrecken würde, Sam ebenfalls zu töten? Wahrscheinlich nicht.

„Hinsetzen", befahl Reese und schob sie zu einer Tischnische im hinteren Teil des Imbisses.

Verärgert darüber, dass sie die Chance, ihn zu überwältigen, hatte verstreichen lassen, gehorchte sie und beobachtete, wie er durch das gesamte Lokal ging und an jedem Fenster die Jalousien zuzog.

Sam fühlte sich plötzlich klaustrophobisch bei der Vorstellung, was draußen zweifellos gerade passierte. Ihr Handy klingelte.

Reese zog es aus seiner Hosentasche.

„Die wollen Kontakt zu Ihnen herstellen", erklärte sie.

Er reichte ihr das Telefon. „Melden Sie sich. Stellen Sie auf Mithören."

Sie hielt den Blick auf Reese gerichtet. „Holland."

„Lieutenant", hörte sie Malones Stimme. „Alles in Ordnung?"

„Mir geht es gut."

„Mr. Reese, hier spricht Detective Captain Malone. Wir wollen Ihnen helfen."

„Klar doch. Ich will mein Geld."

„Wir arbeiten daran, es zu beschaffen."

„Sie bringen es hierher?"

„Sobald wir es aus der Asservatenkammer geholt haben."

„Ich will keine Spielchen. Sie geben mir mein Geld, dann lasse ich sie gehen."

„Falls Lieutenant Holland irgendwie verletzt wird, gibt es kein Geld. Verstanden?"

Reese beendete das Gespräch und schob das Handy wieder in seine Tasche.

20

———

Sam nahm an, dass ein Sondereinsatzkommando das Lokal inzwischen umstellt hatte. Sie fragte sich, ob Nick auch irgendwo dort draußen war. Erneut ging ihr durch den Kopf, was er letzte Nacht gesagt hatte. *Ich kann das nicht. Ich werde verrückt, wenn ich daran denke.*

Sie bemerkte, dass Reese mit sich selbst sprach, und sie versuchte, etwas zu verstehen.

„Es ist ihre Schuld, dass ich die Kinder auch umbringen musste", murmelte er. „Ich wollte ihnen nie wehtun."

Sam schluckte. „Warum haben Sie es dann getan?"

Er starrte sie an. „Was haben Sie gesagt?"

„Warum haben Sie den Kindern etwas angetan?"

„Das wollte ich nicht. Sie hat mich wieder angeschrien. Wir hatten kein Geld für Lebensmittel."

„Woher haben Sie die zehn Riesen?"

Reese schien sich beinahe zu schämen. „Ich hatte einen zweiten Job, aber es hat trotzdem nicht gereicht. Also hab ich angefangen, Drogen zu verkaufen. Ich hatte nicht vor, mit so was anzufangen, aber egal, wie viel Geld ich nach Hause brachte, es war ihr nie genug. Sie sagte, sie hasst mich, und dass sie mich verlässt und die Kinder mitnimmt. Ich wollte nicht, dass sie von dem Geld wusste. Hätte sie es in die Finger bekommen, wäre sie weg gewesen."

Sam nahm jedes Wort von ihm auf und zwang sich, ruhig zu bleiben. Er sollte sich erst aussprechen, bevor sie etwas unternahm.

„Ich konnte nicht zulassen, dass sie mir die Kinder wegnimmt. Das durfte nicht passieren." Er schien die Tränen nicht zu bemerken, die ihm übers Gesicht strömten. „Ich habe meine Pistole geholt, nur um ihr Angst einzujagen und damit sie endlich den Mund hält. Aber es war ihr egal, sie hat weiter ihr Gift verspritzt."

„Warum haben Sie sie erschossen?"

Clarence sah ihr in die Augen. „Sie hat mich einen Verlierer genannt. Meinte, sie hätte mich nie heiraten dürfen." Er schüttelte den Kopf. „Und das nach allem, was ich für sie getan habe."

„Was ist mit den Kindern passiert?"

„Jorge fing an zu schreien. Ich sagte ihm, er solle den Mund halten, damit ich in Ruhe nachdenken kann. Aber er plärrte immer weiter." Clarence schluchzte. „Ich wollte ihn nicht schlagen. Ich habe ihn geliebt. Ich habe sie alle geliebt, doch was ich auch getan habe, es war nie genug."

Sam wollte zu ihm gehen, vergaß jedoch die Waffe in seiner Hand nicht. „Ich kann Ihnen helfen", sagte sie. „Wir können gemeinsam hier rausgehen, ohne dass jemand verletzt wird. Wenn Sie mich helfen lassen, muss diese Geschichte für Sie nicht übel ausgehen."

„Ist sie längst", erwiderte er in völlig hoffnungslosem Ton.

„Ihr Leben ist noch nicht vorüber. Ich werde mit dem Staatsanwalt sprechen und ihm sagen, dass Ihre Frau Sie emotional misshandelt hat. Ich sorge dafür, dass Sie einen guten Anwalt bekommen, der auf vorübergehende Unzurechnungsfähigkeit plädiert. Sie werden verurteilt werden, aber nicht ins Gefängnis kommen, sondern in eine Anstalt. Lassen Sie mich Ihnen helfen."

Reese schüttelte den Kopf. „Sie können mir meine Familie nicht zurückgeben."

Sam stand auf. „Aber ich kann ..."

„Stopp!" Er richtete die Waffe auf sie. „Hören Sie auf zu reden. Ich will mein Geld. Wenn ich mein Geld kriege, brauche ich Ihre Hilfe nicht. Ich werde überhaupt niemanden brauchen."

Sam überwand ihre Angst und ging einen Schritt auf ihn zu. „Dieses Lokal ist inzwischen umstellt, das Einsatzkommando arbeitet einen Plan aus. Die werden reinkommen und Sie ausschalten. Sie sind denen egal." Sie machte einen weiteren Schritt, obwohl es sie große Überwindung kostete. „Die interessiert momentan nur, mich zu retten. Und ich bin die Einzige, die sich für Sie interessiert, Clarence."

„Sie interessieren sich nicht für mich. Ich habe auf Ihren Partner geschossen."

„Er hat Sie erschreckt. Sie dachten, er breche in Ihr Haus ein."

„Ich wollte nicht auf ihn schießen."

„Das weiß ich." Sie machte einen weiteren Schritt. Noch gut ein Meter. „Geben Sie mir die Waffe, dann werde ich die da draußen anrufen und ihnen sagen, dass Sie unbewaffnet sind. Niemand muss verletzt werden."

Er musterte sie misstrauisch. „Warum wollen Sie mir helfen? Ich habe Sie als Geisel genommen."

„Sie waren verzweifelt. Das verstehe ich." Sie dachte an Nick und daran, was er in der Nacht zuvor gesagt hatte. Dann zwang sie sich erneut zur Konzentration. „Ich will nicht, dass Ihnen etwas passiert. Denken Sie an Ihre Mutter. Sie hat Tiffany verloren und die Kinder. Sie will Sie nicht auch noch verlieren."

Er ließ die Schultern hängen und wurde von Schluchzern geschüttelt. „Warum konnte Tiffany nicht glücklich mit mir sein?"

„Ich weiß es nicht, Clarence. Aber vielleicht haben Sie die Chance, jemand anderen glücklich zu machen. Ich kann Ihnen helfen. Ich verspreche, dass ich Ihnen helfen werde." Jetzt hatte sie ihn, das konnte sie in seinen Augen sehen, während sie noch einen Schritt auf ihn zuging.

Die Tür des Imbisses flog auf, was sie beide zusammenzucken ließ. „Keine Bewegung! Polizei!" Zwei Polizisten des Sondereinsatzkommandos in schwarzen Kampfanzügen richteten ihre Waffen auf Reese.

Er wirbelte zu ihnen herum, die Waffe im Anschlag.

„Nein!", schrie Sam den Polizisten zu. „Nicht schießen." Dann wandte sie sich an Reese und streckte die Hand aus. „Geben Sie mir die Pistole. Ich kann Sie immer noch lebend hier herausbringen."

Er schüttelte den Kopf, den Blick auf die beiden Officer an der Tür gerichtet.

„Lassen Sie die Waffe fallen, Reese!", befahl einer der beiden.

„Clarence, ich kann Ihnen helfen", beschwor Sam ihn.

„Nein, können Sie nicht." Er sah jetzt wieder sie an. „Niemand kann das." Mit diesen Worten hob er die Pistole an seine Schläfe und drückte ab.

Der Schuss hallte über den Parkplatz vor dem Imbiss.

„O mein Gott!", schrie eine der Reporterinnen.

Nick hätte es nicht besser formulieren können. Vier Personen befanden sich drinnen – drei Polizisten und Reese. Nick setzte auf die Polizisten. „Komm schon", flüsterte er und starrte so intensiv auf die Tür, dass seine Augen tränten, weil er nicht zu blinzeln wagte.

Christina drückte seinen Arm.

Fünf lange Minuten vergingen, bevor einer vom Sondereinsatzkommando Sam aus dem Gebäude führte.

Spontaner Jubel erhob sich aus der Menge, die sich auf dem Parkplatz versammelt hatte.

Nick bekam weiche Knie vor Erleichterung, als er sah, wie sie mit Captain Malone sprach. Ein paar Minuten später winkte Malone Nick zu sich.

„Danke, dass du mit mir gewartet hast", sagte Nick zu Christina. „Wir sehen uns später." Er ging zu Sam. Die Menge zwischen ihnen teilte sich, und während er mit Sam Blickkontakt hielt, zählte für ihn nur noch, so schnell wie möglich zu ihr zu kommen. Weder die Sorgen, die er ihr letzte Nacht geschildert hatte, noch die Medien, die jeden ihrer Schritte genau beobachteten, spielten in diesem Moment eine Rolle. Nichts zählte, nur sie.

Er legte den Arm um sie und drückte sie an sich, auch um sie vor den zahlreichen Blitzlichtern zu schützen.

„Wir werden morgen auf sämtlichen Titelseiten in der Stadt sein", sagte sie.

„Das macht nichts."

Er hielt sie lange fest, ehe er die Umarmung ein wenig lockerte und ihr blasses Gesicht betrachtete.

„Ich hatte ihn", sagte sie. „Ich hätte nur noch eine Minute gebraucht ..."

„Was zählt, ist, dass dir nichts passiert ist."

„Ich habe dich angerufen. Sobald ich die Gelegenheit hatte. Genau wie ich es versprochen habe."

„Ich weiß, Liebes. Ich weiß." Er bemerkte eine graue Substanz an ihr. „Ich bringe dich nach Hause, damit du dich umziehen kannst."

Sie wischte am Revers seines Mantels herum. „Den wirst du in die Reinigung bringen müssen."

„Was ist das?"

„Clarence Reese' Gehirn."

Nick schüttelte sich. „Meine Güte." Die Medienvertreter ignorierend, die unbedingt einen Kommentar von ihr wollten, führte er Sam zum Wagen und hielt ihr die Beifahrertür auf. Dann zog er seinen Mantel aus, rollte ihn zu einer Kugel zusammen und warf ihn auf den Rücksitz.

„Ich hatte ihn", wiederholte sie, als sie vom Parkplatz fuhren.

„Ich bin sicher, du hast alles getan, was du konntest."

Sie sah ihn an. „Er hat nicht auf meinen Dad geschossen."

„Aber all das Zeug in seinem Haus ..."

„Stammte vom Vormieter."

„Verdammt."

„Ja. Wir stehen wieder am Anfang. Wenigstens habe ich jetzt eine Spur, die ich verfolgen kann."

„Ich hoffe, Malone hat dir für den Rest des Tages freigegeben."

„Das wollte er, aber sobald ich geduscht habe, kümmere ich mich wieder um den Fall Sinclair."

„Du solltest dir diesen Tag gönnen, Sam. Du hast etwas Traumatisches erlebt."

„Mir geht's gut. Ich muss arbeiten."

Nick wusste, dass es keinen Zweck hatte, mit ihr darüber zu diskutieren.

„Ich war überrascht, dich zu sehen, als ich herausgekommen bin", sagte sie nach einer längeren Phase der Stille. „Ich war mir nicht sicher, ob du da sein würdest."

„Natürlich war ich da."

„Ich dachte, du brauchst ‚noch etwas Zeit'."

Nicks Miene spannte sich an. „Ich musste wissen, ob du wohlauf bist.“

„Wirst du auch wissen wollen, wie es mir geht, wenn wir uns trennen?“

„Sam ...“

„Ich habe mich nur gefragt.“

„Ich werde mir immer Sorgen um dich machen, egal, was passiert.“

„Wenn das so ist, wird es doch schwierig, wenn wir uns trennen. Was ist, wenn ich mit jemand anderem zusammen bin und als Geisel genommen werde? Du wirst dann nicht einfach auftauchen können wie heute. Es wird nicht mehr deine Angelegenheit sein.“

Die Vorstellung, sie könnte mit jemand anderem zusammen sein, schockte ihn – was wohl ihre Absicht gewesen war. „Ich weiß, was du gerade versuchst.“

„Ich versuche dir nur klarzumachen, wie töricht du bist.“

„Na vielen Dank.“ Er war so froh, mit ihr reden zu können, dass dieser Seitenhieb ihn nicht im Geringsten störte. In der Ninth Street parkte er auf halbem Weg zwischen seinem Haus und dem ihres Vaters in zweiter Reihe.

„Danke, dass du mich nach Hause gebracht hast“, sagte sie. „Du musst sicher wieder an die Arbeit.“

„Ich habe noch etwas Zeit. Gehen wir rein. Dein Dad wird es kaum erwarten können, dich zu sehen.“

Er folgte ihr die Rampe hinauf ins Haus ihres Vaters, wo Skip, Celia, Angela und Tracy sie bereits erwarteten.

Als ihre Schwestern auf Sam zustürmten, hob Nick die Hand, um sie aufzuhalten. Er schüttelte den Kopf, und sie schienen die Botschaft zu verstehen, dass Sam im Augenblick jemand anderen brauchte.

Sie ging zu ihrem Dad und legte ihre Stirn auf seine Schulter. „Er war es nicht“, sagte sie. „Er hat nicht auf dich geschossen.“

„Das ist momentan meine geringste Sorge. Wie geht es dir?“

„Es geht mir gut“, sagte sie, sich aufrichtend. „Ich brauche eine Dusche. Reese hat sich direkt neben mir erschossen.“

Angela verzog das Gesicht. „Das muss grauenhaft gewesen sein.“

Sam tat das Mitgefühl ihrer Schwester mit einem Schulterzucken ab. „Ich hatte ihn fast dazu überredet, mir die Waffe zu geben."

Nick fühlte mit ihr, als er ihren Versuch, gelassen zu wirken, bemerkte. Er konnte ihre wahren Gefühle in ihren Augen sehen. Ihre Familie sicher auch.

„Ich bin sicher, du hast getan, was du konntest", sagte Tracy. „Wie immer."

„Ganz genau", meinte Celia.

„Geh nach oben und dusch erst mal", riet Skip seiner Tochter. „Danach wirst du dich besser fühlen."

Nachdem Sam die Treppe hinauf verschwunden war, folgten Sams Schwestern Celia in die Küche.

Skip wandte sich an Nick. „Da braucht es schon einen besonderen Kerl."

„Wie bitte, Sir?"

„Es ist nicht leicht, einen Cop zu lieben. Man macht sich ständig Sorgen."

Die Hände auf den Hüften, rang Nick mit seinen Emotionen, die dicht unter der Oberfläche brodelten. „Ja."

„Sie braucht dich", sagte Skip. „Sie würde eher sterben, als es zuzugeben, aber so ist es."

Nick staunte, wie gut Skip ihn durchschaute.

„Tja, ich werde dann mal nach ihr sehen."

„Tu das."

Sam schrubbte ihre Haut, bis sie brannte. Sie wusch sich die Haare, und dann wusch sie sie noch einmal. Das Entsetzen loszuwerden war allerdings bedeutend schwerer, als Reese' Hirnmasse abzuwaschen. Unter dem heißen Wasserstrahl durchlebte sie die ganze Episode noch einmal, von dem Moment an, als er in ihren Wagen gestiegen war, bis zum tödlichen Schuss. Sie hatte wirklich alles versucht, um die Sache zu einem guten Ende zu bringen. Davon war sie überzeugt. Nur änderte das nichts an der Tatsache, dass der Mann direkt neben ihr gestorben war. An Tagen wie diesen nützten ihr die Ausbildung und Berufserfahrung auch nicht viel.

Sie lehnte sich gegen die Wand und schloss die Augen. Alles, was sie sehen konnte, war Clarence' Gesicht in dem Moment, in dem sie wusste, dass sie zu ihm durchgedrungen war. Und dann sah sie den Lauf der Waffe an seiner Schläfe. Manchmal waren die schiere Zerstörung und Vergeblichkeit, die sie in ihrem Job erlebte, einfach zu viel.

Die Tür der Duschkabine wurde geöffnet, und Nick trat ein.

Er wollte sie umarmen, doch sie schüttelte ihn ab. „Nicht."

Er schloss sie trotzdem in die Arme.

Sam wehrte sich. „Du kannst nicht einfach hier hereinkommen und das tun. Nicht nach dem, was du letzte Nacht gesagt hast. Du hast kein Recht dazu."

„Ich habe jedes Recht."

„Ich kann mich nicht auf dich einlassen, wenn du nächstes Mal nicht mehr da sein wirst."

„Ich werde nächstes Mal da sein. Jedes Mal."

„Weil du es willst?"

„Weil ich gar nicht anders kann." Er presste lauter kleine, heiße Küsse auf ihre Haut, von ihrem Hals hinunter zu ihrer Schulter. „Ich weiß nicht genau, wieso, aber aus irgendeinem Grund hatte ich heute nicht so viel Angst wie gestern. Diesmal warst du wirklich in Gefahr, aber ich wusste, du würdest einen Weg da heraus finden." Er küsste sie auf die Lippen und fügte hinzu: „Du bist so klug und einfallsreich. Ich hatte Vertrauen in dich. Habe ich nach wie vor."

„Und was passiert nun beim nächsten Mal, wenn jemand auf mich schießt? Oder ich tatsächlich angeschossen werde? Muss ich mir dann Sorgen machen, dass du ausflippst und das Weite suchst?"

„Wir haben eine Abmachung", erwiderte er. „Schon vergessen? Ich kann das kein zweites Mal durchstehen."

„Es muss wenigstens eines geben in meinem Leben. Nur eines, dessen ich mir sicher sein kann."

„Du kannst dir meiner gewiss sein, Liebes. Ich bin hier, und ich gehe nirgendwohin."

„Versprochen?"

„Ich verspreche es."

„Dann ist das zwischen uns für immer?"

„Absolut." Er küsste sie voller Liebe und Leidenschaft.

Als sie Luft holen musste, sagte sie: „Ich muss zur Arbeit. Und du auch."

„Auf ein paar Minuten mehr oder weniger kommt es nicht an." Er drückte sie mit dem Rücken gegen die Wand, legte ihre Beine um seine Hüften und drang in sie ein.

„Nur ein paar Minuten?", wiederholte sie lächelnd.

„Oder so lange, wie es eben braucht." Er hob ihr Kinn, damit er ihr in die Augen sehen konnte. „Aber kein Vortäuschen mehr."

Sie erschrak. „Woher weißt du das?"

„Nachdem ich es einmal mit dir erlebt habe, kenne ich den Unterschied."

„Tut mir leid."

„Mir tut es leid, dass ich Zweifel in dir gesät habe." Er umfasste eine ihrer vollen Brüste und fügte hinzu: „Also schulde ich dir jetzt zwei."

Sam schloss die Augen und schwebte auf einer Wolke aus Sinnlichkeit. „Ich. Muss. Zur. Arbeit."

Er küsste ihren Hals. „Da wirst du auch noch erscheinen. Irgendwann."

21

S am und Jeannie hielten kurz nach eins vor Devon Sinclairs protzigem Stadthaus in Dupont Circle. Sam blieben noch zwei Stunden bis zur Anhörung durch die Internen Ermittlungen, und diese Zeit wollte sie sinnvoll nutzen. Ein Anruf in Devons Kanzlei hatte sie darüber informiert, dass er wegen des Trauerfalls in der Familie nicht zur Arbeit erschienen war.

„Nette Hütte für einen Kanzleipartner", bemerkte sie.

„Bist du wirklich schon wieder fit genug, Lieutenant?", erkundigte Jeannie sich, als sie die Steinstufen hinaufgingen. „Tyrone und ich könnten dieser Spur nachgehen", schlug sie vor, ihren üblichen Partner erwähnend.

„Dauernd muss ich allen möglichen Leuten versichern, dass es mir gutgeht", konterte Sam genervt.

„Ich meine ja bloß."

Sam blieb stehen. „Was würdest du denn an meiner Stelle tun? Wenn dir das passiert wäre, würdest du dann nach Hause gehen und dich einfach ins Bett legen?"

„Vermutlich würde ich mich genauso verhalten wie du."

„Na fein, dann können wir das Thema doch endlich fallen lassen, oder?" Sam vermisste Cruz. Es machte mehr Spaß, ihn zu trietzen, als McBride.

„Du bist der Boss."

„Lieutenant Holland!"

Sam drehte sich überrascht um und stöhnte, als sie Darren Tabor auf sich zukommen sah, gemeinsam mit einigen anderen Journalisten. Darren war Reporter beim *Washington Star*, und er gehörte zu denen, die sie am wenigsten ausstehen konnte. „Nicht jetzt, Darren."

„Nur ein paar Fragen über das, was mit Reese passiert ist."

„*Nicht jetzt.*" Sie schob sich an ihnen vorbei und ging weiter die Stufen zu Devon Sinclairs Stadthaus hinauf.

„Du bist so populär", bemerkte Jeannie leise.

Sam verzog das Gesicht und drückte auf die Klingel.

Devon Sinclair öffnete selbst. Er ähnelte auf interessante Weise seinen Eltern, war groß und gut aussehend, mit kurzen braunen Haaren und geröteten Augen.

„Mr. Sinclair?"

„Ja."

„Lieutenant Holland und Detective McBride." Sam hielt ihre Marke hoch. „Dürfen wir einige Minuten Ihrer Zeit in Anspruch nehmen?"

Er bat sie in ein stilvolles, mit zeitgenössischen Möbeln eingerichtetes Wohnzimmer, in dem ein junger Mann ausgestreckt auf dem Sofa lag. „Mein Bruder Austin", stellte Devon ihn vor. „Ich nehme an, es geht um Julian."

„Ja", bestätigte Sam. „Haben Sie etwas dagegen, wenn wir diese Unterhaltung aufnehmen?"

Mit einer müden Geste gab Devon die Erlaubnis.

„Zunächst einmal möchte ich Ihnen unser Beileid aussprechen", sagte Sam.

„Danke." Devon nahm neben seinem Bruder Platz, der sich aufgesetzt hatte. Austin war blond und ähnelte eher der Mutter.

„Standen Sie Ihrem Onkel nahe?"

„Sehr. Es ist entsetzlich." Devons Augen füllten sich mit Tränen. „Tut mir leid. Wir stehen immer noch unter Schock."

„Das glaube ich Ihnen. Haben Sie ihn in letzter Zeit mal gesehen?"

„Wir sind mit ihm zum Mittagessen ausgegangen, als er in die Stadt kam. Er freute sich über die Nominierung – natürlich war er auch nervös wegen der Anhörungen, aber vor allem freute er sich.

Wir haben später für uns festgestellt, dass er zum ersten Mal seit langer Zeit glücklich wirkte."

„Wusste jemand von Ihren Eltern, dass Sie sich getroffen haben?"

„Wir haben es unserem Dad erzählt", meldete sich Austin zu Wort.

„Kannten Sie Julians Freund, Duncan Quick?", fragte Sam.

„Ja, wir kannten ihn ganz gut. Julian war ziemlich niedergeschlagen, als die Beziehung in die Brüche ging. Die Nominierung schien ihn wieder aufzubauen."

„Aus dem Gespräch mit Ihren Eltern habe ich entnommen, dass Ihr Vater und Ihr Onkel seit Jahren nicht mehr miteinander gesprochen haben", sagte Sam.

„Seit unserer Jugend", bestätigte Austin. „Wir standen ihm immer sehr nah, verbrachten viel Zeit in seinem Haus, unternahmen Ausflüge mit ihm. Das alles endete, nachdem meine Mutter ihn mit Duncan gesehen hatte."

„Sie ist völlig ausgerastet", fügte Devon hinzu. „Danach sahen wir ihn jahrelang nicht – erst als wir erwachsen waren und unsere eigenen Entscheidungen treffen konnten."

„Kannten Sie den Grund dafür, weshalb die beiden nicht mehr miteinander gesprochen haben?", wollte Jeannie wissen.

Austin sah seinen Bruder an. „Wir hatten einen Verdacht. Wir wussten, dass Julian schwul war und unsere Mutter das missbilligte. Es ist nicht so, dass sie ein schlechter Mensch wäre."

„Sie hat starke Überzeugungen", sagte Devon. „Sie hat sehr hart für ihre Karriere gearbeitet."

„Und ein offen schwuler Schwager am Obersten Gerichtshof wäre ihrem Ehrgeiz nicht zuträglich gewesen", vermutete Sam.

„Wir sind zwar nicht immer einer Meinung mit ihr, aber wir bewundern ihre Hartnäckigkeit", meinte Devon, doch es klang eher mechanisch.

„War Ihre Mutter ehrgeizig genug, um Ihren Onkel umzubringen, damit das kleine Familiengeheimnis nicht auffliegt?"

Die beiden Männer wurden blass.

„Ihn umbringen?", wiederholte Austin mit großen Augen. „Sie

ist ein zutiefst religiöser Mensch. Sie könnte niemandem etwas antun.“

„Waren ihre Ambitionen ihr wichtiger als Sie beide oder Ihr Vater?“

„Selbstverständlich nicht“, antwortete Devon, doch Sam bemerkte ein leichtes Zögern. „Sie liebt ihre Familie sehr.“

„Wie würden Sie die Ehe Ihrer Eltern beschreiben?“, fragte sie.

„Als liebevoll“, sagte Austin. „Sie sind die besten Freunde.“

„Würden Sie sagen, dass Ihre Mutter das Kommando hat?“

„Was hat das denn mit Julian zu tun?“, wollte Devon wissen.

„Wir versuchen herauszufinden, welche Rolle – wenn überhaupt – Ihre Eltern beim Tod Ihres Onkels gespielt haben“, erklärte Jeannie. „Diese Informationen tragen dazu bei, dass wir uns ein Bild machen können.“

Nach einer langen Pause antwortete Austin: „Als wir noch zu Hause gewohnt haben, hatte meine Mutter das Kommando. Wie das heute zwischen ihnen ist, kann ich wirklich nicht sagen. Sie hat jahrelang das Ziel verfolgt, ihr Buch zu schreiben und ihre eigene Show zu haben. Das hat viel von ihrer Zeit in Anspruch genommen.“

„Ist sie eine konservative Christin?“, erkundigte Jeannie sich.

„Ja“, sagte Devon. „In den letzten Jahren hat sie gern das dritte Buch Mose aus dem Alten Testament zitiert, sobald Julians Name zur Sprache kam. Dort heißt es, es sei eine ‚Abscheulichkeit‘, die mit dem Tod bestraft werden müsse, wenn Männer Sex miteinander haben.“

„Glauben Sie das?“, fragte Jeannie.

„Wir sind in einer anderen Zeit aufgewachsen“, erklärte Austin. „Einer toleranteren Zeit.“

„Das ist also ein Nein?“, vermutete Jeannie.

„Das ist ein Nein“, bestätigte Austin. „Wir haben unseren Onkel geliebt und standen zu ihm, so wie er zu uns stand.“

„Aber Sie haben das hinter dem Rücken Ihrer Mutter getan“, stellte Sam fest.

„Wir beide haben ihn geliebt“, meinte Devon. „Nur befanden wir uns in einer heiklen Position. Da wir den Frieden wahren wollten, war es besser, wenn sie nichts davon erfuhr.“

„Fällt Ihnen irgendwer ein, der ihm möglicherweise Böses wollte? Irgendwelche Feinde oder Rivalen?"

Devon schüttelte den Kopf. „Wir haben schon gerätselt, wer ihm das angetan haben könnte. Er hatte feste Überzeugungen und Ideale, aber er hat die Überzeugungen anderer respektiert. Das hat ihn davor bewahrt, allzu viele offene Feinde zu sammeln."

Im Gegensatz zu Ihrer Mutter, dachte Sam. Die hatte keinerlei Respekt vor den Überzeugungen anderer und sich dadurch zahlreiche Feinde gemacht.

„Sie haben erwähnt, er habe sich über die Nominierung gefreut", sagte Jeannie. „Hat er auch Besorgnis geäußert hinsichtlich seiner Sicherheit oder wegen der Kontroverse im Zusammenhang mit seiner Nominierung?"

„Nicht wegen seiner Sicherheit", sagte Austin.

„Er hat Personenschutz durch den Secret Service abgelehnt", ergänzte Devon.

„Der wurde ihm angeboten?"

Devon nickte. „Er hatte einige Bedenken wegen der Demonstranten. Er hat befürchtet, es könnte zu Unruhen kommen, aber bestimmt hat er nicht angenommen, dass jemand ihn umbringen wollte."

„Wo hielten Sie beide sich vorgestern Nacht auf?", wollte Sam wissen.

„Sind wir etwa verdächtig?", meinte Devon.

„Wir müssen Sie als Verdächtige zumindest ausschließen", erklärte Sam.

Austin setzte sich ein wenig aufrechter, als die Alibis zur Sprache kamen. „Ich war bei meiner Freundin."

„Wir brauchen ihren Namen und ihre Telefonnummer." Sam wandte sich an Devon. „Und Sie?"

„Ich war hier."

„Allein?"

„Den Großteil der Nacht. Mein Zimmergenosse kam gegen eins von der Arbeit. Er ist Kellner."

„Haben Sie ihn gesehen? Mit ihm gesprochen?"

Devon schaute kurz zu seinem Bruder. „Ja."

Sam horchte auf. „Gibt es sonst noch etwas, Mr. Sinclair? Falls ja, wäre dies der richtige Zeitpunkt, es uns zu sagen."

Devons ganzer Körper schien plötzlich von Anspannung erfasst zu sein.

„Sag es ihnen“, forderte Austin ihn mit sanfter Stimme auf.

„Halt den Mund“, blaffte Devon seinen Bruder an. „Das hat nichts mit dem zu tun, was Julian passiert ist.“

„Mr. Sinclair, alles, was Sie uns erzählen, wird vertraulich behandelt. Es sei denn, es hat direkte Auswirkungen auf den Fall.“

„Wir haben Ihnen alles gesagt, was wir wissen“, erklärte Devon und klang dabei verzweifelt.

Sam sah ihn durchdringend an. „Außer?“

Devon warf seinem Bruder einen finsteren Blick zu. „Mein Zimmergenosse, Tucker ... er ist mein ... wir sind zusammen.“

„Ich nehme an, Ihre Eltern wissen nichts davon?“

„Stimmt“, gab Devon mit zusammengebissenen Zähnen zu. „Und seine auch nicht. Wir würden es gern dabei belassen.“

„Wie lange ist Ihnen die sexuelle Orientierung Ihres Bruders bekannt?“, fragte Jeannie Austin.

„Schon immer.“

„Und Ihre Eltern haben keinen Schimmer?“

„Ich habe mir ziemliche Mühe gegeben, damit mein Privatleben privat bleibt“, erklärte Devon.

„Wusste Ihr Onkel es?“, fragte Sam.

„Ja“, gestand er leise. „Er war der Einzige in meinem Leben, der mich verstand. In vieler Hinsicht war Julian, abgesehen von meinem Bruder, mein bester Freund.“

Austin legte seinem Bruder tröstend die Hand auf die Schulter. Die zwei teilten ihre Trauer miteinander.

Sam stand auf, und Jeannie tat es ihr gleich. „Ist Ihr Zimmergenosse im Augenblick zu Hause?“

Devon sah sie voller Panik an. „Nein, wieso?“

„Wir müssen Ihr Alibi bestätigen. Reine Formalität. Können wir seinen Namen und seine Nummer haben?“

Widerstrebend erhob Devon sich und schrieb die gewünschten Informationen auf einen Zettel, den er Sam reichte mit den Worten: „Sie müssen ihm nicht sagen, dass ich Ihnen von uns erzählt habe, oder?“

„Ich sehe keine Veranlassung dazu, es zu erwähnen.“

„Danke“, sagte er erleichtert.

Austin gab Sam einen Haftnotizzettel mit dem Namen und der Telefonnummer seiner Freundin.

„Eine Frage noch", sagte Sam. „Sind Sie Julians Erben?"

„Ja", antwortete Austin. „Wir erben jeder die Hälfte seines Vermögens."

„Ich weiß, dass ich auch für meinen Bruder spreche, wenn ich Ihnen versichere, dass wir jeden Cent hergeben würden, wenn wir ihn dadurch zurückbekommen könnten", erklärte Devon.

Nachdem sie die Trauer der beiden gesehen hatte, glaubte Sam ihm.

Draußen atmete sie auf. „Wow. Ich beneide den Jungen nicht um das, was er noch vor sich hat."

„Ich auch nicht. Diese Mutter ist ein harter Brocken."

„Ich würde gern Diandra Sinclairs Herkunft ein wenig genauer unter die Lupe nehmen. Außerdem müssen wir uns Julians Handy und E-Mails vornehmen. Er hatte ein Treffen spätnachts mit jemandem vereinbart, und ich will wissen, mit wem."

„Die Überprüfung des Handys ergab keinerlei Kontakte, nachdem er im Haus des Senators zum Essen eingetroffen war. Was immer er auch vorhatte, es war schon vor dem Dinner verabredet."

„Finden wir heraus, was es war. Ich will außerdem wissen, weshalb der Secret Service es für nötig hielt, ihm Personenschutz anzubieten." Sam schaute auf ihre Uhr. „Mist. Viel Zeit bleibt mir nicht mehr bis zu dieser dämlichen Anhörung. Ich glaube, ich sehe nur noch einmal schnell nach Cruz."

„Ich werde dich begleiten." Als sie im Wagen saßen, meinte Jeannie: „Ich hoffe, du weißt, dass alle diese Geschichte mit den Internen Ermittlungen für Quatsch halten, Lieutenant. Stahl sinnt auf Rache, weil man dir sein Kommando gegeben hat."

Sams Magen meldete sich prompt bei der Erwähnung der Anhörung. „Er hat es schon lange auf mich abgesehen. Sehen wir den Tatsachen ins Auge – ich habe ihm ein Geschenk damit gemacht, mich während der Ermittlungen im Mordfall O'Connor mit Nick einzulassen."

„Es wird schon alles gut laufen."

Sam wünschte, sie könnte so zuversichtlich sein.

„Was sagt Nick denn dazu?"

„Ich habe es ihm nicht gesagt."

„Warum nicht?"

Sam zuckte die Schultern. „Er hat genug um die Ohren, auch ohne sich darüber Sorgen zu machen, dass ich seinetwegen Schwierigkeiten bekomme. Es gibt einfach keinen Grund dafür, dass er es weiß."

„Wenn du meinst. Wahrscheinlich hast du recht, er hat in letzter Zeit wirklich einiges durchgemacht."

„Allerdings." Doch als Sam sich an die Unterhaltung unter der Dusche erinnerte, bekam sie trotzdem ein schlechtes Gewissen, weil sie es ihm verschwieg.

22

Sam wartete vor dem Anhörungszimmer in der Abteilung Interne Ermittlungen. Sie verspäteten sich, was ihrem Magen zu schaffen machte, sodass sie sich auf ihre Atmung konzentrieren musste: einatmen durch die Nase, ausatmen durch den Mund. Es wäre alles nicht so schlimm, wenn sie wüsste, dass sie nichts falsch gemacht hatte, und die ganze Geschichte als Hexenjagd Stahls betrachten könnte.

Aber das war nicht der Fall.

Sie hatte sich einen groben Fehltritt erlaubt, indem sie sich während der Mordermittlungen im Fall O'Connor mit Nick eingelassen hatte. Er hatte die Leiche gefunden, was ihn zu einem Hauptzeugen machte. Sie hätte sich von ihm fernhalten sollen, bis der Fall abgeschlossen war. Dass er an der Aufklärung desselben entscheidend mitgewirkt hatte, würde bei der Anhörung keine Rolle spielen.

Obwohl sie im Lauf ihrer Karriere an vielen Anhörungen durch die Internen Ermittlungen teilgenommen hatte, war sie nie diejenige gewesen, die sich rechtfertigen musste, nicht einmal nach dem Fiasko im Fall Johnson. Eine interne Prüfung hatte sie von jeder Schuld am Tod des jungen Quentin Johnson bei der Schießerei in einem Crackhaus freigesprochen. Doch der Polizeipsychologe hatte ihr eine dreißigtägige Auszeit empfohlen. Die Strafe diesmal konnte deutlich härter ausfallen.

Deputy Chief Conklin, Sams Vertrauensperson vor dem dreiköpfigen Gremium, kam heraus, um sie zu holen. „Lieutenant? Wir sind jetzt bereit für Sie."

„Oh. Okay."

Drinnen setzte Conklin sich wieder an den Tisch zu Stahl und Captain Andrews vom Bombenentschärfungskommando. Diese drei Männer würden über ihr weiteres Schicksal entscheiden. Chief Farnsworth sowie Captain Malone waren ebenfalls anwesend. Ein Stenograf würde die Anhörung protokollieren.

„Bevor wir beginnen", sagte Stahl, der das alles offensichtlich genoss, „möchte ich noch einmal gegen die Berufung von Deputy Chief Conklin in dieses Gremium protestieren. Ihn verbindet eine enge freundschaftliche Beziehung zum Vater des Lieutenants, weshalb seine Teilnahme an dieser Anhörung einen Interessenkonflikt darstellt."

„Wie ich Ihnen schon gesagt habe, Lieutenant", erwiderte Conklin. „Zeigen Sie mir in diesem Department einen Polizisten, der nicht die größte Hochachtung vor Deputy Chief Holland hat – abgesehen von Ihnen natürlich. Lieutenant Holland hat das Recht, frei zu wählen, wer in diesem Gremium als ihre Vertrauensperson fungieren soll. Mit diesem Protest vergeuden Sie nur unser aller Zeit."

„Dieser Einschätzung schließe ich mich an", sagte Andrews. „Lassen Sie uns anfangen."

Stahl sandte Sam einen hasserfüllten Blick. „Wie Sie wünschen. Lieutenant Holland, heben Sie die rechte Hand." Er vereidigte sie und bedeutete ihr, sich zu setzen. „Sie verzichten auf einen Interessenvertreter?"

„Ja." Sie sah keinen Sinn darin, noch jemanden von der echten Polizeiarbeit abzuziehen, wenn sie sehr gut selbst in der Lage war, sich zu verteidigen.

„Und Ihnen ist bekannt, warum Sie sich heute hier einzufinden hatten?"

„Sie glauben, ich hätte ein schlechtes Urteilsvermögen bewiesen, indem ich mich während der O'Connor-Ermittlungen mit Nicholas Cappuano eingelassen habe."

Stahl starrte sie an. Anscheinend hatte er nicht damit

gerechnet, dass sie so kooperativ sein würde. „Das ist korrekt“, stammelte er.

Sam sah, dass Captain Malone sich die Hand vor den Mund hielt, als wollte er ein Grinsen verbergen.

Stahl räusperte sich. „Und was sagen Sie dazu?“

„Ich kann weder bestreiten, dass ich Mr. Cappuano im Lauf der Ermittlungen nähergekommen bin, noch dass er mir und Detective Cruz enorm bei der Aufklärung des Falls geholfen hat.“ Entzückt registrierte Sam, dass sie Stahl damit auf die Palme brachte.

„Kannten Sie Mr. Cappuano vor der O'Connor-Ermittlung?“

Das Brennen in ihrem Magen ignorierend, antwortete Sam: „Ja.“

„Bitte erläutern Sie das.“

„Wir haben uns vor sechs Jahren auf einer Party kennengelernt. Wir verbrachten eine Nacht miteinander und verloren uns aus den Augen, bis zu dem Tag, an dem Senator O'Connor ermordet aufgefunden wurde.“

„Warum hatten Sie sich aus den Augen verloren?“

„Aufgrund einer Reihe von Missverständnissen.“

„War diese vorangegangene Beziehung zu dem Zeugen Ihren Vorgesetzten bekannt?“

„Nein.“

„Warum nicht?“

„Es war nicht von Bedeutung. Außerdem lag es sechs Jahre zurück.“

„Kam Ihnen nicht in den Sinn, dass ihr Verschweigen dieser Beziehung die gesamte Ermittlung gefährden könnte?“

„Nein.“

„Dachten Sie zu keinem Zeitpunkt, es wäre vielleicht besser, irgendwen darüber zu informieren, dass Sie diesen Mann kennen? Dass Sie mit ihm geschlafen hatten?“

„Wie ich schon erwähnte, ich hielt es nicht für wichtig für die Ermittlung, da es sechs Jahre zurücklag. Mr. Cappuano war eine sehr große Hilfe und hat uns Zeit gespart, die wir sonst damit zugebracht hätten, dem Beziehungsgeflecht zwischen den beteiligten Personen auf den Grund zu gehen.“

„Wann war Mr. Cappuano für Sie über jeden Verdacht einer möglichen Schuld am Tod des Senators erhaben?"

„Sofort. Er konnte ein absolut wasserdichtes Alibi vorweisen, hatte kein Motiv, und sein Kummer über den Verlust des Vorgesetzten und Freundes war echt. Er war zu keinem Zeitpunkt verdächtig."

„Auch nicht, als Sie erfahren haben, dass er zwei Millionen Dollar aus der Lebensversicherung von Senator O'Connor erben würde?"

„Mr. Cappuano galt nie als Verdächtiger."

„An welchem Punkt der Ermittlungen wurde Ihr Verhältnis zu Mr. Cappuano erneut persönlich?"

„Gleich am ersten Abend."

Stahls Augen funkelten begeistert.

Sam gab sich Mühe, weiter ruhig und gefasst zu sprechen. „Er rief mich an, als ihm klar wurde, dass jemand in sein Haus eingedrungen war."

„Sie fuhren also gleich am ersten Abend der Ermittlungen im Fall O'Connor zu Mr. Cappuano nach Hause?"

„Das ist korrekt."

„Das wo liegt?"

„Damals in Arlington, Virginia."

„Was deutlich außerhalb Ihres Zuständigkeitsbereichs ist."

„Ich hatte ihm meine Karte gegeben mit der Bitte, mich anzurufen, falls ihm noch etwas einfallen würde, das uns bei unseren Ermittlungen weiterhelfen würde. Als er nach Hause kam und eine Unordnung bemerkte, tat er, worum ich ihn gebeten hatte, und rief mich an. Nachdem ich bei ihm eingetroffen war und bestätigt gefunden hatte, dass jemand dort eingedrungen war, benachrichtigte ich die Polizei in Arlington."

„Und in jener Nacht nahm Ihre Beziehung eine persönliche Wende?"

„Ich wartete mit ihm zusammen, während Arlington die Sache untersuchte. In dieser Zeit lieferte er mir weitere Hintergrundinformationen zu den Familienverhältnissen der O'Connors. Nachdem die Polizei verschwunden war, sprachen wir über unsere persönliche Beziehung, die er wiederaufnehmen wollte. Ich erklärte ihm, dass ich damit warten müsste, bis der Fall abgeschlossen sei."

„Was Sie letztlich nicht taten."

Ein scharfer Schmerz im Bauch raubte ihr beinahe den Atem. Dies war der Punkt, an dem die Angelegenheit heikel wurde. „Entgegen meiner Absicht wurde die Beziehung später ernst."

„Haben Sie das Ihren Vorgesetzten mitgeteilt?"

„Nein. Es hatte keinerlei Auswirkungen auf die Ermittlungen."

„Wie wurde Ihre Beziehung zu Mr. Cappuano öffentlich?"

„Durch die selbst gebastelten Bomben, die mein Exmann an unseren Fahrzeugen befestigt hatte. Die Bombe an meinem Wagen explodierte und verletzte sowohl Mr. Cappuano als auch mich."

„Das geschah wo?"

„Vor Mr. Cappuanos Haus in Arlington."

„Sie waren aus welchem Grund dort?"

Sam verspürte einen Anflug von Panik. „Ich hatte die Nacht dort verbracht."

„Wie viele Tage dauerten die Ermittlungen im Fall O'Connor zu diesem Zeitpunkt schon?"

„Drei."

„Das ging ja schnell."

„Sparen Sie sich jeglichen Kommentar, Lieutenant Stahl", warnte Conklin ihn.

Mit einem kriecherischen Lächeln sagte Stahl: „Lieutenant, haben Ihre Vorgesetzten Sie nach dem Bombenanschlag auf Ihre Beziehung angesprochen?"

„Ich habe mit Captain Malone sowie Chief Farnsworth darüber gesprochen. Beide akzeptierten meine Erklärung, wie die Beziehung zustande gekommen war und wie hilfreich Mr. Cappuano bei den Ermittlungen war."

„Welche Beziehung unterhalten Sie heute zu Mr. Cappuano?"

„*Senator* Cappuano und ich haben eine feste Beziehung, wie Sie genauso gut wissen wie jeder in Washington."

„Glauben Sie, es könnte als Beeinträchtigung Ihrer Polizeiarbeit gesehen werden, dass die Beziehung zwischen Ihnen und dem Senator öffentlich bekannt ist?"

„In einer vollkommenen Welt hätten die Medien kein Interesse an uns. Unglücklicherweise lebe ich nicht in einer solchen Welt.“

„Hat noch jemand von Ihnen Fragen?“, wandte sich Stahl an Conklin und Andrews. Beide verneinten. „Angesichts Lieutenant Hollands Aussage und ihrer unangebrachten Beziehung mit einem Hauptzeugen empfehle ich zwei Wochen unbezahlter Suspendierung vom Dienst und die Degradierung zum Detective.“

Sam hätte fast erschrocken nach Luft geschnappt. Zwei Dienstgrade! Das durfte nicht passieren. Andererseits wollte sie Stahl nicht die Befriedigung verschaffen, einen emotionalen Ausbruch zu erleben.

„Das Gremium wird über diese Empfehlung in seiner nächsten Sitzung befinden“, verkündete Conklin. „Lieutenant Holland, wir bedanken uns für Ihre Offenheit. Sie werden über unsere Entscheidung unterrichtet.“

„Danke, Deputy Chief Conklin. Wenn es mir gestattet ist, würde ich gern noch eines sagen. Natürlich will ich meinen derzeitigen Rang nicht verlieren. Aber Sie sollen wissen, dass ich mich, wenn ich die O'Connor-Ermittlungen noch einmal leiten müsste, ganz genauso verhalten würde. Das ist alles.“

Sie stand auf und verließ den Raum. Die Sache lag nicht mehr in ihren Händen.

Nick und Christina kehrten nach einer Marathon-Sitzung im Senatsausschuss für Heimatschutz und Regierungsangelegenheiten in Nicks Büro zurück. Nachdem sie ihre Notizen durchgegangen waren und eine To-do-Liste erstellt hatten, stand Christina auf und wollte gehen.

„Danke noch mal, dass du mich heute begleitet hast“, sagte er. „Und gestern auch.“

„Viel Drama in letzter Zeit.“

„Allerdings.“

Sie sah ihn an, als hätte sie noch etwas sagen wollen, es sich dann aber anders überlegt.

„Was beschäftigt dich, Chris?“

Sie betrachtete ihn lange. „Wirst du, na ja, jedes Mal hier alles stehen und liegen lassen, wenn ihr etwas passiert?“

„Das weiß ich nicht", antwortete er, verblüfft über die Frage. „Kann sein. Hast du ein Problem damit?"

„Nein, aber es könnte sein, dass du das nicht immer kannst. Du hast jetzt so viele Verpflichtungen. Es ist anders als früher."

„Mir ist durchaus bewusst, dass meine Rolle sich gewandelt hat. Wir befinden uns gerade in einer Zeit des Umbruchs, in vielerlei Hinsicht." Nach einer kurzen Pause fügte er hinzu: „Ich weiß, du hattest im letzten Monat mit zwei Jobs viel um die Ohren, aber Terry wird bald anfangen. Dann sollte es besser werden."

„Wir werden sehen, wie das funktioniert. Ich wünsche dir noch einen schönen Abend, Senator."

„Gleichfalls."

Noch lange, nachdem sie gegangen war, saß er da und betrachtete das Gemälde vom Kapitol, das Sam ihm zu Weihnachten geschenkt hatte. Er dachte an das, was Christina gesagt hatte. Es stimmte schon, er würde nicht jedes Mal wegkönnen, wenn Sam in Schwierigkeiten steckte. Ganz abgesehen davon erwartete sie das gar nicht von ihm. Andererseits konnte er sich auch nicht vorstellen, beispielsweise an einer Sitzung teilzunehmen, wenn er wusste, dass irgendwer sie gerade als Geisel genommen hatte.

Das alles war für sie beide eine völlig neue Situation, und jeder würde Kompromisse machen müssen. Endlich fand er Zeit, einen Blick in die heutige Ausgabe der *Washington Post* zu werfen, die den größten Teil der Titelseite dem Mord an Julian gewidmet hatte. Zur Abwechslung berichteten sie einmal nicht über seine Beziehung mit Sam. Während Nick den Bericht über Julian las, erfüllte ihn erneut Trauer über den Verlust des Freundes.

Plötzlich erinnerte er sich an einen Kommentar aus der letzten Woche, in dem Tony Sanducci, einer der führenden Abtreibungsgegner, sich über Julians Nominierung aufgeregt hatte, und was für ein Rückschlag diese für die Rechte der Ungeborenen sei. Er rief seine Anhänger dazu auf, alle nötigen Schritte zu unternehmen, um die Nominierung zu stoppen. Nick fragte sich, ob Sam mit Sanducci schon gesprochen hatte. Er nahm sein Handy, um sie anzurufen, erreichte aber nur die Mailbox.

„He, Liebes, ich bin's. Mir ist eingefallen, dass du dir mal einen

Kommentar in der *Post* ansehen solltest, der letzte Woche erschienen ist. Darin ist Tony Sanducci auf Julian losgegangen. Könnte eine gute Spur sein. Ich schicke dir einen Link per E-Mail. In einer Stunde müsste ich zu Hause sein. Vielleicht können wir ja noch mal duschen oder so." Bei der Erinnerung an die gemeinsame Dusche musste er lächeln. „Ich liebe dich."

Sam verließ die Anhörung und ging auf direktem Weg zur Toilette. Sie krümmte sich vor Bauchschmerzen. In Angstschweiß gebadet, verriegelte sie die Kabinentür, lehnte sich dagegen und kämpfte um jeden Atemzug.

Es war ihr Ernst gewesen, als sie dem Gremium versichert hatte, sie würde, wenn sie die Wahl hätte, nichts an ihrem Verhalten während der Ermittlungen im Fall O'Connor ändern. Nick war zweifellos das Beste, was ihr je passiert war. Wie konnte sie es bedauern, sich in ihn verliebt zu haben? Wie konnte sie den Zauber bedauern, den er in ihr Leben gebracht hatte? Doch zum Detective degradiert zu werden, nachdem sie gerade erst ihr langjähriges Ziel, Lieutenant zu werden, erreicht hatte ...

„Himmel", flüsterte sie, und die Vorstellung war fast zu viel.

Sie benötigte weitere zehn Minuten, um sich zu fangen. Entschlossen, wenigstens einmal pünktlich aus dem Dienst zu kommen, kehrte sie zurück ins Kommissariat, wo eine Menge sie bereits erwartete.

Gonzo kam als Erster auf sie zu. „Lieutenant, wie ist es gelaufen?"

„Ist alles in Ordnung mit dir?", erkundigte sich Jeannie.

„Stahl ist ein Arschloch", meldete Arnold sich zu Wort. „Es geht bloß darum, dass Sie ihm das Kommando weggenommen haben."

Sam hob die Hand, um sie zu stoppen. „Ich weiß eure Unterstützung zu schätzen, Arnold, aber es geht darum, dass ich mich während einer Mordermittlung mit einem Zeugen eingelassen habe. Lieutenant Stahl mag Hintergedanken haben, aber es ist sein gutes Recht, eine Anhörung durch die Internen Ermittlungen zu verlangen."

„Das ist ein solcher Scheiß", beschwerte Gonzo sich

aufgebracht. „Der Senator war entscheidend mitverantwortlich dafür, dass du den Fall so schnell abschließen konntest. Das kann man doch nicht einfach außer Acht lassen."

„Wir werden sehen", sagte Sam, sich ihrem Schicksal ergebend. „Jetzt will ich erst einmal wissen, wie weit wir mit Sinclair sind."

„Ich habe mir Diandras Herkunft genauer angesehen, wie besprochen", meldete Jeannie sich zu Wort. „Ich schreibe dir einen Bericht."

„In diesem Fall haben wir keine Genehmigung für Überstunden", erinnerte Sam sie.

„Dann schreibe ich den Bericht eben in meiner Freizeit", erklärte Jeannie.

Sam lächelte dankbar, da sie wusste, wie Jeannie mit Nick mitgefühlt hatte, als er von Julians Tod erfahren hatte. Der Zusammenhalt unter ihren Kollegen war stets das gewesen, was ihr am besten an ihrem Job gefallen hatte. Zum Glück war der überwiegende Teil wie Jeannie, Gonzo und Cruz, und nicht wie Stahl.

„Ich werde nach Hause fahren", erklärte Sam. „Schick deinen Bericht per E-Mail, ich sehe ihn mir später an."

„Wird gemacht, Lieutenant", sagte Jeannie. „Versuch einfach, dir nicht zu viele Sorgen zu machen. Conklin und Andrews wissen, was für ein großartiger Cop und begnadeter Detective du bist. Alles wird gut, davon bin ich überzeugt."

„Das sollte es auch", fügte Gonzo hinzu.

„Pass mal lieber auf deinen Blutdruck auf", bemerkte Sam, amüsiert über seinen Zorn um ihretwillen. „Ich weiß die Unterstützung wirklich zu schätzen, Leute. Aber lasst euch nicht zu sehr von euren Aufgaben ablenken. Falls ihr mich braucht, erreicht ihr mich über Funk oder Handy."

Sie ging und überließ die Kollegen ihren Gesprächen über die Ungerechtigkeit der Anhörung durch die Internen Ermittlungen. Die überwältigende Solidarität hob Sams Laune. Auf der Heimfahrt hörte sie die Voicemail von Nick ab und beschloss, am Supermarkt Halt zu machen, um ihn mit einem selbst gekochten Essen überraschen zu können. Nachdem sie die Zutaten für Linguini und Muschelsoße in seinem Kühlschrank verstaut hatte, ging sie nach nebenan, um nach ihrem Dad zu sehen.

„Jemand zu Hause?", rief sie.

„Hier drin", meldete Skip sich aus der Küche. „Ist das meine verloren geglaubte Tochter, die früher hier gewohnt hat?"

„Sehr witzig." Sam beugte sich herunter und gab ihm einen Kuss auf die Wange. „Ich wohne nach wie vor hier."

„Ich frage mich, wieso eigentlich, wo du ein deutlich besseres Angebot von dem gut aussehenden Burschen nebenan bekommen hast."

„Ich denke über das Angebot des gut aussehenden Burschen noch nach."

„Aha?"

Sie zuckte die Schultern. „Es ist ein ziemlich gutes Angebot. Außerdem besitzt er einen Whirlpool."

„Du bist aber leicht zu haben." Skip lachte. „Ich hoffe, du hältst ihn nicht meinetwegen hin. Ich bin nämlich bei Celia in guten Händen. Es besteht kein Grund für dich, weiter hier zu wohnen, wenn du lieber woanders wohnen möchtest."

„Ich will es langsam angehen", erklärte Sam. „Ich will nichts überstürzen."

„Verständlich. Andernfalls wärst du ja jeden zweiten Tag auf der Titelseite der *Post*. Und das wäre doch schrecklich."

„Du bist heute Abend wirklich sehr witzig, Skippy." Sam nahm sich eine Cola aus dem Kühlschrank. „Wie kommt's?"

„Wirst du mir davon erzählen?"

Sie hielt beim Öffnen der Flasche inne. „Was?"

Er warf ihr einen Du-weißt-genau-was-ich-meine-Blick zu.

Verlegen fragte sie: „Woher weißt du es?"

„Die Frage ist eher, warum weiß ich es nicht von dir?"

„Ich wollte nicht darüber nachdenken."

„Was hat Stahl empfohlen?"

„Zwei Wochen unbezahlter Suspendierung und Degradierung zum Detective."

Skip zuckte zusammen. „Das wird Conklin nicht zulassen."

„Ich kann nichts mehr machen. Während der Anhörung war ich vollkommen aufrichtig und habe denen genau erzählt, wie es war."

„Das ist die beste Strategie. Das hätte ich dir auch geraten, wenn du mich nicht ausgeschlossen hättest – wieder einmal. Das wird zur beunruhigenden Gewohnheit zwischen uns."

Diese Bemerkung traf sie, denn er hatte recht. Sie waren stets offen zueinander gewesen, und sie war diejenige, die das geändert hatte.

„Wenn du mich wie einen Invaliden behandelst, fühle ich mich auch so, Sam. Ich will nicht, dass du glaubst, mich vor diesem Mist schützen zu müssen. Viel schlimmer, als so zu leben, wie ich es jetzt tue, kann es ohnehin kaum sein."

„Es tut mir leid." Sie setzte sich matt auf einen der Küchenstühle. „Ich wollte dir nichts vorenthalten. Ich hatte gehofft, das Ganze würde sich von selbst erledigen."

„Da Stahl damit zu tun hat, hättest du es besser wissen müssen."

„Ich weiß."

„Hast du Nick davon erzählt?"

Sie sah ihn mit zerknirschter Miene an.

„Sam! Soll das ein Witz sein? Die Internen Ermittlungen stochern in eurer Beziehung herum und du denkst, das muss er nicht erfahren?"

„Er war so niedergeschlagen wegen John und jetzt Julian, und was mit Cruz passiert ist, hat ihn auch sehr mitgenommen. Hinzugekommen ist das Chaos mit Reese heute. Ich habe einfach befürchtet, das könnte alles zu viel sein für ihn, wenn ich ihm auch noch von meinen Problemen berichte."

„Du spielst mit dem Feuer, Mädchen. Du solltest ihn lieber nicht unterschätzen. Wenn du glaubst, er findet sich damit ab, dass du ihm Dinge vorenthältst, machst du dir nur selbst etwas vor."

Sam wusste, dass er recht hatte. „Ich werde es ihm heute Abend sagen. Es kommt alles in Ordnung." Sie stand auf und gab ihm einen Kuss. „Ich muss los. Ich koche nämlich heute Abend."

„Du? *Kochst?*"

„Du solltest wirklich eine Karriere als Stand-up-Comedian in Erwägung ziehen. Abzüglich des Stand-up-Teils natürlich."

„Und wer ist hier jetzt witzig? Halt mich bitte auf dem Laufenden, sobald du etwas weißt."

„Mach ich. Versuch lieber, dir nicht zu viele Sorgen zu machen. Was immer bei der Anhörung herauskommt, Nick war es wert."

„Das ist eine sehr gute Einstellung."

„Es ist die einzig richtige Einstellung. Wir sehen uns morgen."

Nachdem sie eine Tasche mit Kleidungsstücken für den nächsten Tag gepackt hatte, ging sie hinüber zu Nicks Haus und dachte über die Worte ihres Vaters nach. Zum jetzigen Zeitpunkt würde Nick vermutlich wütend werden, dass sie so lange damit gewartet hatte, ihm von der Anhörung durch die Internen Ermittlungen zu erzählen. Sie würde abwarten, wie der Abend sich entwickelte, und dann entscheiden, ob es ein guter Moment wäre, ihm die Sache beizubringen. Nach dem Essen würde sie auf jeden Fall erst einmal Näheres über Sanducci herausfinden.

23

———————

Als Nick eine Stunde später nach Hause kam, war Sam bereit für ihn. Es hatte ihr Spaß gemacht, in seiner modernen Küche häuslich zu sein. Sie hatte sich sogar ein wenig der Fantasie hingegeben, wie es wohl wäre, wirklich hier zu wohnen, statt einfach nur die meisten Nächte in seinem Bett zu verbringen. Diese Träumereien halfen ihr jedenfalls, sie von der Anhörung und dem noch ausstehenden Ergebnis abzulenken. Sollte sie inzwischen nicht schon etwas gehört haben?

„He, Liebes", rief Nick beim Hereinkommen. „Tut mir leid, dass ich so spät komme. Ich wurde durch eine Fraktionssitzung aufgehalten." Er stutzte an der Küchentür. „Hast du etwa gekocht?"

„Ja", sagte sie, am Herd stehend. „So überrascht musst du nun auch wieder nicht klingen."

Er legte die Arme von hinten um sie und küsste ihren Nacken. „Ich dachte, du weißt nicht einmal, wie man den Herd anstellt."

Sie drückte den Po an ihn. „Ich weiß, wie man eine Menge Dinge anstellt."

Lachend drückte er sie an sich. „Ganz bestimmt." Er schmiegte sein Gesicht in ihre Haare. „Ich bin so froh, dich zu sehen, Samantha. Nach all dem, was heute passiert ist. Ich muss die ganze Zeit an diese Sache mit Reese denken."

Sie drehte sich zu ihm um und schlang ihm die Arme um den

Nacken. Dies wäre ein guter Zeitpunkt, um ihm von der Anhörung durch die Internen Ermittlungen zu erzählen. Allerdings schien er zum ersten Mal seit Tagen wieder ganz er selbst zu sein. War es denn ein Verbrechen, sich zu wünschen, dass er sich entspannte und den Abend genoss? „Es ist alles wieder in Ordnung.“

Er gab ihr einen Kuss. „Ja, jetzt, wo ich bei dir bin. Es ist toll, dich hier vorzufinden, wenn ich nach Hause komme.“

Sie nahm ihm die Krawatte ab und öffnete seinen obersten Hemdknopf. „Ich habe beschlossen, wenigstens einmal pünktlich Feierabend zu machen.“

„Aus welchem Anlass?“

Eine weitere gute Gelegenheit. „Es gibt keinen besonderen Anlass. Ich hatte einfach nur Lust zu kochen.“ Sie nahm den Scheck, den sie auf der Arbeitsfläche gefunden hatte, und wedelte damit. „Gibt es vielleicht etwas, was du mir erzählen möchtest?“

Er sah den Scheck an, und seine Miene wurde sofort undurchdringlich. „Du weißt, um was es sich handelt. Du hast die Post angenommen und den Empfang mit deiner Unterschrift bestätigt.“

„Was wirst du damit machen?“

„Am liebsten würde ich alles verschenken.“

Ihr Herz flog ihm zu. Der Schmerz über den Verlust war noch so präsent. „Was hätte John gewollt?“

„Er hätte gewollt, dass ich es eine Weile einfach genieße, Millionär zu sein“, antwortete er, ohne zu zögern.

„Dann solltest du genau das tun.“

„Wie kann ich das genießen, wenn er dafür sterben musste? Wie soll das möglich sein?“

Sam fuhr ihm sanft durch die Haare. „Er hat dich geliebt, Nick. Er wollte, dass du glücklich bist.“

„Ich habe heute mit Graham gesprochen und ihm erzählt, dass ich das Geld bekommen habe. Er hat angeboten, es für mich zu investieren, wenn ich das will.“

„Warum machst du das nicht? Gib es ihm und vergiss es.“

„Ich glaube, das werde ich tun. Wir haben alles, was wir brauchen, oder?“

„Und noch mehr.“

Er überraschte sie, indem er sie auf die Kochinsel hob und sich zwischen ihre Beine stellte. „Müssen wir eigentlich sofort essen?"

„Sie entwickeln sich noch zu einem regelrechten Sexteufel, Senator", neckte sie ihn, erleichtert darüber, dass er zu einer gewissen Ungezwungenheit zurückgekehrt war.

„Das liegt an deinem Einfluss." Er küsste ihren Hals.

Sie neigte den Kopf, damit er sie dort besser liebkosen konnte. „Nach dem Essen muss ich wieder an die Arbeit."

„Immer nur Arbeit", meinte er genervt. „Ich werde ein Gesetz vorschlagen, dass ein Abend pro Woche arbeitsfrei sein muss, ohne Verpflichtungen, nur du und ich. Wir werden es das Cappuano-Holland-zur-Hölle-mit-der-Arbeit-Gesetz nennen." Er küsste sie. „Wer ist dafür?"

„Hm", flüsterte sie, während ihre Lippen seine berührten. „Ich bin ganz bestimmt dafür. Holland-Cappuano klingt aber besser."

Er grinste. „Angenommen. Einstimmig." Er umfasste ihr Gesicht mit beiden Händen und küsste sie leidenschaftlich, ein aufregendes Spiel mit seiner Zunge beginnend. „Weißt du, was noch besser klingt? Cappuano-Cappuano."

Sie sah ihn perplex an.

„Eines Tages?", fragte er mit einem hoffnungsvollen schiefen Lächeln, das sie dahinschmelzen ließ.

„Ja, vielleicht", stammelte sie. „Eines Tages. Aber ich werde meinen Namen nicht ändern."

„Hm, wir machen Fortschritte." Er verlieh seiner Freude Ausdruck durch einen sinnlichen Kuss.

Sams Handy klingelte.

Sie löste sich von Nick, um die Hand danach auszustrecken.

„Wir haben ein Gesetz!"

„Tut mir leid", sagte sie. „Ich muss diesen Anruf wirklich annehmen. Holland."

„Hallo, Conklin hier."

Sam hielt den Atem an. „Wie sieht's aus?"

„Ich komme gerade erst aus der Beratung."

„Wow."

„Die Debatte hitzig zu nennen, wäre eine Untertreibung. Die Suspendierung wurde reduziert auf zwei unbezahlte Tage, mit sofortiger Wirkung. Mehr konnte ich für Sie nicht tun."

Damit konnte Sam leben. Nervös fragte sie: „Und die andere Sache?"

„Wir treffen uns morgen früh erneut, um darüber zu sprechen."

Ihr Mut sank. „Was war das Problem?"

„Andrews wollte eine Nacht darüber schlafen."

Sam behielt Nick im Auge, der in die Töpfe auf dem Herd schaute. „Das klingt nicht gut."

„Ich bin mir sicher, es wird alles gut ausgehen. Er ist ein vernünftiger Mensch. Aber vor Stahl müssen Sie sich weiterhin in Acht nehmen. Er hat es wirklich auf Sie abgesehen. Dass es nur zwei Tage Suspendierung werden, hat ihn fürchterlich aufgeregt."

„Danke, dass Sie mich informiert haben."

„Ich rufe Sie an, sobald ich mehr weiß."

Sam beendete das Gespräch und drückte das Telefon an ihre Brust. Ihr Herz pochte. Aber dann drehte Nick sich zu ihr um, und sein Lächeln vertrieb ihre Sorgen.

„Alles in Ordnung, Schatz?"

„Alles bestens", antwortete sie und musste sich zu ihrer Überraschung eingestehen, dass es der Wahrheit entsprach. Denn solange sie ihn hatte, war wirklich alles in Ordnung. Er war es absolut wert. Sie grinste frech. „Weißt du noch, das Gesetz, über das wir gesprochen haben?"

Er schob sich ein Karottenstück aus dem Salat in den Mund. „Klar."

„Kann es nicht heute Abend schon in Kraft treten?"

„Auf jeden Fall."

Sie breitete die Arme für ihn aus. „Zur Hölle mit der Arbeit."

Sam wachte am nächsten Morgen auf und fühlte, wie Nick ihren Rücken küsste. Sie hielt die Augen geschlossen und genoss seine Liebkosungen. Bis ihr die Suspendierung wieder einfiel.

„Warum bist du plötzlich angespannt?"

„Einfach nur so", antwortete sie, noch nicht bereit, die Blase zu verlassen, in der sie sich seit dem gestrigen Abend befanden.

„Du musst los, sonst kommst du noch zu spät."

„Ich arbeite heute zu Hause."

„Wie kommt's?"

Sie ignorierte die sich meldenden Schuldgefühle. „Ich will dieser Spur nachgehen, auf die du mich gestern gestoßen hast. Außerdem muss ich noch andere Recherchen erledigen, und das kann ich im Haus meines Dads besser als im Hauptquartier. Ich will ein paar Dinge dazu mit ihm besprechen."

„Hört sich gut an." Er stand auf und gab ihr einen Kuss. „Graham hat mir gestern erzählt, dass Julians Beerdigung am Samstag in Cambridge stattfindet. Er chartert ein Flugzeug, um die Familie hinzubringen. Er fragt, ob wir uns zu ihnen gesellen wollen. Ich habe gesagt, ich würde es mit dir besprechen."

„Das wäre gut. Wenn wir den Fall bis dahin noch nicht abgeschlossen haben, muss ich ohnehin zur Beerdigung."

„Und wenn du ihn bis dann gelöst hast?"

„Dann gehe ich deinetwegen mit." Sie betrachtete seinen nackten Körper. „Ich wünschte, du müsstest nicht zur Arbeit."

Er kam aus dem begehbaren Kleiderschrank mit Anzug und Hemd heraus. „Warum?", fragte er mit einem lüsternen Grinsen. „Was würdest du denn mit mir tun wollen, wenn du mich den ganzen Tag für dich hättest?"

„Es wäre bestimmt ganz nett, das herauszufinden. Wir hatten noch keinen ganzen Tag frei, seit wir zusammen sind."

Er küsste sie erneut und sagte: „Das müssen wir unbedingt ändern. Bald. Aber heute kommen zweihundert Pfadfinderinnen aus Norfolk, um das Kapitol zu besichtigen und mit mir zu Mittag zu essen."

„Ich bin eifersüchtig", sagte sie schmollend.

„Musst du nicht sein. Du bist das einzige Mädchen, das ich liebe." Mit diesen Worten verschwand er unter der Dusche.

Nur Nick konnte sie vergessen lassen, wenn auch nur für Minuten, dass man sie von ihrem Job suspendiert hatte und eine Degradierung drohte. Selbst ein Dienstrang wäre schon bitter genug. Aber gleich zwei? Sie durfte nicht einmal dran denken. Sie nahm ihr Handy und rief Gonzo an. „Hallo", sagte sie, als er sich meldete. „Wie geht's?"

„Die Frage gebe ich gleich mal zurück. Ich habe von der Suspendierung gehört."

„Hätte schlimmer kommen können. Unter uns, ich arbeite

heute von zu Hause aus. Kannst du bitte die Nachricht verbreiten, dass ich Hilfe brauche im Fall Sinclair?“

„Klar, kein Problem. Die Presse lechzt nach Neuigkeiten über den Stand der Ermittlungen. Es geht das Gerücht um, dass der Chief auf dem Kriegspfad ist. Er will eine Verhaftung, und zwar sofort.“

„Na, dann liefern wir ihm eine. Tu mir einen Gefallen und starte mal eine Suchanfrage zu Tony Sanducci. Er ist ein großer Abtreibungsgegner. Kommst du gegen zehn zum Haus meines Vaters?“

„Mach ich. Ich trommle die Kavallerie zusammen.“

„Häng das bloß nicht an die große Glocke.“ Ihnen beiden war klar, dass Sam ernsthaft Ärger bekommen würde, wenn man sie dabei erwischte, wie sie während ihrer Suspendierung das Department leitete.

„Keine Sorge.“

Eine Stunde später unterschrieb Nick einen Stapel Briefe an Wähler, als Christina mit einem Kaffee hereinkam. Er bemerkte, dass sie müde aussah. „Spät geworden gestern?“

„So ähnlich. Tommy war in einmaliger Form letzte Nacht.“

„Bitte“, sagte Nick. „Erspar mir die Details.“

„Wie geht es Sam?“

„Gut“, antwortete er, froh, dass sie fragte. Das war immerhin ein Fortschritt. „Sie hat schon einiges gesehen in all den Jahren, deshalb wird sie etwas Traumatisches wie das, was gestern passiert ist, leichter verarbeiten können als andere.“

„Sie muss ziemlich sauer sein. Tommy war jedenfalls außer sich.“

Da Nick nicht sicher war, worauf Christina eigentlich hinauswollte, sagte er nur: „Ich glaube, sie war eher enttäuscht, dass sie Reese nicht rechtzeitig davon überzeugen konnte, ihr die Waffe zu geben. Anscheinend hatte sie ihn fast so weit, als das Sondereinsatzkommando zuschlug.“

Christina sah ihn an, als wisse sie nicht, wovon er sprach. „Ich meinte eher wegen der Suspendierung. Tommy meinte, es sei nicht richtig. Du hast mitgeholfen, den O’Connor-Fall zu lösen,

und nun untersuchen die Internen Ermittlungen eure Beziehung!
Hoffen wir mal, dass die Medien keinen Wind davon bekommen."

Nick war völlig perplex. „Ja, hoffen wir das." Er stand auf und
griff nach seinem neuen Mantel. „Um wie viel Uhr sind die
Pfadfinderinnen hier?"

„Mittags. Warum?"

„Bis dahin bin ich wieder zurück."

„Wohin willst du?", fragte sie erstaunt.

„Keine Sorge, ich bin rechtzeitig wieder da."

„Tony Sanducci", berichtete Gonzo. „Neununddreißig Jahre,
geboren in Cleveland, Ohio. Seit zehn Jahren protestiert er aktiv
gegen Abtreibungen. Wird verdächtigt, an einigen Anschlägen auf
Abtreibungskliniken beteiligt gewesen zu sein. Es kam jedoch nie
zur Anklage. Seine reichen Eltern beschäftigen offenbar ein Team
hochbezahlter Anwälte, die ihn jedes Mal herausboxten.

Verheiratet, vier Kinder, lebt außerhalb von Cleveland, hat vor
drei Wochen erst eine Vertretung in Washington eröffnet, in der
New York Avenue, und ist von dort aus tätig. Er hat zahlreiche
treue Anhänger, die seinen täglichen Blog lesen und Befehle von
ihm direkt entgegennehmen. Er steht deutlich außerhalb der
Mainstream-Bewegung, die offiziell seine Taktiken zwar
missbilligt, aber nichts unternimmt, um ihn aufzuhalten."

„Passive Zustimmung", stellte Sam fest.

„Ganz genau", bestätigte Gonzo. „Sein Kommentar in der
Washington Post ist eine kaum verhohlene Hasstirade. Es war klar,
dass er alles versuchen würde, um Sinclair vom Obersten
Gerichtshof fernzuhalten."

„Wir müssen mit ihm reden", sagte Sam. „Und herausfinden,
wer seine treuesten Anhänger sind. Unter denen finden sich
meistens auch Fanatiker, die alles für ihren Führer tun würden. Er
hat vielleicht nicht direkt zum Mord an Sinclair aufgerufen, aber
wenn man den Kommentar liest, gewinnt man schon den
Eindruck, dass es darauf hinausläuft."

„Ich kann nicht glauben, dass die *Post* das gedruckt hat",
meldete Jeannie sich zu Wort.

„Meinungsfreiheit", bemerkte Skip knapp.

„Ich möchte außerdem wissen, weshalb der Secret Service Sinclair Schutz angeboten hat", sagte Sam. „Lagen denen konkrete Drohungen vor?"

„Wenn eine Million Leute in die Stadt kommt, um gegen eine bestimmte Nominierung zu demonstrieren, verlangt das einfach nach Personenschutz", meinte Skip.

„Die Frage ist, ob Sinclair Kenntnis hatte von allen Drohungen, als er den Schutz abgelehnt hat", sagte Gonzo und hielt eine Kopie des *Post*-Artikels hoch. „Kannte er den?"

„Gute Frage", musste Sam einräumen.

Ein Klopfen an der Tür unterbrach sie. Sam ging, um zu öffnen, und fand Cruz auf der Veranda.

„Hallo", sagte er. „Ich habe gehört, wir arbeiten heute zu Hause."

„Was machst du hier?" Er sah blass und erschöpft aus, sein Arm lag in einer Schlinge. „Du bist immer noch krankgeschrieben."

„Mit meinem Gehirn ist alles in Ordnung."

„Komm rein", sagte Sam.

Er drehte sich um und winkte dem Fahrer eines Wagens zu, der mit laufendem Motor wartete.

Sam schaute genauer hin und erkannte, dass Elin ihn gefahren hatte. „Triffst du dich immer noch mit der Handy-Ausschalterin?"

„Ich habe dir doch schon erklärt, dass das nicht wieder vorkommen wird", erwiderte er gereizt. „Können wir das Thema wechseln?"

„Meinetwegen", sagte sie grinsend und freute sich, ihn wieder auf den Beinen zu sehen.

„Bist du okay nach dieser Geschichte mit Reese?", erkundigte er sich.

„Du weißt ja, wie es ist. Shit happens. Er hat übrigens nicht auf meinen Dad geschossen."

„Ja, das habe ich auch schon gehört. Sobald wir den Fall Sinclair abgeschlossen haben, konzentrieren wir uns auf die Vormieter."

Sie nickte, dankbar für seine unerschütterliche Unterstützung. „Dann bringen wir dich mal wieder auf Touren."

Die anderen begrüßten Cruz herzlich und brachten ihn auf den neuesten Stand der Ermittlungen.

„Weiter mit Diandra", sagte Sam. „Was hast du über diese Frau herausgefunden, Jeannie?"

„Sie ist sechsundfünfzig, aufgewachsen in Missouri. Ihr Vater war ein fundamentalistischer christlicher Pfarrer, die Mutter Hausfrau. Diandra hat in Princeton Englische Literatur studiert. Vor dreißig Jahren hat sie Preston kennengelernt. Die beiden haben zwei Söhne, Devon und Austin. Fing vor siebzehn Jahren an, ihren eigenen Hass als Zeitungskolumnistin zu verspritzen. Vor dreizehn Jahren wechselte sie ins Fernsehen."

„Genau um die Zeit herum, als sich die Kluft auftat zwischen ihrem Mann und seinem homosexuellen Bruder", bemerkte Sam. „Interessantes Timing."

Jeannie nickte. „Das dachte ich auch."

„Ich würde sie gern ins Hauptquartier bitten, um mich einmal intensiver mit ihr zu unterhalten", erklärte Sam. „Ich komme immer wieder auf den unsinnigen Hass zurück, den sie gegen Julian und seine sexuelle Orientierung hegte. Es fällt mir schwer, das nachzuvollziehen."

„Konservative Christen haben Homosexuellen gegenüber eine sehr klare Einstellung", erläuterte Jeannie. „Da ihr Vater Pfarrer war, wurde ihr das wahrscheinlich von klein auf eingebläut. Ich habe Erkundigungen über ihren Vater angestellt. Vor zwanzig Jahren hat er ein Buch geschrieben, in dem er darlegt, dass Homosexualität unser Land unterwandert. Damals sorgte es für ziemlichen Wirbel. Anscheinend ist ihr Buch ein Aufguss von seinem."

„Ihr Hass ist also natürlich gewachsen", sagte Sam und verspürte das leichte Vibrieren, das sich immer dann einstellte, wenn sie eine heiße Spur entdeckte. „Wir werden uns definitiv noch einmal mit ihr unterhalten müssen." Sie gab einen frustrierten Laut von sich. „Diese verdammte Suspendierung! Ich will selbst mit ihr reden."

„Wir können das machen", sagte Gonzo und sah zu Jeannie, die zustimmend nickte. „Wir können auch mit Sanducci reden."

„Ich kann etwas über seine engsten Helfer herausfinden", bot Cruz an.

„Mit nur einem gesunden Arm?", gab Sam zu bedenken.

„Mach dir deswegen mal keine Sorgen."

Die Haustür flog auf. Als Sam aufsah, entdeckte sie zu ihrem Schrecken Nick. „Was machst du hier?"

„Dürfte ich dich vielleicht mal sprechen?" Er deutete auf die Veranda.

Sam entging nicht, dass er wütend war. Oje, dachte sie. Was jetzt? „Natürlich." Sie stand auf und nahm ihren Mantel. Zu den anderen sagte sie: „Ich bin gleich wieder da."

Draußen lief Nick bereits auf und ab.

Sams Magen machte sich sofort wieder bemerkbar. „Was ist los?"

Aufgebracht drehte er sich zu ihr um und stemmte die Fäuste in die Hüften. „Wolltest du es mir erzählen?"

„Was erzählen?", fragte sie, obwohl sie es längst ahnte. Woher wusste er davon?

Frustriert fuhr er sich durch die Haare. „Ich dachte, diesen Blödsinn hätten wir endgültig hinter uns! Ich dachte, wir wären über den Punkt hinaus, dass wir einander irgendetwas vorenthalten."

„Ich wollte es dir sagen ..."

„Wann?" Das einzelne Wort hallte durch den frühen Morgen. „Wann gedachtest du, es mir zu erzählen?"

„Du warst so aufgewühlt", stammelte sie. „Wegen John und Julian und wegen dem, was mit Cruz passiert war. Und dann ist auch noch diese Sache mit Reese geschehen. Es war einfach nicht der richtige Zeitpunkt."

„Das ist Unsinn, und das weißt du auch. Wir waren die ganze letzte Nacht zusammen, und zwar *nachdem* man dich suspendiert hat, weil du dich mit mir eingelassen hast. Findest du nicht, ich hätte darüber informiert sein sollen?"

„Könntest du bitte leise sprechen?", flüsterte sie. „Die Leute da drin arbeiten für mich."

„Es ist mir vollkommen egal, wer uns hört! Was glaubst du, wie ich mich gefühlt habe, als meine Stabschefin mir erzählt hat, meine Freundin, oder was immer du bist, sei meinetwegen vom Dienst suspendiert worden? Was glaubst du, was das für ein Gefühl war, Samantha?"

„Es tut mir leid." Im Stillen verfluchte sie Gonzo, Christina und Stahl. Dieser verfluchte Stahl. Das war alles seine Schuld. „Ich wollte einfach, dass es vorbeigeht, ohne große Auswirkungen auf unsere Beziehung. Genau eine solche Szene wollte ich vermeiden."

„Wenn du mir gleich davon erzählt hättest, wäre uns diese Szene erspart geblieben." Er atmete tief durch und bebte sichtlich vor Selbstbeherrschung. „Ich will wissen, wie das passiert ist. Und ich will jedes Detail erfahren, auf der Stelle."

Also berichtete sie ihm, wie es dazu gekommen war – von der Vorladung durch Stahl bis zum Anruf von Conklin. Sie ließ nichts aus.

„Das ist an deinen ersten Tag als Lieutenant passiert? Das war ja, bevor Julian ermordet wurde."

„Du hast noch John betrauert und hattest mit deinem neuen Job genug um die Ohren. Ich habe es nur aus Rücksicht auf dich verschwiegen, nicht um dich zu hintergehen. Ich habe versucht, dich zu schützen." Sie atmete tief, um den Schmerz in ihrem Bauch in den Griff zu bekommen. „Erinnere dich daran, als wir uns darüber unterhalten haben, wie es sein würde, wenn du Senator bist. Ich habe dir von meinen Befürchtungen erzählt, dass du mit meinem Mist konfrontiert wirst und schlecht dastehst. Von einer Situation wie dieser habe ich gesprochen. Ich habe aus Rücksicht auf dich so gehandelt."

Plötzlich schien seine Wut zu verrauchen. „Ich erwarte nicht, dass du mich schützt. Darum habe ich dich nie gebeten."

„Ich kann nichts dagegen tun." Sie zuckte die Schultern. „Ich liebe dich und will dir keine Probleme bereiten, weder beruflich noch sonst irgendwie."

„Und ich darf nicht ebenso empfinden? Du hast meinetwegen Ärger im Job! Das macht mich fertig, Sam."

Sie streckte die Arme nach ihm aus, zog ihn an sich und legte den Kopf an seine Brust. „Ich werde dir das Gleiche sagen, was ich meinem Dad vergangene Nacht gesagt habe." Sie betrachtete voller Liebe sein attraktives Gesicht. „Du bist es wert. Ganz egal, was passiert, du bist es auf jeden Fall wert."

Obwohl ihre Worte ihn zu rühren schienen, schüttelte er den Kopf. „Wir hätten warten sollen, bis der Fall abgeschlossen ist. Du wusstest, dass das passieren kann. Du hast versucht, es mir klarzumachen, aber ich wollte nicht auf dich hören …"

„Nicht." Sie legte ihm die Finger auf die Lippen. „Ich würde am Beginn unserer Liebe nichts ändern wollen. Es ist das Beste, was mir je passiert ist. Du bist das Beste. Wie könnte ich da irgendetwas bedauern?"

„Aber was, wenn du deinen Dienstrang verlierst? Ich kann nicht glauben, dass sie das überhaupt in Betracht ziehen."

„Vielleicht ist es am besten so."

Er starrte sie fassungslos an. „Wie, um alles in der Welt, kannst du so etwas sagen?"

„Weniger Verantwortung, weniger Stunden, weniger Anforderungen." Sie gab sich große Mühe, unbeschwert zu klingen. „Mehr Zeit für dich. Möglicherweise ist es genau das, was wir brauchen."

„Nein, ist es nicht. Das darf nicht sein. Ich könnte es mir niemals verzeihen, wenn du meinetwegen degradiert wirst."

„Warten wir erst mal ab. Captain Andrews ist bekannt dafür, vernünftig zu handeln. Er wird das Richtige tun."

„Und wenn nicht?"

„Das werden wir sehen, falls es so weit kommt." Sie zwang sich zu einem neckenden Lächeln. „Du hast heute Pfadfinderinnen zu Besuch. Die kannst du nicht warten lassen."

„Rufst du mich an, sobald du etwas weißt?"

„Mach ich."

„Und du enthältst mir ab jetzt nichts mehr vor?"

„Ich werde dir nichts mehr vorenthalten. Versprochen."

24

Die Unterhaltung mit Nick beschäftigte Sam noch lange, nachdem er wieder an die Arbeit gegangen war. Sie musste sich immer noch an die Regeln einer echten Beziehung gewöhnen. Als sie mit Peter verheiratet gewesen war, hatte sie regelrecht eine Kunst daraus gemacht, ihm Dinge zu verschweigen. Seine Neigung, auf jede Kleinigkeit zu überreagieren und sie akribisch zu analysieren, hatte zur Folge gehabt, dass er der letzte Mensch war, dem sie etwas anvertrauen wollte. Nick war ganz anders als Peter, aber alte Gewohnheiten legte man nicht so leicht wieder ab.

Sam kaute auf ihrem Stift, während sie auf den Computerbildschirm blickte und daran dachte, dass Nick das Kapitol verlassen hatte, um die Sache mit ihr zu klären. Dabei hatte er bestimmt genug um die Ohren. Auch in dieser Hinsicht unterschied er sich von Peter, der gern beleidigt schwieg, manchmal wochenlang, statt das Gespräch zu suchen.

Die beiden Männer waren so grundverschieden, dass es gar keinen Sinn machte, sie miteinander zu vergleichen. Warum zögerte sie es dann weiter hinaus, bei Nick einzuziehen? Wenn ihr längst klar war, wie sehr er sich von Peter unterschied und er das selbst oft genug bewiesen hatte – was hielt sie dann davon ab? „Hm", sagte sie. „Darüber solltest du wirklich mal nachdenken."

„Führst du Selbstgespräche, Chef?", fragte Freddie, der vom

Coffeeshop an der Ecke zurückkam mit einer Papphalterung, in der sich zwei große Becher befanden.

Sam stand auf und nahm das Tablett von ihm entgegen. „Ich werde dich nach Hause schicken, falls du es weiter übertreibst."

„Ich bin doch bloß Kaffee holen gegangen." Er ließ ein Lächeln aufblitzen, bei dem die stärkste Frau weiche Knie bekommen hätte. „Also entspann dich, ja?"

Sam trank einen Schluck Kaffee und war verblüfft von dem unerwarteten Anflug von Emotionen. „Du hast mir einen Schreck eingejagt mit deiner Aktion neulich", sagte sie mit heiserer Stimme.

„Tut mir leid."

„Wenn du je wieder so etwas Dummes tun solltest, bringe ich dich mit bloßen Händen um. Hast du mich verstanden?"

„Wenn ich jemals wieder so etwas Dämliches anstelle, habe ich es auch nicht anders verdient."

„Na, wenigstens weißt du, dass es dumm war", sagte sie. „Das ist ja schon mal etwas."

„He!"

„Und wie lautet die Handy-Regel?"

„Glaub mir, die werde ich auch nie mehr vergessen."

„Lass hören."

„Das verdammte Telefon ausschalten, bevor man sich an einen Verdächtigen heranschleicht."

„Da dachte ich, du machst richtig Fortschritte, und dann so was! Ohne Verstärkung da hineinzugehen! Erinnere mich bloß nicht daran!"

„Okay, mach ich nicht."

„Ich weiß es ja zu schätzen, was du vorhattest und warum. Aber setz dein Leben nie mehr so aufs Spiel. Tot nützt du mir nämlich nichts."

„Wow, ich spüre die Zuneigung, Lieutenant."

„Gut." Sie sah ihm durchdringend in die schokoladenbraunen Augen. Näher würde sie einem Eingeständnis ihres Empfindens für ihn nie kommen.

Freddie räusperte sich verlegen. „Was war denn eigentlich mit Nick los? So sauer habe ich ihn noch nie erlebt."

„Er hat von der Anhörung durch die Internen Ermittlungen erfahren – leider nicht von mir."

„Autsch." Freddie verzog das Gesicht. „Ich erinnere dich nur ungern daran, dass ich dich davor gewarnt habe."

„Halt den Mund."

„Du hättest es ihm gleich sagen müssen, als du von Stahl die Vorladung erhalten hast."

„Ich weiß deinen weisen Beziehungsrat wirklich zu schätzen. Aber ich würde jetzt viel lieber über dich und dein Bumshäschen reden."

Freddie lief rot an.

„Ah, da kommen wir der Sache doch schon näher."

„Das ist sie nicht", stammelte er.

Sam hob skeptisch eine Braue. „Ach nein?"

Er schüttelte den Kopf. „Ich mag sie."

„Du magst es, sie zu vögeln."

„Musst du dich eigentlich so ordinär ausdrücken?", beschwerte er sich.

Sam tat, als müsste sie gründlich darüber nachdenken. „Hm, doch, ja. Muss ich."

„Kannst du nicht mal eine Minute ernsthaft sein?"

Offenbar musste er etwas loswerden, deshalb hörte sie auf zu grinsen.

„Ich habe nicht damit gerechnet, dass ich sie so sehr mögen würde", begann er zögernd. „Darum ging es ursprünglich nicht."

„O Jesus, Cruz, du kannst dich nicht gleich in das erste Weib verknallen, mit dem du je in die Kiste gestiegen bist ..."

Er wurde erneut rot. „Ich habe dich gebeten, den Namen des Herrn nicht unnötig auszusprechen. Im Übrigen ist sie nicht die Erste."

Sam sandte ihm einen Blick, der ihn daran erinnern sollte, mit wem er es zu tun hatte. „Wenn du es sagst, du Hengst. Ich hoffe nur, du bist vorsichtig. Frauen wie die sind nicht an einer dauerhaften Beziehung interessiert."

„Bin ich auch nicht."

„Wenn du meinst."

„Warum bist du so zynisch? Könnte es nicht sein, dass sie die Richtige für mich ist?"

„Nein. So funktioniert das im Leben nicht. Du kannst dich mit ihr amüsieren, aber sei lieber darauf vorbereitet, dass sie irgendwann anfängt, sich zu langweilen, und weiterzieht. So läuft das nämlich.“

„Bist du denn darauf vorbereitet, dass Nick sich irgendwann langweilt und weiterzieht?“

Der Hieb saß. „Das ist etwas anderes. Wir sind älter und bereit für eine ernsthafte Beziehung.“ Zumindest hoffte sie das. „Du musst erst ein bisschen deine Fühler ausstrecken, bevor du an etwas Dauerhaftes denken kannst.“

„Als ich zuletzt meine Fühler ausgestreckt habe, wurde ich angeschossen.“

Leise lachend erwiderte Sam: „Das konnte auch nur dir passieren.“

„Ich freue mich, dass ich dich amüsiere.“

„Oh, das tust du, wirklich.“ Sie lachte über seine gequälte Miene. „Danke für die Aufheiterung, Cruz. Die habe ich wirklich gebraucht.“

Er schwieg mit finsterem Blick.

„Und jetzt lass uns herausfinden, wer Sanduccis Jünger sind.“

Gonzo parkte in zweiter Reihe in der New York Avenue, in einer der übleren Gegenden, die sich an einer der Hauptverkehrsadern der Stadt entlangzog. Da McBride von Anfang an an dem Fall arbeitete, hatte Sam ihn gebeten, sich für die Dauer der Sinclair-Ermittlungen mit Jeannie zusammenzutun. Er musterte die Fassade und sah dann zu ihr. „Nette Unterkunft.“

„Ich glaube, seine Eltern kommen nur für Kautionen und gute Anwälte auf, nicht für Immobilien.“ Jeannie legte die Hand auf den Türgriff. „Für wie viel Uhr hast du Diandra ins Hauptquartier bestellt?“

„In einer Stunde. Also, hören wir uns an, was Sanducci zu sagen hat, und dann verschwinden wieder von hier.“

„Ganz deiner Meinung.“

Das Büro verströmte die provisorische Atmosphäre eine Wahlkampfbüros, nur dass es mit unerfreulichen Postern von abgetriebenen Föten geschmückt war. Überall standen

Umzugskartons herum, der Fußboden war übersät mit Styroporchips.

Gonzo wandte sich angewidert von den Postern ab.

Eine blonde Frau, die aussah wie gerade erst frisch von der Highschool, begrüßte sie. „Kann ich Ihnen helfen?"

Gonzo und Jeannie zeigten ihre Dienstmarken. „Wir würden gern mit Tony Sanducci sprechen."

„Äh, gern. Einen Moment." Fünf Minuten später kehrte sie mit einem alternden Dandy zurück, der besser auf den Yale-Campus gepasst hätte als in diese heruntergekommene Gegend. Er setzte sein Filmstarlächeln auf, mit dem Typen wie er überall durchkamen. Gonzo hasste ihn auf den ersten Blick. „Tony Sanducci?"

„Das ist korrekt." Sanducci wollte ihm die Hand schütteln.

Gonzo hielt seine Polizeimarke hoch. „Detective Gonzales und Detective McBride."

Sanducci ließ die Hand wieder sinken. „Was kann ich für Sie tun?"

„Wollen Sie weg?", fragte Gonzo, auf die Umzugskartons deutend.

„Hier gibt es für uns nicht mehr viel zu tun. Wir warten nur noch ab, wen Nelson als Nächsten nominiert."

„Es muss Ihnen ja das Herz gebrochen haben, als Sie gehört haben, dass Sinclair ermordet worden ist."

„Ich wollte ihn nicht als Richter am Obersten Gerichtshof, Detective, aber das heißt nicht, dass ich mir seinen Tod gewünscht habe."

„Nein?"

Das freundliche Lächeln erstarb. „Ich fürchte, ich verstehe nicht ganz."

Gonzo las ihm ein paar der flammenden Passagen des Artikels aus der *Post* vor.

„Na und?"

„Wo waren Sie in der Nacht, in der Sinclair ermordet wurde?"

Perplex antwortete Sanducci: „Ich war die ganze Nacht hier. Im Hinterzimmer steht eine Pritsche, auf der schlafe ich, wenn ich in der Stadt bin. Das hält die Kosten niedrig."

„Übernachten Sie allein hier?“

Sanducci warf einen raschen Blick zu dem Teenager, der das Büro leitete. Es handelte sich nur um einen flüchtigen Moment, doch Gonzo entging er nicht.

„Allerdings.“

„Würden Sie diese Unterhaltung gern im Polizeigebäude fortsetzen, Mr. Sanducci?“

Er fuhr sich durch die sorgfältig frisierten dunklen Haare. „Hören Sie“, sagte er mit leiser Stimme. „Ich habe eine Frau und vier Kinder. Es ist nur eine Affäre, völlig bedeutungslos.“

Gonzo fragte sich, ob die Beziehung für das junge Mädchen, mit dem er schlief, auch bedeutungslos war. „Wie heißt sie?“

„Muss sie da wirklich mit hineingezogen werden?“

„Ja, muss sie.“

Mit einem dramatischen Seufzer antwortete er: „Cindy, kannst du bitte mal einen Moment herkommen?“

Als hätte sich Gott persönlich an sie gewandt, eilte Cindy durch den großen offenen Raum zu ihnen.

Gonzo war es zuwider, wie Cindy Sanducci anhimmelte.

„Ja, Tony?“

„Schätzchen, würdest du diesen braven Polizisten bitte erzählen, wo du dich in der Nacht aufgehalten hast, als Julian Sinclair ermordet wurde?“

Sie machte große Augen und schien einen Moment lang zu perplex zu sein, um antworten zu können.

„Es ist in Ordnung“, versicherte er ihr. „Sag es ruhig.“

„Wir waren ... ich war ... hier.“

„Waren Sie die ganze Nacht zusammen?“

Sie wirkte gedemütigt. „Ja.“

„Wie lautet Ihr vollständiger Name?“, fragte Gonzo.

„Cynthia Kaine.“ Sie buchstabierte ihren Nachnamen.

Gonzo sah Sanducci an, während er fragte: „Und wie alt sind Sie, Cindy?“

„Achtzehn.“

„Und wie alt sind Sie, Mr. Sanducci?“

„Inwiefern ist das von Bedeutung?“

„Beantworten Sie die Frage.“

„Vierundvierzig."

Gonzo machte keinen Hehl aus seinem Ekel. „Ich verstehe."

Jeannie ließ Cindy ihre Adresse und Telefonnummer aufschreiben, ehe sie sie entließ.

Sanducci versuchte es bei Gonzo mit einem verschwörerischen So-sind-wir-Männer-eben-Lächeln, für das Gonzo ihm am liebsten einen Kinnhaken verpasst hätte. „Das bleibt unter uns, oder?"

„Ich brauche eine Liste Ihrer Angestellten, Mitglieder, Unterstützer oder wie auch immer Sie sie nennen."

„Diese Liste ist privat", protestierte Sanducci.

„Dann werden wir Sie vorladen. Und bis wir die Vorladung haben, nehmen wir Sie in Gewahrsam. Ihre Entscheidung."

Sanducci kochte. „Cindy", sagte er schließlich. „Druck bitte die A-Liste aus."

Sie starrte ihn an.

„Wenn Sie schon dabei sind, drucken Sie auch gleich die B-, C- und D-Liste aus", rief Gonzo.

Schmallippig und mit geröteten Wangen sagte Sanducci: „Tu es."

Cindy machte sich an die Arbeit.

„Muss eine ziemliche Enttäuschung gewesen sein", meinte Gonzo, auf die Poster an den Wänden und die an der Wand aufgereihten Protestschilder deutend. „Erst macht man Pläne, und dann gibt es nichts, wogegen man protestieren kann."

Sanducci tat es mit einem Schulterzucken ab. „Es stehen noch andere Kandidaten auf Nelsons Liste, die wir am Obersten Gerichtshof genauso wenig sehen wollen wie Sinclair. Deshalb sind wir nach wie vor hier."

„Werden Sie die auch umbringen lassen?"

„Ich weiß nicht, wovon Sie reden."

„Nein?"

„Ich habe niemanden umgebracht!"

„Vielleicht haben Sie aber Ihren Gefolgsleuten gegenüber geäußert, dass es besser wäre, wenn Sinclair tot ist."

„Ich habe es Ihnen doch schon erklärt." Sanduccis Musterschüler-Fassade bekam Risse. „Wir wollten ihn nicht am Obersten Gerichtshof. Das war alles."

Gonzo nahm die Listen von Cindy entgegen. „Bleiben Sie in der Stadt“, sagte er zu Sanducci auf dem Weg hinaus.

Auf dem Gehsteig atmete Jeannie tief die frische Luft ein. „Ich brauche eine Dusche“, sagte sie und schüttelte sich.

„Ich auch.“

„Aber er hat Sinclair nicht umgebracht.“

„Nein, aber möglicherweise jemand, der auf einer dieser Listen steht.“ Er schaute auf seine Uhr. „Uns bleibt gerade noch genug Zeit, sie beim Lieutenant und Cruz abzugeben, bevor wir uns mit Diandra Sinclair treffen.“

„Du liest meine Gedanken, Detective.“

„Das ist ein solcher Schwachsinn“, empörte Sam sich, während sie im Wohnzimmer ihres Vaters mit den Listen in der Hand, die Gonzo ihr gebracht hatte, auf und ab lief. „Ich sitze ausgerechnet jetzt hier fest, wo wir endlich eine Spur haben im Fall Sinclair.“

„Soll ich mal telefonieren?“, fragte Skip.

„Nein“, antwortete sie entschlossen. „Denk nicht mal dran. Es würde ohnehin nichts nützen.“

„Du könntest selbst anrufen“, schlug Gonzo vor. „Farnsworth ist der Einzige, der sich über die Entscheidung des Gremiums hinwegsetzen kann. Sag ihm, du sitzt die Suspendierung ab, wenn wir den Fall gelöst haben.“

„Stahl würde mir vorwerfen, meine Kontakte genutzt zu haben.“

„Na und?“, schaltete Freddie sich ein. „Wenn du dadurch wieder zurück in den Dienst kannst, wo wir dich brauchen – warum nicht?“

„Du könntest Farnsworth ja einreden, es sei seine eigene Idee gewesen, die Suspendierung zu verschieben“, schlug Jeannie mit einem schelmischen Grinsen vor.

„Oh.“ Sam schnippte mit den Fingern. „Mir gefällt deine Art zu denken.“ Sie nahm ihr Handy, wählte die Nummer des Chiefs und drückte die Lautsprechertaste, damit die anderen alles hören konnten.

„Lieutenant“, sagte Chief Farnsworth, als seine Sekretärin Sam durchgestellt hatte. „Sie haben heute Urlaub, wenn ich mich nicht irre.“

„Nennen wir es so?“

„Was kann ich für Sie tun?“

„Sie können mich wieder meinen Dienst ausüben lassen. Wir verfolgen gerade eine heiße Spur im Fall Sinclair. Wenn ich zu Hause festsitze, nütze ich der Abteilung nichts.“

„Da bin ich ganz Ihrer Meinung, aber die Anhörung durch die Internen Ermittlungen hat ergeben ...“

„Scheiß auf die Internen Ermittlungen! Ich stecke mitten in einem Fall! Ich werde die Suspendierung absitzen, wenn wir den Fall Sinclair abgeschlossen haben. Verdammt, ich werde freiwillig vier Tage zu Hause bleiben. Momentan gibt es jede Menge Spuren, denen ich nachgehen müsste, und Verdächtige zu befragen.“

„Für Sie arbeitet ein Haufen qualifizierter Leute, Lieutenant. Delegieren Sie die Aufgaben.“

„Die brauchen mich, Chief. Lassen Sie mich diesen Fall zu Ende bringen, danach gebe ich Ruhe und sitze meine Strafe ab. Sie werden keinen Mucks von mir hören.“

„Schön wär's“, murmelte er. Nach einer Weile des Schweigens, in der Sams Magen sich schmerzhaft bemerkbar machte, sagte er: „Sie werden neuen Ärger mit Stahl bekommen.“

„Ich habe schon Ärger mit ihm, also was soll's.“

„Sie halten sich für ziemlich clever, was?“

„Ehrlich gesagt ist in diesem Punkt Detective McBride die Clevere gewesen.“

„Wessen Idee war es eigentlich, Frauen bei der Polizei zuzulassen?“

Sam grinste. „Ist das ein Ja?“

„Ich befehle Ihnen, in den Dienst zurückzukehren, bis der Fall Sinclair abgeschlossen ist. Anschließend werden Sie eine *dreitägige* Suspendierung absitzen. Der zusätzliche Tag ist dafür, dass Sie Ihren Lieblingsonkel Joe manipuliert haben.“

Sam grinste immer noch. „Sie sind der Beste.“ Nervös fragte sie: „Haben Sie heute Morgen schon etwas von den Beratungen des Gremiums gehört?“

„Noch nicht. Ich bin sicher, Conklin meldet sich, sobald er Neuigkeiten hat."

Warum dauerte das so lange? „Ja, bestimmt."

„Bringen Sie mir eine Verhaftung, Lieutenant. Die Presse sitzt mir im Nacken."

„Ich bin schon dabei." Sie beendete das Gespräch und wandte sich an die anderen. „Fangen wir an."

25

Du bist zu Gouverneur Zorns sechzigstem Geburtstag eingeladen", sagte Christina zu Nick. „Man möchte außerdem, dass du dort ein paar Worte sprichst."

„Das habe ich der Frau des Gouverneurs versprochen. Also sag ruhig zu."

„Gehst du allein?"

Nick dachte an Sam und das mögliche Ergebnis der Beratungen der Internen Ermittlungen. Wenn er nicht bald etwas von ihr hörte, würde er noch verrückt werden. „Ich weiß nicht, ob Sam es schafft oder nicht. Das hängt von ihrem Dienstplan ab."

„Was sage ich denen dann?"

„Ich glaube, die Standardantwort lautet, einer sicher, zwei vielleicht."

„Gut", sagte Christina, obwohl man ihr die Missbilligung ansah. „Präsident Nelson schickt dir eine Einladung zum Staatsbankett mit dem kanadischen Premierminister. Da kannst du nicht so vage bleiben. Entweder geht sie mit oder nicht."

Nick versuchte sich Sam bei einem feierlichen Anlass im Weißen Haus vorzustellen. Er musste lächeln. „Mal sehen, ob ich sie dazu überreden kann."

„Wir müssen bis nächste Woche antworten. Dann haben wir da noch jede Menge Interviewanfragen. Trevor und ich sind uns einig, dass du dich für eines entscheiden solltest. Du kannst jedenfalls nicht alle ignorieren." Sie reichte ihm die Liste. „Aber da ist noch etwas."

„Was denn?"

„Die wollen euch beide interviewen."

„Wen beide?"

„Dich und Sam."

„Im Ernst?"

Christina nickte. „Ich weiß, es ist dir schmerzlich bewusst, dass die Medien begeistert von euch beiden sind. Sie lechzen nach dem ersten gemeinsamen Interview."

„Das wird sie nie und nimmer machen."

„Auch nicht, wenn du sie darum bittest?"

„Sie steckt bis zum Hals im Sinclair-Fall." Ganz zu schweigen von der Situation mit den Internen Ermittlungen, dachte er. „Ich kann mir nicht vorstellen, sie darum zu bitten, sich in dieser Phase einem Interview zu stellen."

„Wenn es dir gelingt, wenden die Medien sich hinterher vielleicht anderen Themen zu und lassen euch in Ruhe", gab Christina zu bedenken.

„Meinst du wirklich?", fragte Nick skeptisch.

„Nein, eigentlich nicht. Aber es ist einen Versuch wert."

„Ich werde darüber nachdenken", versprach Nick und überlegte, wie er das Thema bei Sam anschneiden konnte.

Eine der Rezeptionistinnen kam an die Tür. „Senator, Judson Knott ist hier. Er fragt, ob er Sie für ein paar Minuten sprechen dürfte."

Nick sah zu Christina, die die Schultern zuckte. „Er hat keinen Termin."

„Natürlich", sagte Nick. „Führen Sie ihn herein."

Der Vorsitzende der Demokratischen Partei Virginias betrat das Büro und entschuldigte sich vielmals dafür, dass er einfach ohne Termin gekommen war.

„Kein Problem, Judson", sagte Nick. „Meine Tür steht für Sie immer offen." An Christina gewandt erklärte er: „Würdest du uns bitte für einen Moment allein lassen?"

Nachdem Christina gegangen war, bot er Judson Kaffee an.

„Nein danke, Senator. Ich komme gerade vom Frühstück mit

Richard und den anderen von der Parteiführung. Ich habe mich gefragt, ob Ihnen schon die Ohren klingeln."

„Warum meinen Sie, Sir?"

Ein breites Grinsen erschien auf Judsons Gesicht. „Sie waren *das* Gesprächsthema. Ihre Art, wie Sie ins Amt gekommen sind und gleich losgelegt haben, indem Sie das O'Connor-Martin-Gesetzesvorhaben durchgebracht haben. Ihre Umfragewerte sind besser als alles, was wir je gesehen haben."

„Ich bin sicher, das ist nur eine kurze sentimentale Reaktion der treuen O'Connor-Basis."

„Es ist viel mehr als das, Senator. Sie haben bei den Einwohnern Virginias einen Nerv getroffen, und Ihre Romanze mit der hübschen Polizistin hat Ihnen nicht im Geringsten geschadet."

Nicks Miene verdüsterte sich. Er hatte nie verstanden, weshalb die Leute so an ihnen interessiert waren.

„Das führt mich zum Grund meines Hierseins." Judson schien sich plötzlich unbehaglich zu fühlen. „Ich weiß, wir haben gesagt, dass wir Sie für ein Jahr brauchen und Cooper anschließend kandidieren würde."

„Ich hoffe, seiner Frau geht es besser", bemerkte Nick.

„Wir haben erst gestern erfahren, dass ihr Krebs sich zurückbildet."

„Nun, das ist eine gute Nachricht."

„Ja, allerdings. Wie dem auch sei, die Partei ist an ihm als Kandidaten für Ihre Nachfolge nicht länger interessiert."

„Warum nicht?"

Judson warf ihm einen vielsagenden Blick zu, als müsste Nick wissen, um was es ging.

„Warum, um alles in der Welt, sollten wir nach einem anderen Kandidaten Ausschau halten, wenn der perfekte Mann für uns schon im Senat sitzt? Sie sind derjenige, den die Partei will. Der Einzige."

Alles, woran Nick in diesem Moment denken konnte, war die viel wichtigere Abmachung mit Sam, die sie getroffen hatten, als er diese Position angenommen hatte – ein Jahr im Senat. „Ich, äh, ich weiß gar nicht, was ich sagen soll."

„Sagen Sie einfach Ja. Sie sind ein Naturtalent und das Beste, was unserem Staat seit Jahren passiert ist. Wir bauen langfristig auf Sie."

„Das weiß ich sehr zu schätzen, Judson. Wirklich. Trotzdem muss ich erst darüber nachdenken."

„Wir brauchen in den nächsten ein bis zwei Wochen eine Entscheidung. Der Wahlkampf kommt mit großen Schritten näher."

Die Vorstellung war so überwältigend, dass Nick Mühe hatte, sie zu verarbeiten. Ein langer Wahlkampf, die Aussicht auf eine sechsjährige Amtszeit, die er aus eigener Kraft gewonnen hatte. „Haben Sie schon mit Graham darüber gesprochen?"

Judson schüttelte den Kopf. „Er war heute nicht in der Sitzung. Sinclairs Tod hat ihn schwer mitgenommen. Was für eine Tragödie, und noch dazu unmittelbar nach dem Verlust seines Sohnes. Tja, das brauche ich Ihnen wohl nicht zu sagen."

„Nein, Sir."

„Ich habe allerdings nicht den geringsten Zweifel daran, dass Graham Sie voll unterstützen wird. Sie wissen, er ist Ihr treuester Befürworter." Judson stand auf. „Werden Sie darüber nachdenken?"

Nick versprach es und schüttelte ihm die Hand. „Wir bleiben in Kontakt."

„Mrs. Sinclair, wie lange hegen Sie schon einen Hass auf Homosexuelle?"

Diandra erbleichte bei Sams Frage. „Ich hasse niemanden, Lieutenant."

„Na schön. Würden Sie mir dann Ihre Einstellung zur Homosexualität einmal erläutern?"

„Ich halte es für einen abscheulichen Lebenswandel. Dennoch hege ich keinen Groll gegen Menschen, die sich für dieses Leben entscheiden."

„Was finden Sie denn so abscheulich?"

„In Levitikus, Kapitel 20, Vers 13 heißt es: ‚Schläft einer mit einem Mann, wie man mit einer Frau schläft, dann haben sie eine Gräueltat begangen; beide werden mit dem Tod bestraft; ihr Blut soll auf sie kommen.‘ Ich neige dazu, dem zuzustimmen, und habe bisher in der Überzeugung gelebt, dass ich als Amerikanerin Glaubensfreiheit genieße."

„Er war schon ein Kerl, dieser Levitikus, was, Detective Cruz?", sagte Sam.

„In unserer Zeit würde man ihn bigott nennen", erwiderte Freddie, ohne Diandra aus den Augen zu lassen.

„Ich bin nicht bigott, Detective. Mein Glaube fußt auf der Heiligen Schrift."

„Ihr Freund Levitikus empfahl außerdem, verheiratete Paare zu steinigen, wenn sie während der Periode der Frau miteinander schliefen", sagte Freddie. „Ich hoffe, so etwas haben Sie nie getan."

„Das ist nicht dasselbe", fuhr Diandra ihn an. „Die Periode einer Frau ist etwas Natürliches."

„Wie vereinbaren Sie eigentlich diese ‚Abscheulichkeit' mit dem Gebot der Nächstenliebe?", wollte Freddie wissen. „Jesus hat gesagt: ‚Wenn die Welt dich hasst, vergiss nicht, dass sie mich zuerst gehasst hat.'"

Diandra starrte ihn zornig an.

Fasziniert von der Debatte widerstrebte es Sam, sie zu unterbrechen. Aber sie mussten nun mal auf die Ermittlung zurückkommen. „Besitzen Sie oder Ihr Mann eine Schusswaffe?"

Diandra war sichtlich verblüfft von diesem Themenwechsel. „Wir haben eine Waffe zur Selbstverteidigung. Sie ist eingeschlossen. Ich habe mir eine Menge Feinde gemacht."

„Sie behaupten, Homosexuelle nicht zu hassen. Aber würden Sie sagen, dass Sie Ihren Schwager Julian gehasst haben?"

Diandras strenge Haltung geriet ein wenig ins Wanken. „Wir standen uns einmal sehr nahe, Julian und ich. Wir haben viele Jahre in Boston gelebt, während Preston in Harvard seine Promotion abschloss, und viel Zeit mit Julian verbracht."

„Und Sie hatten keine Ahnung, dass er schwul war?"

Sie schüttelte den Kopf. „Das war ein Schock für mich. Wie ich neulich schon sagte, wir haben unseren jungen, beeinflussbaren Söhnen erlaubt, ihn zu besuchen und sogar bei ihm zu übernachten." Sie schüttelte sich. „Gott allein weiß, womit sie konfrontiert wurden."

„Vermuteten Sie, dass er sie missbraucht hat?"

In Diandras Augen flackerte Wut auf. „Natürlich nicht! Er

hätte ihnen niemals etwas angetan. Er hat diese Jungen geliebt. Daran habe ich nicht den geringsten Zweifel gehegt."

„War Duncan auch über Nacht da, wenn die Jungen sich dort aufhielten?"

„Nicht, dass ich wüsste."

„Ihrem Schwager, der Ihre Söhne liebte und ziemliche Mühen auf sich nahm, um seine sexuelle Orientierung zu verbergen, wurde trotzdem der Umgang mit ihnen untersagt?"

„Sie verstehen das nicht, Lieutenant."

„Dann klären Sie mich auf."

Diandra faltete die Hände auf dem Tisch und richtete den Blick auf sie. „Es waren andere Zeiten damals. Es herrschte viel weniger Toleranz anderen Lebensstilen gegenüber. Preston und ich haben an unseren Karrieren gearbeitet, unsere Ziele verfolgt ..."

„Und dieser Ehrgeiz ließ keinen Platz für einen schwulen Bruder?"

„Wir wollten nicht, dass unsere Söhne beeinflusst werden."

„Ihnen ist bekannt, dass Homosexualität nicht ansteckend ist, oder?"

„Das ist Ansichtssache."

„Die Wissenschaft neigt inzwischen deutlich zu der These, dass wir mit unserer sexuellen Orientierung geboren werden", informierte Freddie sie.

„Das glaube ich nicht."

„Mrs. Sinclair, wenn einer Ihrer Söhne zufällig schwul wäre ..."

„Nun werden Sie mal nicht unverschämt, Lieutenant! Meine Söhne sind normale, ausgeglichene junge Männer."

Sam wünschte, sie könnte diese Scheinheiligkeit der Frau zum Einsturz bringen. Aber da sie Devon Diskretion zugesichert hatte, verkniff sie sich jeden Kommentar dazu. „Nehmen wir nur einfach mal an, einer Ihrer Söhne wäre schwul. Würden Sie ihn dann verstoßen?"

„Es hat doch keinen Zweck, Spekulationen über etwas anzustellen, das niemals eintreten wird."

„Tun Sie mir den Gefallen."

„Ich liebe meine Söhne", sagte Diandra. Ihre Hand zitterte ganz leicht.

„Bedingungslos?"

„Ja", stieß sie hervor. „Natürlich."

„Kämen Austin oder Devon also eines Tages nach Hause und würden sagen, ‚Mom, ich hab dich lieb, aber ich bin schwul', wäre das kein Problem für Sie?"

„Ich wäre sehr enttäuscht – und geschockt, nach den vielen Freundinnen, die meine Jungs hatten."

Devon hatte sich anscheinend ziemlich viel Mühe gegeben, es zu verheimlichen, dachte Sam. „Welche Auswirkungen hätte es denn auf Ihren Buchvertrag gehabt, wenn Julians Orientierung während der Anhörungen im Senat herausgekommen wäre?"

Ein wenig aus der Fassung gebracht, antwortete Diandra: „Es hätte keinerlei Auswirkungen gehabt."

„Wäre es Ihnen peinlich gewesen?"

„Irgendwie schon. Wer möchte denn, dass die sexuellen Vorlieben seiner Familienangehörigen öffentlich diskutiert werden?"

„Standen Sie unter dem Druck, einen Skandal zu vermeiden, in den Wochen vor der Veröffentlichung Ihres Buches?"

„Brauche ich einen Anwalt, Lieutenant?"

„Wie ich eingangs erwähnte, können Sie jederzeit einen Anwalt hinzuziehen. Sie sind jedoch nicht verhaftet. Wir haben Sie lediglich gebeten, uns bei unseren Ermittlungen behilflich zu sein."

Diandra trank einen großen Schluck Wasser, das Sam ihr zu Beginn der Befragung hingestellt hatte. „Ich gehe davon aus, dass ich aus jedem Skandal herausgehalten werde."

Ein Klopfen an der Tür unterbrach die Befragung.

Sam bedeutete Freddie mit einem Kopfnicken, zur Tür zu gehen.

Eine Minute später kam er zurück und machte ihr ein Zeichen, zu ihm und Captain Malone auf den Flur hinauszukommen. „Devon Sinclair und sein Mitbewohner wurden gerade von einem Pizzalieferanten in ihrem Zuhause angeschossen aufgefunden."

„O Scheiße." Sam sah über die Schulter zu Diandra im Verhörraum. „Beide tot?"

„Der eine von beiden", antwortete Malone. „Wir wissen noch nicht, welcher."

„Zumindest wissen wir, dass sie es nicht war", bemerkte Sam.

„Stimmt", sagte Freddie. „Das war auch mein erster Gedanke."

Sam wappnete sich innerlich und kehrte in den Verhörraum zurück. „Mrs. Sinclair, es tut mir leid, Ihnen das mitteilen zu müssen, aber in der Wohnung Ihres Sohnes Devon hat es eine Schießerei gegeben."

Diandra schnappte nach Luft und erhob sich. „Dev."

„Wir wissen nur, dass es zwei Opfer gibt, von denen eines tot ist", erklärte Sam.

Diandra sank auf den Stuhl zurück. „Um Himmels willen, bitte nicht mein Devon. Nicht mein Baby."

„Wenn Sie hier warten wollen, werde ich versuchen, mehr herauszubekommen."

Diandra nickte.

Gefolgt von Freddie verließ Sam den Verhörraum und rannte prompt in Lieutenant Stahl hinein.

„Lieutenant", sagte Stahl mit höhnischer Miene, als er sie sah.

Da er sie mit ihrem Rang ansprach, vermutete Sam, dass sie den behalten hatte.

„Sie wurden suspendiert", meinte Stahl. „Sie haben hier nichts verloren."

„Der Chief hat mich zurückgerufen, um den Fall Sinclair abzuschließen", erwiderte Sam voller Genugtuung.

Stahls Wangen nahmen eine ungesunde dunkelrote Farbe an. „Sie glauben vielleicht, sie hätten diese Runde gewonnen, Holland. Aber merken Sie sich meine Worte: Ich werde Sie los, und wenn es das Letzte ist, was ich tue."

„Detective Cruz, haben Sie gehört, wie Lieutenant Stahl mir gedroht hat?", fragte Sam, den Blick fest auf Stahl gerichtet.

„Ja, Ma'am, das habe ich gehört."

„Falls mir etwas zustößt, werden Sie wissen, wo Sie mit Ihren Ermittlungen beginnen müssen, richtig?"

„Ja, Ma'am."

„Das ist noch nicht vorbei", sagte Stahl, und feine Spucketröpfchen trafen Sam bei diesen Worten ins Gesicht.

Sie wischte sie weg. "Würden Sie mir jetzt bitte aus dem Weg gehen, wenn es Ihnen nichts ausmacht? Ich ermittle nämlich gerade in einem Mordfall." Sie drängte sich an ihm vorbei und signalisierte Freddie, er solle ihr folgen.

„Sie sollten sich Gedanken machen über Ihre Loyalität, Detective", sagte Stahl zu ihren Rücken. „Es wäre doch schade, wenn eine junge, vielversprechende Karriere ins Stocken gerät."

Freddie wirbelte herum. „Meine Loyalität, Lieutenant, gehört meiner Partnerin, der besten Polizistin hier. Also können Sie sich derartige Bemerkungen getrost sparen."

Stahl sprangen fast die Augen aus dem fetten Kopf.

Sam umfasste Freddies gesunden Arm und zog Freddie hinter sich her, zurück ins Kommissariat. „Das hättest du nicht tun sollen. Er hat dich provoziert."

„Das weiß ich."

„Schlimm genug, dass er es auf mich abgesehen hat. Ich will nicht, dass du auch noch hineingezogen wirst."

„Zu spät."

Captain Malone trat zu ihnen. „Haben Sie die Neuigkeiten schon gehört? Keine Degradierung."

„Offiziell noch nicht." Sams Erleichterung war ebenso groß wie ihre Besorgnis.

„Anscheinend hat Stahl einen Anfall bekommen, als Andrews sich auf Conklins Seite geschlagen hat", berichtete Malone. „Sie haben da einen nicht unbedeutenden Feind, Lieutenant."

„Ich mache mir seinetwegen keine Sorgen." Sam nahm ihr Funkgerät vom Schreibtisch. „Es hat eine weitere Schießerei im Zusammenhang mit dem Fall Sinclair gegeben, um die ich mich kümmern muss."

„Es heißt, der Mitbewohner, Tucker Farrell, sei der Tote gewesen", sagte Malone. „Devon Sinclair wurde ins George Washington Hospital gebracht."

Sam bemerkte, wie Freddie versuchte, in seinen Mantel zu kommen. „Cruz, du hast für heute Feierabend. Sorg bitte dafür, dass Mrs. Sinclair ins Krankenhaus gefahren wird, und dann lass dich nach Hause fahren."

„Aber mir geht es gut!", protestierte er.

„Ruf dir einen Wagen", blieb Sam hart. „Für den ersten Tag im Dienst hast du genug getan."

„Ach komm schon, Lieutenant!"

„Detective", mischte sich Malone auf seine ruhige, aber effiziente Art ein. „Ich glaube, Ihr Lieutenant hat Ihnen gerade einen Befehl erteilt."

„Ja, Sir", murrte er und verließ sein Büroabteil.

„Danke für die Unterstützung", sagte Sam zu Malone. Mit Blick auf das leere Büro fügte sie hinzu: „Ich könnte einen Partner gebrauchen. Sind Sie dabei?"

Seine Augen leuchteten auf. „Bei einem echten Fall? Ich?"

„Wenn Sie es aushalten, Ihren Schreibtisch mal für ein oder zwei Stunden zu verlassen."

„Ich bin dabei. Wir treffen uns in zehn Minuten draußen."

„Lieber in fünf. Der Tatort wartet auf uns." Auf dem Parkplatz rief sie Nick an. „Hallo", sagte sie, als er sich meldete. „Keine Degradierung."

„Oh, gut." Er atmete hörbar auf. „Das ist wirklich gut."

Er klang so erleichtert, dass sie lachte. „Ja, allerdings."

„Ich weiß nicht, ob ich damit hätte leben können, für deine Zurückstufung zum Detective verantwortlich zu sein."

„Wir wären schon irgendwie damit fertig geworden."

„Trotzdem bin ich froh, dass wir das nicht müssen."

„Ich auch. Was machst du gerade?"

„Ich lese Ausschussprotokolle. Es kommt mir so vor, als würde ich seit meinem Amtsantritt nichts anderes machen."

„Ah, das aufregende Leben eines U.S.-Senators."

„Nonstop Glamour. Wie sieht es bei dir aus?"

„Ich bin unterwegs, um eine Schießerei bei Julians Neffen zu Hause zu untersuchen."

„O nein. Welcher der beiden ist es?"

„Devon."

„Meine Güte. Ist er tot?"

„Nein, aber sein Mitbewohner. Devon ist auf dem Weg ins Krankenhaus."

„Ich hoffe, er kommt durch. Julian hat ihn geliebt. Er war begeistert, als Devon sich entschlossen hat, Jura zu studieren."

„Kanntest du Devon?"

„Ich habe keinen von Julians Neffen kennengelernt, was mit dem Streit zwischen ihm und den Eltern der Jungen zusammenhing. Er hat die Beziehung nicht an die große Glocke gehängt."

„Aber du hast gewusst, dass sie in Kontakt standen und er sie gesehen hat?"

„Mir gegenüber hat er dauernd von ihnen gesprochen, also nehme ich es an. Das ist alles schwer zu fassen."

„Tut mir leid. Ich weiß, du hast immer noch mit Julians Tod zu kämpfen."

„Und jetzt das. Glaubst du, die beiden Fälle hängen miteinander zusammen?"

„Ich gehe mal davon aus."

„Das schließt eine Menge anderer Verdächtiger von vornherein aus."

„Nicht unbedingt. Die Schüsse könnten dazu gedient haben, uns abzulenken."

„Stimmt auch wieder. Ich nehme an, das bedeutet, du wirst wieder Überstunden machen."

„Du hast recht. Wir sehen uns irgendwann."

Er zögerte, als gebe es noch etwas, was er sagen wollte.

„Alles in Ordnung?", erkundigte sie sich.

„Ja. Wir können später reden."

„Oder auch nicht", fügte sie in vielsagendem Ton hinzu.

Er lachte. „Sei vorsichtig, Lieutenant."

„Bin ich immer."

26

Wütend darüber, ausgeschlossen worden zu sein, lief Freddie auf dem Gehsteig hin und her und wartete auf Elin. Es war ihm zuwider, hilflos auf die Gnade anderer angewiesen zu sein. Aber da sein Wagen ein Schaltgetriebe hatte, konnte er ihn erst wieder fahren, wenn seine Schulter geheilt war. Momentan schmerzte sie wie verrückt, was bedeutete, dass er eine weitere Schmerztablette nehmen musste.

Elin hielt in ihrem eleganten schwarzen Acura und beugte sich über den Beifahrersitz, um ihm die Tür zu öffnen.

„Das schaffe ich schon selbst“, fuhr er sie an.

„Na, freut mich auch, dich zu sehen.“

Freddie warf die Tür zu und versuchte, mit seinem verletzten Arm eine entsprechende Sitzposition zu finden. Vor Schmerz schwitzte er und fühlte sich elend.

„Du siehst nicht gut aus.“

„Danke.“

„Der Arzt hat dir gesagt, du sollst es ruhig angehen. Es ist noch zu früh, wieder zu arbeiten.“

„Meine Mutter und Sam hacken schon genug auf mir herum. Von dir brauche ich das nicht auch noch.“

Elin stoppte unvermittelt den Wagen. „Warum bittest du nicht eine von denen, dich nach Hause zu fahren?“

Erschrocken sah er sie an und registrierte, dass sie wirklich wütend war.

„Ja, ich habe dein Handy ausgeschaltet. Ja, es war meine Schuld, dass du angeschossen worden bist. Langsam könntest du darüber hinwegkommen. Falls nicht, such dir jemand anderen, den du anmaulen kannst. Ich habe nämlich die Nase voll davon."

„Ich gebe dir nicht die Schuld daran, dass ich angeschossen worden bin", erklärte er zögernd, verblüfft und genervt von ihrem Ausbruch.

„Klar."

„Wirklich nicht."

„Von wegen. Ich habe deine Gereiztheit im Krankenhaus ertragen und nach deiner Entlassung, weil ich mir selbst die Schuld gegeben habe. Aber inzwischen sollte sie getilgt sein."

Plötzlich wurde Freddie klar, dass er sie nicht verlieren wollte. Er war noch nicht bereit dafür, dass das zwischen ihnen – was immer es war – schon zu Ende ging. „Du hast recht. Ich war gemein zu dir, und es tut mir leid." Er wischte einen unsichtbaren Fussel von seiner Jeans. „Ich habe nicht damit gerechnet, dass das zwischen uns mehr sein könnte als nur ..."

„Sex?"

Schulterzuckend meinte er: „Ich dachte, wir würden ein bisschen Spaß miteinander haben und dann wieder unserer Wege gehen."

„Es gibt keinen Grund, warum wir das nicht können."

„Ich will es nicht", sagte er und nahm ihre Hand. „Wir hatten noch nicht annähernd genug Spaß."

„Du willst also noch mehr Sex und mich dann loswerden?"

„Ich weiß nicht, was du hören willst, Elin. Ich mag dich. Ich bin gern mit dir zusammen. Das ist es, was ich nicht erwartet habe."

Sie sah nach vorn durch die Windschutzscheibe. „Ich bin auch gern mit dir zusammen."

„Du klingst überrascht."

„Auch ich hatte eigentlich nur Sex im Sinn", gestand sie.

„Du hast mich also benutzt", scherzte er. „Jetzt verstehe ich."

„Du hast mich schließlich ebenfalls benutzt!"

Sie sahen einander an. „Ich weiß nur, dass ich dich begehre, seit ich dir zum ersten Mal im Zuge der Ermittlungen im Fall O'Connor begegnet bin", sagte er.

„Mir ging es fast genauso."

„Und was machen wir nun?"

„Hörst du auf, ekelhaft zu sein?"

Freddie verzog das Gesicht. „Ja, klar."

Sie lächelte neckisch. „Wollen wir dann nach Hause fahren und ein bisschen Spaß haben?"

Er zögerte.

„Was?"

„Als ich das letzte Mal diese Art von Spaß hatte, endete es nicht so gut."

„Es war sehr gut, bis du beleidigt abgezogen bist."

„Ja, vermutlich."

„Also, was ist das Problem?"

„Ich will es dir verraten, nur befürchte ich, dass du mich für komisch halten wirst."

„Keine Sorge, das tue ich längst."

„Sehr witzig. Ich versuche gerade, ernst zu sein."

Vergebens versuchte sie, ernst auszusehen. „Bitte fahre fort."

„Du hast meine Mutter kennengelernt." Sein Herz schlug schneller vor Nervosität. Als Elin nickte, sagte er: „Ich bin allein bei ihr aufgewachsen. Unsere Kirche und unser Glaube waren uns wichtig." Er sah vorsichtig und unsicher zu ihr. „Das gilt bis heute."

„Okay. Das ist für mich kein Problem."

„Mit fünfzehn habe ich geschworen, im Zölibat zu leben."

„Oh."

„Ich habe es freiwillig getan und lange durchgehalten – sehr lange. Um ehrlich zu sein, ich habe erst vor Kurzem ..."

„Ach du Schande! Du willst damit doch nicht etwa das sagen, was ich vermute, oder?"

Er schaute auf seine gesunde Hand, die zur Faust geballt in seinem Schoß lag. „Doch, genau das."

„Warum hast du mir nichts gesagt?"

„Ich sage es dir ja jetzt."

„Ich meine vorher."

„Was hätte das für einen Unterschied gemacht?"

„Na ja, es wäre einfach schön gewesen, das zu wissen." Sie betrachtete ihn eine Weile, dann weiteten sich ihre Augen. „Du hast mich bewusst dafür ausgewählt, stimmt's? Du dachtest dir, ich wäre leicht zu haben."

„Nein", versicherte er ihr schnell. „Ich dachte, es würde Spaß machen mit dir. Und so war es ja auch. Wir hatten eine Menge Spaß, ehe wir im Bett gelandet sind."

„Das stimmt."

„Bist du sauer?"

„Ich wäre nie darauf gekommen", gestand sie.

„Im Ernst?"

„Es war wundervoll."

„Ja." Er veränderte seine Sitzposition wegen seiner prompten Erektion. „Das war es."

„Was glaubst du, weshalb ich deinen Mist in den vergangenen Tagen ertragen habe?"

Er räusperte sich. „Weil du mehr willst?"

Sie biss sich auf die Unterlippe und nickte.

Heißes Verlangen durchströmte ihn. „Zu dir oder zu mir?"

Sam und Malone kamen zur gleichen Zeit bei Devons Stadthaus in Dupont Circle an wie die Gerichtsmedizinerin.

„Da wären wir mal wieder", bemerkte Dr. Lindsey McNamara. „Was haben Sie?"

Sam informierte sie über das, was sie wussten. „Ich suche eine Verbindung zwischen dem Mord an Julian Sinclair und dieser Tat."

„Wenn es eine Verbindung gibt", sagte Lindsey, „werde ich sie finden."

„Darauf zähle ich."

Drinnen roch es nach Pizza und Tod. Sam nickte den Streifenpolizisten zu, die als Erste am Tatort eingetroffen waren.

„Wir wurden vom Pizzalieferanten Mac Healy, Alter dreiundzwanzig, benachrichtigt." Der Polizist deutete auf das Wohnzimmersofa, wo Healy saß, den Kopf auf die Hände gestützt. „Ist ein bisschen geschockt."

„Wir werden mit ihm sprechen", sagte Sam.

„Tucker Farrell, Alter siebenundzwanzig, Mitbewohner Sinclairs, dem das Haus gehört", fuhr der Streifenpolizist fort. „Farrells nächste Angehörige sind seine Eltern in Wilmington, Delaware." Er gab ihr einen Zettel mit der Telefonnummer.

„Ich werde sie anrufen", murmelte Sam, während ihr Magen sich schon bemerkbar machte. Sie hasste solche Anrufe. „Was ist mit Sinclair?"

„Schusswunde am Hinterkopf. Wurde vor zehn Minuten mit dem Krankenwagen abtransportiert. Er wurde dort drüben gefunden." Der Polizist zeigte auf eine Blutlache vor dem Durchgang zur Küche. „Sein Zustand ist ernst, heißt es."

„Der Schütze hat zuerst auf Farrell geschossen", meldete Malone sich zu Wort. „Sinclair wollte fliehen, als er getroffen wurde."

„Ja, so sehe ich das auch", sagte Sam. An den Polizisten gewandt, der sie über den Stand der Dinge unterrichtet hatte, sagte sie: „Danke, Peterson. Gute Arbeit." Dann ging sie in die Hocke, um sich Farrells Brustwunde genauer anzusehen. „Sieht nach einem Schuss direkt ins Herz aus."

Lindsey nickte zustimmend. „Er ist rasch verblutet."

„Möglicherweise ist er auf den Schützen losgegangen", bemerkte Malone.

„Der Schuss wurde aus nächster Nähe abgegeben", erklärte Lindsey.

Sam richtete sich wieder auf und ging zu dem Pizzalieferanten. „Mr. Healy, ich bin Detective Lieutenant Holland. Das ist mein Partner, Detective Captain Malone. Können Sie uns erzählen, was passiert ist?"

In Healys rot umränderten Augen lag noch der Ausdruck des Entsetzens. „Das habe ich doch schon alles gesagt."

„Tun Sie mir den Gefallen und erzählen Sie es noch einmal", bat Sam ihn.

„Ich habe die Pizza geliefert, die sie bestellt hatten." Healy deutete auf die rote Thermobox zu seinen Füßen. „Eine große Pizza mit Würstchen und Zwiebeln. Das Übliche."

„Sie waren also Stammkunden?", fragte Sam.

„Ja, sie haben mindestens ein- bis zweimal in der Woche bestellt. Na ja, jedenfalls kam ich hier an, und die Haustür stand weit offen, was seltsam ist um diese Jahreszeit. Ich habe mehrmals geklingelt, aber niemand hat sich gemeldet. Also steckte ich meinen Kopf zur Tür herein und sah einen Fuß am Boden." Er sah zu Tuckers Leiche. „Ich wollte sofort wegrennen, aber dann dachte ich, vielleicht kann ich helfen, und deshalb betrat ich das Haus. Dabei entdeckte ich den anderen Typen dort drüben auf dem Boden." Er schüttelte den Kopf und atmete mehrmals tief durch. „Das war ein Schock. Ich rannte raus und rief die Polizei an."

„Als Sie hier eintrafen, haben Sie da jemanden das Haus verlassen oder die Straße entlanglaufen gesehen?"

„Nein, ich fand überhaupt nichts ungewöhnlich, bis ich die weit offene Tür sah."

Sam nahm seine Kontaktdaten auf und entließ ihn.

„Wie geht es weiter, Lieutenant?", wollte Malone wissen, während sie Lindsey hinterherschauten, die Tuckers Leiche aus dem Haus folgte.

„Sie sind ein bisschen eingerostet, was, Sir?" Sie grinste über seine düstere Miene. „Jetzt klingeln wir in der Nachbarschaft, um herauszufinden, ob wir den Zeitpunkt der Schüsse genauer eingrenzen können und ob irgendwer jemanden vom Tatort fliehen gesehen hat."

„Wie lautet Ihre Einschätzung?"

Sam musterte die beiden blutigen Flächen auf dem Holzfußboden. „Ich bin mir noch nicht sicher. Wir haben einen Onkel und dessen Neffen, beide schwul, einer geoutet, der andere noch nicht. Auf beide wurde innerhalb weniger Tage geschossen. Wäre Diandra nicht bei mir im Verhörraum gewesen, als das hier passiert ist, würde ich mir jetzt einen Haftbefehl gegen sie besorgen."

„Wen gibt es sonst noch?"

„Preston und Austin Sinclair, Vater und Bruder von Devon sowie Bruder und Neffe von Julian."

„Besteht die Möglichkeit, dass dieser Fall hier nichts mit Julian zu tun hat?"

„Natürlich besteht die Chance." Sie schaute sich noch einmal genau an diesem neuesten Tatort um. „Aber es scheint mir kein Zufall zu sein. Mein Gefühl sagt mir etwas anderes."

„Meins auch."

„Wir werden diesen Farrell mal genauer unter die Lupe nehmen müssen, um von dieser Seite alles auszuschließen. Aber bis wir mit Devon Sinclair reden können, hören wir uns erst mal in der Nachbarschaft um."

„Ich folge Ihnen", sagte Malone.

„Ich fasse es einfach nicht", sagte Freddie mit rasendem Herzschlag. „Das ist mir noch nie passiert. Nie." Er starrte auf seinen schlaffen Penis und versuchte ihn per Willenskraft aufzurichten. Nicht, dass er darin allzu viel Erfahrung besaß. Bisher war es für ihn nie ein Problem gewesen, eine Erektion zu bekommen. Er hatte es eher als störend empfunden, aufgrund seines sexuell frustrierenden Daseins viel zu häufig eine zu haben. Daher hatte er jetzt nicht die leiseste Ahnung, was mit ihm los war.

„Mach dir deswegen bloß keine Sorgen." Elin küsste und streichelte seine Brust. „Wir können etwas anderes machen."

„Wahrscheinlich liegt es an den Schmerzmitteln." Im Wagen war er vor Kurzem noch steinhart gewesen. Nun lag er hier nackt im Bett mit der ebenso nackten Elin, dem Objekt seiner lüsternsten Fantasien, und nichts passierte. Wie war das möglich?

„Es liegt bestimmt an den Medikamenten."

Freddie ahnte jedoch, dass seine Schuldgefühle dafür verantwortlich waren. Die hatten so lange an ihm genagt, bis sie sogar seine Männlichkeit lahm gelegt hatten.

Elin setzte sich rittlings auf ihn und ließ die Hände von seiner Brust hinunter zu seinen Bauchmuskeln gleiten. „Denk einfach nicht. Fühl nur. Mach die Augen zu."

Er gehorchte und versuchte, sich nur noch auf das zu konzentrieren, was in diesem Augenblick geschah – auf ihm. Er stellte sich Elins gepiercte Brustwarzen und das herzförmige Tattoo vor. Prompt erwachte das Verlangen.

„Na bitte", flüsterte sie und presste lauter heiße kleine Küsse auf seinen Hals, seine Brust, seinen Bauch. „Einfach nur fühlen. Nicht denken."

„Nicht denken."

Sie massierte seine Schenkel, dann presste sie die Lippen darauf.

Freddie stöhnte.

Sie flüsterte weiter aufmunternde Worte und ließ ihre Brüste über seinen Penis streichen.

Freddie verdrängte die Schuldgefühle und die innere Zerrissenheit. Selbst der Schmerz in seiner Schulter konnte seine Lust jetzt nicht mehr dämpfen. „Elin." Mit der gesunden Hand umschloss er eine ihrer vollen Brüste und rieb mit dem Daumen die Brustwarze.

Elin sog scharf die Luft ein. „Na bitte, so kommen wir weiter." Sie streichelte ihn, bis sein Penis hart war und zuckte.

„Ich bin froh, dass er nicht kaputt ist."

Lachend beugte sie sich herunter und nahm ihn in den Mund. „Der ist definitiv nicht kaputt."

Seine Hüften schienen ein Eigenleben zu haben. „Hm", seufzte er. „Das ist so gut." Das Spiel ihrer Zunge, die Wärme ihres Mundes, die Enge ihrer Kehle führten dazu, dass er innerhalb kürzester Zeit vor dem Höhepunkt stand. Elin hörte nicht auf, bis er so erregt war, dass er fürchtete, schon bei der allerkleinsten Bewegung die Beherrschung zu verlieren. Und dann drückte sie sanft seine Hoden, gerade fest genug, dass er sich ihr wild entgegenbog. Gleichzeitig spürte er den Schmerz in seiner Schulter und veränderte seine Position ein wenig.

„Sorry." Sie setzte sich auf. „Für das, was mir vorschwebt, brauchst du eine bequemere Lage." Sie stapelte Kissen hinter seinem Rücken auf und setzte ihn so, wie sie es wollte.

Freddies Herz pochte vor Aufregung und Neugier.

Sie setzte sich rittlings auf ihn und nahm ihn tief in sich auf.

Bis zu dieser Stellung hatten sie es neulich Nacht nicht mehr geschafft, obwohl er es gern ausprobiert hätte. Wow, das war noch besser, falls das überhaupt möglich war. Während sie ihn ritt, sah sie ihm unverwandt in die Augen.

„Gefällt es dir?", fragte sie.

„O ja." Er näherte sich einem weiteren sensationellen Orgasmus, und ihm schoss der Gedanke durch den Kopf, dass er sehr leicht süchtig werden könnte danach – und nach ihr.

27

———

S am und Malone arbeiteten sich eine Stunde lang durch die Straße, trafen jedoch auf niemanden, der irgendetwas gesehen oder gehört hatte, was ihnen weiterhelfen konnte.

„Ich hasse Taten, die am helllichten Tag geschehen, wenn alle bei der Arbeit sind", sagte sie und rieb sich den verspannten Nacken.

„Devon Sinclair und sein Mitbewohner wären auch bei der Arbeit gewesen, wenn Devons Onkel nicht ermordet worden wäre", bemerkte Malone.

„Das ist wahr. Wer wusste also, dass er zu Hause sein würde?"

„Seine Familie, Freunde, der Pizzabote, Kollegen, Kollegen seines Mitbewohners. Was hat er gemacht?"

„Er war Kellner", antwortete Sam und spürte ihren Magen bei der Erinnerung daran, dass sie noch mit Tuckers Eltern sprechen musste.

„Sollten wir uns mal näher ansehen."

„Warten wir ab, was die ballistische Untersuchung ergibt. Ich gehe jede Wette ein, dass es sich um dieselbe Waffe handelt, mit der Julian getötet wurde. Und damit wäre der Zufall ausgeschlossen." Sams Handy klingelte, doch sie erkannte den Klingelton nicht. Genervt schaute sie auf das Display. „Verdammt."

„Was ist denn?", fragte Malone, offensichtlich belustigt über ihre Miene.

„Ich habe den Arzttermin vergessen. Nick hat bei meinem Handy einen Erinnerungsalarm eingegeben. Diese Nervensäge!"

„Hinterhältiger Mistkerl."

„Ja!" Sie schob wütend das Handy wieder in die Tasche und ließ den Blick noch einmal durch die verlassene Nachbarschaft schweifen. „Ich werde den Termin verschieben müssen. Erst muss ich ins Krankenhaus, um nach Devon zu sehen. Hoffentlich wacht er auf und kann uns sagen, wer der Schütze war. Dadurch würden wir eine Menge Zeit sparen."

„Ich fahre zum Krankenhaus. Sie gehen zum Arzt. Wir können uns hinterher im Krankenhaus treffen."

Sie sah ihn verblüfft an. „Sie können mich nicht zwingen, zum Arzt zu gehen!"

Er hob herausfordernd eine Braue.

„Das geht nicht! Es ist meine Privatangelegenheit."

Malone kratzte die grauen Bartstoppeln an seinem Kinn und musterte sie. „Ich könnte Sie vom Fall Sinclair abziehen, wenn ich will."

„Das würden Sie nicht tun."

„Wollen wir wetten?"

„Das glaube ich einfach nicht! Wir haben hier zwei Mordfälle, und Sie kehren den Vorgesetzten raus, damit ich einen Arzttermin einhalte?"

„Warum auch immer Sie zum Arzt müssen, es kann nicht unwichtig sein, sonst hätte Nick nicht auf Ihrem Handy einen Erinnerungsalarm gesetzt. Sie nehmen also diesen Termin wahr und setzen anschließend Ihre Arbeit fort." Er schaute auf seine Uhr. „Und jetzt sollten Sie sich besser auf den Weg machen."

„Ich hätte Sie dort lassen sollen, wo Sie hingehören – hinter Ihrem Schreibtisch." Mit einem letzten wütenden Blick auf sein lachendes Gesicht stürmte sie zu ihrem Wagen. Sollte er doch sehen, wie er zum George Washington Hospital kam. „Männer", murmelte sie. „Ständig wollen sie einen herumkommandieren. Wieso können sie sich nicht um ihre eigenen Angelegenheiten kümmern? Es ist doch mein Magen, der geht sie überhaupt nichts an." Erneut klingelte ihr Handy, und diesmal war es Nick. „Was ist denn?"

„Hallo, Liebes. Wo bist du?"

„In meinem Wagen.“

„Auf dem Weg wohin?“

„Ich gehe ja hin! Meine Güte, jetzt lass mich in Ruhe!“ Er lachte, und sie sah rot. „Was ist denn daran so witzig, verdammt noch mal?“

„Du.“

„Ich habe zu viel zu tun, als erspar mir diesen Unsinn. Ich muss zwei Morde aufklären und kann mir einen Arztbesuch gar nicht leisten.“

„Du solltest diesen Termin lieber einhalten, Samantha. Ich meine es ernst. Du hast es schon lange genug aufgeschoben.“

„Hör auf, mich zu nerven! Ich brauche keinen Aufpasser!“

„Anscheinend doch, sonst hättest du dich ja längst um das Problem gekümmert.“

„Mich stört es nicht, sondern dich.“

„Ach ja, klar doch. Mich stört vor allem, wenn die Frau, die ich liebe, sich dauernd vor Schmerzen krümmt.“

„So oft kommt das gar nicht vor“, behauptete sie, den Schmerz ignorierend, der ihr während dieses Telefonats zu schaffen machte.

„Oft genug. Jetzt hör auf zu meckern und fahr zum Arzt. Ruf mich an, wenn du fertig bist. Ich will wissen, was er gesagt hat. Oh, und richte Harry schöne Grüße aus.“

„Leck mich. Richte sie ihm doch selbst aus.“

„Ich liebe dich auch, Schatz.“

Harry ließ sie dreißig Minuten in einem kalten Behandlungszimmer warten, nur mit einem blöden Papierkittel bekleidet – *ohne* etwas darunter. Himmel, sie hasste Ärzte. Wegen all dem Mist, den sie durchgemacht hatte, um schwanger zu werden – inklusive der Fehlgeburten sowie einer Schwangerschaft außerhalb der Gebärmutter, die sie beinahe umgebracht hätte –, hatte sie Ärzte in den vergangenen Jahren gemieden. Aus gutem Grund, denn die ließen einen warten, wenn man gerade Besseres zu tun hatte. Wie zum Beispiel Mörder jagen.

Vielleicht würde *sie* dem guten alten Harry eine Rechnung ausstellen. Das brachte sie zum Lächeln. Ja, dadurch würde sie sich gleich besser fühlen, und Nick würde sich darüber ärgern. Sam gefiel ein Plan, der zwei Fliegen mit einer Klappe schlug.

Nach einem brüsken Klopfen an der Tür kam Harry kurz darauf herein und entschuldigte sich wortreich dafür, dass er sie hatte warten lassen. Selbstverständlich sah er fantastisch aus. War das nicht wieder typisch? Warum konnte er nicht unansehnlich sein? Dann wäre es ihr egal gewesen, dass er sie im Intimbereich untersuchte. Dass er ein guter Freund von Nick war, machte die Sache noch unangenehmer und peinlicher. Warum um alles in der Welt hatte sie sich nur darauf eingelassen? Weil Nick dich darum gebeten hat, erinnerte sie sich. Tja, im Augenblick hasste sie ihn jedenfalls.

„Es freut mich riesig, Sie kennenzulernen." Harry schüttelte ihr die Hand. In seinen braunen Augen lag ein freundlicher Ausdruck. „Ich habe es sehr bedauert, dass ich nicht zu Ihrer Silvesterfeier kommen konnte. Aber Nick hat mir schon alles über Sie erzählt."

„Ach, wirklich?"

„Ja, und natürlich habe ich über Sie in der Zeitung gelesen."

Sams Miene verdüsterte sich. „Wer hat das nicht?"

Er lachte, und dabei fielen ihr seine Grübchen auf. Süße Grübchen. Na fabelhaft.

Harry wurde wieder ernst, doch seine Augen leuchteten weiter vergnügt. „Ich sollte ihn wohl jetzt ‚Senator' nennen."

„Er wird Sie erschießen, wenn Sie das tun. Ich versuche dafür zu sorgen, dass er nicht abhebt."

„Nick hat mir prophezeit, dass ich Sie mögen würde, und er hatte recht." Er wusch sich die Hände und zog sich einen Hocker heran. „Also, was führt Sie hierher?"

„Ach, nur diese Sache mit meinem Magen", sagte sie, während das betreffende Organ sich wieder heftig bemerkbar machte.

„Was für eine Sache?"

Sie holte tief Luft, um den Schmerz zu beherrschen. „Na ja, sie bestimmt in gewisser Hinsicht mein Leben. Sobald ich nervös werde oder mir Sorgen mache, meldet sich mein Magen."

„Reden wir hier über Sodbrennen oder richtige Schmerzen?"

„Richtige Schmerzen."

„Wo ungefähr auf einer Skala von eins bis zehn?"

„Hm, bei zwanzig?“

„Ah. Das ist nicht lustig.“

Sam lachte. „Nein, nicht besonders. Nick macht sich schreckliche Sorgen.“

„Mit gutem Grund, würde ich sagen.“

„Ich dachte mir schon, dass Sie auf seiner Seite sein würden. Ihr Kerle haltet doch immer zusammen.“

„Müssen wir ja. Es heißt ‚wir gegen euch‘. Erstellen wir zunächst eine Anamnese, und dann werde ich Sie untersuchen.“

Trotz ihres Vorsatzes, ihn so sehr zu hassen, wie sie Nick im Augenblick hasste, fand sie ihn sympathisch. Deshalb beschloss sie, ihm alles ehrlich zu erzählen – von den Fehlgeburten bis zur Endometriose, die ihr die Fruchtbarkeit genommen hatte.

„Aha“, sagte er. „Wie lange ist es her, dass man Ihnen gesagt hat, es sei unwahrscheinlich, jemals wieder schwanger zu werden?“

„Drei Jahre.“

„Haben Sie seitdem einen Arzt aufgesucht?“

„Nein.“

Er wirkte überrascht. „Überhaupt nicht?“

Sie schüttelte den Kopf. „Ich hatte nach dieser letzten Episode die Nase voll von Ärzten.“

„Ich muss Ihnen nicht erklären, wie dumm das ist, oder?“

„Es war kein Vorsatz oder so. Die Zeit verging einfach, und jetzt sind eben drei Jahre seit meiner letzten Untersuchung vergangen.“

„Nun, ich bin froh, dass Nick Sie dazu gebracht hat, mich aufzusuchen. Wir werden Sie schon wieder hinbekommen. Es wird Sie vielleicht freuen, zu erfahren, dass seit Ihrem Boykott die Medizin enorme Fortschritte bei Unfruchtbarkeit infolge Endometriose gemacht hat. Frauen, denen man dasselbe gesagt hat wie Ihnen, konnten nach einer einfachen Laseroperation wieder Kinder bekommen.“

Sam gestattete sich keine Sekunde lang zu hoffen. „Ich glaube, der Zug ist für mich abgefahren. Mir gefällt mein Leben so, wie es ist.“

„Wie verhüten Sie?“

Sie sah ihn an und fragte sich, ob er gehört hatte, dass sie ihm gesagt hatte, sie sei unfruchtbar. „Überhaupt nicht. Dazu besteht doch kein Grund."

„Solange Sie noch sämtliche dafür nötigen Organe haben, besteht jederzeit die Möglichkeit einer Empfängnis."

Sam dachte darüber nach und empfand zum ersten Mal seit Jahren einen Anflug von Hoffnung. Aber dann kehrte sie in die Realität zurück und verdrängte diese Idee. „Ich mache mir keine Gedanken darüber, da ich mich längst damit abgefunden habe, kinderlos zu bleiben."

„Wegen der Operation müssen Sie heute keine Entscheidung treffen. Denken Sie einfach darüber nach." Er stand auf und bedeutete ihr, sich auf dem Untersuchungstisch auf den Rücken zu legen. „Da Sie Ihre Gesundheit so vernachlässigt haben, werde ich Sie gründlich untersuchen", verkündete er mit gespielt strenger Miene.

„Genau das habe ich befürchtet", sagte sie und schluckte hart. „Da Sie kein Frauenarzt sind, müssen Sie sich wenigstens nicht da unten zu schaffen machen."

Mit einem charmanten Lächeln erwiderte er, während er dezent ihre Brüste untersuchte: „Ich bin Internist und darf mich medizinisch überall an Ihnen zu schaffen machen."

„Na klasse."

„Möchten Sie, dass während der Unterleibsuntersuchung eine Arzthelferin anwesend ist?"

Sie schluckte erneut. „Nein, das ist schon in Ordnung. Wenn Sie Nicks Freund sind, kann ich Ihnen wohl trauen." Sie verzog das Gesicht, während er gründlich ihren Unterbauch untersuchte, und fragte: „Ist es nicht ein bisschen komisch, in der Freundin Ihres Freundes herumzustochern?"

„Ach was. Es ist wie bei einem Mechaniker, der sich einen Motor ansieht – hat man einen gesehen, hat man alle gesehen."

Sam klappte die Kinnlade herunter. „Manche sind besser als andere."

„Oh, eindeutig. Aber seien Sie bitte still, damit ich Ihren Herzschlag abhören kann."

Harry hingegen plauderte munter weiter, während er sie in der Tat *überall* untersuchte. Sie erfuhr, dass Nick eine echte Gefahr auf dem Racquetballplatz war, dass er noch immer bei jeder

Gelegenheit Hockey spielte und ein echter Frauenmagnet war, sobald er eine Bar betrat. Sam würde darüber mit Nick zu reden haben, nachdem sie sich dafür gerächt hatte, dass er sie zu dieser Untersuchung getrieben hatte.

„Das hat sich natürlich geändert, seit Sie ihn sich geangelt haben", sagte Harry, während er einen Abstrich machte und ihr Becken untersuchte. „Wir anderen müssen uns viel stärker ins Zeug legen, um von den Frauen beachtet zu werden, wenn er nicht dabei ist."

Sam starrte an die Decke und flehte im Stillen um Gnade, während er sie an Stellen untersuchte, die noch kein Mann je zuvor berührt hatte. „Tut mir leid, wenn ich Ihren Eroberungsversuchen in die Quere komme", sagte sie mit zusammengebissenen Zähnen. Sie würde Nick für das hier büßen lassen.

„Er scheint wirklich glücklich zu sein. Nachdem sein Freund John ermordet wurde, haben wir uns Sorgen um ihn gemacht. Aber dann kam er mit Ihnen zusammen, und es ging ihm zusehends besser."

„Es war trotzdem ein harter Monat für ihn", brachte sie mühsam heraus. „Julian Sinclair war ebenfalls ein enger Freund."

„Ich weiß", sagte er, noch tiefer forschend.

Noch tiefer – wie war das möglich? Zuerst würde sie Nick ohrfeigen, Punkt. Dann würde sie ihm einen Tritt verpassen. Und zum Schluss würde sie ihm ein rostiges Messer ins Herz stechen.

Endlich war Harry mit der Untersuchung fertig, zog seine Handschuhe aus und sagte, sie könne sich aufsetzen. „Sieht alles ganz gut aus, Sam, also lassen Sie uns mal über Ihren Lebensstil und die Ernährung sprechen. Bekommen Sie genügend Schlaf?"

Sie dachte an die vielen Überstunden und langen Nächte, die sie in letzter Zeit mit Nick verbracht hatte. „Manchmal."

„Wie steht's mit der Ernährung?"

„Ich versuche, gesund zu essen. Aber das ist in meinem Job gelegentlich schwer."

„Wie bewältigen Sie den Stress?"

„Ich konzentriere mich auf meine Atmung. Einatmen durch die Nase, ausatmen durch den Mund."

„Nun, das ist eine Methode." Eine Liste auf seinem Klemmbrett konsultierend, stellte er ihr weitere Fragen. „Koffein?"

„Ein wenig", antwortete sie zögernd. Ihr letzter Arzt hatte sie wegen ihrer Cola-light-Sucht getadelt.

„Wie viel ist ‚ein wenig'?"

„Ein paar Dosen Cola light am Tag. Keine große Sache."

„Wie viel sind ‚ein paar'?"

„Ich habe keine Ahnung. Ich zähle nicht mit."

„Schätzen Sie mal", forderte er sie auf. „Zwei? Drei? Sechs? Zehn? Was meinen Sie?"

„Sechs vielleicht."

Er runzelte die Stirn. „Sechs Dosen oder Flaschen?"

„Für gewöhnlich Flaschen."

„Sie trinken sechs Halb-Liter-Flaschen Cola pro Tag? *Jeden* Tag?"

Sam fühlte sich unter seinem strengen Blick unbehaglich. Diese Befragung war noch schlimmer, als seine Hände an den unaussprechlichen Stellen ihres Körpers zu spüren. „Ich trinke sie nicht immer aus."

„Sechs Halb-Liter-Flaschen, das sind drei Liter Cola am Tag!"

„Wow, und multiplizieren können Sie auch noch."

„Ich würde sagen, wir haben den Übeltäter gefunden. Die Säure in der Cola greift zweifellos Ihre Magenwände an. Falls Sie nicht schon ein Magengeschwür haben, sind Sie auf dem besten Weg dorthin."

„Ich brauche den Kick. Sonst funktioniere ich nicht."

„Unsinn, das reden Sie sich nur ein. Es ist alles eine Frage der Psychologie."

Jetzt nannte er sie auch noch verrückt? Nick würde dafür eine weitere Ohrfeige bekommen.

„Hier kommt mein Vorschlag: Ich kann eine Reihe von invasiven Tests durchführen, um etwas Ernsteres auszuschließen. Oder Sie können die Cola für ein paar Wochen aufgeben, um herauszufinden, ob das Problem damit gelöst ist."

„Invasive Tests", sagte sie sofort.

„Oben und unten, wir werden von beiden Seiten auf Sie losgehen."

Sie kniff die Augen zusammen und setzte ihren besten finsteren Cop-Blick auf.

Er blieb völlig unbeeindruckt, dieser Mistkerl.

„Ich verstehe, warum Sie und Nick so gute Freunde sind."

Lachend erwiderte er: „Das nehme ich als Kompliment. Also, was sagen Sie?"

„Na fein! Ich gebe das Colatrinken auf! Aber falls Nick Sie anfleht, ihm beim Selbstmord zu helfen, müssen Sie die Schuld bei sich suchen. Ohne mein Koffein werde ich zum Tier."

„Sie müssen es nur durch etwas ähnlich Stimulierendes ersetzen, wie zum Beispiel Sport oder mehr Sex."

„Nicht möglich", entgegnete sie mürrisch.

Harry grinste dreckig, während er etwas in seinen Computer tippte. „Kein Wunder, dass mein Kumpel in letzter Zeit so ... wie lautet das Wort doch gleich? Befriedigt aussieht."

Sam warf ihm einen wütenden Blick zu. „Ich hasse Sie. Fast so sehr wie ihn, und das ist nicht wenig."

„Sie werden uns beiden noch dankbar sein, wenn Sie sich nicht mehr vor Magenschmerzen krümmen." Ehe er den Raum verließ, überreichte er ihr seine Karte. „Wenn Sie mehr Informationen zur Endometriose-Behandlung wünschen, rufen Sie mich an. Ansonsten kommen Sie in einem Monat wieder und berichten mir, wie sich der Cola-Verzicht ausgewirkt hat. Sollten Sie in der Zwischenzeit Probleme haben oder die Magenschmerzen weiterhin schlimm bleiben, melden Sie sich. Die Resultate des Abstrichs bekommen Sie per Post."

„Danke, schätze ich."

Mit einem letzten charmanten Lächeln sagte er: „Jetzt kann ich auch nachvollziehen, warum Nick Sie liebt."

Das war nicht fair! Gerade als sie anfangen wollte, ihn wirklich zu hassen, sagte er so was! Sie zog sich an und malte sich ein Leben ohne Cola aus.

Das würde nicht angenehm werden. Kein bisschen.

28

Nach Luft schnappend hob Freddie den gesunden Arm, um zu sehen, ob sein Kopf noch dran war. Alles war dort, wo es hingehörte, aber nichts mehr würde jemals so sein wie vorher. Er hatte keine Ahnung gehabt, dass man so heftig kommen und es überleben konnte.

„Und?", erkundigte Elin sich, seine Brust und seinen Hals küssend. „Hat es dir gefallen?"

Er versuchte die Worte zu finden, aber da waren keine.

Sie lachte. „Ich deute das als Ja." Ihre Hand glitt von seiner Brust hinunter zu seiner Taille und von dort weiter abwärts.

Freddie stoppte sie.

„Was ist denn?"

„Nichts." Es kostete ihn seine ganze noch vorhandene Energie, sich aufzusetzen und nach seinen Kleidungsstücken Ausschau zu halten. Wenn er blieb, würden sie es zweifellos innerhalb kürzester Zeit wieder tun. Und er war ein wenig entsetzt darüber, wie heftig er sie begehrte – er wollte sie, wie ein Mann eine Frau nur wollen konnte. Würde er jemals genug bekommen? Wahrscheinlich nicht, und genau darin lag das Problem. Ihm war gar nicht in den Sinn gekommen, dass, sobald er dies zum ersten Mal getan hätte, ein unstillbarer Appetit auf mehr in ihm geweckt werden würde. Anscheinend bestand die Gefahr, dass er zu jemandem wurde, den er kaum wiedererkannte.

„Wohin gehst du?", wollte sie wissen.

„Ich muss nach Hause. Morgen habe ich Dienst."

„Du bist doch noch krankgeschrieben."

„Ich fühle mich aber gut genug, um zu arbeiten." Er verschwieg, dass er es kaum erwarten konnte, den Leuten nachzuspüren, die vor Clarence Reese in dessen Haus gewohnt hatten. Wenn er Sam schon im Augenblick nicht zur Seite stehen konnte, dann würde er ihr wenigstens damit helfen.

Mit Mühe gelang es ihm, sein Hemd anzuziehen. Er versuchte, ein paar Knöpfe über dem in der Schlinge liegenden Arm zuzubekommen.

„Warum bleibst du nicht?", wollte Elin wissen und klang dabei gereizt.

„Ich brauche frische Sachen für morgen, außerdem habe ich zu Hause noch ein paar Dinge zu erledigen."

„Habe ich schon wieder etwas falsch gemacht?"

„Natürlich nicht", versicherte er ihr, aber es klang nicht sehr überzeugend. „Es war fantastisch." Und genau das, dachte er, ist das Problem. Es war verdammt noch mal einfach zu gut.

Freddie schob das zweite Bein in seine Jeans und zog den Reißverschluss hoch. Alles nur mit einer Hand erledigen zu können war Mist.

„Ich wünschte, du würdest nicht gehen", sagte Elin sanft.

Erschrocken sah er, dass Tränen in ihren großen Augen schwammen. Er nahm ihre Hand und hob sie an seine Lippen. „Ich hatte eine wundervolle Zeit heute Abend."

Sie zog ihre Hand zurück und wollte aufstehen. „Ich werde dich fahren."

„Nicht nötig. Ich nehme mir ein Taxi."

„Oh. Okay. Wie du willst."

„Elin ..."

„Lass es. Spar dir die Mühe, mir zu erklären, es sei toll gewesen, aber jetzt trotzdem vorbei."

„Wer sagt denn, dass es vorbei ist?"

„Ich bin nicht blöd."

„Das behauptet ja auch niemand. Für mich ist es jedenfalls nicht vorbei. Ich muss nach Hause, weil ich Rechnungen bezahlen und Wäsche waschen muss. Außerdem habe ich dort meine

Schmerztabletten, und meine Schulter bringt mich um." Er sorgte dafür, dass er Elins ganze Aufmerksamkeit hatte, als er hinzufügte: „Ich fahre *nicht* nach Hause, weil du meine Welt ins Wanken gebracht hast."

Die Andeutung eines Lächelns erschien auf ihren hübschen pinkfarbenen Lippen. „Habe ich?"

Er biss sich auf die Unterlippe und nickte. „Total."

„Dann möchtest du das vielleicht irgendwann wiederholen?", fragte sie beinahe schüchtern.

Er beugte sich zu ihr herunter, um sie zu küssen, und hielt dabei ihre Unterlippe zwischen seinen Zähnen fest. „Auf jeden Fall. Ich rufe dich an."

Ihr Lächeln erstarb.

„Was ist denn?"

„Das sagen Männer immer, wenn sie nicht im Traum daran denken, wirklich anzurufen."

„Tatsächlich?" Freddie war ehrlich überrascht.

„Es ist der Universalcode für ,das war's'."

Offenbar musste er noch viel lernen über diese Dinge. „Nun, das ist jedenfalls nicht der Grund, weshalb ich es gesagt habe. Denn ich werde dich anrufen." Er zog ihre Decke hoch und gab Elin noch einen Kuss. „Schlaf ein wenig."

„Du auch."

Freddie ging durch die dunkle Wohnung, nahm seinen Mantel und schloss die Tür hinter sich. Draußen atmete er mehrmals tief die kalte Luft ein, ehe er zu ihrem Fenster hinaufschaute. Er hatte von Elin genau das bekommen, was er gewollt hatte. Warum wurde er dann das Gefühl nicht los, dass das bei Weitem noch nicht alles war?

Sam verließ Harrys Praxis und fuhr zum George Washington University Hospital, wo sie erfuhr, dass Devon Sinclair gerade operiert wurde und es nicht gut aussah. Es wäre auch zu einfach gewesen, wenn er aufgewacht und in der Lage gewesen wäre, ihr zu erzählen, wer auf ihn und seinen Geliebten geschossen hatte. Solches Glück war Fernseh-Cops vorbehalten.

Im Wartezimmer versuchte Devons Bruder Austin seine

Mutter zu trösten, während er selbst bitterlich weinte. „Wie konnte das passieren?", sagte Austin. „Wer sollte denn auf Dev schießen? Oder auf Tucker?" Er sah Sam an. „Ich kann nicht glauben, dass Tucker tot ist."

Diandras Schultern wurden von Schluchzern geschüttelt.

„Sie haben keine Ahnung, wer einem der beiden etwas antun wollte?", fragte Sam Austin.

„Nein. Niemand. Die beiden hatten jede Menge Freunde. Jeder mochte sie."

„Wir können ..." Diandra schien die Worte nicht aussprechen zu können. „Wir können Preston nicht finden."

Sam lief ein Kribbeln über den Rücken. „Wie meinen Sie das?"

Diandra wischte sich die Augen mit einem Taschentuch trocken, das Austin ihr gereicht hatte. „Er meldet sich nicht an seinem Handy, und seine Kollegen haben ihn den ganzen Tag nicht gesehen. Ich kann mir nicht vorstellen, wo er steckt. Er muss doch informiert werden über das, was seinem Sohn zugestoßen ist."

„Ich werde sehen, was ich tun kann, um ihn ausfindig zu machen."

„Dafür wären wir Ihnen sehr dankbar", sagte Austin.

Sam gab ihm ihre Karte. „Wenn Ihr Bruder aufwacht, rufen Sie mich dann bitte an?"

Er versprach es.

„Ich, na ja, ich hoffe das Beste für Devon", erklärte sie, und es gefiel ihr nicht, wie sie sich dabei anhörte. In Situationen wie dieser wusste sie nie so recht, was sie sagen sollte.

„Danke", sagte Austin.

Als Sam zu ihrem Wagen ging, rief ihre Schwester Angela an. „Hallo Ang. Wie geht's?"

„Bist du zufällig auf dem Weg nach Hause?"

„Noch nicht ganz."

„Kannst du bei mir vorbeikommen?"

„Was ist denn los?"

„Ich will dich einfach gern sehen, und Jack auch", meinte Angela.

„Klar, mach ich. Ich bin so bald wie möglich da." Sie fragte sich, was mit ihrer Schwester los war, während sie in der nächsten

Stunde nach Preston Sinclair suchte, in seinem Büro und zu Hause. Offenbar hatte ihn wirklich den ganzen Tag niemand gesehen. Als ihr nichts mehr einfiel, wo sie noch suchen sollte, gab sie einen Fahndungsaufruf heraus, damit jeder Cop in der Stadt nach ihm Ausschau hielt und sie benachrichtigte, sobald er gesehen wurde. Dann brachte sie den schrecklichen Anruf bei Tuckers Eltern hinter sich.

Hinterher waren ihre Handflächen schweißnass, ihr Magen grummelte, und ihr Koffeinpegel war im Keller. Unter normalen Umständen hätte sie jetzt irgendwo gehalten und sich eine Cola light geholt. Ihrem Magen bekam der Cola-Verzicht vielleicht gut, doch ihr Blutdruck ging nach oben. Wenn sie Nick erst in die Finger bekäme ...

Ihr Handy klingelte erneut. Sam richtete den Blick von der Straße auf das Display. „Wenn man vom Teufel spricht." Sie schaltete auf die Freisprechfunktion. „Was?"

„Gleichfalls hallo."

„Ich arbeite."

„Du hast ja eine tolle Laune. Wann wirst du zu Hause sein?"

Zu Hause? Wo war das eigentlich neuerdings? „In etwa einer Stunde. Ich muss auf dem Heimweg noch bei Angela reinschauen."

„Wie geht es Devon?"

„Er wird zurzeit operiert. Es sieht nicht gut aus, und jetzt ist auch noch sein Vater verschwunden. Ich muss heute Abend wieder arbeiten."

„Kein Problem. Ich mache dir etwas zu essen und schicke dich wieder los."

„Gut."

„Wirst du mir verraten, was Harry gesagt hat?"

„Nein."

„Ich werde es schon noch aus dir herausbekommen."

„Probier's doch."

„Keine Sorge, das werde ich."

Sie klappte das Handy zu, warf es auf den Beifahrersitz und fuhr zu Angela, wo sie von einem fünfjährigen Spiderman begrüßt wurde.

„Spidey!" Sam hob ihn auf die Arme und wirbelte ihn herum.

Jack kreischte vor Vergnügen.

„Wo ist deine Mama?"

„Im Haus." Jack gab ihr einen geräuschvollen Kuss auf den Mund. „Wo bist du gewesen, Sam?"

„Oh, hier und da und überall."

„Hast du jemanden erschossen?"

Sam piekste ihn in die Rippen und trug ihn ins Haus. „Nein, Dummerchen."

Er berührte ihr Pflaster am Kinn. „Hat dich jemand k.o. geschlagen?"

Lachend antwortete sie: „Diese Woche nicht."

„Wie langweilig."

„Du sagst es." Sie stellte ihn wieder auf die Füße und gab ihrer Schwester einen Kuss auf die Wange. Dabei registrierte sie, dass Angela blass und geschafft aussah.

„Jack, geh und zieh dich um. Und wasch deine Hände mit Seife, nicht bloß mit Wasser!"

„Aber Mom, Sam ist gerade gekommen."

Angela blickte streng und zeigte zur Treppe. „Geh."

Jack stampfte murrend davon.

„Der schafft mich." Angela sank auf einen Küchenstuhl. „Dem geht nie die Energie aus."

„Was man von dir nicht behaupten kann, deinem Aussehen nach zu urteilen."

„Ich bin erschöpft."

„Was ist denn los, Angie? Du machst mir Angst."

Nach einer langen Pause sagte Angela: „Ich bin schwanger."

Sam brauchte einen Moment, um den unvermittelt auflodernden Neid in den Griff zu bekommen. „Tatsächlich? Im wievielten Monat bist du?"

„Fast im dritten."

„Und du hast mir nichts erzählt?"

„Es ist hart, Sam. Ich meine, nach all dem, was du durchmachen musstest."

„Das heißt doch nicht, dass ich mich nicht für dich freuen kann. Wer liebt Jack mehr als ich?"

„Nur ich und Spence."

Sam umarmte sie und ergriff die Hand ihrer Schwester. „Willst du diesmal vorher erfahren, was es wird?"

„Ich schon, aber Spence nicht."

Auf Angelas hübschem Gesicht breitete sich ein Lächeln aus. „Kommst du wirklich damit klar?"

„Ich freue mich für dich, das weißt du." Sam schob ein Spielzeug herum, das Jack auf dem Tisch liegen gelassen hatte. „Ich war heute bei einem Arzt, der mit Nick befreundet ist. Er hat mir von einer neuen Lasermethode erzählt, die bei Frauen, die Endometriose hatten, Wunder wirkt. Aber ich bin skeptisch."

Angela war sofort Feuer und Flamme. „Was soll das denn heißen? Natürlich musst du es unbedingt machen!"

„So einfach ist das nicht. Ich glaube nicht, dass ich das noch einmal durchstehen könnte."

„Du musst! Du musst es wenigstens versuchen!"

„Ich hätte es dir nicht erzählen dürfen."

„Was hat Nick dazu gesagt?"

„Ich habe noch nicht mit ihm darüber gesprochen, damit er sich nicht zu viel Hoffnung macht."

„Oder du."

„Oder ich."

„Sam, wenn die Chance besteht, und sei sie auch noch so klein, wie kannst du es dann *nicht* versuchen?"

„Ich habe von der Möglichkeit ja erst vor wenigen Stunden erfahren und hatte noch gar keine Gelegenheit, in Ruhe darüber nachzudenken."

„Wirst du Nick davon erzählen?"

Sam zuckte die Schultern. „Im Augenblick bin ich wütend auf ihn."

„Warum?", wollte Angela wissen und klang alarmiert. „Was hat er denn getan?"

„Er hat mich dazu gebracht, zu seinem Doktor-Freund zu gehen, der in mir herumgestochert hat an Stellen, an denen noch nie jemand herumgestochert hat."

Angela brüllte vor Lachen. „Oh, was für eine Frechheit! Du musst natürlich sofort mit ihm Schluss machen!"

Sam sah sie düster an. „Harry meint, ich muss auf Cola verzichten. Wegen meines Magens."

Angela stutzte. „Ist nicht wahr."

„Ist wohl wahr. Ich habe schon Entzugserscheinungen. Und das ist alles Nicks Schuld."

„Ja, ehrlich. Der muss bestraft werden."

Sam stand auf. „Freut mich, dass du mir zustimmst. Ich muss mich jetzt darum kümmern. Sag Jack, dass ich ihn an diesem Wochenende besuche."

„Ich prophezeie dir, du wirst unter Nick liegen in weniger als ..." Angela schaute auf ihre Uhr. „Zwanzig Minuten."

Sam verdrehte die Augen und ging zur Haustür. „Wie auch immer", rief sie über die Schulter. „Ich bin nicht diejenige, die schwanger ist."

„Noch nicht", konterte ihre Schwester.

Sam ging zu ihrem Wagen und weigerte sich, an diese Möglichkeit zu denken. Sie konnte das alles nicht noch einmal durchmachen. Das würde sie nicht schaffen.

Sie parkte hinter Nicks Wagen in der Ninth Street und ging hinüber zum Haus ihres Vaters.

„Lieutenant!"

Sie wirbelte herum und stöhnte, als sie Darren Tabor vom *Washington Star* auf sich zukommen sah. „Was wollen Sie, Darren?"

„Nur ein paar Minuten Ihrer Zeit."

Sie drehte ihm den Rücken zu und ging einfach weiter. „Ich habe zu tun."

„Wie nah sind Sie an einer Verhaftung im Fall Sinclair?"

„Welchen meinen Sie?"

„Beide."

„Nicht so nah, wie ich es gern wäre."

„Irgendwelche Verdächtigen?"

Sam blieb stehen und drehte sich zu ihm um. „Selbst wenn ich Exklusivinterviews geben würde – wie kommen Sie darauf, dass Sie eines bekommen?"

Er grinste selbstgefällig. „Mit anderen Worten, Sie haben nichts."

„Mit anderen Worten, das werde ich Ihnen nicht verraten."

„Wie geht es dem Senator?"

Sie winkte ab. „Fahren Sie nach Hause, Darren, und gönnen Sie sich ein Privatleben."

„Gerüchte besagen, dass Sie ein paar interessante Leichen im Keller haben, Lieutenant. Mich überrascht das allerdings nicht."

„Was soll denn das nun wieder heißen?"

Er zuckte die Schultern. „Es sind nur Gerüchte."

„Ich arbeite mit Fakten, nicht mit Gerüchten. Und jetzt gehe ich nach Hause. Ich schlage vor, Sie tun dasselbe."

„Schönen Abend noch, Lieutenant."

Begierig darauf, dem lästigen Reporter zu entkommen, lief sie die Rollstuhlrampe vor dem Haus ihres Vaters hinauf. Drinnen war alles dunkel, und niemand schien da zu sein. Da sie es nicht gewöhnt war, dass ihr Vater unterwegs war, wenn sie ihn aufsuchte, geriet sie noch ein wenig mehr aus der Fassung.

So viele Dinge, Gedanken und Ideen wirbelten durch ihren Kopf, dass sie völlig durcheinander war. Wovon hatte Tabor eigentlich gesprochen? Was für Gerüchte meinte er? Was glaubte er, über sie zu haben? Sie wollte es lieber nicht wissen.

Die Ermittlungen traten auf der Stelle, ihr Körper verzehrte sich nach Koffein und entgegen ihrer Aussage gegenüber Angela konnte sie an nichts anderes denken als an die Möglichkeit einer Schwangerschaft. Jetzt musste sie auch noch darüber grübeln, was Tabor wohl gemeint hatte. Er hatte besonders kritisch über sie geschrieben, nachdem bei einer Razzia in einem Crackhaus unter ihrer Führung ein Kind getötet worden war. Er war der letzte Reporter in der Stadt, den sie in ihrem Privatleben herumstochern lassen wollte.

Sam beschloss, dass sie ein wenig Zeit für sich brauchte, bevor sie Nick sah. Oben in ihrem Zimmer löste sie die Klammer aus ihrem Haar, streckte sich auf dem Bett aus und starrte an die Decke, in der Hoffnung, das Chaos in ihrem Kopf zum Verstummen zu bringen. Mit der Entdeckung der Leiche Julian Sinclairs beginnend, arbeitete sie sich zunächst durch jeden Aspekt des Falls. Die Schüsse auf seinen Neffen mussten damit zu tun haben. Wie sollte es anders sein? Aber warum? Welche Verbindung gab es zwischen den beiden Männern, die ein Motiv lieferte, auf sie zu schießen? Beide waren Anwälte, beide waren schwul, beide waren erfolgreiche Männer. Wo war das Motiv?

Wenn sie davon ausging, dass es einen Zusammenhang zwischen den Fällen gab, dann war ihr vielversprechendster Verdächtiger heute Nachmittag entlastet worden, als auf Devon Sinclair geschossen wurde, während dessen Mutter sich einer Befragung durch die Polizei unterzog.

Sam fuhr sich durch die Haare und fragte sich, wo Preston Sinclair steckte. Wartete womöglich ein drittes Sinclair-Opfer darauf, verwundet oder tot aufgefunden zu werden? Sams Instinkt sagte ihr, dass das alles mit Diandra in Verbindung stand und dem Riss, der durch die Familie ging. Aber wie? Wo war diese Verbindung? Soweit sie es beurteilen konnte, hatte Diandra ihren Schwager seit dreizehn Jahren nicht gesehen. Woher sollte sie seinen Tagesablauf oder Aufenthaltsort kennen?

Wenn sie seinen Tod gewollt hätte, hätte sie ihn dann nicht schon vor Jahren umbringen müssen, als sie seine Homosexualität entdeckte, nachdem ihre Söhne mit ihm allein gewesen waren? Diese hatten bestätigt, wie wütend sie geworden war, als sie erfahren hatte, dass der Onkel der Jungen schwul war.

Sam seufzte. Ihr Kopf schmerzte vom Koffeinentzug. Sie zog ihr Handy aus der Tasche und rief Jeannie McBride an.

„Hallo, Lieutenant. Was gibt es?"

„Bist du im Hauptquartier?"

„Ja, Chefin."

„Tu mir bitte einen Gefallen und überprüfe noch einmal die Finanzen von Preston und Diandra Sinclair, nur geh diesmal weiter als ein Jahr zurück."

„Wird gemacht."

„Und wenn du schon dabei bist, besorg mir dieselben Informationen über ihre Söhne Devon und Austin Sinclair."

„Kein Problem. Soll ich nach etwas Bestimmtem suchen?"

„Nach einer größeren Zahlung oder einer Überweisung. Irgendetwas, das heraussticht." Sam wusste, dass Diandra ihren eigenen Sohn nicht erschossen hatte. Aber sie konnte nicht ausschließen, dass Diandra dafür einen Killer beauftragt hatte. Nur – warum hätte sie das tun sollen?

„Ich kümmere mich gleich darum", versprach Jeannie.

Sam schaute auf ihre Uhr und stutzte, da Jeannies Schicht

längst vorbei war. „Danke. Ich hoffe, ich durchkreuze deine Feierabendpläne nicht."

„Keine Sorge. Mein Freund macht heute auch Überstunden."

Sam wusste, dass sie fragen und ein wenig Interesse zeigen sollte. „Was ... was macht er denn beruflich?"

„Finanzzeug. Investments, Portfolio-Management. Nichts, wovon ich viel verstehe, und nicht mal annähernd so aufregend, wie mit einem U.S.-Senator zusammen zu sein."

„Sehr witzig, Jeannie. Wirklich, sehr witzig."

Jeannie lachte. „Ich sag nur, wie es ist, Lieutenant."

„Ruf mich an, wenn du etwas über die Finanzen herausbekommen hast."

„Mach ich."

Sam legte auf und starrte weiter an die Zimmerdecke. Ihre Gedanken wanderten zu dem, was Harry über die Endometriose-Behandlung gesagt hatte. Einerseits wünschte sie, man hätte ihr nie von dieser Möglichkeit erzählt. Sie kannte sich gut genug, um zu wissen, dass sie endlos darüber nachdenken würde, bis sie eine Entscheidung gefällt hatte, ob sie es nun tun sollte oder nicht.

„Hier bist du."

Erschrocken drehte Sam den Kopf und entdeckte Nick, der am Türrahmen lehnte. Plötzlich fühlte sie auf geradezu überwältigende Weise, was richtig und die Wahrheit war. Er würde ein wundervoller Vater sein.

29

Nick betrat das Zimmer und streckte sich neben Sam auf dem Bett aus. „Alles in Ordnung?"

Jetzt ja, dachte sie. Sie brachte für ihn ein Lächeln zustande und verschränkte ihre Finger mit seinen. „Ja."

Er hob ihre Hand an seine Lippen. „Würdest du etwas für mich tun?"

Alles. Einfach alles. „Klar."

„Ich habe gehört, dass du mich wegen Harry foltern willst. Würdest du mir vorher nur sagen, ob er etwas Ernstes gefunden hat?"

Da er besorgt aussah, gab sie ihm rasch einen Kuss. „Es gibt keinen Grund zur Beunruhigung."

„Schwörst du?"

„Was ist das? Fünfte Klasse?"

Er atmete erleichtert aus. „Den ganzen Tag musste ich daran denken, was wäre, wenn es wirklich etwas Ernstes ist und du es die ganze Zeit einfach ignoriert hast."

„Deine liebevolle Fürsorge macht meine Pläne zunichte, dich mit einem rostigen Steakmesser zu stechen, dafür, dass du mir die definitiv gründlichste Untersuchung meines Lebens eingebrockt hast – und als jemand, der Fruchtbarkeitstests durchführen lassen musste, will das schon was heißen."

Er verzog das Gesicht. „Ein rostiges Steakmesser, was?"

„Das war nur einer meiner vielen Pläne."

Er rollte sich auf sie, drückte ihre Hände aufs Kissen und küsste Sam. „Was hattest du denn sonst noch so im Sinn?", fragte er mit einem lüsternen Grinsen.

Plötzlich erinnerte sie sich an Angelas Prophezeiung. Und hier lag sie tatsächlich unter Nick, ziemlich genau zwanzig Minuten, nachdem sie Angelas Haus verlassen hatte. Sie musste über die Genauigkeit der Vorhersage lachen.

Nick machte ein verwirrtes Gesicht. „Was ist denn so komisch?"

Sie brachte ihn dazu, ihre Hände loszulassen, und schlang ihm die Arme um den Nacken. „Wir."

Zwischen zwei Küssen fragte er: „Inwiefern?"

„Erst will ich dich mit einem rostigen Steakmesser traktieren und im nächsten Moment hast du mich dort, wo du mich haben willst."

„Hm", sagte er, wobei seine Lippen ihren sehr nahe waren und er mit seiner Zunge forschend vorstieß auf eine Weise, die Sam glatt um den Verstand brachte.

Sam schlang ihre Beine um seine und drängte sich hart an seine Erektion, was ihm ein tiefes Stöhnen entlockte. Sie atmete seinen würzigen, ganz individuellen Duft ein und spürte seine Muskeln und das Gewicht seines aufgerichteten Penis.

Er löste seine Lippen von ihren und widmete sich stattdessen ihrem Hals. „Wirst du mir verraten, weshalb du hier an die Decke starrst, statt mit mir zu Hause das Hühnchen zu essen, das ich für uns zubereitet habe?"

Sam schloss die Augen und genoss es, seine Lippen an ihrem Hals zu spüren. Seine sanften Worte sandten einen Schauer der Begierde durch ihren Körper. „Ich hab ein bisschen Zeit zum Nachdenken gebraucht."

„Ich habe auf dich gewartet. Als ich Ausschau gehalten habe, hab ich deinen Wagen auf der Straße gesehen."

Er war gekränkt, dass sie nicht zuerst zu ihm gegangen war. Sie konnte es in seiner Stimme hören. „Schlaf mit mir, Nick."

Überrascht hob er den Kopf, um ihr in die Augen zu sehen. „Gehen wir nach Hause", sagte er und wollte aufstehen.

Sie hielt ihn zurück. „Nein. Hier. Jetzt sofort."

Mit gequälter Miene meinte er: „Du weißt doch, dass ich es hasse, im Haus deines Vaters Sex mit dir zu haben."

„Immerhin ist er diesmal nicht da."

„Ich behaupte immer noch, dass er diesen Raum verwanzt hat. Er wird es wissen."

Sie knöpfte sein Hemd auf und biss ihn sacht in eine seiner Brustwarzen.

Er sog scharf die Luft ein. „Sam! Die Tür ist sperrangelweit offen!"

„Na und? Es ist niemand hier." Sie schob die Hand in seine Hose und schloss die Finger um seinen Penis.

„Himmel", flüsterte er und kapitulierte erschauernd vor den erotischen Liebkosungen ihrer Hand.

„Ich will dich. Mach schnell."

In ihrer Eile schoben sie die Kleidungsstücke eher aus dem Weg als sie ganz auszuziehen.

„Jetzt", sagte Sam mit geschlossenen Augen, während sie ihn dorthin führte, wo sie ihn dringender brauchte als ihren nächsten Atemzug.

„Sieh mich an."

Sie öffnete die Augen und sah das Verlangen und die Liebe in seinen haselnussbraunen Augen, die sie so liebte. Sie hielt ihn fester und seufzte, als er endlich tief in sie eindrang. Ohne den Blickkontakt zu unterbrechen, schlang sie die Beine um seine Hüften, damit er stillhielt. Sie war fasziniert davon, zu beobachten, wie er um Selbstbeherrschung rang. Ein Schweißtropfen bildete sich auf seiner Stirn, ein Wangenmuskel zuckte vor Anspannung.

„Sam. Komm schon."

Als sie ihn losließ, schien er ein wenig außer Kontrolle zu geraten und brachte sie beide sehr rasch zu einem explosiven Höhepunkt, nach dem Sam sich zugleich erschöpft und energiegeladen fühlte.

„Du meine Güte", flüsterte er, das Gesicht nah an ihrem Hals, als er wieder zu Atem gekommen war. „Willst du mich umbringen?"

Die Nachwirkungen sandten Schauer durch ihren Körper, während sie ebenfalls um Luft rang. Sein Gewicht auf sich zu spüren gab ihr ein Gefühl der Sicherheit und Geborgenheit, mehr, als es der physische Akt allein je vermocht hätte. „Ich hatte vor, dich umzubringen. Doch jetzt werde ich dich wohl behalten."

Er rollte lachend von ihr herunter. „Na vielen Dank."

Sam griff nach der Decke am Fußende des Bettes und zog sie über sie beide. Sie schmiegte ihr Gesicht in sein weiches Brusthaar und sagte: „Eigentlich muss ich heute Abend arbeiten."

„Gib mir nicht die Schuld dafür, dass du abgelenkt worden bist. Ich bin nur vorbeigekommen, um dir zu sagen, dass das Abendessen fertig ist. Und plötzlich war deine Hand in meiner Hose. Was sollte ich denn da machen?"

„Genau das, was du letztlich getan hast."

„Was ist los, Sam?"

„Nichts."

„Doch."

Er wusste es. Er wusste es immer. „Der Fall. Er macht mich ratlos. Diesmal scheine ich kein Glück zu haben. Vielleicht liegt es an zu vielen Ablenkungen."

„Nach dem, was mit Reese passiert ist, kann ich gut verstehen, warum du dich ein wenig neben der Spur fühlst."

„Das ist es nicht. Damit komme ich klar."

„Wie kannst du damit klarkommen, gekidnappt und mit einer Waffe bedroht zu werden? Ganz zu schweigen davon, dass du mitansehen musstest, wie er sich direkt vor deinen Augen umgebracht hat."

Sie zuckte die Schultern. „Ich bin Cop. Solche Sachen passieren. Wenn man so etwas nicht verarbeitet, kann man am nächsten Tag nicht aufstehen und seinen Job machen."

„Verdammt, aber es muss doch irgendeine Wirkung hinterlassen haben!"

„Das ist es jedenfalls nicht, weshalb mich der Fall Sinclair fertig macht. Keines der Puzzleteile scheint so richtig zu passen. Ich drehe und wende sie, aber sie passen nicht. Und jetzt ist auch noch Julians Bruder Preston verschwunden."

„Das ist seltsam."

„Wem sagst du das! Zuerst wird Julian erschossen und es sieht ganz danach aus, als hinge der Mord mit seiner Nominierung für den Obersten Gerichtshof zusammen. Aber dann wird auf seinen Neffen und dessen Mitbewohner geschossen und man fragt sich, ob es da eine Verbindung gibt. Egal, von welcher Seite ich es betrachte, ich sehe niemanden, der es auf beide abgesehen haben könnte."

„Du glaubst also, der Mord an Julian hängt mit der Nominierung zusammen?"

„Nicht, wenn der gleiche Schütze auch auf seinen Neffen geschossen hat."

„Wie schnell wirst du das wissen?"

„Wir drängen auf den ballistischen Bericht. Ich hoffe, in den nächsten ein oder zwei Tagen."

„Hast du gehört, dass die Familie Julians Beerdigung verschoben hat?"

„Nein, aber das dachte ich mir schon."

„Die Neffen hatten sie nämlich geplant. Graham rief mich an, um mich darüber zu informieren, dass Austin noch warten will, bis Devon sich erholt hat."

„Falls er sich erholt. Es hörte sich ziemlich übel an, als ich im Krankenhaus war." Sie überlegte, inwiefern dies ihre Pläne für das Wochenende beeinflusste.

Nick massierte ihre Schulter. „Da du noch auf den Bericht der Ballistiker wartest und wir nicht nach Boston müssen, könntest du dir doch auch eine kurze Auszeit nehmen."

Sam lächelte. „Ich dachte, das habe ich gerade getan."

„Ich meine eine echte Auszeit. Eine Nacht mit acht Stunden Schlaf und allem."

„Ich muss nach dem Abendessen noch am Computer arbeiten."

„Das lässt sich machen."

Sie küsste die zarte Haut unter seinem Kinn und sagte: „Wie war dein Tag eigentlich?" Sie fühlte, wie eine Veränderung in ihm vorging und die Anspannung zurückkehrte.

„Gut."

„Und?"

„Was und?"

„Was sonst noch?"

Er lachte leise und drückte sie. „Es ist beängstigend, wie gut du mich durchschaust."

„Gleichfalls. Also raus mit der Sprache."

„Lass uns nach dem Abendessen darüber reden." Er half ihr, sich aufzusetzen, und fand ihren BH unter der Decke. Er reichte ihn ihr und schaute zu, wie sie ihn anzog.

Ihre Wangen glühten, weil er sie nicht aus den Augen ließ. „Hör auf, mich so anzusehen."

„Warum?"

„Weil das nur zu Verwicklungen führt."

In der einen Minute wollte sie noch ihren BH zuhaken, in der nächsten lag sie erneut unter Nick.

„Ich mag diese Art von Verwicklungen", erklärte er und küsste sie voller Leidenschaft.

Sams Verlangen erwachte von Neuem. „Wenn wir so weitermachen, schaffe ich heute Abend überhaupt nichts mehr."

„Mich schon."

Sam lachte. „Ach, ich dachte, ich hätte dich schon abgehakt."

Er küsste sie auf die Nasenspitze. „Dann betrachte das hier einfach als Zugabe."

„Also, was gibt's?", fragte Sam beim zweiten Glas Wein nach dem Abendessen. Der Sex, das Essen, der Wein, Nick. Diese Kombination hatte sie nach einem verrückten Tag entspannt. Daran änderte auch die Tatsache nichts, dass der Klatschreporter vor Nicks Haus sie wieder einmal auf die Palme gebracht hatte. Das hier hatte ihr in ihrem Leben gefehlt, bevor sie Nick begegnet war. Früher wäre sie zu sehr auf einen Fall konzentriert gewesen, statt sich während der laufenden Ermittlungen einen Moment für sich zu nehmen.

Nick lehnte sich zurück und betrachtete eingehend seine Finger am Stiel des Weinglases.

„O-oh", sagte Sam und beobachtete ihn. „Das hört sich nicht gut an."

„Ich habe doch noch gar nichts gesagt."

„Eben." Mittlerweile war ihm die Anspannung auch am Gesicht abzulesen. Ein mulmiges Gefühl breitete sich in ihrem Magen aus.

„Sie wollen, dass ich kandidiere."

„Wofür?"

„Für den Senat. Bei der Wahl im November."

Sam saß regungslos da und musste erst einmal verarbeiten, was er gerade gesagt hatte. Sie ließ sich keinerlei Emotionen anmerken.

Nach langem Schweigen fragte er: „Sag doch endlich etwas."

„Du hast gesagt, es ist nur für ein Jahr. Du hast gesagt, für ein Jahr halten wir alles aus."

„Ich weiß, was ich gesagt habe. Damals hat es auch der Wahrheit entsprochen."

„Und wie lautet deine Wahrheit jetzt?"

„Das weiß ich noch nicht. Es hängt wohl von dir ab."

„Von mir? Warum denn von mir?"

Er nahm ihre Hand und verschränkte seine Finger mit ihren. „Weil ich dir versprochen habe, dass es nur für ein Jahr ist und es hier um einen deutlich längeren Zeitraum geht. Genau genommen um sieben Jahre. In diesem Jahr würde sich alles hauptsächlich um den Wahlkampf drehen, und dann folgen sechs Amtsjahre. Vorausgesetzt, ich werde gewählt."

„Du würdest gewählt werden", sagte sie mit tonloser Stimme. „Deshalb wollen sie ja, dass du kandidierst. Niemand kann dich schlagen."

„Das haben sie auch gesagt." Er zog seinen Stuhl näher an ihren und hob ihre Hand an seine Lippen, eine für ihn so typische Geste, dass Sams Herz vor Liebe überfloss. „War es denn so schlimm?", fragte er mit einem einschmeichelnden Lächeln. „Dieser vergangene Monat?"

„Deine jetzige Amtszeit hat noch gar nicht richtig angefangen. Und dann die Presse. Die warten draußen vor deinem Haus und jagen mich auf der Straße."

„Ich weiß, sie sind lästig, und du hasst die ständige Einmischung. Geht mir genauso. Aber die Medien werden irgendwann das Interesse an uns verlieren."

Sie löste ihre Hand aus seiner und stand auf, um in die Küche zu gehen. „Nein, werden sie nicht, Nick. Es wird höchstens noch schlimmer werden."

„Das muss nicht passieren. Ich kann Nein zu den Medien sagen. Es gibt noch viel mehr Dinge, die ich tun kann, um die Situation für uns leichter zu machen."

Seine Worte ließen sie innehalten, denn sie sorgten für Klarheit – zumindest in ihren Augen. Sie drehte sich zu ihm um und betrachtete sein attraktives, ernstes Gesicht, das sie mehr liebte als alles andere. „Werden wir so sein?"

Er schien verwirrt. „Was meinst du?"

„Werden wir zu Leuten, die den bequemen Weg gehen? Oder werden wir Leute sein, die die Chance ergreifen, mehr aus sich zu machen, als sie je für möglich gehalten hätten?"

Er stand auf und streckte die Hände nach ihr aus. „Was sagst du da?"

Sie lächelte, denn ein friedfertiges Gefühl überkam sie. „Stell dich zur Wahl, Nick. Es ist dein Schicksal und dir vorherbestimmt."

Perplex von ihrem plötzlichen Stimmungswandel, neigte er fragend den Kopf.

„Du siehst es nicht, oder?", fragte sie.

„Was sehe ich nicht?"

„Wie du dich innerhalb des vergangenen Monats verändert hast. Wie du auftrittst. Dein Selbstbewusstsein."

Er gab ein abgehacktes Lachen von sich. „Ja, klar. Ich komme mir vor wie ein Betrüger. Als würde ich diese Rolle nur spielen, bis der echte Senator zurückkommt."

„Der bist du jetzt", erklärte sie. „Du bist United States Senator Nick Cappuano."

„Aber Sam, die Presse ..."

„Mit denen werden wir schon fertig. Wir werfen ihnen gelegentlich einen Knochen hin, um sie uns vom Hals zu halten."

Er legte ihr die Hände auf die Schultern. „Bist du dir sicher, Liebes? Wir müssen heute Abend nichts entscheiden."

„Ich war mir in meinem ganzen Leben noch nicht so sicher wie in dem Punkt, dass es mir vorherbestimmt ist, es mit dir zu verbringen. Stell dich zur Wahl, hole einen triumphalen Sieg. Mach mich stolz. Bloß – erwarte nicht von mir, dass ich irgendwelche Reden halte."

„Nicht mal im Traum." Ein Lächeln hellte seine Miene auf. „Du schaffst es immer wieder, mich zu überraschen, Samantha. Wenn ich denke, gleich flippst du aus, reagierst du plötzlich ganz ruhig."

Sie stellte sich auf die Zehenspitzen und küsste ihn. „Es ist mein Ziel, dich ständig zu überraschen.“

„Bis jetzt bist du darin extrem erfolgreich.“

Als er versuchte, sie stürmischer zu küssen, entwand sie sich ihm. „Lass es, Kumpel. Ich muss wirklich wieder an die Arbeit.“

„Na schön.“ Er seufzte. „Ich sehe schon, wie es laufen wird. Ich koche und muss mich auch noch um den Abwasch kümmern.“

„So sieht das glamouröse Leben eines United States Senator aus. Im Übrigen hat nie jemand gesagt, dass wir daheim eine Demokratie hätten.“

„O meine Gebieterin!“

Lachend schenkte sie Wein nach und nahm ihr Glas mit. Über die Schulter sagte sie: „Komm und besuch mich, wenn du mit dem Küchendienst fertig bist.“

„Ja, ja.“

30

Sam ging in das gemütliche Arbeitszimmer, das Nick in einer einzigartigen Mischung aus Stil und Funktionalität eingerichtet hatte. Sie staunte darüber, wie schnell es ihm gelungen war, dieses große, leere Haus in ein behagliches Zuhause zu verwandeln. Sein ausgezeichneter Geschmack und sein Sinn für Ästhetik waren zwei weitere Gründe, warum sie ihn liebte. Sam musste zugeben, dass es ihr nicht mehr abwegig erschien, hier mit ihm zu leben.

„Ha", sagte sie und legte das Kinn auf die Faust, während sie über diese verblüffende Erkenntnis nachdachte. „Wann ist das denn passiert?" Im Lauf der Zeit, lautete die Antwort. Nick hatte sie jedenfalls nicht gedrängt. Stattdessen hatte er ihr zugestanden, sich für ihre Entscheidung Zeit zu nehmen. „Wie gerissen von ihm." Sie nahm sich vor zu warten, bis sie den Fall Sinclair gelöst hatte, um ihrem Entschluss, den sie offenbar unbewusst in den vergangenen Wochen gefasst hatte, entsprechend zu handeln. „Ich frage mich, wie er reagieren würde, wenn ich einfach mit meinem ganzen Krempel bei ihm auftauchen und sagen würde: ‚Hallo, ich bin zu Hause.'" Die Vorstellung, seinen ausgeprägten Ordnungssinn zu stören, brachte sie zum Lachen.

Sie schob den Ledersessel an den Schreibtisch und schaute sich an dem Arbeitsplatz um. Natürlich war alles, typisch Nick, fein säuberlich an seinem Platz. Schon allein das reizte sie, für Unordnung zu sorgen. Nach der Unterhaltung, die sie vorhin geführt hatten, verspürte sie Lust auf ein wenig Anarchie. Während sie darauf wartete, dass der Computer hochfuhr, verschob sie ein paar Dinge auf seinem tadellos aufgeräumten Schreibtisch.

Zufrieden mit ihrer Tat, versuchte sie sich anschließend auf den Computer und die lange Namensliste, die sie brauchte, zu konzentrieren. Doch statt sich in das System des Police Departments einzuloggen, öffnete sie den Internet-Browser und suchte nach Endometriose-Behandlungen.

So fand Nick sie fünfzehn Minuten später vor. „Was siehst du dir da an?", erkundigte er sich, als er hinter sie trat und ihr die Schultern massierte. „Und wieso musst du jedes Mal, wenn du an meinem Schreibtisch sitzt, alles durcheinanderbringen?"

Erschrocken versuchte Sam schnell das Bildschirmfenster zu minimieren, drückte jedoch die falsche Taste und vergrößerte es stattdessen.

Nick beugte sich herunter, um es besser erkennen zu können. „Revolutionäre Laseroperation macht Endometriose-Betroffenen Hoffnung", las er laut vom Bildschirm vor.

Sie schloss das Browserfenster und versuchte, Nick abzuschütteln.

„He, ich war noch dabei, das zu lesen!"

„Jetzt nicht mehr."

„Was stand denn da?"

Sam registrierte die Aufregung in seiner Stimme, was genau der Grund war, weshalb sie das Thema ihm gegenüber noch nicht erwähnt hatte. Sie ertrug es nicht, ihm Hoffnung zu machen, die später doch nur verpuffte – so, wie es ihr bei den zwei Fehlgeburten ergangen war, während ihrer Ehe mit Peter. „Nichts. Unwichtig."

„So hat das aber nicht ausgesehen." Er drehte den Bürosessel, damit sie ihn ansah. „Rede. Jetzt."

„Da gibt es nichts zu sagen."

Er hob eine Braue zum Zeichen dafür, dass er ihr nicht glaubte.

„Es geht nur um diese Sache, die Harry erwähnt hat.

Wahrscheinlich kommt es für mich gar nicht infrage. Du kannst dir die Neugier getrost schenken."

Auf einmal schien er zu verstehen. „Harry hat gesagt, dass es etwas gibt, was du tun kannst – was *wir* tun können –, nicht wahr?"

„Siehst du? Du bist schon ganz aufgeregt, und das kann ich nicht ertragen!"

„Wenn du mir einfach mal berichten könntest, was er zu dir gesagt hat, statt dauernd in Rätseln zu sprechen, kämen wir hier vielleicht weiter."

Sam verschränkte, innerlich aufgewühlt, die Arme vor der Brust. „Er hat eine neue Behandlungsmethode bei Endometriose erwähnt. Eine Operation mit offenbar hervorragenden Ergebnissen."

„Und du willst das ausprobieren?"

„Ich weiß es nicht! Ich habe heute erst davon erfahren."

„Warum solltest du es nicht versuchen?"

„Darum! Du hast keine Ahnung, wie schrecklich diese drei Fehlgeburten waren. Ich dachte, diese Tür bliebe mir für immer verschlossen, und ich hatte mich damit abgefunden. Jetzt öffnet sie sich einen Spaltbreit, und alles kommt wieder hoch." Sie sah ihm ins Gesicht. „Ich weiß nicht, ob ich es ein weiteres Mal überstehen würde, Nick."

Er sank vor ihr auf die Knie. „Dann tu es nicht. Schließ die Tür, schieb den Riegel vor und wir führen unser Leben weiter, als hätten wir nie etwas davon gehört. Wenn wir so weit sind, engagieren wir eine Leihmutter oder adoptieren ein Kind. Was immer nötig sein wird."

Sie sah ihn erstaunt an. „Dazu wärst du bereit? Selbst wenn die Möglichkeit bestünde, dass wir ein eigenes Kind bekommen?"

„Ich habe es dir schon einmal gesagt, und ich wiederhole es gern noch mal – *wie* wir die Kinder bekommen, ist mir vollkommen egal. Mir ist nur wichtig, dass wir eines Tages welche haben. Solange wir uns in diesem Punkt einig sind, kümmert mich alles andere nicht sonderlich."

Erneut sagte sie im Stillen ein Dankgebet auf, an jene höhere Macht gerichtet, die dafür gesorgt hatte, dass sich ihre Wege nach all den Jahren wieder gekreuzt hatten und sie sich auf jeder Ebene verstanden. Er wusste einfach immer, was er zu ihr sagen musste, und fand die richtigen Worte. „Ich kann an nichts anderes denken", gestand sie. „Dass ich mich einem simplen chirurgischen Eingriff unterziehe, wie Harry es nennt, und danach möglicherweise …"

„Wolltest du es mir sagen?"

„Ich wollte dir nicht unnötig Hoffnung machen, damit du nicht zu enttäuscht bist, wenn es dann doch nicht klappt. Und glaub mir, es ist enttäuschend."

„Ich kann es mir nicht einmal vorstellen. Trotzdem geht mir nicht aus dem Sinn, was du gesagt hast."

„Was denn?"

Er schüttelte den Kopf. „Ach, schon gut. Ich will nicht, dass du glaubst, ich würde dich unter Druck setzen wollen. Denn es ist mir ernst damit, dass es mir egal ist, ob es unsere biologischen Kinder sind."

„Sag es trotzdem."

Nach kurzem Zögern begann er: „Es geht um das, was du darüber gesagt hast, was für Leute wir werden. Werden wir den leichten, unbeschwerten Weg gehen oder werden wir etwas riskieren?"

Sam atmete schwer aus. „Wir reden hier nicht über einen Job, Nick. Es ist vollkommen anders."

„Ist es das wirklich?"

„*Sagst* du nur, es sei für dich kein Problem, wenn wir Kinder adoptieren?"

„Nein, Liebes. Ich meine es auch so. Nur denke ich da nicht an mich, sondern an dich. Ich weiß, wie sehnlich du dir das wünschst, auch wenn du es nie zugibst. Du behauptest, du hättest dich mit der Situation abgefunden, aber das stimmt nicht. Wie könntest du auch?"

Sie wollte nicht weinen, doch die Tränen ließen sich nicht aufhalten, und es wurde gleich ein solcher Sturzbach, dass es sie an die Trauer nach ihrer dritten Fehlgeburt erinnerte. Das Thema brachte sie zuverlässig zum Weinen, wann immer es zur Sprache kam.

Nick legte die Arme um sie und hielt sie fest, bis alles draußen war. „Ist schon gut, Sam", flüsterte er und strich ihr übers Haar. „Ich bin jetzt hier, und ganz gleich, was geschieht, wir stehen es gemeinsam durch. Wir tun genau das, was du willst."

„Nur weiß ich eben noch gar nicht, was ich eigentlich will", klagte sie, noch immer vom Weinen geschüttelt. „Ich kann nicht einmal darüber sprechen, ohne wie ein Schlosshund zu heulen. Kannst du dir vorstellen, was los ist, wenn ich nach einer Operation tatsächlich schwanger werde? Ich würde vor Panik wie gelähmt sein und die ganze Zeit darauf warten, das Kind zu verlieren."

„Ich kann es mir schwer vorstellen. Die Samantha, die ich kenne und liebe, ist geradezu beängstigend draufgängerisch und furchtlos."

Gerührt von seinem Vertrauen in sie, versuchte sie zu lächeln. „Du hast sie noch nicht schwanger erlebt."

„Ich würde sie liebend gern schwanger sehen, aber nur dann, wenn es das ist, was sie will." Er gab ihr einen Kuss und wischte ihr die restlichen Tränen fort. „Ich liebe dich, ohne Wenn und Aber, und ich stehe voll hinter dir, egal, wie du dich entscheidest."

„Danke", sagte sie, „dass du mich verstehst, ohne dass ich es dir umständlich erklären müsste."

„Setz dich nicht selbst unter Druck. Du musst nicht sofort eine Entscheidung treffen. Wir haben reichlich Zeit."

„Meine Eizellen werden nicht jünger."

„Ach, hör auf! Du bist ein junger Hüpfer." Er küsste sie erneut. „Wirst du mir nun verraten, was Harry sonst noch zu sagen hatte?"

„Muss ich?"

„Ja-ha."

„Er lässt dich grüßen", erklärte sie mit einem breiten Grinsen.

„Toll." Er piekste sie mit dem Zeigefinger in die Rippen. „Was noch?"

Sie zog eine Grimasse. „Er zwingt mich, das Colatrinken aufzugeben."

Nick war baff. „Du machst Witze."

„Ich wünschte, es wäre so. Sei schon mal darauf vorbereitet, mich ab morgen von meiner schlimmsten Seite zu erleben, wenn ich meinen täglichen Wachmacher nicht bekomme."

„Danke für die Warnung."

„Jetzt findest du es noch komisch."

„Das war alles? Gib die Cola auf und warte ab, was passiert?“

„Vorerst ja. Er war sehr gründlich, dein Kumpel Harry. Ich hoffe, du hast nicht vor, ihn mal einzuladen oder so. Ich bezweifle nämlich, ob ich ihm in die Augen sehen könnte.“

Nick brach in schallendes Gelächter aus. „Na, das klingt nach einer Herausforderung.“

„Wage es nicht!“

„Fühlst du dich besser, Liebes? Wegen dieser anderen Sache?“

Sie stieß den Atem aus, leicht erschauernd, wie man es tut, wenn man ausgiebig geweint hat. „Ja.“ Sie rollte mit den Schultern und lehnte sich im Sessel zurück. „Aber ich bin jetzt ein bisschen aufgewühlt. Weißt du, was ich gern tun würde?“

Er runzelte fragend die Stirn. „Schon wieder?“

Lachend gab sie ihm einen Schubser. „Keine schmutzigen Gedanken. Ich würde gern zu Julians Hotelzimmer fahren und mich dort noch einmal umsehen. Manchmal hilft es mir, noch mal von vorn anzufangen, wenn ich feststecke.“

„Was hältst du davon, wenn ich mitkomme?“

„Das willst du doch gar nicht.“

Er half ihr aus dem Sessel. „Es gibt nichts, was ich lieber täte. Außerdem bin ich vielleicht derjenige, der dir die Lösung des Falls präsentiert.“

Sie verdrehte die Augen. „Meinetwegen. Halt dich an mich, Anfänger. Ich zeig dir, wie’s läuft.“

Er schmiegte das Gesicht an ihren Hals. „Oh, das klingt vielversprechend.“

Sam gab den Polizeicode ein, um die Hoteltür zu öffnen. Drinnen schaltete sie das Licht ein und sah sich in dem großen eleganten Zimmer um, in dem alles sauber und ordentlich war.

„Es sieht aus, als sei er nie hier gewesen“, bemerkte Nick. „Aber ich kann sein Eau de Toilette riechen.“

„Wenn es für dich zu schwer ist, hier zu sein ...“, begann Sam.

Er legte ihr den Zeigefinger auf die Lippen. „Mit mir ist alles okay.“

Obwohl die Spurensicherung bereits hier gewesen war, suchte Sam den Raum noch einmal mit methodischer Präzision ab. Sie überprüfte Manteltaschen, Reißverschlusstaschen in den Koffern und dem Aktenkoffer, und wühlte im Kulturbeutel im Badezimmer. Aber sie stieß nirgends auf etwas Ungewöhnliches.

„Sind eigentlich alle deine Freunde so penibel wie du und Julian?", fragte sie.

Nick setzte sich an den Schreibtisch und blätterte durch Julians Terminkalender. „Nicht alle." Er blätterte zu dem Tag, an dem der Mord geschehen war. „Lunch mit Trip. Das wird Ackerman gewesen sein, der Vorsitzende des Rechtsausschusses."

„Wir haben nicht herausfinden können, um wen es sich da handelte." Sam staunte, wie schnell Nick ihr eine neue Spur lieferte.

„Ein Spitzname aus der Privatschule. Wahrscheinlich haben sie darüber gesprochen, wie die Anhörungen zur Nominierung ablaufen würden, und er wird Julians Fragen beantwortet haben. Wirst du mit Ackerman sprechen?"

„Gleich morgen früh." Sie gab ihm einen Kuss auf die Wange. „Danke."

„Ich habe dir ja gesagt, ich würde den Fall für dich lösen."

Sie lachte. „Bild dir bloß noch nicht zu viel ein."

„Was glaubst du, worauf sich das hier bezieht?" Er zeigte auf einen Eintrag im Terminkalender, der „P/a.d." lautete.

„Ich habe keine Ahnung. Ich habe mich gefragt, ob das P sich auf seinen Bruder bezieht. Preston meinte, er habe mit Julian in Kontakt gestanden und gehofft, er würde ihn treffen, solange Julian in der Stadt ist."

„Wofür könnte ‚a.d.' stehen?", fragte Nick.

„Ab Diandras Schlafenszeit?", sagte Sam. „Austin und Devon?"

„Ab dem Abendessen?"

„Könnte sein. Ich wünschte, wir hätten auf Band, was passiert ist, nachdem Graham und Laine ihn abgesetzt haben."

„Könnte es sein, dass er in sein Zimmer zurückgekehrt ist, es jedoch nicht mehr zu Fuß verlassen hat?", fragte Nick.

„Wie meinst du das?"

„Man könnte ihn zum Beispiel im Wäschewagen herausgebracht haben, ohne dass irgendwer es bemerkt hat."

„Ja, möglich."

„Wir können nicht einmal beweisen, dass er das Hotel betreten hat, nachdem die beiden ihn abgesetzt haben. Bei deinem Szenario – ist Julian da freiwillig mitgegangen? Ist er einfach in den Wäschewagen gehüpft und hat gesagt: ‚Fesselt mich und nehmt mich mit‘?"

„Natürlich nicht."

„Wo hat dann der Kampf stattgefunden?" Sie deutete auf den tadellos aufgeräumten Raum. „Wäre da nicht wenigstens eine Lampe umgekippt, das Bett zerwühlt oder irgendetwas in Unordnung?"

„Nicht, wenn der Angreifer eine Pistole auf Julian gerichtet hatte. Dann hätte Julian alles getan, was man ihm sagt, um am Leben zu bleiben."

Sam hasste es, ihm recht geben zu müssen. „Das ist eine Möglichkeit. Eine Waffe würde das Ausbleiben eines Kampfes erklären."

Nick strahlte. „Siehst du, ich bin ein Naturtalent."

„Aber du bist immer noch Anfänger."

„Dann lehre mich, Meisterin."

Die Hände auf den Hüften, schaute Sam sich ein weiteres Mal um und versuchte sich vorzustellen, wie die Sache abgelaufen sein könnte. „Ich hätte zu gern den Bericht der Personenüberprüfung durch die Regierung, die im Zuge seiner Nominierung mit Sicherheit durchgeführt wurde."

Nick zog sein Handy aus der Tasche.

„Was machst du da?"

„Ich besorge dir den Bericht."

Verblüfft verfolgte sie, wie er den stellvertretenden Sicherheitschef des Weißen Hauses privat anrief und um eine Kopie des betreffenden Dokuments über Julian Sinclair bat.

„Er mailt es dir zu", erklärte Nick, nachdem er das Gespräch beendet hatte. Da sie ihn nur stumm ansah, fragte er: „Was ist? Wir spielen Racquetball zusammen. Er ist ein Freund."

„Wer ist *nicht* dein Freund?"

„Willst du dich beschweren?"

„Auf keinen Fall. Es könnte ziemlich nützlich sein, dich dabei zu haben, Anfänger."

„Ist das deine etwas umständliche Art, mir zu danken?"

„Mir wird schon noch eine Art einfallen, um dir zu danken –
aber nicht vor Dienstschluss."

In seinen Augen flackerte Lust auf.

„Denk nicht mal dran." Als Sam einen Schritt vor ihm
zurückwich, klingelte ihr Handy.

„Hallo Lieutenant", hörte sie Jeannie McBride am anderen
Ende der Leitung. „Ich bin die Finanzunterlagen der letzten zwei
Jahre von allen infrage kommenden Personen durchgegangen. Das
einzige Interessante, das ich gefunden habe, war eine
Zehntausend-Dollar-Überweisung von Diandra Sinclairs
Privatkonto auf ein Konto auf den Cayman Islands."

„Wer ist der Kontoinhaber?"

„Das versuche ich noch herauszubekommen. Die Bank ist im
Augenblick geschlossen, aber ich habe eine Nachricht
hinterlassen. Außerdem habe ich Kontakt zur Polizei auf den
Cayman Islands aufgenommen, um sie über unsere Ermittlungen
zu informieren."

„Gute Arbeit, Jeannie. Geh nach Hause, wir machen morgen
früh in dieser Richtung weiter."

„Das ist immerhin etwas."

„Absolut. Ich danke dir dafür, dass du so lange geblieben bist.
Irgendein Zeichen von Preston Sinclair?"

„Nicht dass ich wüsste."

„Noch mal danke, Jeannie."

„Gute Nacht, Lieutenant."

Sam beendete das Gespräch und berichtete Nick, was sie
erfahren hatte.

„Was, glaubst du, hat das zu bedeuten?"

„Sie könnte jemanden dafür bezahlt haben, ihren Schwager
umzubringen."

„Wenn es so war, warum hat sie dann damit gewartet, bis er
wegen seiner Nominierung hier ist? Jeder wusste doch, dass er auf
Nelsons Wunschliste für den Obersten Gerichtshof stand. Seine
Nominierung war kaum eine Überraschung."

„Wer weiß? Vielleicht hatte sie jemanden in der Hinterhand,
für den Fall, dass es so weit kommt. Ich würde auf jeden Fall gern
noch einmal mit ihr sprechen. Was meinst du, wollen wir auf dem

Rückweg im Krankenhaus vorbeischauen? Ich möchte mich auch nach Devon erkundigen."

„Das liegt nicht direkt auf dem Weg."

„Nicht meckern, Anfänger."

„Ich meine ja bloß …"

Seine Wange tätschelnd, sagte sie: „Ich kann dich zu Hause absetzen, wenn es zu spät für dich wird."

„Und dann verpasse ich alles Aufregende? Auf keinen Fall. Außerdem hast du mir eine Belohnung versprochen für diesen Bericht der Personenüberprüfung. Die will ich haben."

Sam schloss die Tür des Hotelzimmers ab und machte ein unschuldiges Gesicht. „Ich wollte dir zur Belohnung ein leckeres Eis spendieren. Meine Nichten und Neffen sind immer ganz begeistert. Ist es das, was du im Sinn hattest?"

„Nicht ganz", murmelte er. „Aber du kannst natürlich bei mir noch warme Karamellsoße und Schlagsahne dazugeben."

Irgendwie gelang es ihm stets, das letzte Wort zu haben.

31

———

Im Rückspiegel erschienen grelle Scheinwerfer.

Sam kniff die Augen zusammen und verlangsamte ihr Tempo. „Was soll das", sagte sie zu dem Wagen hinter ihr. „Sitz mir nicht im Nacken!"

Statt ein wenig zurückzubleiben, stieß der andere Wagen gegen ihre hintere Stoßstange.

„Verdammt!", rief Sam.

Nick drehte sich um und hätte beinahe den Kopf verloren, buchstäblich, als eine Kugel das Heckfenster durchschlug und in der Frontscheibe steckenblieb.

Sam drückte seinen Kopf nach unten und gab Gas.

Nick wehrte sich. „Verdammt noch mal, lass mich los!"

„Bleib unten!" Sie ließ ihn los, rief über Funk Verstärkung und trat auf die Bremse, um sich den Schützen vorzunehmen. Sie zog ihre Waffe, schaltete das Blaulicht ein und öffnete die Wagentür.

„Wohin willst du?", schrie Nick und hielt sie am Mantel fest. „Steig wieder in den Wagen!"

Der Fahrer des anderen Wagens ließ den Motor aufheulen und raste auf sie zu. Er rammte ihren Wagen und verfehlte Sam dabei nur knapp, da sie Schutz suchend zurück in ihren Wagen hechtete. Dann setzte der andere mit qualmenden Reifen zurück und stieß gegen ein parkendes Fahrzeug, ehe er in die andere Richtung davonfuhr.

Sam legte den Rückwärtsgang ein, wendete und nahm die Verfolgung auf. „Mist, ich wurde von den Scheinwerfern geblendet, deshalb konnte ich niemanden hinterm Steuer erkennen.“

„Heiliger Strohsack“, murmelte Nick und klammerte sich am Haltegriff über der Tür fest, während Sam eine Kurve auf zwei Reifen nahm.

„Runter!“, schrie sie.

„Und was ist mit dir?“

„Ich fahre.“

Ein weiterer Schuss ließ einen der Seitenspiegel zersplittern.

„Dieser Bastard“, zischte Sam.

„Um Himmels willen, wer schießt denn auf dich?“, sagte Nick, während die Furcht Adrenalin durch seine Adern pumpte. Dank des kaputten Fensters wurde es rasch eisig kalt im Inneren des Wagens, den Sam inzwischen auf Tempo hundertdreißig gebracht hatte. Lichter sausten vorbei, als sie durch verlassene Straßen rasten, parkenden Wagen auswichen oder gelegentlich einem Fußgänger.

„Aus dem Weg!“, brüllte Sam einen von ihnen an. „Könnte sonst wer sein“, antwortete sie nebenbei auf Nicks Frage. „Ich habe mir im Lauf meiner zwölf Dienstjahre viele ‚Freunde‘ gemacht.“ Sie schaute in den Rückspiegel. „Wo zur Hölle bleibt meine Verstärkung?“ Sie griff nach dem Funkgerät und gab einen zweiten, drängenderen Hilferuf durch.

Während sie die roten Ampeln in der Fourteenth Street überfuhren, machte Nick sich innerlich auf einen seitlichen Aufprall gefasst. Sam dagegen wirkte vollkommen konzentriert, furchtlos und entschlossen. Dadurch kam er sich erst recht wie ein Weichling vor, weil er sich vor Angst beinahe in die Hosen machte. „Du bist ein ziemlich draufgängerisches Weib, Holland.“

„Ich mache hier nur meinen Job, Senator. Ach Scheiße!“ Erneut packte sie ihn am Mantel. „Runter mit dir, Nick!“

Der Schütze im anderen Wagen hatte gewendet und zielte auf sie. Sam und Nick duckten sich, und Sam ging vom Gas – zumindest etwas. Die Kugel traf diesmal das rechte Vorderrad, sodass sie ins Schleudern gerieten. Sam versuchte, die Kontrolle über den Wagen zu behalten, und stieß einen Schrei aus, als dieser abhob und sich mehrfach überschlug, um schließlich auf dem Dach liegen zu bleiben.

Da der Wagen mit der Front nirgendwo anschlug, gingen die Airbags nicht auf. Nick hatte harte Schläge auf Schulter und Stirn abbekommen, sodass er Sterne sah, als er kopfüber, vom Sicherheitsgurt gehalten, im Sitz hing. Er schüttelte den Kopf, um wieder klar zu werden, und schaute hinüber zu Sam. Sie war bewusstlos, und Blut tropfte aus einer Wunde an der Stirn.

„Sam!" Es gelang ihm, seinen Gurt zu öffnen. Er fiel hinunter auf die Decke des Wagens und nahm den Geruch von Benzin wahr. Sein Herz schlug schneller. „Sam! Wir müssen hier raus!"

Draußen neben dem zerborstenen Beifahrerfenster tastete sich der Strahl einer Taschenlampe über den Boden. Nick erkannte die Polizeimarke an der Brust des Polizisten, der sich zu ihnen herunterbeugte. „Alles in Ordnung bei euch da drinnen?"

„Bei mir ja, aber Lieutenant Holland wurde verletzt. Außerdem rieche ich Benzin."

„Ich auch. Versuchen Sie ruhig zu bleiben. Die Feuerwehr ist unterwegs, um euch da rauszuholen."

Der Menge an Blut nach zu urteilen, die aus der Wunde an Sams Stirn floss, erschien es ihm wichtiger, sie zunächst aus dem Sicherheitsgurt zu befreien, statt sie nicht zu bewegen. Er schob sich unter sie, um sie aufzufangen. Obwohl seine Schulter vor Schmerzen pochte und er vom Schock ebenso zitterte wie wegen der Kälte, brach ihm der Schweiß aus, während er sie zu befreien versuchte.

Ihr schlaffes Gewicht landete auf ihm und drückte ihn seitlich gegen den Schaltknüppel. Nick schrie vor Schmerz auf und fragte sich, ob er sich die Rippen gebrochen hatte.

Durch das zerbrochene Fenster auf der Beifahrerseite spähte erneut der Officer herein.

„Können wir sie herausholen?", fragte Nick.

„Die Fensteröffnung ist nicht groß genug."

„Nicht für mich", entgegnete er, wegen der Benzindämpfe hustend. „Aber sie könnte hindurchpassen." Er verzog vor Schmerz in der Schulter und den Rippen das Gesicht, während er Sam näher ans Fenster schob und ihr mit dem Ärmel seines neuen Mantels das Blut aus dem leichenblassen Gesicht wischte. „Liebes", flüsterte er und küsste ihre kalten Lippen. „Wach auf."

„Atmet sie?"

Nick brachte sein Gesicht dicht an ihres und spürte zu seiner grenzenlosen Erleichterung ganz sachte ihren Atem an seiner Wange. „Ja." In der Ferne waren die Sirenen zu hören. „Ich will sie aus dem Wagen heraushaben."

„Die Öffnung ist zu klein. Halten Sie durch, Senator. Rettung ist fast da."

Nick legte seinen hämmernden Kopf auf Sams Brust und fand Trost bei ihrem schwachen, doch hörbaren Herzschlag. „Wie heißen Sie?"

„Montgomery. Ich bin Officer Montgomery."

„Hat man die Typen erwischt, die auf uns geschossen haben?"

„Ich habe noch nichts gehört, aber ich kann mich erkundigen."

„Ja." Nick hatte Schmerzen beim Atmen. „Tun Sie das." Ihm wollten die Augen zufallen, doch er kämpfte dagegen an. Falls er eine Gehirnerschütterung hatte, war es besser, wenn er wach blieb. „Samantha, wach auf, Liebes. Bitte wach auf." Er wischte ihr noch mehr Blut von der Stirn. „Montgomery, haben Sie etwas, womit ich ihre Wunde verarzten kann?"

Der Streifenpolizist gab ihm ein sauberes Taschentuch.

„Danke." Nick drückte es auf Sams Stirn und redete sanft mit ihr. Der Benzingeruch schien intensiver zu werden, was Nicks Überzeugung schürte, der Wagen könne jeden Moment explodieren. „Sie sollten zurückweichen, Officer. Gehen Sie vom Wagen weg. Nur für alle Fälle."

„Ich gehe nirgendwo hin", erklärte Montgomery.

„Lieutenant!"

„Wer ist das?", fragte Nick.

„Detective Gonzales. Alles in Ordnung mit Ihnen, Senator?"

„Mit mir schon. Aber Sam ist verletzt."

„Die Feuerwehr ist da", verkündete Gonzales. „Die werden Sie rausholen."

„Jemand hat auf uns geschossen", berichtete Nick. „Das war der Grund für diesen Unfall."

„Wir haben sie erwischt. Sie hatten einen Unfall auf der Brücke."

„Gut", sagte Nick erleichtert. „Das ist gut. Warum haben die auf uns geschossen?"

„Wir glauben, es handelte sich bloß um den Initiationsritus einer Gang. Sozusagen eine Mutprobe – wer traut sich, auf die berühmte Cop-Lady zu schießen. Und extra Ansehen erhält, wer auch noch den Senator erwischt. Wir sind noch dabei, das zu klären."

„Na fabelhaft", murmelte Nick.

Die Feuerwehr sprühte flammenhemmenden Schaum auf den Wagen. Nick machte Augen und Mund zu und bedeckte Sams Gesicht mit dem Taschentuch. Wegen der Kälte reichte einer der Retter eine Decke zu Nick herein. Er breitete die Decke über Sam aus und schmiegte sich eng an sie, damit sie etwas von seiner Körperwärme abbekam.

„Liebes." Er bedeckte ihr Gesicht mit Küssen. „Wach auch. Ich brauche dich." Funken der Rettungsschere regneten auf sie beide herunter. Nick zog die Decke hoch, um Sams Gesicht zu schützen.

Zwanzig Minuten später bogen die Feuerwehrleute die Seite des Wagens auf. Hände griffen nach Nicks Schultern.

„Nehmt sie zuerst", sagte er.

„Wir müssen Sie zuerst herausholen, um an sie heranzukommen, Senator."

Nick küsste ihre kalten Lippen. „Die Sanitäter holen mich jetzt raus, aber ich warte draußen auf dich."

Niemals zuvor in seinem Leben hatte er sich hilfloser gefühlt als in dem Moment, in dem er Sam bewusstlos im Wagen zurücklassen musste. Sobald er auf der Trage lag, umschwirrten ihn die Sanitäter und untersuchten seine Verletzungen.

„Mir geht's gut", erklärte er und versuchte sich aufzusetzen. Ihm war schwindelig, und seine Seite fühlte sich an, als hätte jemand mit einem Messer auf ihn eingestochen. Seine Schulter schien gar keine Verbindung mehr zum Rest seines Körpers zu haben.

„Langsam, Senator." Einer der Sanitäter drückte ihn wieder herunter. „Sie müssen still liegen."

„Ich muss sie sehen!"

„Wir kümmern uns wirklich gut um sie. Keine Sorge."

Von wegen keine Sorge, dachte er. „Gonzo!"

„Hier, Senator.“

„Wie steht es um Sam?“

„Die Sanitäter kümmern sich um sie.“

„Hat man sie schon aus dem Wagen geholt?“

„Noch nicht. Sieht aus, als wolle man sie zuerst stabilisieren, bevor man sie bewegt.“

„Himmel“, flüsterte Nick. „Gott, lass sie nicht sterben. Bitte lass sie nicht sterben. Wenn sie stirbt, sterbe ich auch.“

Gonzo legte die Hand auf Nicks unverletzte Schulter. „Halten Sie durch, Mann. Sie ist hart im Nehmen. Die schafft das schon.“

Nick wollte ihm glauben, doch Gonzos stockender Stimme entnahm er, dass er hier nicht der Einzige war, der um Sam Angst hatte.

Sie wurden getrennt abtransportiert, jeder im eigenen Krankenwagen. Auf halbem Weg ins Krankenhaus kollabierte Nicks Lunge. Noch nie hatte er einen solchen Schmerz empfunden. Während er nach Luft schnappte, arbeiteten die Sanitäter rasch, um eine Kanüle in seine Brust einzuführen, mit deren Hilfe die Lunge wieder aufgeblasen werden sollte. Sobald er wieder atmen konnte, erkundigte er sich nach Sam.

„Sie ist stabil, Senator.“

„Ist sie wach?“

„Noch nicht.“

Nick merkte, dass er einen trockenen Mund bekommen hatte und sein Kopf summte. „Was haben Sie mir gegeben?“ Seine Zunge fühlte sich plötzlich zu groß an für seinen Mund.

„Etwas gegen die Schmerzen.“

„Geben Sie mir nichts mehr. Ich muss wach bleiben.“

„Es wird aber heftig werden.“

„Keine Medikamente mehr.“ Nick versuchte, seinen linken Arm zu heben, und musste wegen der Schmerzen die Zähne zusammenbeißen. „Würden Sie bitte anrufen und sich nach ihr erkundigen?“

Der ältere der beiden Sanitäter nickte seinem Partner zu, der nach dem Funkgerät griff.

„Es gibt keine Neuigkeiten", berichtete der jüngere Sanitäter kurz darauf.

Sie hielten vor der Notaufnahme des George Washington Hospitals, wo sich bereits eine Schar Reporter versammelt hatte. Nick hörte, wie die Sanitäter per Funk die Polizei um Hilfe wegen der Menschenmenge baten. Selbst im Krankenwagen konnte man Gonzo draußen die Reporter anbrüllen hören, sie sollten gefälligst Platz machen. Zum ersten Mal seit über einer Stunde musste Nick lächeln.

„Wir werden Ihnen das hier aufs Gesicht legen, um Ihre Privatsphäre zu schützen", erklärte einer der Sanitäter und drapierte ein sauberes weißes Handtuch auf Nicks Kopf.

„Sorgen Sie dafür, dass das auch bei Sam geschieht", sagte er. „Es würde sie wahnsinnig machen, zu erfahren, dass man sie bewusstlos fotografiert hat."

„Selbstverständlich, Senator."

„An diesem Punkt unserer Bekanntschaft können Sie mich getrost Nick nennen." Er hasste es ohnehin, wie jeder ihn mittlerweile hofierte. Das gehörte zu den Dingen, die ihm überhaupt nicht passten. Schließlich war es nicht so, als hätte er kandidiert und gewonnen. Nein, ein Freund war ermordet worden, und er nahm lediglich seinen Platz ein. Vielleicht würde er sich anders fühlen, wenn er im November die Wahl gewonnen hatte. Bis dahin würde es ihm weiterhin seltsam vorkommen, dass die Leute ihm mit Respekt begegneten, den er sich noch gar nicht verdient hatte.

Die nächsten Stunden vergingen in einem Nebelschleier aus Schmerz, Ärzten, Krankenschwestern, Röntgentechnikern und Spritzennadeln.

„Wie fühlen Sie sich, Senator?", erkundigte der verantwortliche Arzt sich.

„Als wäre ich von einem Bus angefahren worden." Nick wünschte, er hätte die Schmerzmedikamente nicht rundweg abgelehnt. Inzwischen verspürte er überall Schmerzen und er hatte das Gefühl, als sitze ein Elefant auf seiner Brust. Jeder Atemzug kostete ihn unendlich viel Mühe.

„Die Röntgenbilder zeigen ein gebrochenes Schlüsselbein und

eine gebrochene Rippe, beides links, falls Sie das noch nicht selbst bemerkt haben.“

„Wie geht es Sam?“

„Wir sprechen gerade über Sie.“

„Was mit mir ist, kümmert mich nicht. Verraten Sie mir lieber, wie es um Sam steht.“

„Der plastische Chirurg hat ihren Haaransatz mit vierzig Stichen genäht. Erstaunlicherweise scheint sie keine weiteren Verletzungen zu haben, mal abgesehen von einer schweren Gehirnerschütterung.“

„Ist sie bei Bewusstsein?“

„Nein.“

„Ist das normal? Müsste sie mittlerweile nicht wach sein?“

„Kopfverletzungen sind heikel. Es kann eine Stunde dauern oder einen Tag. Aber sie müsste eigentlich wieder gesund werden.“

Mit einer so vagen Aussage konnte er sich nicht zufriedengeben. „Ich muss sie sehen.“

„Ich werde dafür sorgen, sobald sich die Orthopädie um Ihre Schulter und Rippen gekümmert hat. Bis dahin möchte ich nicht, dass Sie sich zu viel bewegen. Die gebrochene Rippe war der Grund dafür, dass Ihre Lunge kollabiert ist.“

Nick erinnerte sich nur zu gut an den schmerzlichen Vorfall. „Sind Sie sicher, dass es nicht so schlimm ist bei ihr?“

„Momentan ist sie stabil. Das ist alles, was ich Ihnen sagen kann.“

Nick musterte den Arzt und versuchte aus dessen Miene herauszulesen, was dieser möglicherweise verschwieg. „Ich muss ihren Vater anrufen.“

„Ich glaube, darum hat Detective Gonzales sich schon gekümmert. Im Wartezimmer hat sich auch schon eine ganz schöne Menschenmenge eingefunden.“

„Bestimmt ist die gesamte Metro Police da.“

„Einige erkundigen sich auch nach Ihnen. Es sind Leute aus Ihrem Büro da. Außerdem haben wir einen Anruf von Ihrem Vater erhalten, der außer sich war vor Sorge. Er lässt Ihnen ausrichten, er sei unterwegs zu Ihnen.“

„Oh. Na gut.“ Nick war überrascht und gerührt von der Sorge seines Vaters. „Ist Captain Malone auch hier?“

„Ich kann nachschauen. Aber Sie müssen sich ausruhen und ruhig bleiben.“

„Ich muss ihn sprechen. Es ist wichtig.“

„Ich schicke ihn zu Ihnen.“

Fünf Minuten später betrat Malone das Zimmer. „Wie geht es Ihnen, Senator?“

„Wenn mich heute Abend noch einer so nennt, verliere ich die Beherrschung. Mein Name ist Nick.“

Auf Malones ernstem Gesicht erschien ein kleines Lächeln. „Wie geht es Ihnen, Nick?“

„Es geht. Ich mache mir eher Sorgen um Sam.“

„Sie befindet sich in guten Händen“, erklärte Malone, doch Nick entgingen die Sorgenfalten im Gesicht des Mannes nicht, der um einiges älter war als er.

„Sie wird ausflippen wegen des Sinclair-Falls, sobald sie aufwacht. Wir waren auf dem Weg hierher, als es passierte.“ Er berichtete Malone von Sams Theorie, dass Diandra möglicherweise jemanden für den Mord an Julian bezahlt hatte, und erwähnte die Überweisung, auf die Detective McBride gestoßen war.

„Wie passen die Schüsse auf den Sohn denn in diesen Zusammenhang?“

„Da war sie sich nicht sicher. Sam wollte die Ergebnisse der ballistischen Untersuchung abwarten, um zu sehen, ob in beiden Fällen die gleiche Waffe benutzt wurde. Sie hatte das Gefühl, allmählich einigen Antworten näherzukommen. Wir haben zudem herausgefunden, dass Julian sich zum Mittagessen mit Senator Ackerman getroffen hat, dem Vorsitzenden des Rechtsausschusses, und zwar am Tag seiner Ermordung. Sam wollte sich morgen früh mit Ackerman unterhalten.“

„Seien Sie unbesorgt, ich werde Gonzales damit betrauen. Er ist ziemlich fertig, seit er Sie beide in dem Wrack gesehen hat. Diese Aufgabe gibt ihm die Gelegenheit, seine beachtliche Energie in etwas zu investieren.“

„Da war ein Officer. Montgomery. Er war uns eine große Hilfe. Wenn es etwas gibt, was Sie für ihn tun können ...“

„Ich werde dafür sorgen, dass er die entsprechende Anerkennung bekommt.“

„Gut“, sagte Nick, während seine Kraft nachließ. Für einen kurzen Moment schloss er die Augen. Als er sie wieder öffnete, war Malone fort, und Skip Holland hatte seinen Platz eingenommen. „Hallo“, begrüßte Nick ihn. Seine Stimme klang heiser, daher musste er sich räuspern.

„Wie geht es dir?“

„Ganz okay.“ Er verlagerte das Gewicht im Bett, um eine bequemere Position zu finden. Schmerz strahlte von seinem Kopf, den Rippen und der Schulter aus, so heftig, dass es ihm für einen Moment den Atem nahm.

„Du siehst nicht okay aus.“

Er biss die Zähne zusammen und sog tief die Luft ein. „Wie geht es Sam?“

„Unverändert. Celia, Angela und Tracy sind bei ihr. Ich wollte mal nach dir sehen.“

„Danke, aber mir geht es gut. Du willst sicher so schnell wie möglich wieder zurück zu ihr.“

„Ich habe gehört, dass dein Dad unterwegs ist.“

„Ja, hab ich auch gehört.“

„Dann bleibe ich, bis er da ist.“

32

Nick wachte ein paar Stunden später auf und bestand darauf, zu Sams Zimmer gebracht zu werden. Er bekam Krankenhauskleidung, da man ihm seine Sachen in der Notaufnahme mit der Schere vom Leib geschnitten hatte. Da er sich im Stehen besser fühlte als im Liegen, ging er zu Sams Bett, schaute auf ihr blasses Gesicht herunter und wünschte, sie würde aufwachen. Ihre Schwestern hatten ihren Vater gedrängt, sich nach Hause zu begeben, da er Zeichen von Müdigkeit zeigte. Nicks Vater hatte zwei Stunden bei ihm verbracht, bis Nick ihn ebenfalls nach Hause geschickt hatte.

„Du solltest dich wirklich wieder hinlegen", ermahnte Sams Schwester Tracy ihn um zwei Uhr morgens.

„Mir geht's gut." In Wahrheit tat ihm alles weh. Doch solange Sam noch nicht aufgewacht war, konnte er an nichts anderes mehr denken.

Die Tür ging auf, und Freddie Cruz steckte den Kopf herein.

„Kommen Sie rein", forderte Nick ihn auf.

„Wie geht es ihr?"

„Unverändert."

Freddie näherte sich dem Bett und legte seine Hand auf Sams. „Warum wacht sie nicht auf?"

„Ich weiß es nicht. Die Ärzte sagen, sie wird schon noch aufwachen."

„Wann?" Freddie sah ihn an. „Das war eine dumme Frage. Tut mir leid. Wie geht es Ihnen?"

„Mir ging es schon mal besser."

„Warum liegen Sie nicht in einem Krankenhausbett?"

„Weil ich bei ihr sein wollte."

Sams Schwester Tracy drückte Nicks unverletzten Arm. „Ang und ich besorgen irgendwo Kaffee. Soll ich dir etwas mitbringen?"

Er schüttelte den Kopf.

„Bist du sicher?"

„Ja, danke." Als er den Arm in der Schlinge, auf die der Orthopäde bestanden hatte, bewegte, schnappte er angesichts des Schmerzes nach Luft.

„Nick, warum setzt du dich nicht eine Weile hin?", meinte Angela.

Er widerstand dem Impuls, sie alle anzufahren. „Mir geht's gut", erklärte er mit zusammengebissenen Zähnen.

„Wir sind gleich wieder da", versprach Tracy und führte ihre Schwester hinaus.

„Lasst euch Zeit", murmelte Nick, nachdem sie die Tür hinter sich geschlossen hatten.

„Gehen die Ihnen auf die Nerven?", erkundigte Freddie sich.

„Sie können sich nicht um Sam kümmern, deshalb sind sie entschlossen, sich um mich zu kümmern."

„Sie sehen ganz schön ramponiert aus, Mann."

„Erzählen Sie mir was, was ich noch nicht weiß."

„Hm, zum Beispiel, dass die Medienvertreter die Krankenhauslobby gestürmt haben?", meinte Freddie mit einem schiefen Grinsen.

„Ach, diese blutrünstigen Geier."

„Es ist immerhin eine große Story – die Cop-Lady und der schneidige Senator hatten einen Autounfall."

Nick wollte lieber nicht an die morgigen Schlagzeilen denken. Er verschränkte seine Finger mit Sams und hob ihre Hand an seine Lippen. „Ich wünschte nur, sie würde aufwachen!" Da diese Berührung nicht zur Folge gehabt hatte, dass sie sich regte, verstärkte er den Druck auf ihre Hand. „Wie geht es Ihrer Schulter?", fragte er Freddie.

„Besser. Ich bin meine Schlinge endlich losgeworden."

„Tja, nun bin ich an der Reihe." Nick strich Sam die Haare aus dem Gesicht. Um sich von seiner Sorge abzulenken, fragte er: „Ich habe gehört, Sie haben eine Freundin."

Freddie war so perplex, dass er prompt anfing zu stammeln. „Ich ... äh ... ja, ich glaube schon."

Nick lachte leise. „Na, was denn jetzt? Haben Sie oder haben Sie nicht?"

„Ich weiß es selbst nicht."

Das Unbehagen des jüngeren Mannes bot Nick die dringend benötigte unterhaltsame Ablenkung. „Was würde sie wohl dazu sagen?"

„Wahrscheinlich, dass ich ein Idiot bin."

„Und warum?"

„Weil wir uns weder gesprochen noch gesehen haben, seit wir zum letzten Mal ... Sie wissen schon."

„Ah." Nick genoss es mit jeder Minute mehr. „Und wieso nicht?"

„Dies ist wirklich nicht der geeignete Zeitpunkt für eine solche Unterhaltung."

„Es lenkt mich aber grandios von der Frage ab, warum Sam immer noch nicht aufwacht."

Freddie betrachtete Sam so lange, dass Nick sich schon fragte, ob er noch etwas sagen würde.

„Na ja, es ist einfach so, dass alles sehr schnell sehr intensiv geworden ist", begann er schließlich.

„Sie haben sich in sie verliebt."

„Nein! Das stimmt nicht. Jedenfalls nicht so ganz."

„Wie dann?"

Nach einer weiteren langen Pause sagte Freddie leise: „Das ist mir peinlich."

„Sprechen Sie es einfach aus."

„Ich habe festgestellt, dass ich Sex mag. Und zwar sehr, wenn Sie verstehen, was ich meine."

Trotz des Schmerzes, der Nick nach wie vor zu schaffen machte, lachte er so heftig, dass er schon fürchtete, sich eine weitere Rippe anzuknacksen. „Und inwiefern unterscheiden Sie sich dadurch von jedem anderen Mann?"

„Sie verstehen mich nicht", erwiderte Freddie, der sich

plötzlich sehr für Sams Bettdecke zu interessieren schien.

„Was verstehe ich nicht?"

„Diese Sache mit Elin, die ist, äh, völlig untypisch für mich. Es ist, als hätte ich meinen Verstand verloren und als hätte mein Schwanz das Denken für mich übernommen."

„Sie hören sich an wie ein Teenager, der zum ersten Mal Sex hatte", stellte Nick fest.

„Na ja ..."

Nick starrte ihn ungläubig an. „Sie wollen doch damit nicht sagen ..."

„Hören Sie, ich habe einen Schwur geleistet. Das war mir wichtig, aber dann habe ich Elin kennengelernt und mich in jemanden verwandelt, den ich nicht mal wiedererkenne. Ich kann nur noch an Sex denken, morgens, mittags und abends."

„Sie holen bloß nach, was Sie verpasst haben", tröstete Nick ihn und ließ sich sein Erstaunen über Freddies Geständnis nicht anmerken. „Das ist alles."

„Mit mir ist also alles in Ordnung, obwohl ich es andauernd will?"

„Ja", bestätigte Nick lachend. „Willkommen im Club. Wie denkt sie denn über Ihre ... Bedürfnisse?"

„Sie ist nur zu gern bereit, darauf einzugehen", antwortete Freddie und wurde vor Verlegenheit rot.

„Sie Glücklicher. Es ist Ihnen gelungen, die Frau zu finden, von der wir alle seit dem ersten Mal träumen."

„Pass lieber auf, was du sagst, Senator", meldete sich Sam murmelnd zu Wort.

Nick erschrak. „Sam. Liebes. Mach die Augen auf."

„Nur wenn ihr zwei damit fertig seid, euch über Cruz' verrückt spielende Hormone zu unterhalten."

„O Shit", flüsterte Freddie entsetzt. „Wie viel hast du denn gehört?"

Die linke Seite ihres Gesichts hob sich leicht zu einem Lächeln, doch sie hielt weiterhin die Augen geschlossen. „Genug, um dich für den Rest deines Lebens damit zu quälen."

Benommen vor Erleichterung beugte Nick sich herunter und küsste sie. „O Samantha, ich bin so froh, deine Stimme zu hören."

„Ich hoffe doch sehr, dass das Nick ist, der mich da küsst."

„Keine Sorge. Ich bin es. Wie fühlst du dich?"

„Als würde mir gleich der Schädel explodieren." Endlich schlug sie die Augen auf und sah ihn an.

Nick hatte sich noch nie so gefreut, ihre hellblauen Augen zu sehen, wie in diesem Moment, obwohl ihr Blick vom Schmerz getrübt war.

„Tja, ich gehe dann mal lieber", meinte Freddie und trat den Rückzug aus dem Zimmer an. „Ich werde dich mal ein bisschen in Ruhe lassen, Lieutenant."

„Rufen Sie bei Skip zu Hause an", bat Nick, „und richten Sie ihnen aus, dass Sam aufgewacht ist."

„Mach ich", versprach Freddie.

Kaum hatte sich die Tür hinter ihm geschlossen, lachte Sam und verzog gleich darauf wegen des Schmerzes, den schon die kleinste Bewegung verursachte, das Gesicht. „Der hat ganz klar mit seiner Jungfräulichkeit auch den Verstand verloren."

„Versuch still zu liegen." Nick setzte sich vorsichtig zu ihr auf die Bettkante.

„Du bist ebenfalls verletzt", flüsterte sie. „Was ist passiert?"

„Du erinnerst dich nicht?"

„Wir saßen im Wagen." Sie schloss die Augen und holte tief Luft. „Jemand hat auf uns geschossen. Danach kann ich mich an nichts mehr erinnern. Doch, warte! Wir wollten zu Diandra."

„Keine Sorge, Gonzo und Jeannie kümmern sich darum."

„Oh, gut. Also, was ist passiert? Hatten wir einen Unfall?"

„Wir haben sie verfolgt, aber die haben auf einen unserer Reifen geschossen, sodass der Wagen sich mehrmals überschlagen hat. Wir sind auf dem Dach gelandet." Als er beim Sprechen alles noch einmal durchlebte, schnürte es ihm die Kehle zu, besonders bei der Vorstellung, was alles hätte passieren können und beinahe passiert wäre. Überwältigt von seinen Emotionen, legte er ihr die Hand auf die Brust und zog Trost aus ihrem gleichmäßigen Herzschlag. „Du hast wie verrückt geblutet und wolltest nicht zu dir kommen."

Sie strich ihm zärtlich durchs Haar.

„Ich hatte schreckliche Angst um dich."

„Wo bist du verletzt worden?"

„Ich habe mir das Schlüsselbein gebrochen und eine Rippe.

Keine große Sache."

„Nick", sagte sie mit einem langen Seufzer. „Es tut mir schrecklich leid. Ich hätte niemals die Verfolgung aufnehmen dürfen, solange du bei mir im Wagen sitzt."

„Warum nicht? Wäre es dir lieber gewesen, die wären entkommen, nachdem sie auf uns geschossen haben?"

„Mir wäre es lieber gewesen, du wärst meinetwegen nicht verletzt worden."

„Dein Fahrstil lässt zwar gelegentlich etwas zu wünschen übrig, aber die waren nicht nur hinter dir her." Grinsend berichtete er ihr, was er über den vermutlichen Initiationsritus einer Gang erfahren hatte. „Für mich hätte es Extrapunkte gegeben, für dich nur die normale Punktzahl."

„Und darauf bist du auch noch stolz, was?"

„Das weißt du."

„Ich hoffe, du bist nicht dermaßen verängstigt, dass du noch mal wegläufst."

Die echte Besorgnis, die er in ihrem Gesicht las, bewegte sein Herz. Er nahm ihre Hand. „Das könnte ich gar nicht. Ich habe ein Versprechen gegeben, erinnerst du dich?"

„Ja, ich erinnere mich." Ihre Finger schlossen sich um seine. „Du kannst nicht weglaufen. Nie mehr."

„Deine Narbe wird deutlicher sein als meine", bemerkte er, auf die Narbe über seiner Augenbraue deutend, die er bei der durch ihren Exmann ausgelösten Bombenexplosion davongetragen hatte.

Ein Lächeln erschien auf ihren Lippen. „Leg dich zu mir."

„Ich weiß nicht, ob ich das kann."

„Ich bin müde, aber ich kann ohne dich nicht einschlafen."

Nach diesen Worten konnte ihn nichts mehr davon abhalten, es wenigstens zu versuchen. „Ich probiere es mal." Sich äußerst vorsichtig bewegend, legte er sich auf seine rechte Seite und versuchte, eine bequeme Position für seinen linken Arm zu finden. Als er es endlich geschafft hatte, war ihm vor Schmerz der Schweiß ausgebrochen.

„Du hast schlimme Schmerzen, Nick." Sie wischte ihm die Schweißtropfen von der Stirn.

„Mir geht es schon viel besser, jetzt, wo du wach bist."

„Du keuchst ein wenig."

„Meine Lunge ist im Krankenwagen kollabiert. Das tut ziemlich weh."

„Das tut mir leid."

„Es ist ja nicht deine Schuld, Samantha." Er legte ihre Hand in seiner auf sein Herz und gab endlich der Erschöpfung nach. „Ich dachte, ich wüsste genau, wie sehr ich dich liebe. Aber heute habe ich erfahren müssen, dass es noch viel, viel mehr ist."

„Bedeutet das, du willst mich morgens, mittags und abends?", neckte sie ihn, in Anspielung auf Freddies Worte.

Nick lachte. „Bring mich nicht zum Lachen", bat er stöhnend, da seine Rippen schmerzten. „Ich flehe dich an."

„Ist das ein Ja?"

„Darauf kannst du wetten."

Freddie lehnte sich mit pochendem Herzen an die Wand draußen vor Sams Zimmer. *Ich kann nicht glauben, dass ich diese Unterhaltung gerade mit einem Senator der Vereinigten Staaten von Amerika geführt habe. Und Sam hat zugehört! Das wird sie mir ewig unter die Nase reiben.* Am liebsten wäre er vor Scham im Boden versunken. *Die müssen mich für einen kompletten Idioten halten!*

„Alles in Ordnung, Detective?"

Erschrocken richtete Freddie sich beim Klang von Captain Malones Stimme auf. „Ja, Sir. Lieutenant Holland ist aufgewacht."

„Das sind großartige Neuigkeiten."

„Ich werde noch verrückt vom Nichtstun. Es muss doch etwas geben, was ich beim Fall Sinclair helfen kann."

„Hat der Arzt Sie schon wieder für dienstfähig erklärt?"

„Technisch gesehen nicht, aber ich fühle mich gesund."

„Sie können Ihren Dienst wieder antreten, sobald der Arzt es erlaubt."

„Den sehe ich erst nächste Woche. Ich will aber jetzt wieder arbeiten."

Malone betrachtete ihn einen langen Moment. „Na schön. Aber nur Innendienst. Besprechen Sie sich morgen früh mit Gonzo. Schauen Sie, wie Sie ihm im Fall Sinclair helfen können."

„Sehr gut." Freddie gab einen Seufzer der Erleichterung von

sich. „Danke."

„Sind Sie sicher, dass es Ihnen gut geht? Sie sehen ein bisschen komisch aus."

Verlegen erinnerte er sich wieder an die Unterhaltung mit Nick. „Nein, mir geht es bestens."

„Gehen Sie nach Hause und schlafen Sie ein wenig."

„Ja, Sir." Freddie beschloss, möglichst schnell von hier zu verschwinden, bevor der Captain seine Meinung änderte und ihn doch nicht arbeiten ließ. In der Lobby bestürmten ihn die Reporter.

„Detective, was können Sie uns über den Zustand des Lieutenants und des Senators sagen?"

„Kein Kommentar." Er bahnte sich seinen Weg zwischen ihnen hindurch, erstaunt über die Tatsache, dass sich ihre Zahl seit seiner Ankunft vor zwei Stunden verdoppelt hatte.

„Leben sie noch?"

„Ja. Aber das ist alles, was ich sage."

„Haben Sie sich erholt, nachdem Sie von Reese angeschossen wurden?"

„Mir geht es gut." Nach wenigen Minuten im Gedränge konnte Freddie sich nicht mehr vorstellen, wie Sam und Nick den permanenten Ansturm der Presse aushielten. Die kalte Luft draußen tat gut. Mit gesenktem Kopf machte er sich auf den Weg zu seinem Wagen. Einer der Reporter verfolgte ihn. Freddie erkannte Darren Tabor. Da er wusste, dass Sam ihn nicht ausstehen konnte, ging Freddie einfach weiter.

„Detective, nur eine Minute."

„Sie werden von mir nichts erfahren."

„Warten Sie doch, Freddie. Im Ernst, ich muss mit Ihnen reden."

Da Tabor ihn mit dem Vornamen ansprach, und weil sein Ton wirklich drängend war, hielt Freddie inne. „Sie haben genau eine Minute."

„Es kursiert ein Gerücht über Lieutenant Holland."

„Ich will es nicht hören …"

„Es heißt, sie habe vor einigen Jahren eine Abtreibung vornehmen lassen."

Freddie starrte ihn an. Kopfschüttelnd setzte er seinen Weg

fort. „Das ist lächerlich. Jeder weiß, wie sehr sie sich Kinder wünscht."

„Damals hat sie noch das College besucht. Die Quelle ist zuverlässig."

„Und was wollen Sie nun daraus machen?"

„Machen Sie sich meinetwegen mal keine Gedanken. Das Problem sind die Boulevardblätter."

„Wieso meldet sich denn bei Ihnen plötzlich das Gewissen? So, wie Sie Sam im Fall Johnson zugesetzt haben, hätte ich das von Ihnen am wenigsten erwartet."

„Ich handle mit Nachrichten, nicht mit Klatsch." Tabor hielt ihn am Arm fest. „Freddie. Das wird in den nächsten Tagen riesengroß aufgebauscht werden. Irgendwer muss die beiden warnen."

Die Vorstellung, jemand könnte Sam – oder Nick – absichtlich Schaden zufügen wollen, ließ Freddie keine Ruhe. „Warum ausgerechnet jetzt? Ich kapiere es nicht."

„Eine ehemalige Rezeptionistin der Klinik hat die Story an den *Reporter* verkauft. Offenbar hat sie dank der Popularität der beiden eine hübsche Summe kassiert."

Freddie fühlte sich elend. „Woher wissen Sie überhaupt davon?"

„Ein Kumpel von mir ist Fotograf für den *Reporter*. Er hat es mir im Vertrauen gesteckt."

„Warum liegt Ihnen daran, die beiden vorzuwarnen?"

„Ich bin nicht immer Lieutenant Hollands Meinung, aber sie ist ein aufrichtiger Charakter. Das hat sie nicht verdient. Niemand hat das."

„Danke, dass Sie mich informiert haben. Ich werde mich um die Sache kümmern."

„Falls ihr in nächster Zeit die Medien braucht, um bei euren Fällen voranzukommen, überlegen Sie es sich ja vielleicht, mich anzurufen."

Nichts war jemals umsonst. „Ich werde das im Hinterkopf behalten."

Darren wandte sich zum Gehen.

„Tabor."

„Ja?"

„Danke für die Warnung."

„Kein Problem."

Freddie öffnete die Tür seines klapprigen Mustangs und stieg ein. Lange saß er einfach nur da und dachte über das nach, was er gerade erfahren hatte. Anspannung erfasste ihn bei dem Gedanken an Sam, die nicht bloß seine Mentorin und Partnerin war. In gewisser Hinsicht war sie so etwas wie eine große Schwester, die er im Lauf der engen Zusammenarbeit im vergangenen Jahr zu lieben gelernt hatte. Auch für Nick hegte er inzwischen freundschaftliche Gefühle. Obwohl dieser jetzt einen bedeutsamen Job hatte, war er nicht arrogant. Tabor hatte recht mit seiner Äußerung, dass Sam das nicht verdient habe. Keiner von beiden.

Unter normalen Umständen wäre Freddie direkt zu Sam gegangen und hätte ihr erzählt, was ihm zu Ohren gekommen war. Anschließend hätte er ihr seine Hilfe angeboten. Aber da sie in einem Krankenhausbett lag und sich von einer ernsten Kopfverletzung erholte, kam das natürlich nicht infrage. Was sollte er tun? Er überlegte, sich an Skip Holland zu wenden, verwarf diese Idee in Anbetracht der Lage wieder.

Nick. Er musste es Nick erzählen. Aber wegen der Menschenmenge in der Lobby wollte er nicht zurückkehren. Also zog er sein Handy aus der Manteltasche und rief Gonzo an.

„Ja, Gonzales hier."

„Gonzo. Wach auf."

„Ich bin gerade nach Hause gekommen", murmelte Gonzo. „Muss in zwei Stunden schon wieder da sein. Ich hoffe, du hast einen guten Grund."

„Ist Christina bei dir?"

„Was geht dich das an?"

„Kann ich mit ihr sprechen?"

„Was soll das, Cruz?"

„Es ist wichtig."

Nach einer langen Pause sagte Gonzo: „Bleib dran."

Freddie konnte hören, wie Gonzo sie weckte.

„Hier ist Christina."

„Es tut mir leid, Sie zu stören." Er schluckte hart. „Hier spricht Detective Cruz. Ich bin Lieutenant Hollands Partner."

„Ja, ich weiß."

„Ich habe mich gefragt, ob Sie mir wohl die Handynummer des Senators geben könnten. Ich muss dringend mit ihm sprechen."

„Er ist im Krankenhaus, das wissen Sie doch. Ich habe Sie dort gesehen."

„Ich habe ihn tatsächlich zuletzt bei Sam gesehen. Aber im Krankenhaus wimmelt es von Reportern, und es ist sehr wichtig, dass ich noch heute Nacht mit ihm spreche. Danach wird er sehr wahrscheinlich ohnehin mit Ihnen reden wollen."

„Was ist denn los, Detective?"

„Darf ich bitte die Nummer haben?"

„Na schön", gab sie nach und nannte ihm die Nummer.

„Danke." Freddie beendete das Gespräch, bevor sie ihn noch weiter ausfragen konnte. Mit einem nervösen Kribbeln im Bauch wählte er Nicks Nummer. Es klingelte viermal, ehe die Voicemail ansprang. Da er wusste, dass Nick verletzt war und sich nur langsam bewegen konnte, versuchte er es ein zweites Mal.

Diesmal meldete der Senator sich beim dritten Klingeln. „Hm, ja? Nick Cappuano."

„Senator, hier spricht Freddie Cruz. Sind Sie wach?"

„Nein."

„Senator. Wachen Sie auf. Ich muss wirklich mit Ihnen reden."

„Mit Ihnen ist alles in Ordnung, Freddie. Das habe ich Ihnen doch erklärt."

„Senator! Hören Sie mir zu. Kommen Sie runter auf den Parkplatz vor der Notaufnahme. Aber gehen Sie nicht durch die Lobby, denn da wimmelt es von Medienvertretern."

„Sie machen Witze, oder?", meinte Nick. „Ich kann mich kaum bewegen."

Freddie bat ihn wirklich nur ungern nach draußen, aber er konnte schlecht riskieren, dass Sam hörte, was er Nick zu sagen hatte. Erst mussten sie entscheiden, wie sie in dieser Sache vorgehen wollten. „Es geht um Sam", erklärte er daher. „Sie müssen kommen."

Freddie spürte, dass der Senator auf einmal hellwach war. „Ich bin gleich da."

„Ich werde in meinem Wagen auf Sie warten."

33

Fünfzehn Minuten später öffnete Nick die Beifahrertür und stöhnte, als er sich langsam in den Wagen setzte. Er sah Freddie an und meinte: „Ich hoffe, hierfür gibt es einen wirklich guten Grund.“

Freddie schaltete die Innenbeleuchtung an, damit sie einander in der Dunkelheit kurz vor der einsetzenden Tagesdämmerung sehen konnten. „Der *Reporter* wird eine Story bringen, in der sie behaupten, Sam hätte vor einigen Jahren eine Abtreibung machen lassen.“

Nicks ohnehin schon blasses Gesicht verlor jeden Rest an Farbe. „Was? Was haben Sie gesagt?“

„Es ist nicht wahr. Es kann nicht wahr sein. Sie kann nie und nimmer …“

Nick saß vollkommen regungslos. „Erzählen Sie mir, was Sie wissen. Und zwar alles, was Sie wissen.“

Freddie gab Darren Tabors Warnung wieder.

„Patientenakten sind privat. Die können unmöglich an die Akte herangekommen sein.“

„Soll das heißen, es ist wahr?“, fragte Freddie zögernd.

„Ich kann mit Ihnen nicht darüber sprechen. Tut mir leid, aber das ist Sams Privatangelegenheit.“

„Die demnächst in den Medien ausgebreitet wird.“

„Um Himmels willen. Das darf nicht passieren.“

„Sie müssen sie warnen.“

„Nein.“ Nick schüttelte den Kopf. „Sie ist verletzt. Ich will nicht, dass sie etwas von dieser Sache weiß.“ Er legte die Hand auf den Türgriff. „Ich werde mich darum kümmern.“

„Was werden Sie tun?“

„Das weiß ich noch nicht.“

„Rufen Sie mich an, wenn ich helfen kann.“

Nach einem kurzen Kopfnicken stieg Nick mühsam wieder aus dem Wagen und verschwand in der Nacht.

Freddie saß noch eine ganze Weile da. Er beneidete Nick nicht um die vor ihm liegende Aufgabe. Um die Liebe zu Sam jedoch schon. Was die zwei zu haben schienen, war etwas, wovon die meisten Leute nur träumten. Freddie startete den Wagen, um nach Hause zu fahren, aber dorthin zog ihn eigentlich nichts. Wohl wissend, dass es besser wäre, es nicht zu tun, rief er Elin an.

„Hallo“, meldete sie sich und hörte sich verschlafen und sexy an.

Er sehnte sich nach ihr. „Tut mir leid, wenn ich dich geweckt habe.“

„Ist schon okay.“

„Kann ich vorbeikommen?“

„Jetzt?“

„Ja.“

Sie zögerte nur für einen kurzen, kaum merklichen Augenblick. „Einverstanden.“

„Ich bin in ein paar Minuten da.“

Als sie ihm zehn Minuten später die Tür aufmachte und vom Schlaf wundervoll zerzaust aussah, wurde ihm klar, wie sehr er sie vermisst hatte. Nicht den Sex, sondern sie.

„Es tut mir leid. Ich habe mich wie ein Idiot benommen.“

Sie sah ihn mit ihren tiefen blauen Augen an. „Du hast mir gefehlt.“

Er schloss sie in die Arme und drückte sie an sich. Dann führte er sie, einen Arm um sie gelegt, ins Schlafzimmer, warf seine Kleidungsstücke auf den Haufen am Boden und kroch mit ihr ins Bett. Innerhalb von Minuten war er selig eingeschlafen.

· · ·

Nick schaute in Sams Krankenzimmer aus dem Fenster, sah jedoch wegen seiner Wut nichts. Dass jemand imstande war, ihr das anzutun … Er warf einen Blick auf sie, um sich zu vergewissern, dass sie noch schlief, und verließ das Zimmer. Draußen scrollte er durch die in seinem Handy gespeicherten Nummern und rief seinen Anwalt und Freund Andy an, einer der Männer, mit denen er gelegentlich Basketball spielte. Andy und seine Frau hatten vor Kurzem ein Baby bekommen, daher zögerte er, sie aufzuwecken. Aber dann dachte er an Sam, die ihm eines Nachts schluchzend am Lincoln Memorial ihr dunkelstes Geheimnis anvertraut hatte, und wählte die Nummer.

„Es tut mir schrecklich leid, euch zu stören, Andy. Ich bin's, Nick Cappuano."

„Senator", sagte Andy. Er klang groggy und überrascht, von Nick zu hören – besonders um diese Uhrzeit. „Ist alles in Ordnung bei dir? Ich habe von dem Unfall gehört."

„Ich habe ein bisschen was abbekommen, aber ich werde es überleben. Sam hat es schlimmer erwischt."

„Hörte sich nach einem ziemlich heftigen Unfall an."

„Ja, war es auch. Also hör zu, ich habe ein Problem, bei dem ich deine Hilfe gebrauchen könnte."

„Klar, Nick … ich meine, Senator. Was immer du wünschst."

„Nenn mich weiter Nick, und es geht um Sam." Nick erzählte ihm von der Klatschzeitung. „Sag mir, dass wir irgendetwas unternehmen können. Eine einstweilige Verfügung. Irgendetwas in der Art. Denn wenn das in den Medien erscheint, wird es Sam umbringen."

„Ist es denn wahr?"

Nick zögerte. Ihm wurde die Sache mit jeder Sekunde mehr zuwider. „Ja und nein. Sie hatte einen Termin für eine Abtreibung, erlitt jedoch vorher eine Fehlgeburt. Offenbar hat die Quelle nur den ersten Teil der Geschichte erzählt."

„Wenn es wahr ist, wird es schwierig, ihnen üble Nachrede vorzuwerfen. Und da Sam eine Person des öffentlichen Lebens ist, wird das Ganze noch ein wenig komplizierter."

„Wie kann das sein? Hier handelt es sich um ihre private Krankengeschichte, die irgendwer an eine Klatschzeitung verkauft hat, um sich zu bereichern. Wie kann das legal sein?"

„Du könntest eine einstweilige Verfügung erwirken, da Krankenakten Privatangelegenheit sind. Ich bezweifle jedoch, dass das schnell genug geht, um die Veröffentlichung noch zu stoppen."

Nick atmete schwer aus. „Weil ich jetzt mit ihr zusammen bin, weil ich Senator bin und wir diese viele Aufmerksamkeit bekommen, verliert sie ihr Grundrecht auf Schutz der Privatsphäre?"

„Es ist eher so, dass es ihr unbemerkt geraubt werden kann. Ich kann eine Notfall-Verfügung morgen früh erwirken. Allerdings müssten wir auch in diesem Fall auf einen mitfühlenden Richter hoffen, der rasch handelt. Du solltest dir im Übrigen im Klaren darüber sein, dass die einstweilige Verfügung auch wieder für Schlagzeilen sorgen wird. Mehr oder weniger bestätigt sie, dass die Geschichte wahr ist – auch wenn sie nur zum Teil stimmt, genügt es, um Schaden anzurichten. Sam könnte die Klinik verklagen und die Zeitung, was sie meiner Ansicht nach tun sollte. Nur, wie schon erwähnt, wir würden damit höchstens eine kurze Verzögerung erreichen."

Nick fuhr sich durch die Haare. „Ich glaube das einfach nicht."

„Du solltest dich vielleicht mit deinem Stab zusammensetzen und überlegen, wie du vom politischen Standpunkt darauf reagieren willst."

„Ich werde die Sache keinesfalls eines Kommentars würdigen."

„Deine PR-Leute werden dir zweifellos etwas anderes raten."

„Die Sache hat nichts mit meiner Position zu tun."

„Und ob, Nick. Wir reden hier über eines der am stärksten polarisierenden Themen unserer Zeit. Die Öffentlichkeit wird deinen Standpunkt in dieser Sache unbedingt kennen wollen."

„Ich liebe sie, also unterstütze ich ihr Recht darauf, frei entscheiden zu können. Ich bin dafür, dass jede Frau ein Recht auf freie Entscheidung hat."

„Dann wirst du das sagen."

„Ich kann sie nicht schützen, Andy." Die Hilflosigkeit überwältigte ihn. „Es ist unerträglich, dass ich sie davor nicht beschützen kann."

„Ich habe sie noch nicht kennengelernt, aber nach allem, was ich über sie in den Zeitungen gelesen habe, kann ich mir nur schwer vorstellen, dass sie irgendeine Art von Schutz von dir erwartet."

„Das heißt nicht, dass ich sie nicht beschützen will", konterte Nick. „Könnte ich der Klatschzeitung mehr Geld bieten, als sie für die Story bezahlt hat?"

„Auch das würde ohne Zweifel an die Öffentlichkeit gelangen und nur Öl aufs Feuer gießen."

Nick seufzte. „Es tut mir wirklich leid, dass ich dich geweckt habe."

„Ich bin froh, dass du angerufen hast. Ich mache mich jetzt auf den Weg ins Büro. Zuerst kümmere ich mich um die einstweilige Verfügung, und dann melde ich mich bei dir."

„Ich bin dir sehr dankbar für deine Hilfe. Schick mir eine Rechnung."

„Mach dir keine Gedanken. Wir bleiben in Kontakt."

Sam schwebte irgendwo zwischen Traum und Albtraum. Opfer und Täter und abscheuliche Verbrechen schwirrten ihr durchs Unterbewusstsein. Szenen aus der Sinclair-Ermittlung tauchten eine nach der anderen auf, Fragmente und Teile, die sich jedoch nicht zu einem Ganzen zusammenfügen wollten. Julians Leiche im Lincoln Park, sein Bruder, zu dem er keinen Kontakt mehr gehabt hatte, seine Schwägerin, die geliebten Neffen, von denen einer angeschossen und dessen Mitbewohner erschossen worden war. Und der verschwundene Preston Sinclair. Wo steckte er? Warum war er verschwunden? Was übersah sie die ganze Zeit?

Sie spürte, dass die Antwort dicht unter der Oberfläche lag. Wenn sie nur die letzten fehlenden Stücke zu diesem Puzzle finden würde! Wenn sie nur endlich Preston finden würde.

Der pochende Schmerz von der Platzwunde am Kopf beendete den Schwebezustand und forderte ihre ganze Aufmerksamkeit. Sie öffnete die Augen. „Preston."

Nick drehte sich an seinem Platz am Fenster um. „Was meinst du, Liebes?" Er kam langsam an ihr Bett und setzte sich. Es war offensichtlich, dass ihm jede Bewegung wehtat.

„Es ist Preston."

„Was denn? Ich kann dir nicht folgen."

„Preston hat auf Julian und Devon geschossen.“

Nick wickelte sich eine Strähne ihrer langen Haare um den Finger. „Was? Wieso?“

„Um Diandra zu schützen. Ich kann es nicht fassen, dass ich nicht schon viel früher darauf gekommen bin.“

„Aber warum sollte er auf den eigenen Bruder und den Sohn schießen?“

„Überleg doch mal. Seit dreißig Jahren lebt er mit dieser dominanten Frau zusammen, deren unmoderne Ansichten zum Bruch zwischen ihm und seinem Bruder geführt haben. Er musste einfach eine Entscheidung treffen – sie oder Julian. Er hat sie gewählt. Der Erscheinungstermin ihres Buches war nur noch Wochen entfernt, und Julian hätte ihr die Show gestohlen, so wie die Dinge lagen. Seine Geheimnisse wären ans Licht der Öffentlichkeit gelangt, und Diandra wäre blamiert worden. Möglicherweise hätte sie sogar ihren TV-Platz verloren. Was, wenn der Verleger ein Problem hat mit dem neuen Richter am Obersten Gerichtshof und ihr Buch doch nicht herausbringt? Das hätte sie nicht riskieren wollen.“

„Also hat er seinen eigenen Bruder aus dem Hotel gelockt, ihn gefesselt und im Lincoln Park erschossen?“

„Julian hat das Hotel nie betreten.“ Plötzlich sah Sam alles mit einer solchen Klarheit, dass sie Mühe hatte, mit ihren Gedanken Schritt zu halten. „Deshalb war auf den Überwachungsbändern auch nirgends zu sehen, wie er das Hotel verlässt. Graham und Laine sagten aus, sie hätten ihn am Hotel abgesetzt, doch keiner von ihnen konnte bestätigen, dass sie ihn zur Tür hätten gehen sehen. Niemand im Hotel konnte sich daran erinnern, ihn nach seiner Rückkehr vom Abendessen gesehen zu haben.“

„Er hat sich also davongeschlichen und sich irgendwo mit Preston getroffen?“

„Sie standen jedenfalls in Kontakt. Preston meinte, er hoffte seinen Bruder zu treffen, wenn er in der Stadt sei.“

„Glaubst du, er hatte von Anfang an die Absicht, Julian umzubringen?“

„Ja, allerdings.“ Sam starrte auf einen Punkt an der gegenüberliegenden Wand und malte sich aus, wie das Verbrechen vonstattengegangen war.

„Wusste Diandra davon?"

„Sie hat die ganze Sache geplant. Wahrscheinlich ist sie ausgeflippt wegen des Timings – Julian kommt ausgerechnet in die Stadt zu den heiklen Anhörungen, wenn ihr Buch erscheinen soll. Sie hat sich Sorgen gemacht, sie könnte ihre TV-Show verlieren. Wie kann sie weiter Hass und Häme über Schwule verbreiten, wenn ihr Schwager einer von denen ist? Also hat sie Preston so lange bearbeitet, bis er keine andere Möglichkeit mehr gesehen hat, als seinen Bruder loszuwerden. Niemand würde ihn verdächtigen, die beiden hatten ja seit Jahren kein Wort mehr miteinander gewechselt."

„Was ist mit dem Geld auf den Cayman Islands?"

„Das hat sie vorsichtshalber dort deponiert, für den Fall, dass Preston es nicht fertigbringt. Vermutlich hatte sie schon einen Auftragsmörder im Visier."

„Wie erklärst du dir die Schüsse auf ihren Sohn?"

„Vielleicht hat Austin seinem Vater erzählt, was Devon uns während unserer Befragung gestanden hat."

„Ich begreife nicht, weshalb Austin seinem Vater davon hätte erzählen sollen."

„Wer weiß? Vielleicht war er aufgewühlt, weil er von der Polizei verhört worden war. Oder Preston hat ihn unter Druck gesetzt, ihm alles ganz genau zu berichten, was er den Polizisten erzählt hat. Wie auch immer, Preston hat jedenfalls herausgefunden, dass Devon schwul war. Und alles, was ihn da noch interessiert hat, waren die Auswirkungen, die das für Diandra haben würde."

„Sie hatte demnach keine Ahnung davon, dass Preston beabsichtigte, Devon zu erschießen?"

„Nein, davon wusste sie nichts." Sam erinnerte sich an Diandras Reaktion auf die Nachricht über ihren Sohn. „Aber ihr war sofort klar, dass das ebenfalls auf Prestons Kappe ging. Nur kannte sie den Grund nicht."

„Er ist durchgedreht, weil sie ihn in den Wahnsinn getrieben hat."

„Ja, er hat abgedrückt, beide Male. Er war derjenige mit der Waffe. Doch ich wette, dass wir ihr eine Komplizenschaft bei Julians Mord nachweisen können."

Sie sahen einander an, während das Adrenalin durch ihre Adern pumpte.

„Ich glaube, du hast es", sagte Nick.

„Dazu waren ein heftiger Schlag auf den Kopf und vierzig Stiche nötig. Aber ich denke, wir haben die Lösung. Endlich. Ist Captain Malone noch hier?"

„Er schläft im Wartezimmer."

„Würdest du ihn bitte holen?"

„Klar."

Während er fort war, schloss Sam die Augen, um den pochenden Schmerz in ihrem Kopf zu beruhigen. Der war über Nacht definitiv schlimmer geworden. Schon bei der kleinsten Bewegung wurde ihr übel.

Nick kehrte mit Captain Malone im Schlepptau zurück.

„Wie fühlen Sie sich?", erkundigte der Captain sich.

„Solange ich mich nicht bewege, geht es."

„Autsch. Nick hat mir erzählt, dass Sie den Fall Sinclair vom Krankenhausbett aus gelöst haben." Auf seinem Gesicht erschien ein stolzes Grinsen. „Das schaffen auch nur Sie, Holland."

Sam erläuterte ihm ihre Theorie. „Folgendes müssen wir jetzt tun: Wir müssen Austin Sinclair von seiner Mutter weglotsen und aus ihm herausbekommen, dass er seinem Vater tatsächlich von dem Verhältnis zwischen Devon und seinem Wohnungsgenossen Tucker erzählt hat. Ich muss wissen, wie und wann das geschehen ist." Der aufflackernde Schmerz erinnerte sie daran, dass sie still liegen musste.

„Geh es langsam an, Liebes", erinnerte Nick sie.

Ihr Atem ging flach, während sie gegen die Übelkeit ankämpfte. Dann fuhr sie fort: „Wir müssen Preston finden. Er ist bewaffnet und durcheinander. Wir müssen ihn erwischen, ehe er noch jemandem etwas antut. Falls er den Verstand noch nicht völlig verloren hat, wird ihm bewusst sein, was er angerichtet hat. Er wird wegen seines Sohnes völlig fertig sein. Vielleicht können wir Devon irgendwie dazu benutzen, ihn hierherzulocken."

„Was ist mit seiner Frau?", wollte Malone wissen.

„Cruz soll herausfinden, wo das Seil gekauft wurde, mit dem Julian gefesselt war. Ich gehe jede Wette ein, dass sie es gekauft hat. Sie hat die ganze Geschichte eingefädelt und ihren Mann davon überzeugt, dass die einzige Chance darin besteht, seinen Bruder zu töten. Die beiden Brüder waren ohnehin ihretwegen zerstritten. Diandra hatte eine heftige Abneigung gegen Julian. Und er kam wegen seiner Nominierung für den Obersten Gerichtshof ausgerechnet dann in die Stadt, als ihr Lebenstraum, nämlich die Veröffentlichung ihres Buches, wahr zu werden versprach. Auf keinen Fall wollte sie sich das von ihm nehmen lassen. Als Preston die Wahrheit über Devon erfahren hat, hat er auf eigene Faust etwas unternommen, um auch diese Gefahr zu neutralisieren.“

„Indem er auf seinen eigenen Sohn geschossen hat“, bemerkte Malone ungläubig. „Preston hat ihn als Bedrohung für seine Frau gesehen und gehandelt.“

„Ganz genau“, bestätigte Sam. „Sein Anwalt wird auf verminderte Schuldfähigkeit plädieren und damit wahrscheinlich sogar durchkommen. Am Ende wird Preston in der Psychiatrie landen. Aber Diandra ist diejenige, die ich hinter Gittern sehen will. Sie hat zwar nicht auf Julian geschossen, doch sie hat dafür gesorgt, dass ihr Mann es tut.“

„Wir werden sie beide bekommen“, versicherte Malone ihr. „Sorgen Sie dafür, dass Sie wieder gesund werden.“

„Es ist schrecklich, dass ich die zwei nicht selbst jagen kann.“

„Das verstehe ich, aber wir werden uns darum kümmern.“

„Halten Sie mich auf dem Laufenden?“

„Das wissen Sie doch.“

Nachdem der Captain gegangen war, sah Nick, wie Sams Energie erlosch und der Schmerz sie wieder ganz im Griff hatte.

Er nahm ihre Hand und betrachtete ihr wunderschönes Gesicht, während er sich im Stillen damit quälte, was er ihr sagen musste. Wäre es nach ihm gegangen, hätte sie nie etwas über die Boulevardzeitung erfahren müssen. Nur gab es zwischen ihnen eine Abmachung, was Aufrichtigkeit und Ehrlichkeit betraf, und deshalb schuldete er ihr nichts weniger als die Wahrheit, selbst wenn es ihm das Herz brechen würde – und ihr.

„Was?“, fragte sie. „Was ist los? Hat es mit Julian zu tun? Ich weiß, es war schwer für dich, zu hören, wie er ermordet wurde.“

„Nein, Liebes, es ist nicht wegen Julian. Während du

geschlafen hast, ist etwas passiert, und ich wünschte, ich müsste dir das Folgende nicht erzählen."

„Nicht mein Dad", flüsterte sie benommen.

Mit dem gesunden Arm drückte er sie, so gut er konnte. „Nein, Schatz." Er gab ihr einen Kuss auf die Schläfe und berichtete so behutsam wie möglich von dem Plan der Boulevardzeitung.

Trotzdem erstarrte sie mehr und mehr in seinem Arm, während sie das Gehörte verarbeitete. „Nein", flüsterte sie am Schluss.

„Es tut mir schrecklich leid, Sam. Ich würde alles in meiner Macht Stehende tun, um dich davor zu schützen. Mein Anwalt erwirkt gleich morgen früh eine einstweilige Verfügung, aber ich befürchte, das wird die Veröffentlichung nicht mehr stoppen können."

„Mein Dad", sagte sie schließlich aufgebracht. „Ich muss es ihm sagen, bevor er es aus der Zeitung erfährt." Sie befreite sich aus seiner Umarmung und verlor beinah das Bewusstsein, als ihre Kopfverletzung sich meldete.

Er bettete sie behutsam wieder auf die Kissen. „Liebes, momentan kannst du nirgendwo hin."

„Ich muss es ihm sagen."

„Ich werde Celia anrufen. Sie wird ihn herbringen. Ich werde dafür sorgen, dass sie ihn durch einen Nebeneingang hereinbringt, damit niemand ihn vor dir sprechen kann." Nick strich ihr die Haare aus dem Gesicht. „Es wird alles gut, Sam. Du hast ja nichts Falsches getan."

„Jeder wird wissen, was ich vorhatte", sagte sie mit leiser Stimme.

„Wie wäre es, wenn wir denen einfach den Wind aus den Segeln nehmen?"

„Wie meinst du das?"

„Wir könnten eine Erklärung herausgeben, in der die Geschichte aus deiner Sicht dargestellt wird, statt darauf zu warten, dass sie im *Reporter* erscheint. Damit ziehen wir ihnen den Teppich unter den Füßen weg."

„Ich soll in die Offensive gehen und alles gestehen? Ich weiß nicht, ob ich das kann."

„Erzähl ihnen deine Geschichte, Sam. Erzähl ihnen die gleiche

Geschichte, die du mir erzählt hast. Wir werden eine gemeinsame Erklärung herausgeben und darin klarstellen, dass dies die einzige Gelegenheit ist, bei der wir uns jemals zu diesem Thema äußern werden. Anschließend verklagen wir die Klinik, die Frau, die deine Akte gestohlen hat, und den *Reporter*. Ich wette, man kann sie wegen einer strafbaren Handlung belangen."

Sie sah ihn an. „Wie soll ich denn eine Erklärung abgeben?"

Stolz auf ihren Mut, antwortete er. „Christina und Trevor sind auf dem Weg hierher. Wir kümmern uns um alles."

„Du musst dich da heraushalten, Nick. Schließlich wirst du kandidieren. Das Ganze wird zu einem Albtraum für dich werden."

„Ich kann mich nicht mehr heraushalten. Bevor ich diesen Posten angenommen habe, habe ich dir klipp und klar gesagt, dass du an erster Stelle kommst. Daran wird sich nie etwas ändern. Die politischen Auswirkungen sind das Letzte, was mir momentan Sorge bereitet. Diese Geschichte passiert dir nur meinetwegen und wegen meinem Job. Schon allein deshalb musst du es mich in Ordnung bringen lassen."

Sie biss sich auf die Unterlippe und betrachtete ihn eine ganze Weile. „Einverstanden."

Nick rief Celia an und bat sie, Skip so schnell wie möglich herzufahren. Dann schob er das Handy wieder in die Tasche, nahm Sams Hand und hob sie an die Lippen. „Es wird wirklich alles wieder gut, das verspreche ich."

34

***

„Auf keinen Fall, Senator", meinte Christina. „Du kannst unter gar keinen Umständen vor die versammelte Presse treten und das hier verlesen. Das wäre politischer Selbstmord, derartig deutlich Stellung zu diesem Thema zu beziehen."

„Ich beziehe nicht Stellung zu diesem Thema, sondern zu ihr."

Christina sah ihn verblüfft an. „Bist du wirklich so naiv?"

Trevor räusperte sich.

„Sprechen Sie", forderte Nick ihn auf.

Der Leiter der Kommunikationsabteilung sah zu Christina. „Ich, äh, stimme dem Senator zu." Ehe sie sich über ihn empören konnte, fuhr er fort: „Die gesamte Region ist fasziniert von der Romanze zwischen den beiden. Die Menschen werden Sympathien für ihn entwickeln, weil er zu ihr hält."

„Ihr habt den Verstand verloren – alle beide!", konterte Christina. „Er ist ein Senator der Vereinigten Staaten von Amerika, der aller Welt erzählen will, dass seine Freundin eine Abtreibung geplant hatte, die lediglich durch eine Fehlgeburt verhindert wurde. Eine Abtreibung!"

„Ich werde erklären, dass meine Freundin vor fünfzehn Jahren, als sie noch Studentin war, einen legalen medizinischen Eingriff zum Abbruch einer Schwangerschaft durchführen lassen wollte, weil sie der Situation damals nicht gewachsen war. Ich werde erklären, dass sie eine Fehlgeburt erlitten hat, ehe der Eingriff vorgenommen werden konnte, und dass sie ihre Entscheidung seit damals bereut. Ich werde sagen, dass ich sie liebe und unterstütze und dass ich allen Frauen das Recht auf Abtreibung zubillige. Zum Schluss werde ich sagen, dass weder der Lieutenant noch ich uns jemals wieder zu dieser Sache äußern werden."

„Warum kann nicht jemand aus ihrer Familie die Erklärung verlesen?", wollte Christina wissen. „Warum musst du das machen?"

„Weil ich ihre Familie bin und sie nur meinetwegen mitbetroffen ist."

„Wie kommst du darauf?"

Nick verdrehte die Augen. „Im Ernst, Christina? Erkennst du den Zusammenhang nicht?"

Trevor räusperte sich erneut. „Hätte er sich nicht bereit erklärt, Senator O'Connors Amtszeit zu Ende zu führen, würde niemand sich für Lieutenant Hollands Vergangenheit interessieren."

„Vielen Dank, Trevor", sagte Nick, den Blick auf Christina gerichtet.

„Na schön." Sie gab ihm das Statement. „Tu es. Aber komm hinterher nicht an und behaupte, ich hätte dich nicht gewarnt, wenn die Partei dich vierteilt."

„Dummerweise haben die nur mich." Er wandte sich an Trevor. „Informieren Sie die Medien darüber, dass ich um zehn eine kurze Erklärung in der Krankenhauslobby abgeben werde."

„Wird gemacht, Senator."

„Entspann dich, Christina", sagte Nick. „Es wird schon alles gut laufen."

Mit nach wie vor bestürzter Miene entgegnete sie: „Sicher, das wird es."

Von ihrem Bett aus hörte Sam das Sirren des Rollstuhls auf dem Flur. Sie setzte sich auf, was sofort den Schmerz in jeden Winkel ihres Schädels transportierte. Mittlerweile hatte sie vor einer Gehirnerschütterung ganz neuen Respekt bekommen.

Celia hielt Skip die Tür auf. „Guten Morgen, Schätzchen", begrüßte Celia Sam. „Wie geht es dir heute?"

„Gut, solange ich nicht blinzle."

„Du musst sehr still liegen, was natürlich eine echte Herausforderung für dich ist", meinte Skip und versuchte mit seinem scharfen Blick, den tatsächlichen Gesundheitszustand seiner Tochter einzuschätzen.

„Hattest du Ärger mit den Medien?", erkundigte Sam sich.

„Nein", antwortete Skip. „Wir sind durch die Notaufnahme hereingekommen."

Ihr Magen rebellierte auf vertraute Weise, obwohl sie zugeben musste, dass es nicht mehr so heftig war wie früher. „Da ist etwas, das ich dir erzählen muss."

„Ich werde mal lieber draußen auf dich warten", bot Celia an.

„Nein", sagte Sam zu ihrer zukünftigen Stiefmutter. „Bitte bleib."

„Gut." Celia trat ans Bett und legte ihre Hand auf Sams. „Sind deine Verletzungen schlimmer, als man zunächst angenommen hat?"

Sam bemerkte den besorgten Ausdruck auf den Gesichtern der beiden. Es machte ihr zu schaffen, dass sie dafür verantwortlich war. „Nein, nichts dergleichen. Es geht um etwas, das vor Jahren passiert ist. Etwas Beschämendes. Die Medien haben Wind davon bekommen."

„Was immer es sein mag, wir lieben dich", erklärte Skip, doch sie sah ihm die Furcht an. „Das weißt du."

Sam räusperte sich, da sie vor Rührung einen Kloß im Hals hatte. „Ja, das weiß ich, und deshalb wollte ich dich auch nie enttäuschen."

„Das hast du nie. Also, was ist los, Schatz?"

„Erinnerst du dich an diesen französischen Jungen, mit dem ich auf dem College zusammen war? Jean Paul?"

„Nur noch vage. Soweit ich mich entsinne, herrschte kein Mangel an jungen Männern, die sich für mein kleines Mädchen interessiert haben."

Sam hätte es nicht für möglich gehalten, ausgerechnet jetzt lächeln zu müssen. Sie holte tief Luft und erzählte ihnen von der schrecklichen Entscheidung, die zu treffen sie gezwungen gewesen war, von der Fehlgeburt, die sie erlitten hatte und von den Konsequenzen, an denen sie bis zu diesem Tag trug. „Ich wusste einfach nicht, was ich tun sollte, Dad", schloss sie ihren Bericht mit leiser Stimme. „Ich hatte das Gefühl, keine andere Wahl zu haben.“

Sowohl Skip als auch Celia wirkten benommen.

Nick betrat das Zimmer, ging zum Bett und legte den Arm um Sam. Er küsste sie auf die Schläfe und flüsterte: „Alles okay?“

Für einen kurzen Moment schloss sie die Augen und genoss seinen liebevollen Trost. „Ja.“

„Warum erzählst du uns das jetzt?“, wollte Skip mit undurchdringlicher Miene wissen.

„Weil es in den Medien verbreitet werden wird“, antwortete Nick an Sams Stelle.

Celia schnappte erschrocken nach Luft.

„Jemand aus der damaligen Klinik hat die Story an eine Klatschzeitung verkauft und denen erzählt, ich hätte die Abtreibung vornehmen lassen. Wir haben nicht die geringste Ahnung, was tatsächlich veröffentlicht wird, aber es ist anzunehmen, dass es sich nicht um die Wahrheit handelt.“

„Aber das ist illegal!“, empörte Celia sich.

„Du musst etwas dagegen unternehmen“, pflichtete Skip ihr bei, während er abwechselnd Nick und Sam ansah.

„Wir tun, was wir können“, versicherte Nick ihm und legte ihm den Plan dar.

„Trotzdem wird jeder es erfahren“, sagte Sam. Nach einer langen Pause sah sie ihren Vater an. „Sag etwas, Dad. Bitte.“

„Ich finde es schade, dass du damals nicht zu mir gekommen bist.“

„Hast du vergessen, wie es damals war? Mom hatte uns verlassen, Tracy gerade Brooke bekommen. Alle waren aufgewühlt und gestresst. Ich dachte, es gäbe für mich keine andere Wahl. Und dann habe ich das Baby verloren. Kein Tag ist seither vergangen, an dem ich mich nicht gefragt habe, was wohl geschehen wäre.“

„Daran zweifle ich nicht.“

„Ich bringe dich damit in Verlegenheit. Das tut mir leid.“

„Sei nicht albern“, meinte Skip angespannt. „Es ist mir völlig egal, was irgendwer denkt. Wichtig ist nur, dass du wieder gesund wirst.“

Nick drückte ihre Schulter.

Überwältigt sagte Sam: „Es ist demütigend, dass jeder einen Einblick in meine Privatangelegenheiten bekommt. Aber ich will nicht, dass du dir Sorgen machst, Dad. Wir werden das schon überstehen." Zusätzlich zu ihrem allgemeinen Bedauern tat es ihr leid, dass ihre Vergangenheit Nick politischen Ärger einbringen würde.

„Ich denke, es ist besser, wenn ihr vor der Pressekonferenz wieder aus dem Krankenhaus verschwindet", riet Nick den beiden. „Es wäre schlimm, wenn die Medienmeute euch in die Fänge bekommt."

„Dieses Risiko nehmen wir in Kauf", entgegnete Skip.

„Mir wäre es auch lieber, ihr würdet gehen", meldete Sam sich wieder zu Wort. „Wenn ihr bleibt, würde ich mir Sorgen machen, wie ihr wohl wieder hinausgelangt."

„Sam hat recht", wandte Celia sich an Skip. „Wir können heute Abend wiederkommen."

„Absolut." Sam beugte sich vorsichtig im Sitzen zu ihrem Vater herüber, um ihm einen Kuss auf die Wange zu geben. Dann umarmte sie Celia. „Wir sehen uns später."

„Sam." Als er ihre ganze Aufmerksamkeit hatte, sagte Skip: „Es gibt nichts, wirklich nichts, womit du mich enttäuschen oder dazu bringen könntest, dich weniger zu lieben. Hast du verstanden?"

„Ja", erwiderte Sam leise. „Danke für deine Worte."

Zu Nick sagte Skip: „Und jetzt geh raus und zeig's ihnen, Senator!"

„Mach ich, keine Sorge."

Nachdem Celia und Skip gegangen waren, kam eine Krankenschwester herein. „Ihr süßer Partner hat angerufen, um sich nach Ihnen zu erkundigen", berichtete sie, während sie Sams Monitore überprüfte. „Er wollte Sie nicht wecken, lässt aber ausrichten, dass er in Kürze hier eintreffen wird."

„Gut", sagte Sam, noch ganz geschafft von dem Gespräch mit ihrem Vater. Ihr Herz pochte, und ihr Mund war trocken wie die Wüste.

„Ist er eigentlich Single?", erkundigte die Krankenschwester sich unverblümt.

„Er ist locker mit jemandem zusammen."

„Ach, na ja. Mein Pech. Er sieht so toll aus." Vor sich

hinmurmelnd fügte sie hinzu: „Ihr Freund aber auch." Sie warf einen Blick auf Nick, der am Fenster stand und in den grauen, kalten Tag hinausschaute. „Lecker."

Sam lächelte, doch ihr wurde das Herz schwer bei dem Gedanken an das, was er für sie tun wollte.

Eine Stunde später saß Sam vor dem Fernseher und starrte auf Nick, der vor der versammelten Presse das mit ihr abgestimmte Statement verlas. Etwas abseits schauten Christina und Trevor beunruhigt drein. „Ich habe eine kurze Erklärung vorbereitet. Danach werden weder Lieutenant Holland noch ich uns weiter zu diesem Thema äußern."

Die Reportermeute lauschte, beinahe sabbernd vor Erwartung.

Sam schaltete den Fernseher stumm. Sie konnte es nicht ertragen, sich das anzuhören. Während sie Nicks attraktives, ernstes Gesicht betrachtete, erkannte sie, wie blass und geschafft er aussah. Am Tag zuvor hatte er selbst Verletzungen davongetragen und doch besaß es für ihn Priorität, ihr beizustehen. Obwohl diese Erklärung in ihrer beider Leben für Unruhe sorgen würde, fürchtete Sam sich nicht einmal annähernd so sehr, wie es ohne ihn der Fall gewesen wäre.

Um sich abzulenken von dem, was Nick der Presse sagen würde, und dem Hämmern in ihrem Kopf, fragte sie sich, ob man Preston inzwischen gefunden hatte. Wohin zur Hölle war er verschwunden? Ein Mann wie er, der an die Annehmlichkeiten des Lebens gewöhnt war, würde es nicht lange auf der Straße aushalten. War er in einem Hotel abgestiegen? Hatte jemand daran gedacht, dort zu suchen?

„Ich muss wieder an dem Fall arbeiten." Sie setzte sich so langsam wie möglich auf und brauchte anschließend einen Moment, um gegen die prompt einsetzende Übelkeit anzukämpfen.

Freddie klopfte an die Tür und kam herein. „Guten Morgen, Boss. Wie geht's dir? Und was machst du da?"

„Ich muss hier raus, Cruz."

„Auf keinen Fall, Lieutenant." Er trat ans Bett und legte ihr die

Hände auf die Schultern, um zu verhindern, dass sie aufstand. „Du sollst dich nicht bewegen."

Mit zusammengebissenen Zähnen zischte sie: „Nimm deine verdammten Finger von mir und hol mir die Reisetasche her." Sie deutete auf die Tasche mit ihren Sachen, die Celia mitgebracht hatte. „Beeil dich, Nick kommt gleich zurück."

Erschrocken über ihren Ton wich Freddie zurück und schubste sie dabei leicht.

„Die Sachen, Cruz." Nur mit Mühe brachte sie überhaupt die Worte heraus. „Jetzt."

„Wenn du mich auch noch bittest, dich anzuziehen, quittiere ich den Polizeidienst."

„Träum weiter. Geh zum Schwesternzimmer und unterschreib für meine persönlichen Sachen. Sag ihnen, ich sei nervös ohne meine Pistole, da ein Haufen Gangtypen mich hierhergebracht haben. Was, wenn die hier auftauchen, um die Sache zu Ende zu bringen?"

„Die werden mir deine Sachen nicht aushändigen."

Sam schloss die Augen und betete, der Schmerz möge nachlassen. „Frag nach Holly", instruierte sie ihn mit rauer Stimme. „Aus irgendeinem Grund findet sie dich süß. Wickel sie um den Finger, aber mach's kurz." Sie schaute zum Fernseher und sah, dass Nick das Podium verließ. „Uns läuft die Zeit davon."

Mit einem misstrauischen Blick zu ihr stellte er die Tasche auf das Bett und verließ das Zimmer.

Gegen die zunehmende Übelkeit ankämpfend, zog Sam einen Jogginganzug und Turnschuhe an. Zum Glück hatte Celia auch einen warmen Parka eingepackt.

Freddie kam einige Minuten später mit einem zufriedenen Grinsen im Gesicht wieder und stellte eine kleine Plastikwanne mit ihrer Pistole, ihrer Dienstmarke, Handschellen und ihrem Portemonnaie auf ihr Bett.

Sam schob die Waffe hinten in den Bund ihrer Jogginghose, verstaute die anderen Sachen in ihren Parkataschen und stand auf. Genauso schnell setzte sie sich wieder hin, als ihr Kopf vor lauter Protest explodierte.

„Sam ..."

„Halt die Klappe", knurrte sie. Mit einer Hand auf dem Bett

drückte sie sich wieder hoch und nahm sich eine Sekunde Zeit, um mit dem nun vorhersehbaren Schmerzausbruch fertig zu werden.

Dann schnappte sie ihrem Kollegen die Wollmütze vom Kopf und setzte sie sich selbst auf, um ihre langen Haare darunter zu verstecken. „Gehen wir."

„Nimm sie ruhig, was soll's."

„Ich brauche sie dringender als du."

„Dafür wird Nick mich umbringen", murmelte Freddie.

„Nein, er wird *mich* dafür umbringen. Also, machen wir das Beste draus."

Während Sam den Flur entlangschlich und die Krankenschwestern mied, stellte sie fest, dass ihr alles wehtat. Die Prellung durch den Sicherheitsgurt, die sich diagonal von der Schulter bis zur Hüfte über ihren Körper zog, schmerzte bei jeder kleinen Bewegung. Anscheinend hatte sie sich auch das Knie irgendwie verletzt, was wegen der Kopfverletzung allerdings niemand bemerkt zu haben schien.

Bei den Fahrstühlen drückte sie den Aufwärtsknopf.

„Wohin gehen wir?", fragte Freddie verwirrt.

„Diandra besuchen. Hast du etwas über das Seil herausfinden können, mit dem Julian gefesselt wurde?"

„Diandra hat eine Rolle Seil im Baumarkt in Gaithersburg gekauft, zwei Wochen vor Julians Ermordung. Gonzo besorgt gerade einen Durchsuchungsbefehl, damit wir den Rest davon in ihrem Haus finden."

Sam wünschte, sie besäße die Kraft, einen Freudentanz aufzuführen. „Ausgezeichnet! Ich wusste es. Was gibt es sonst noch Neues?"

„Gonzo hat mit Austin gesprochen. Devons Zustand ist nach wie vor kritisch. Es kann so oder so ausgehen für ihn. Austin hat bestätigt, dass er seinem Vater von deinem Gespräch mit Devon erzählt hat."

„Bingo. Auch das wusste ich. Preston hat erfahren, dass Devon schwul ist, und die Nerven verloren. Wir müssen ihn unbedingt finden. Er ist der Schlüssel zu dieser ganzen Geschichte."

Sie fuhren im Fahrstuhl hinauf zur Intensivstation, wo Sam ihre Dienstmarke vorzeigte und nach Diandra fragte. „Es ist äußerst wichtig, dass wir mit ihr sprechen", erklärte sie der Schwester vom Dienst. Sie wurden in Devons Zimmer vorgelassen, wo Diandra in gebeugter Haltung am Bett ihres Sohnes saß.

„Mrs. Sinclair", sagte Sam an der Tür.

Als die Angesprochene aufsah, war von der eleganten, selbstbewussten Frau, die Karriere als Fernsehkommentatorin gemacht hatte, nichts mehr übrig. Bei ihrer ersten Begegnung hatte Diandra noch geglaubt, alles unter Kontrolle zu haben. Ihr Mann hatte ihren Auftrag ausgeführt und seinen durch die Nominierung unbequem gewordenen Bruder aus dem Weg geräumt. Alles schien wieder in Ordnung zu sein in ihrer Welt. Bis zu dem Moment, in dem Preston zu weit gegangen war und auf ihren Sohn geschossen hatte. Das war ganz eindeutig nicht Diandras Plan gewesen.

„Was wollen Sie?", fragte sie. Stimme und Haltung zeugten von tiefer Resignation.

„Wie geht es ihm?"

„Wie sieht er denn aus?"

„Nicht so gut. Könnte ich Sie einen Moment draußen sprechen?"

„Ich will ihn nicht allein lassen."

„Es wird nur eine Minute dauern."

Diandra küsste Devons Stirn. Im Gang verschränkte sie die Arme vor der Brust und lehnte sich erschöpft gegen die Wand.

Sam war sich der Krankenschwestern im Überwachungszimmer voll bewusst, deshalb sprach sie nur leise. „Wo ist Austin?"

„Er ist nach Hause gefahren, um sich umzuziehen."

„Was ist mit Preston?"

„Ich habe keine Ahnung." Ihre Besorgnis von gestern hatte sich über Nacht in Zorn verwandelt.

„Wo könnte er denn sein?"

Diandra schüttelte den Kopf. „Ich wünschte, ich wüsste es. Er weiß gar nichts von Devon."

Ach, dachte Sam, du willst es wohl nicht wahrhaben? Du bist dir noch nicht sicher, ob dein Mann wirklich imstande war, auf deinen Sohn zu schießen. Offenbar ist dir nicht klar, wie viel

Macht du über Preston besitzt und wie weit er dafür gehen würde, um dich glücklich zu machen. Dein Hochmut wird dich umso tiefer fallen lassen, die Ernüchterung wird grenzenlos sein. Dieser Frau stand einiges bevor, selbst wenn Devon überlebte.

„Wir würden uns gern mit ihm unterhalten." Sam stieß Freddie an. „Gib ihr deine Karte. Rufen Sie Detective Cruz an, falls Sie von ihm hören. Haben Sie verstanden?"

„Was hat Preston denn mit all dem zu tun?"

„Das weiß ich noch nicht. Deshalb will ich ja mit ihm reden."

„Was ist eigentlich mit Ihnen?", wollte Diandra wissen und betrachtete Sams Gesicht genauer. „Sie zittern und sind leichenblass."

„Sie hatte gestern Abend einen Autounfall", erklärte Freddie.

„Und Sie arbeiten an Devons Fall?"

„Ich arbeite an beiden Fällen – Devons und Julians."

Diandra schien erstaunt zu sein. „Was hat denn der eine mit dem anderen zu tun?"

Sam musterte die andere Frau und analysierte jede ihrer Bewegungen. „Das weiß ich noch nicht." Obwohl es ihr körperliche Qualen verursachte, lehnte sie sich ein wenig zu ihr herunter. „Aber ich werde es herausfinden, Diandra. Darauf können Sie sich verlassen. Detective Cruz? Gehen wir."

Kam hatten sie die Doppeltür zur Intensivstation hinter sich gelassen, musste Sam sich an Freddies Jacke festklammern, um nicht zu fallen. Ihre Beine fühlten sich an wie gekochte Spaghetti. „Mach Druck beim Labor", forderte sie ihn mit leiser Stimme auf. „Sag ihnen, sie haben eine Stunde, um mir den Bericht über die Waffe zu liefern, mit der auf Devon geschossen wurde. Ich weiß bereits, dass es sich um dieselbe Waffe handelt, mit der Julian getötet wurde. Ich benötige die Bestätigung. Eine Stunde."

„Lieutenant, vielleicht solltest du dich lieber mal für eine Minute hinsetzen."

„Erst wenn wir hier raus sind. Bring mich von hier weg, ohne dass wir in die Nähe der Lobby kommen."

„Darf ich dich mal was fragen?"

„Klar."

„Warum hast du sie nicht direkt zur Rede gestellt? Es ist so gut wie sicher, dass sie zumindest Komplizin bei einem Mord war."

„Weil ein paar Dinge immer noch nicht zusammenpassen. Wenn das geklärt ist, lasse ich Preston auf sie los. Es ist das Mindeste, was sie ihm schuldig ist. Wir müssen ihn nur noch finden." Sie schwankte, und Freddie verstärkte seinen Griff. „Na los, ruf an."

Freddie hielt ihren Arm fest, während er mit der freien Hand wählte.

35

Wohin kann er verschwunden sein?", fragte Sam, sobald sie sicher in Freddies Mustang saßen. Da sie sich auf keinen Fall auf dem Krankenhausparkplatz übergeben wollte, wo die Presse sie sehen könnte, kämpfte sie gegen eine heftige Welle der Übelkeit an. „Bist du dir sicher, dass alle Hotels überprüft wurden?"

„Jedes einzelne im Umkreis von zwanzig Meilen. Wir gehen davon aus, dass er sich wegen seines verwundeten Sohnes nicht weiter weg begeben würde."

„Und Austin fällt auch nichts ein, wo sein Vater sein könnte?"

„Nur Orte, an denen wir schon gesucht haben."

Sam schlug gegen die Tür und bereute es sofort, da sie vor Schmerz die Augen schließen musste. Sie versuchte langsam und gleichmäßig durch die Nase zu atmen, bis es vorbei war.

„Verdammt, Sam. Du solltest im Krankenhaus sein."

„Fahr los."

„Wohin denn?"

„Runter von diesem beschissenen Parkplatz! Bevor uns jemand sieht!"

„Mann, bist du bissig, wenn du Schmerzen hast."

„Ich bin immer bissig."

„Stimmt auch wieder."

„Besonders seit ich das Colatrinken aufgegeben habe."

„O ja."

„Wie läuft's eigentlich bei dir? Spielen die Hormone immer noch verrückt?"

„Das wirst du wohl nie vergessen, was?"

„Nicht in diesem Leben." Sie lehnte den Kopf zurück und war froh, dass wenigstens etwas wieder normal war – gemessen an dem, was sie mittlerweile als normal ansehen konnte. Seit sie John O'Connors Apartment betreten und Nicks kummervolles Gesicht gesehen hatte, hatte sich ihr Leben für immer verändert. Bei der Vorstellung, dass sich die Nachricht von ihrer Beinahe-Abtreibung vor etlichen Jahren gerade überall in der Stadt verbreitete, stieß sie einen Seufzer aus. „Nick hat mir erzählt, dass Darren Tabor dir die ganze Geschichte gesteckt hat."

„Ja. Er war sehr cool. Für seine Verhältnisse."

„Gut für ihn, dass er uns vorgewarnt hat." Sie musste die Frage einfach stellen, und sie wusste, dass es bloß das erste Mal von vielen Malen war, in denen sie den schmerzlichsten Moment ihres Lebens erneut durchleben würde, einen Moment, den sie längst hinter sich gelassen zu haben glaubte. „Bist du angewidert von mir?"

Er schaute kurz zu ihr, ehe er den Blick wieder auf die Straße richtete. „Natürlich nicht."

„Nicht einmal ein kleines bisschen?"

Sein Kiefer spannte sich an. „Anscheinend hattest du keine andere Wahl."

„Hatte ich wirklich nicht. Aber ich weiß, dass du ein tiefgläubiger Mensch bist. Sag mir ruhig, wie du darüber denkst, Freddie."

„Das habe ich bereits getan."

Sein Ton deutete an, dass diese Unterhaltung für ihn beendet war und es nichts weiter darüber zu sagen gab. Zweifellos ging ihm das Thema nahe, aber andererseits war Sam ihm auch wichtig.

„Weißt du, was widerlich ist?", fragte sie, um die Stimmung ein wenig aufzuheitern.

„Was denn?"

Sie trat mit dem Fuß gegen das Bonbonpapier, die Chipstüten

und Coladosen auf dem Boden des Wagens. „Deine Essgewohnheiten.“

„Ich bin noch im Wachstum“, entgegnete er mit seinem charmanten Lächeln. „Ich brauche Zucker.“

„Das ist eklig.“

„Du bist bloß neidisch, weil du dir meinen Stoffwechsel wünschst.“

„Ich hoffe nur, dass ich es noch erleben werde, wie sich deine Ernährungsweise eines Tages rächt.“ Das alte Auto fuhr durch ein Schlagloch. Sam sog vor Schmerz scharf die Luft ein. „Mann, pass doch auf.“

„Hm, glaubst du, du könntest mir vielleicht langsam verraten, wohin wir fahren?“

„Fahr einfach weiter und lass mich nachdenken. Wo bist du, Preston? An welchem Ort würdest du dich am sichersten vor uns fühlen?“ Mehrere Minuten lang ließ sie ihre Gedanken um diese eine Frage kreisen. „Ruf Gonzo an. Ich will den Bericht über Devons Haus.“

Freddie wählte, während er fuhr, und gab die Bitte weiter.

Mit geschlossenen Augen sagte Sam: „Frag ihn, ob Preston Sinclair vorbeigekommen ist, nachdem man die beiden jungen Männer gefunden hat.“

Einen Moment später bestätigte Freddie, dass Preston tatsächlich auf der Suche nach seinem Sohn vorbeigekommen war, als die Spurensicherung sich dort befunden hatte. Laut Gonzos Bericht hatte Preston sich den Umständen entsprechend aufgewühlt benommen und war verschwunden, nachdem er für seinen Sohn eine Tasche gepackt hatte. Er hatte angegeben, gleich ins Krankenhaus fahren zu wollen. Gonzo bestätigte außerdem, dass in beiden Fällen dieselbe Schusswaffe benutzt worden war.

Das Kribbeln, das Sam stets verspürte, wenn alle Teile des Puzzles sich allmählich zusammenfügten, breitete sich in ihrem geschundenen Körper aus. „Ich wusste es! Dupont Circle. Los!“

„Dort könnte es Schlaglöcher geben.“

„Das Risiko gehe ich ein.“

. . .

Völlig erledigt nach dem, was er gerade mit den Medien durchgemacht hatte, kehrte Nick in Sams Zimmer zurück und fand es leer vor. „Was ist denn hier los?"

Er stürmte hinaus auf den Flur und zum Schwesternzimmer, wo er nach Sam fragte.

„Sie befand sich in ihrem Zimmer, Senator. Ich war eben noch dort."

Seine Rippen taten ihm weh, ebenso das Schlüsselbein, und außerdem waren seine Nerven inzwischen ziemlich angegriffen. Um Beherrschung ringend, verkniff er sich einen bissigen Kommentar und sagte in ruhigem Ton: „Jetzt ist sie jedenfalls nicht mehr da und ich will wissen, wo sie ist."

„Ich auch." Die Krankenschwester nahm den Telefonhörer ab und rief den Sicherheitsdienst an. „Falls sie noch im Krankenhaus ist, werden die sie finden."

„Danke."

Er kehrte in Sams Zimmer zurück, zog sein Handy aus der Tasche und rief sie an. Als er die Melodie von „Living on a Prayer" unter ihrem Kopfkissen hörte, hätte er am liebsten sein Telefon quer durchs Zimmer geschleudert. Dann fiel ihm die Tasche auf, die Celia ihr gebracht hatte.

Sie war leer.

„Verdammt noch mal, Sam!" Er griff unter dem Kissen nach ihrem Telefon, scrollte durch die Nummern, fand Freddies und drückte die Anruftaste.

„Ich wette, er war lange genug im Haus, um ein Fenster oder eine Tür offen zu lassen", vermutete Sam.

Freddie hielt vor dem Stadthaus. „Du glaubst also, er ist noch einmal zurückgekommen, nachdem die Cops weg waren?"

„Genau das glaube ich." Sam legte die Hand auf den Türgriff.

Freddies Hand auf ihrem Arm hinderte sie am Aussteigen. „Wie lautet der Plan, Boss? Einfach da reinmarschieren und ihn aufscheuchen?"

„Tja, so ungefähr."

„Hm, ich will dir ja nicht zu nahetreten, aber ein von mir hoch geschätzter weiblicher Lieutenant hat mich neulich erst in der

Luft zerrissen, weil ich ohne Verstärkung in das Haus eines Verdächtigen gegangen bin."

„Du hast Verstärkung. Du hast mich."

„Nichts für ungut, aber da gehe ich lieber mit meiner dicken Tante Doris in das Haus als mit dir in deinem momentanen Zustand."

„Autsch, in bin verletzt."

„Ja, das bist du, und ich gehe da nicht rein nur mit dir als Rückendeckung, um einen Mann zu stellen, der schon auf seinen eigenen Sohn und seinen Bruder geschossen hat." Die verwundete Schulter streckend fügte er hinzu: „Ich möchte mir gern einbilden, dass ich meine Lektion gelernt habe. Wir zwei sind im Augenblick einfach nicht fit genug für solche Aktionen."

„Jesus, du bist vielleicht eine Nervensäge, Cruz. Dann ruf eben Verstärkung. Aber die Festnahme geht auf mein Konto, verstanden?"

„Klar und deutlich. Im Übrigen habe ich dich gebeten, den Namen des Herrn nicht unnötig auszusprechen."

Sie warf ihm einen finsteren Blick zu.

Als er nach dem Funkgerät greifen wollte, um Verstärkung anzufordern, klingelte sein Handy. Er schaute aufs Display, dann sah er Sam an. „Komisch, es ist deine Handynummer."

„Mist. Wahrscheinlich ist es Nick, und der wird sauer sein."

„Ach was, meinst du wirklich?"

„Dein Sarkasmus bringt mich auch nicht weiter."

„Soll ich mich melden?"

Sam starrte das Telefon an. „Nein. Ich werde ihn anrufen, sobald die Sache vorbei ist. Besorg uns lieber die Verstärkung, bevor Preston entkommt."

„Du kriegst richtig Ärger mit Nick. Hoffentlich bin ich dabei und kann mir das ansehen."

„Halt die Klappe und schnapp dir das Funkgerät!"

Das SWAT-Team huschte aus zwei schwarzen Vans. Die Polizisten des Spezialeinsatzkommandos bewegten sich mit der Präzision einer NASCAR-Boxencrew – jeder einzelne wusste genau, was er tun musste und vor allem wann. Früher hatte Sam auch einmal daran gedacht, zum SWAT-Team zu gehen, sich letztlich jedoch dagegen entschieden. Diese Spezialkräfte verbrachten viel Zeit mit dem Warten auf den richtigen Moment, während Detectives ständig mittendrin waren im Geschehen.

Nachdem Polizisten auf dem Dach, der Straße und dem Boden Stellung bezogen hatten, stürmte das SWAT-Team durch die Haustür.

„Verdammt", meinte Freddie ehrfürchtig. „Ich kann nie genug davon bekommen, die beim Einsatz zu erleben." Das Funkgerät meldete sich, und Freddie legte die Hand auf den Türgriff. „Sie kommen. Bleib hier."

„Leck mich." Sam stieg aus, was ihr prompt einen weiteren Anflug von Übelkeit bescherte, der sie beinah in die Knie zwang. Sie verscheuchte die tanzenden Sterne vor ihren Augen und sah, wie die Polizisten den mit Handschellen gefesselten, besiegten und herumbrüllenden Preston Sinclair aus dem Haus seines Sohnes führten.

Der SWAT-Lieutenant übergab ihr eine 9mm-Pistole in einer Plastiktüte. „Wir sind gerade rechtzeitig gekommen. Er wollte sich erschießen."

Malone und Gonzo trafen am Schauplatz ein.

„Ich werde nicht fragen, was um alles in der Welt Sie hier machen, Holland", verkündete Malone. „Aber überrascht bin ich nicht."

Sam nahm den Beutel, der die Waffe enthielt. „Ich hab den Kerl und die Waffe", verkündete sie zufrieden. Selbst das Grinsen verursachte ihr Schmerzen. An Gonzo gewandt sagte sie: „Bringt ihn ins Hauptquartier, führt ihn in einen Verhörraum und wartet, bis ich mich melde. Lasst ihn keine Sekunde allein, nicht einmal, um aufs Klo zu gehen, verstanden?" Sie gab Malone die Waffe. „Jeannie soll die Herkunft feststellen. Ich will den Beweis dafür haben, dass Diandra sie gekauft hat."

„Ja, Ma'am." Gonzo führte Preston zum Wagen.

Malone musterte Sam skeptisch. „Was haben Sie vor, Holland?"

„Ich brauche jemanden, der Diandra aus der Intensivstation im George Washington Hospital abholt."

„Das beantwortet meine Frage nicht."

„Ich mach das." Freddie winkte einen uniformierten Polizisten heran, der den Verkehr am Tatort regelte. „Wir nehmen seinen Streifenwagen und lassen meinen Wagen hier. Ich sehe dich dann im Hauptquartier."

„Bring sie erst hinein, wenn ich es dir sage. Warte auf meinen Anruf."

„Verstanden." Mit besorgter Miene wandte Freddie sich an Malone. „Captain, begleiten Sie Lieutenant Holland zurück ins Hauptquartier?"

„Ich werde sie zurück ins Krankenhaus bringen", erwiderte Malone.

„Dann nehme ich mir eben ein Taxi", verkündete Sam trotzig. „Ich fahre auf jeden Fall ins Hauptquartier." Das blendende Sonnenlicht hinter Malones Schulter trieb ihr die Tränen in die Augen, doch sie wandte den Blick nicht ab.

„Na schön. Aber sobald dieser Fall abgeschlossen ist, sind Sie krankgeschrieben, und zwar so lange, bis Sie von mir hören."

„Gut."

„Gut." Er führte sie zu seinem Wagen. „Ihnen ist hoffentlich klar, dass ein sehr aufgebrachter Senator nach Ihnen sucht."

„Habe ich schon gehört." Sie schloss die Augen und lehnte sich im Sitz zurück. „Tun Sie mir einen Gefallen? Helfen Sie mir, ihm aus dem Weg zu gehen? Ich brauche eine Stunde, um die Sache zum Abschluss zu bringen. Danach werde ich meine Strafe und meine Suspendierung entgegennehmen und was ihr alle euch sonst noch einfallen lasst."

„Na, darauf freue ich mich schon."

„Sie und jeder andere auch." Sie sah ihn an. „Was ist? Haben Sie nichts zu sagen? Zu dieser anderen Sache?"

Malone zuckte die Schultern. „Die geht mich nichts an. Die geht niemanden etwas an."

„Man redet im Hauptquartier darüber, oder?"

„Kann sein."

Sie seufzte.

„Geben Sie dem Gerede ein oder zwei Tage – die nächsten Tage haben Sie ohnehin frei. Und irgendwann wird es sich geben."

„Es ist schrecklich", sagte sie leise. „Dass alle es wissen."

„Schrecklich ist nur, dass man in Ihre Privatsphäre eingedrungen ist, allein wegen Ihres Freundes."

„Ja."

„Aber er ist es wert, oder?"

„Ja, das ist er wirklich."

Malone grinste. „Das heißt aber nicht, dass wir uns das Miststück, das Ihre Krankenakte an die Klatschpresse weitergegeben hat, nicht vornehmen werden."

Sam musste lachen und fasste sich prompt mit beiden Händen an den schmerzenden Kopf. „Bitte bringen Sie mich nicht zum Lachen."

Auf dem Weg zum Hauptquartier benutzte sie das Handy des Captain, um den Staatsanwalt anzurufen. Hope Dobson, einer der drei eineiigen Drillinge, die im Regierungsdistrikt als stellvertretende Staatsanwälte tätig waren, meldete sich. Sam schilderte ihr den Fall Preston und Diandras Rolle dabei.

„Sie war nicht nur Mitwisserin, sondern hat ihn zu diesen Taten getrieben. Und das werde ich beweisen. Können Sie in dreißig Minuten in der Mordkommission sein? Das wird eine hübsche Show werden, die Sie sich bestimmt nicht entgehen lassen wollen."

„Ich werde da sein."

„Danke. Ach, und Hope? So wie ich das sehe, ist sie die Hauptschuldige. Preston ist mit Sicherheit nur bedingt zurechnungsfähig. Er steht völlig unter der Herrschaft seiner Frau. Es ist verstörend."

„Ich werde sehen, was ich tun kann. Wie passen die Schüsse auf den Sohn ins Bild?"

„Ihre Fragen werden schon bald beantwortet werden. Sie werden es aus erster Hand erfahren." Sie beendete das Gespräch und gab dem Captain das Telefon zurück. „Vielleicht sollten Sie den Chief darüber informieren, dass die Sache zum Abschluss kommt."

„Ich frage Sie erneut – was haben Sie vor, Holland?"

„Nur den Fall abschließen, Sir", sagte sie und nutzte die Chance, wenigstens für eine Minute die Augen zuzumachen und sich zurückzulehnen. Zu ihren zahlreichen Leiden gesellte sich jetzt auch noch ein Brennen der frisch genähten Kopfwunde entlang ihres Haaransatzes. Sie brauchte unbedingt eine Minute vollkommener Stille, um ihren schmerzenden Kopf und Körper zu beruhigen.

Captain Malone stupste sie an und weckte sie damit, als sie das Hauptquartier erreichten. „Das ist verrückt, Holland. Sie sollten im Krankenhaus liegen."

Sam zwang sich, wach zu werden und die Erschöpfung abzuschütteln. Der Schmerz machte sie für einen Moment benommen. „Geben Sie mir dreißig Minuten, und Sie bekommen den Abschluss des Falls mit einer Schleife drum herum, nur für Sie."

Er sah skeptisch zu der Medienmeute, die sich vor dem Haupteingang des Polizeigebäudes versammelt hatte. „Wir müssen durch das Leichenschauhaus hineingehen."

Das bedeutete einen längeren Weg zu ihrem Büro – einen viel längeren Weg. „Ist schon in Ordnung", sagte sie und biss die Zähne fest zusammen. Sie würde alles in Kauf nehmen, um diesen hungrigen Aasgeiern zu entkommen. „Ehrlich gesagt bin ich ganz froh, die dort zu sehen. Das kommt meinem Plan entgegen." Bei der Vorstellung, wie Diandra Sinclair in Handschellen durch das Gedränge ins Gebäude geführt wurde, musste sie lächeln.

„Der Plan, in den Sie mich nach wie vor noch nicht eingeweiht haben."

An einem bestimmten Punkt auf dem endlos langen Marsch durch die Gänge registrierte Sam, dass Malone ihr die Hand auf den Arm gelegt hatte und sie praktisch auf den Beinen hielt.

Im Kommissariat wurde sie nicht von dem üblichen Trubel begrüßt wie erwartet. Stattdessen wurde sie von einem gedämpften Schweigen empfangen, das zweifellos darauf schließen ließ, dass die Detectives zu verstehen versuchten, was sie an diesem Tag über Sam erfahren hatten. Ohne sich ablenken zu lassen, zog sie ihren Mantel aus und nahm das Funkgerät von ihrem Schreibtisch.

Malone setzte sich in den Besuchersessel in ihrem Büro.

„Detective Gonzales, wo bist du?", erkundigte sie sich.

„Im Verhörraum A mit Mr. Sinclair", kam die Antwort.

„Und Detective Cruz?"

„Auf dem Parkplatz mit Mrs. Sinclair."

„Detective McBride?"

„Auf dem Weg zu deinem Büro, mit der von dir gewünschten Information."

Sam legte das Funkgerät wieder auf den Tisch und lächelte. „Ausgezeichnet."

Jeannie klopfte eine Minute später an die Tür und übergab Sam eine Akte. Darin befand sich die Kopie eines Waffenscheins, ausgestellt auf Diandra Sinclair.

„Gute Arbeit, Detective", lobte Sam sie und versuchte, nicht beunruhigt zu sein, weil Jeannie ihr offenbar nicht in die Augen sehen konnte.

Die stellvertretende Staatsanwältin Dobson betrat den Raum, gefolgt von Chief Farnsworth, der einen Blick auf Sam warf und blass wurde.

„Was um alles in der Welt machen Sie außerhalb des Krankenhauses, Lieutenant?", fragte er.

„Danke", murmelte Malone. „Sie hat etwas vor, will mir aber nicht verraten, was es ist. Ich nehme jedoch an, wir können uns auf eine Show freuen, Chief."

„Was haben Sie?", wollte Hope Dobson wissen.

Sam spürte merkwürdige Schwingungen, die von der stellvertretenden Staatsanwältin ausgingen, und sie fragte sich, wie lange es wohl wirklich dauern würde, bis die Sache wieder in Vergessenheit geriet, wie der Captain ihr prophezeit hatte. Sie gab Hope die Akte mit dem Waffenschein.

„Der Besitzer des Ladens hat sie wiedererkannt und sich auch an den Kauf der Waffe erinnert", berichtete Jeannie. „Diandra hat ihm erzählt, sie brauche die Waffe zum Schutz vor den Irren, die ein Problem mit ihren Ansichten hätten. Sie behauptete, mehrfach Drohungen erhalten zu haben. Er ist bereit, auszusagen."

„Sie hat ihrem Mann also die Pistole in die Hand gedrückt und gesagt, sein Bruder müsse verschwinden?", fragte Hope.

„Genau das hat sie getan. Nur ist er dann ein wenig übers Ziel hinausgeschossen, als er versucht hat, auch den Sohn umzubringen." Sam nahm erneut das Funkgerät vom Tisch und rief Cruz an. „Bring sie rein, aber nimm ihr erst die Handschellen ab, wenn ihr drin seid." Sam wartete exakt zwei Minuten, bevor sie Gonzo anrief. „Bitte führe Mr. Sinclair ohne Handschellen ins Detective Department." Den anderen im Büro verkündete sie strahlend: „Ladies and Gentlemen, würden Sie mich bitte auf den Flur begleiten?"

Nur Sekunden, bevor Freddie Diandra hereinbringen sollte, kam Nick mit angespannter, wütender Miene um die Ecke.

Sam hob die Hand, um ihn aufzuhalten, und sah ihn mit flehendem Blick an.

Er blieb tatsächlich stehen, bemerkte die Gruppe und hielt sich zurück.

Sam seufzte erleichtert. „Es geht los", sagte sie leise, als Diandra und Preston von entgegengesetzten Seiten im Flur des Detective Departments aufeinander zugingen.

Als würde man Öl ins Feuer gießen, stürzte Diandra sich auf ihren Mann, sobald sie ihn sah. Genau wie Sam vermutet hatte. Mit ausgefahrenen Krallen kreischte Diandra: „Was hast du dir nur dabei gedacht? Du armseliges Bild von einem Mann! Wie konntest du auf deinen eigenen Sohn schießen?" Sie hämmerte mit den Fäusten auf seine Brust ein. „Warum? Warum? Von Devon war nie die Rede!"

Preston ließ die Arme hängen und tat nichts, um sich gegen ihren Angriff zur Wehr zu setzen.

„*Warum!*"

„Er ist schwul", sagte Preston mit so leiser Stimme, dass es kaum hörbar war.

Diandra wich zurück, als hätte er sie geschlagen. „Was hast du gesagt?"

„Dein Sohn ist schwul. Er und Tucker waren nicht bloß Wohnungsgenossen. Sie waren ein Paar."

„Das ist nicht wahr. Das denkst du dir nur aus, um dich für Julian zu rächen."

Sam registrierte zufrieden, dass Diandra offenbar völlig vergessen hatte, wo sie sich befand und wer zuhörte. Das Ganze lief noch besser, als sie gehofft hatte. Sie sah zu Nick, der auf der anderen Seite stand, und ihre Blicke trafen sich. Zu ihrer Erleichterung schien zumindest ein wenig von seiner Wut verraucht zu sein, während ihm klar wurde, was sich gerade vor seinen Augen abspielte.

„Ich wollte es nicht tun", schluchzte Preston. „Ich wollte es nicht, aber du hast gesagt, Julian würde alles kaputtmachen, wenn er sich vor dem gesamten Kongress als schwul outet. Du hast gesagt, das dürfen wir nicht zulassen. Als Austin mir erzählt hat, Devon sei schwul, habe ich das getan, wovon ich geglaubt habe, dass du es von mir erwartest."

„Du hast auf Devon geschossen, Dad?", fragte Austin mit tonloser Stimme, der jetzt erst eintrat. Offenbar war er seiner Mutter vom Krankenhaus zum Polizeigebäude gefolgt.

O-oh, dachte Sam. Er gehörte nicht zu ihrem Plan.

„Moms Buch erscheint." Preston schien um Worte zu ringen. „Sie bekommt ihre eigene TV-Sendung. Sie hat so hart gearbeitet. Alles, was sie je gewollt hat, ist in greifbare Nähe gerückt. Ich konnte nicht zulassen, dass die beiden es ihr zerstören. Davor hatte sie Angst."

„Von Devon habe ich nie auch nur ein Wort gesagt!" Diandra fing an, Preston mehrfach ins Gesicht zu schlagen.

Austin packte sie von hinten und zerrte sie von seinem Vater weg. „Lass ihn in Ruhe. Um Himmels willen, Mom. Hat er nicht schon genug für dich getan? Haben wir nicht alle genug getan?"

Preston schluchzte von Neuem verzweifelt.

„Ich habe jedenfalls genug gehört." Sam trat aus der Gruppe der Umstehenden vor und nickte Freddie zu, der Diandra Handschellen anlegte.

„Was tun Sie da?", schrie sie und wehrte sich. „Ich habe niemanden erschossen. Er hat es getan! Ich war bei Ihnen, als er auf Devon geschossen hat! Das wissen Sie!"

„Mrs. Sinclair, Sie sind verhaftet wegen der Beihilfe zum Mord an Julian Sinclair", erklärte Freddie. „Sie haben das Recht zu schweigen. Alles, was Sie sagen, kann und wird vor Gericht gegen Sie verwendet werden."

Plötzlich schien Diandra zu begreifen. „Sie verdammtes Miststück!", zischte sie Sam an. „Sie beschissenes Miststück!"

„Sie haben das Recht, sich einen Anwalt zu nehmen", fuhr Freddie fort. „Sollten Sie sich keinen Anwalt leisten können, wird ihnen jemand zugewiesen. Haben Sie Ihre Rechte verstanden, so wie sie Ihnen vorgelesen wurden?“

„Fick dich!“

„Ich deute das als ein Ja.“

Sam wandte sich an Preston. „Mr. Sinclair, wir verhaften Sie wegen des Mordes an Ihrem Bruder Julian Sinclair, wegen versuchten Mordes an Ihrem Sohn Devon und wegen des Mordes an Tucker Farrell.“ Sie klärte ihn über seine Rechte auf, während Freddie ihm Handschellen anlegte. „Haben Sie Ihre Rechte verstanden, so wie sie Ihnen vorgelesen wurden?“

„Ja, Ma'am“, antwortete Preston müde.

Er wirkte dermaßen am Boden zerstört, dass Sam zum ersten Mal in ihrer Karriere ein wenig Mitleid mit einem Mörder hatte.

„Detectives Cruz und Gonzales, bitte führen Sie Mr. und Mrs. Sinclair ab.“

Nachdem sie abgeführt worden waren, Diandra kreischend und kämpfend, wandte Sam sich an Austin. „Es tut mir leid.“

„Ich kann es nicht fassen, dass er auf Dev geschossen hat“, sagte er und wirkte immer noch geschockt. „Sie hatte meinen Vater dermaßen unter Kontrolle, dass er wirklich dachte, es sei das, was sie erwarte.“

Sam legte ihm die Hand auf den Arm. „Ihr Bruder braucht jetzt Ihre Stärke. Falls er durchkommt, wird er Sie brauchen, um das alles und den Tod von Tucker zu verarbeiten.“

Austin schien die Benommenheit unter größten Mühen abzuschütteln. „Ja, Sie haben recht. Ich werde mich um einen Anwalt für meinen Dad kümmern.“

„Was ist mit Ihrer Mutter?“

Austin richtete einen kalten Blick auf die Tür, durch die seine Eltern verschwunden waren. „Sie muss allein klarkommen.“ Er sah Sam wieder an. „Danke, dass Sie dafür gesorgt haben, dass meinem Onkel Gerechtigkeit widerfährt, ebenso meinem Bruder und Tucker. Nie und nimmer hätte ich mir vorstellen können, dass meine eigenen Eltern mit der Sache zu tun haben. Aber im Nachhinein betrachtet hätte ich vielleicht ahnen müssen, dass meine Mutter darin verwickelt ist.“

„Sie hatten doch gar keinen Grund anzunehmen, dass einer

der beiden zu solchen Taten fähig ist. Gehen Sie wieder zu Ihrem Bruder, Austin. Dort werden Sie im Augenblick gebraucht."

Er nickte und wandte sich zum Gehen.

Nick kam zu ihr und legte ihr den Arm um die Schultern.

Sam lehnte sich dankbar in seine Umarmung.

Mit dem gesunden Arm nahm er den Mantel, den Malone ihm reichte, und gemeinsam halfen die beiden Männer Sam hinein. „Ich habe ein ernstes Hühnchen mit dir zu rupfen, Lieutenant", erklärte Nick.

„Das ist mir schon zu Ohren gekommen", erwiderte Sam und spürte, wie der Energieschub so rasch wieder verschwand, wie er gekommen war.

Nick führte sie zur Tür.

„He! Was hast du vor? Ich muss noch den Bericht schreiben!"

„Ich bringe dich nach Hause, Samantha, also halt lieber den Mund, sonst lege ich dich übers Knie, und zwar hier vor all deinen Kollegen."

Da ihr die Kraft fehlte, sich gegen ihn zur Wehr zu setzen, legte sie nur den Kopf an seine Schulter und überließ ihm das Kommando. „Hm, das klingt ziemlich verlockend. Können wir das irgendwann mal ausprobieren?"

„Ich hab gesagt, du sollst den Mund halten", knurrte er, doch sie merkte, dass sie ihn damit ein wenig aus der Fassung brachte. Sie konnte es an seiner Stimme hören.

„Apropos nach Hause bringen – darüber wollte ich mich mit dir noch unterhalten", sagte sie mit vor Erschöpfung schwerer Zunge.

„Dazu kommen wir noch. Wenn du die Augen offen halten kannst."

„Okay. Erinnere mich dran."

„Keine Sorge, Liebes. Das werde ich."

EPILOG

Nach zwei Wochen erzwungener Krankschreibung konnte Sam es kaum erwarten, wieder an die Arbeit zu gehen. Doch irgendwie schienen alle sich gegen sie verschworen zu haben. Dabei brachte sie nichts mehr auf die Palme, als von einem Haufen überspannter Kerle gehätschelt zu werden. An ihrem ersten Tag schaffte sie es lediglich, die Bestätigung dafür zu bekommen, dass Devon sich aller Voraussicht nach vollständig erholen würde. Malone und Cruz schickten sie Punkt fünf nach Hause, als besäße sie nicht genug Verstand, um selbstständig Feierabend zu machen.

Nach Hause. Wo genau war das überhaupt? Jedes Mal, wenn sie in den vergangenen zwei Wochen mit Nick über ihren Einzug bei ihm zu sprechen versucht hatte, war er ihr ausgewichen. Stets vertröstete er sie damit, dass sie reden würden, sobald es ihr besser ginge. Inzwischen ging es ihr viel besser, und wenn sie noch ein einziges Mal von jemandem mit Samthandschuhen angefasst wurde, würde sie denjenigen boxen. Ihre Laune war in letzter Zeit ihr größtes Problem, da sie lernte, ohne Koffein zu leben.

Andererseits ging es ihrem Magen schon viel besser, auch wenn sie es nur ungern zugab.

Während ihrer Krankschreibung hatte sie sich dermaßen gelangweilt, dass sie Nick sogar zu seinen Wahlkampfveranstaltungen in Richmond und dem Süden Virginias begleitet hatte. Dem ersten Medieninteresse an ihrer lange zurückliegenden Beinah-Abtreibung war schnell wieder die Normalität gefolgt, die darin bestand, dass Sam und Nick sich nur noch gegen eine kleine Reporterschar zur Wehr setzen mussten, die sie überallhin verfolgte.

Dem enormen Druck nachgebend, hatten Nick und sie sich einverstanden erklärt, Darren Tabor in den nächsten Wochen ihr erstes Exklusivinterview als Paar zu gewähren. Sam hatte große Vorbehalte gegen diese Idee und ließ sich nur darauf ein, um Nick in seinem Wahlkampf zu unterstützen.

Sie parkte in der Ninth Street und dachte darüber nach, wo sie jetzt gern wäre. Das Haus ihres Vaters war dunkel, wie so oft in letzter Zeit, während Skip und Celia ihre Hochzeit für den Valentinstag planten. Die Vorstellung, dass ihr Vater am Tag der Liebe heiraten wollte, war Sam zuwider. Doch beiden freuten sich so sehr darauf, dass sie es nicht übers Herz brachte, etwas dagegen zu sagen. Zähneknirschend hatte sie sogar zugestimmt, das rote seidene Brautjungfernkleid zu tragen, das Celia für sie und ihre Schwestern ausgesucht hatte. Das war ihr erst recht zuwider.

So dunkel das Haus ihres Dads dalag, so hell erleuchtet war Nicks, als würde bei ihm eine Party stattfinden. Sam schloss ihren Wagen ab und ging auf Nicks Haus zu. Drinnen fand sie ihre Schwestern vor, die auf sie gewartet hatten.

„Was macht ihr denn hier?", fragte sie und warf ihren Mantel aufs Sofa. Es machte Nick wahnsinnig, dass sie ihren Mantel nicht wie jeder „normale" Mensch ordentlich aufhängen konnte. Genau deshalb bereitete es ihr so viel Spaß, den Mantel immer wieder auf das Sofa zu werfen.

„Wir helfen Nick bei etwas", erklärte Angela.

„Wobei denn?", wollte Sam wissen.

„Oh, bei einem kleinen Projekt namens Samantha", antwortete Tracy, hakte sich bei Sam unter und führte sie zur Treppe. „Hier entlang, Samantha."

„Er ist der Einzige, der mich so nennen darf", fuhr Sam ihre Schwester an.

„Wann darfst du wieder Koffein zu dir nehmen?", fragte

Angela. „Mit Magenschmerzen, aber dafür guter Laune hast du mir besser gefallen."

„Leck mich." Im Türrahmen zum Schlafzimmer blieb Sam verblüfft stehen. „Was ist denn hier los?" An der Tür des Kleiderschranks hing das herrlichste eisblaue Kleid, das Sam jemals gesehen hatte. Sie befreite sich von ihren Schwestern und stürzte sich auf das Kleid. „Du meine Güte, ist das Seide? Wo kommt das denn her?" Sie stieß ein mädchenhaftes Kreischen aus, das so gar nicht zum harten Cop passte. „Nein! Ist das ein Kleid von Vera Wang? Echt?"

„Er hat gesagt, Geld spielt keine Rolle", berichtete Tracy mit ernster Miene. „Und daran haben wir uns auch gehalten." Sie zeigte auf eine Schachtel auf dem Fußboden.

Sam stieß einen verzückten Schrei aus. „Manolos!" Hastig öffnete sie den kleinen Karton und brachte elegante, mit Kristallen besetzte Pumps zu Vorschein, die perfekt zum Kleid passten.

„Ganz reizende Größe neun", bemerkte Angela, ehrfurchtsvoll die Schuhe betrachtend.

„Ich habe neuneinhalb", erinnerte Sam sie.

„Ich weiß, aber ich habe neun, und Spencer muss demnächst zu einer Betriebsfeier, also dehne sie nicht so mit deinen großen alten Hufen, hast du verstanden?"

„Mal sehen, was ich tun kann. Und erinnere mich daran, dass ich mir nächste Woche einen Durchsuchungsbefehl für deinen Kleiderschrank besorge. Ich wette, ich finde dort meine Jimmy Choos, die ich schon seit einer Weile vermisse."

„Du hast sie doch nie getragen", konterte Angela.

Sam seufzte und konnte sich vom Anblick der Schuhe nicht losreißen. „Das ist besser als Sex."

„Dann solltest du besseren Sex haben", riet Tracy ihr.

„Das geht nicht", sagte Sam. „Was ist eigentlich der Anlass? Ich verstehe das nicht."

„Er bat uns, dich um sieben fertig zu haben. Dann wird er dich abholen", erklärte Angela.

„Mich abholen? Er wohnt hier."

Tracy zuckte die Schultern. „Wir tun nur, was er uns aufgetragen hat. Uns blieben noch fünf Minuten, bevor wir dich hätten nach Hause rufen müssen."

„Das hier ist nicht mein Zuhause", stellte Sam klar und schaute wehmütig zum Schlafzimmer, wo sie und Nick im Lauf des vergangenen Monats so viele wundervolle Nächte verbracht hatten. Der Autounfall, der sie beide fast das Leben gekostet hatte, hatte ihre Leidenschaft zu neuen Höhen gesteigert. Sam hatte nicht gewusst, dass es möglich war, so tief zu empfinden. Was ohnehin schon erstaunlich begonnen hatte, war in letzter Zeit einfach überwältigend geworden. Allerdings war sie frustriert gewesen, und auch verblüfft, weil er ihr ständig auswich, sobald sie ihm zu erklären versuchte, dass sie endlich bereit sei, offiziell bei ihm einzuziehen. Was auch immer er für den heutigen Abend geplant hatte – es würde keinen Sex geben, ehe sie nicht diese Unterhaltung geführt hatten. Sie würde nicht zulassen, dass er auf Distanz ging. Auf gar keinen Fall. Nicht nach all dem, was sie zusammen durchgemacht hatten.

„Was meinst du, was sie gerade denkt, wenn sie dieses große Bett anstarrt?", fragte Angela ihre Schwester Tracy.

„Für einen kurzen Moment ist sie rot geworden", entgegnete Tracy. „Ich wette, ich weiß, woran sie gedacht hat."

„Na schön, ihr zwei. Das reicht. Ihr habt neunzig Minuten, um mich aufzubretzeln. Also los."

Sam stand vor dem Spiegel. Das Kleid saß, als sei es für sie maßgeschneidert worden. Die Schuhe, ein bisschen eng dank Angelas eigener Planung, würden trotzdem keine Blasen verursachen. Und selbst wenn, wären sie es wert. Die Schwestern hatten ihre wilden Locken zu einem eleganten Zopf gebändigt und ihren Zeh- und Fingernägeln eine Notbehandlung zukommen lassen.

„Oh, wow", bemerkte Nick an der Tür und stieß einen leisen anerkennenden Pfiff aus.

Sam drehte sich zu ihm um.

„Wow", flüsterte er erneut.

Bei seinem Anblick im Smoking bekam sie weiche Knie. „Du siehst aber auch nicht schlecht aus, Senator."

Er betrat den Raum, nahm ihre Hand und hob sie an seine Lippen. „Du bist wunderschön."

„Ich weiß noch nicht, wie ich es finde, dass du hinter meinem Rücken etwas mit meinen Schwestern ausheckst. Aber wegen Vera und Manolo sollte ich wohl etwas nachsichtig sein."

Auf seinem attraktiven Gesicht erschien jenes Lächeln, das sie so sehr liebte. „Ach, tatsächlich?"

„Wo ist deine Armschlinge?"

„Die brauche ich nicht mehr." Er demonstrierte es ihr, indem er seinen Arm herumwirbelte. Doch Sam entging nicht, dass er leicht das Gesicht verzog, als sein Schlüsselbein protestierte.

„Du wirst sie morgen wieder benutzen."

„Wenn du darauf bestehst."

„Das tue ich. Wohin gehen wir heute?"

„Das ist eine Überraschung." Er bot ihr den gesunden Arm an, damit sie sich bei ihm einhakte. „Wollen wir?"

Sam legte die Hand in seine Armbeuge, bereit, überall mit ihm hinzugehen. „Selbstverständlich."

Draußen wartete eine Limousine am Bordstein.

Der Anblick des Wagens löste eine gewisse Nervosität in Sam aus, und eine seltsame Vorahnung. Was ging hier vor? Was hatte er geplant? Wusste Nick denn nicht, dass sie Überraschungen hasste? Sollte er das inzwischen nicht langsam wissen? Das Kleid und die Schuhe waren eine Sache …

„Was ist los, Liebes?"

„Wohin fahren wir, Nick?"

Er legte die Arme um sie und zog Sam an sich.

Sie war froh, dass die Presse sich heute Abend anscheinend frei genommen hatte und sie ausnahmsweise einmal nicht verfolgte.

„Vertraust du mir?"

„Du weißt, dass ich das tue."

„Dann wollen wir uns heute Abend ein wenig amüsieren."

Sie gab sich Mühe, entspannt zu sein. „Na schön."

Während die Limousine sich ihren Weg langsam durch die verstopfte Innenstadt bahnte, erkundigte Nick sich nach Sams ersten Arbeitstag seit ihrer Verletzung. Er berichtete ihr von einem Entwurf für ein Wohngesetz für Geringverdiener, das er unterstützten sollte, und weigerte sich ansonsten beharrlich, Sam Auskunft über das Ziel ihrer Fahrt zu geben. Sie glitten durch die

Pennsylvania Avenue, vorbei am Old Executive Building, bis sie schließlich vor dem Weißen Haus hielten.

„Nick?"

„Lass dich einfach darauf ein, Liebes."

„Vom Weißen Haus war nie die Rede", stammelte sie.

„Habe ich es nicht erwähnt?"

„Das weißt du ganz genau!"

„Hätte ich es getan, wärst du dann mitgekommen?"

„Nein!"

„Siehst du."

Der Fahrer ging um den Wagen, um ihnen die Tür zu öffnen. Nick rutschte vor Sam hinaus und wollte ihr beim Aussteigen helfen.

Sam blieb störrisch sitzen. Ihr Herz pochte, und zum ersten Mal seit Wochen verspürte sie Magenschmerzen.

„Samantha?" Nick schaute zu ihr in den Wagen hinein. „Kommst du? Bitte?"

Er bat sie nie um etwas, deshalb veranlasste sie dieses sanfte „Bitte", ihm doch noch die Hand zu reichen.

„Um dich kümmere ich mich später noch."

„Klasse, da habe ich etwas, worauf ich mich freuen kann."

„Das war sehr hinterhältig von dir", beschwerte sie sich und fühlte sich eigenartig enttäuscht von der ganzen Sache. Sie hatte auf einen der seltenen Abende zu zweit gehofft, ohne dass ihre Jobs dabei eine Rolle spielten. Aber nun würden sie eine Veranstaltung besuchen, die mit Nicks Job zu tun hatte – auch wenn es sich nicht gerade um die übliche Betriebsfeier handelte. „Wussten meine Schwestern, wohin wir fahren?"

„Nein. Ich hatte Angst, du würdest einen Weg finden, es aus ihnen herauszukitzeln und dann nicht mitkommen wollen."

„Was ist der Anlass?"

„Ein Staatsbankett für den kanadischen Premierminister."

Als sie von der Menge verschluckt wurden, tat Sams Magen so weh, wie seit Wochen nicht.

„Was ist denn mit dir?", erkundigte Nick sich und gab ihr einen zärtlichen Kuss auf die Schläfe.

„Mein Magen."

Er stieß einen leisen Fluch aus und führte sie zu einer Bank außerhalb des Sicherheitsbereiches. „Ich hätte dich nicht zwingen dürfen zu dieser Veranstaltung. Es tut mir leid. Ich dachte einfach, es würde dir gefallen, wenn du erst einmal hier bist. Hättest du Zeit gehabt, um vorher darüber nachzudenken, hättest du gleich abgewunken. Es tut mir leid.“

Sie strich ihm mit den Fingern über die Haare und küsste ihn. „Du hast richtig gehandelt. Ich werde es ziemlich cool finden. Du hast recht, ich hätte sicher gestreikt, wenn ich vorher von unserem Ziel erfahren hätte.“

Er drückte ihre Hand. „Was macht dir also zu schaffen? Warum machst du immer noch so ein besorgtes Gesicht?“

„Weil all diese Leute, sogar der Präsident und die First Lady … sie wissen es. Sie wissen, was mit mir vor einigen Jahren passiert ist.“

„Sam, Liebes, daran wird heute Abend niemand denken. Das verspreche ich dir. Lass uns einfach da hineingehen und so tun, als gehörten wir dorthin. Können wir das?“

„Ja, ich glaube schon.“

„Wir müssen es nicht tun. Wenn du dich dem nicht gewachsen fühlst, fahren wir irgendwo anders hin und essen ganz allein.“

„Du kannst dem Präsidenten der Vereinigten Staaten von Amerika keinen Korb geben“, entgegnete sie mit einem kurzen Lächeln.

„Ach nein? Na, dann pass mal auf.“

„Danke, dass du bereit bist, mit mir zu türmen, aber das ist wirklich nicht nötig.“ Sie stand auf und hielt ihm die Hand hin. „Gehen wir, Senator. Die Pflicht ruft.“

Er schenkte ihr sein umwerfendes Lächeln, und ihre Nervosität verflog. Solange er an ihrer Seite war, würde sie alles überstehen. Sogar ein Staatsbankett im Weißen Haus.

Stunden später, nachdem sie fürstlich bewirtet und vom Prunk der Veranstaltung sowie dem Zauber des Weißen Hauses überwältigt worden waren, musste Sam sich eingestehen, dass sie froh war, dabei gewesen zu sein. Auch wenn das ansonsten absolut nicht ihr Fall war, würde sie sich doch immer an dieses Bankett erinnern.

Und jetzt, als Belohnung für ihre erstaunliche Geduld

während des formellen Teils des Abends, bewegte sie sich in Nicks Armen über die Tanzfläche.

Sie sah Nick ins Gesicht. „Ich muss mit dir über etwas reden."

„Ich weiß. Können wir das auf später verschieben?"

„Hauptsache, wir tun es noch heute Abend."

„Oh, das werden wir, keine Sorge."

Lachend piekste sie ihn in den Bauch. „Denkst du eigentlich auch mal an etwas anderes?"

„Eigentlich nicht, und schon gar nicht, seit ich dich in diesem Kleid gesehen habe."

Hinter ihm schien einer der Diener des Weißen Hauses seine Aufmerksamkeit zu erhaschen. „Ist das ein Freund von dir?", fragte Sam und deutete mit dem Kopf in die Richtung des Mannes.

Der Diener, der an der Tür zum Ballsaal stand, winkte sie zu sich.

Verblüfft folgte Sam ihm an Nicks Hand.

„Alles ist vorbereitet, Senator. Bitte hier entlang."

„Danke, Mike."

Auf dem Gesicht des älteren Mannes erschien ein Lächeln. „Sehr gern geschehen, Sir."

„Was geht hier vor, Nick?"

Er flüsterte ihr ins Ohr: „Komm einfach mit und versuch keine Szene zu machen, ja?"

Sie sah ihn tadelnd an, kam seiner Bitte jedoch nach. Sie folgten Mike durch mehrere Korridore, ehe sie vor einer gläsernen Terrassentür stehen blieben.

Mike öffnete die Doppeltür und bedeutete Sam und Nick, einzutreten. „Ich werde hier auf Sie warten, Senator." Erneut erschien ein strahlendes Lächeln auf dem Gesicht des Mannes. „Und nehmen Sie sich ruhig Zeit."

Nick schüttelte ihm im Vorbeigehen die Hand. „Noch mal danke, Mike."

„Es war mir ein Vergnügen, Sir."

Draußen legte Nick sein Jackett über Sams nackte Schultern.

Sie kuschelte sich in sein warmes, nach ihm duftendes Smokingjackett. Gleichzeitig nahm sie noch einen anderen Duft wahr. Rosen. In der Luft lag der Duft von Rosen, obwohl die um diese Jahreszeit gar nicht blühten. Sam staunte. „Oh, Nick. Ist das hier etwa der Rosengarten?"

„Allerdings. Was meinst du?"

Das Licht eines Dreiviertelmondes versilberte die Blätter und das Gras im Garten, in denen die Rosen den Winter über schlummerten.

„Es ist fantastisch. Wie hast du das gemacht?"

„Ich hab's dir doch erzählt. Der stellvertretende Stabschef ist ein Freund von mir."

„Wer ist nicht dein Freund?"

Sein schiefes Lächeln rührte ihr Herz.

„Was machen wir hier?"

„Komm mit hier herüber, dann werde ich es dir verraten." Er führte sie zu einer Steinbank an einem der Gehwege und setzte sich neben Sam. „Ist dir auch warm genug?"

Sie nickte.

„Ich hatte heute ein Meeting mit dem Vorsitzenden und dem stellvertretenden Vorsitzenden des demokratischen nationalen Ausschusses."

„Was wollten die?"

„Wissen, ob ich bereit wäre, in vier Jahren für das Weiße Haus zu kandidieren."

Sam starrte ihn mit offenem Mund an. „Das ist nicht dein Ernst."

Er lachte über ihre Reaktion. „Doch."

„Aber ... ich fasse es nicht ... ich meine ... Wow!"

„Ja", bestätigte er lachend. „Das habe ich auch gesagt."

„Was hast du ihnen geantwortet?"

„Ich habe vorgeschlagen, dass wir uns in einem Jahr oder in zwei noch einmal darüber unterhalten, wenn ich weiß, wie es im Senat bis dahin gelaufen ist. Meine Umfragewerte sind im Augenblick sehr gut, aber ich habe auch erst angefangen. Wer weiß, wie sie in einem Jahr aussehen?"

„Ich bin mir sicher, sie werden noch besser sein."

„Du hast so viel Vertrauen in mich, Sam."

„Natürlich habe ich das. Es gibt nichts, was du nicht kannst, wenn du es willst."

„Aber nur, wenn ich dich an meiner Seite habe." Und plötzlich sank er vor ihr auf die Knie.

Sam erschrak und legte unvermittelt die Hand auf ihr pochendes Herz.

„Samantha, ich liebe dich so sehr. Seit du wieder in meinem Leben bist, habe ich das Gefühl, dass alles möglich ist." Er sah zu dem großen alten Gebäude hinter ihnen. „Sogar Dinge, die ich mir niemals erträumt hätte. Unser gemeinsames Leben wird verrückt und chaotisch und wundervoll sein. Willst du mich heiraten und die Reise unseres Lebens mit mir antreten?"

„Ja", hauchte sie. „Ja!" Als er sie in die Arme schloss, verschwendete sie keinen Gedanken an die Vergangenheit, an ihre gescheiterte Ehe oder irgendetwas anderes. Es gab nur das Jetzt – und die Liebe ihres Lebens.

Nick griff in die Tasche des Jacketts, das sie um die Schultern trug, und zog einen beeindruckenden Diamantring heraus, der Sam schier den Atem raubte.

„Den kann ich aber nicht zur Arbeit tragen", sagte sie, während er ihr den Ring auf den zitternden Finger steckte.

Grinsend erwiderte er: „Das würde ich auch nicht von dir erwarten. Aber den anderen Ring wirst du tragen, den du nach dem Jawort bekommst? Ich will nämlich, dass die ganze Welt weiß, dass du vergeben bist."

Sie umfasste sein Gesicht mit beiden Händen und küsste ihn. „Schon die ganze Zeit versuche ich dir zu erklären, dass ich endlich bereit bin, bei dir einzuziehen."

„Ich weiß", sagte er, setzte sich wieder neben sie und beugte sich zu einem leidenschaftlichen Kuss zu ihr herüber.

„Du hattest das alles ganz genau geplant."

„Und du hast versucht, es zu ruinieren."

Sie grinste. „Natürlich. Ich will ja nicht, dass du denkst, ich wäre leicht zu haben."

Lachend erwiderte er. „Keine Sorge, das glaube ich bestimmt nicht."

„Wir werden also allen den Spaß verderben, indem wir es offiziell machen?"

„Das werden wir." Er half ihr hoch und zog sie zu einem

weiteren langen, sinnlichen Kuss an sich. „Ich liebe dich, Samantha.“

„Ich liebe dich auch. *So* sehr.“

Ein strahlendes Lächeln breitete sich auf seinem Gesicht aus. „Sieh es mal von der Seite – du wirst nie behaupten können, ich hätte dich nicht auf Rosen gebettet.“

Sam lachte, und ihr Herz floss über vor Freude und Aufregung. „Du verstehst es wirklich, mit Worten umzugehen, Senator.“

Hier kommst du zur Leseprobe von „Fatal Consequences“

FATAL CONSEQUENCES

Kapitel 1

„Ich wette, am Valentinstag-Massaker gab es weniger Rot“, sagte Lieutenant Sam Holland, die im Türrahmen des Saals der Fraternal Order of Police, des Berufsverbandes amerikanischer Polizisten, stand und die Szene vor ihr betrachtete.

„Wow." Senator Nick Cappuano schaute sich ausgiebig in dem großen Raum um. „*Wow.*"

Sams Schwester Tracy trat zu ihnen. „Ach. Du. Liebe. Zeit. Celia und ihre Freundinnen sind komplett durchgedreht mit den Herzen und Blumen."

Jeder Quadratzentimeter des großen Saals war mit roten Blumen, Ballons und Luftschlangen geschmückt.

„Ich habe Morde gesehen, die weniger blutig waren als diese Feier", meinte Sam.

„Es ist ihre erste Hochzeit", erinnerte Nick sie. „Da hat sie das Recht zu übertreiben."

Sam fragte sich, ob er erwartete, dass seine erste Hochzeit genauso aufwendig ausfiel. Sie hatte das alles schon hinter sich und keine Lust, das noch einmal zu machen. Für ihn jedoch ... nun, für ihn würde sie nahezu alles tun. Bei Herzen und Blumen zog sie allerdings die Grenze. Schließlich hatte sie einen Ruf zu verteidigen.

„Heiliger Strohsack", meinte Sams Schwester Angela, die sich zu ihnen gesellte. „Seht euch die Eisskulptur an. Jesus."

„Das ist ein Amor, nicht Jesus", sagte Nick und lächelte über die entsetzten Mienen der Schwestern. „Seid nett, Leute. Celia ist so aufgeregt."

„Ich hatte keine Ahnung, dass sie zu so etwas fähig ist." Sam kämpfte sich zwischen den Luftschlangen und Ballonbändern durch, um zur Bar zu gelangen. Sie brauchte einen Drink, und zwar sofort.

„Du bist gut beraten, sie von deiner Hochzeit möglichst weit fernzuhalten", meinte Tracy.

„Was du nicht sagst." Sam trank ein Glas Pinot Grigio und gab dem Bartender ein Zeichen, dass sie noch eines wollte. „Was glaubt ihr, wie viel Dad hiervon weiß?"

„Gar nichts", antwortete Angela grinsend.

„Er ist ein kluger Mann", sagte Nick. „Ich bin mir sicher, er hat ihr gesagt, sie solle tun, was immer sie will."

„Macht ein kluger Mann das so?" Sam hob eine Braue.

„Nicht *dieser* kluge Mann. Hätte ich das organisiert, säßen wir mit Bier und Erdnüssen bei O'Leary's."

„Und das wäre warum schlecht?"

Nick küsste sie. „Wir können es besser."

Bevor Sam ihm erklären konnte, sie wolle gar nichts Besseres als O'Leary's, wurden sie unterbrochen durch die Ankunft der Braut und des Bräutigams. Sam konnte nicht leugnen, dass ihr Vater und seine neue Frau überglücklich wirkten. Wie könnte Sam einer Frau grollen, die ihren gelähmten Vater mit einer Traumhochzeit geheiratet hatte? Ihre eigene Hochzeit, schwor Sam sich, würde so bescheiden wie irgend möglich ausfallen. Einfach durchzubrennen kam ihr langsam sehr verlockend vor.

In ihren Brautjungfernkleidern aus roter Seide blieben Celias neue Stieftöchter treu an ihrer Seite, während sie den herzförmigen Roten Samtkuchen anschnitt und ihren Bräutigam mit einem Stückchen fütterte. Die Brautjungfern erduldeten die Reden und Toasts und lächelten für nicht weniger als tausend Fotografen. Die ultimative Demütigung kam jedoch erst noch.

„Das kann sie nicht von uns verlangen", sagte Tracy, als der DJ die Schwestern aufforderte, zusammen mit ihren Ehemännern oder Verlobten auf die Tanzfläche zu kommen.

„Dad schon", meinte Angela. „Er hat noch immer diesen *Blick.* Ihr wisst schon, welchen ich meine."

„Ich habe mich noch nie mehr danach gesehnt, an einen Tatort gerufen zu werden", sagte Sam mit zusammengebissenen Zähnen.

„Ladys", sagte Nick mit jenem charmanten Lächeln, das er schon den ganzen Tag einsetzte, um mit ihnen fertigzuwerden, „es ist doch nur ein Tanz für euch, danach seid ihr entlassen."

„Ich weiß, dass ich für meine Schwestern spreche, wenn ich dich auffordere, den Mund zu halten und damit aufzuhören, Valentinstag-Brautzilla zu verteidigen", erklärte Sam.

Nick lachte über ihre entsetzten Mienen, als die ersten Klänge von Bette Midlers „The Rose" aus den Lautsprecherboxen kamen.

„Ich kotz gleich auf meine Schuhe", murmelte Angela. Seit dreieinhalb Monaten schwanger mit dem zweiten Kind, war sie seit Wochen grün im Gesicht.

„Das sind *meine* Jimmy Choos", erinnerte Sam sie. „Und wenn du dich auf die übergibst, bringe ich dich um."

Angela warf ihr einen finsteren Blick zu. „Soll ich lieber auf die da kotzen?" Sie zeigte auf die Manolos, die Nick für Sam zu ihrem Verlobungsabend gekauft hatte.

Sam schaute herunter auf die kostbaren Schuhe. „Denk nicht mal dran."

„Meine sind vom Schuhdiscounter", meldete Tracy sich zu Wort. „Kotz ruhig los."

Nick nahm Sams Hand, während Angelas Mann Spencer und Tracys Mann Mike dasselbe mit ihren widerstrebenden Frauen machten. Die drei Männer gaben ein gutaussehendes Trio ab in ihren Smokings, die sie als Skips Trauzeugen trugen.

Auf der anderen Seite des Saals lachten Sams Partner, Detective Freddie Cruz, Detective Tommy „Gonzo" Gonzales und ein paar andere Detectives – ganz offensichtlich amüsierten sie sich köstlich über Sam. Sie würde sich etwas ausdenken, wie sie sich bei der nächsten Schicht dafür revanchieren konnte. Ihr entging nicht, dass Freddie seine Freundin, Elin Svendsen, mitgebracht hatte, oder dass Gonzo zusammen mit Nicks Stabschefin Christina Billings da war. Sam hieß weder die eine noch die andere Beziehung gut, doch niemand hatte sie um ihre Meinung gebeten.

Als sie einsah, dass Nick sie vor diesem Pflichttanz nicht weglaufen lassen würde, gab Sam ihren Widerstand auf. Außerdem war eng an seine Brust geschmiegt zu sein einer ihrer Lieblingsplätze, also konnte sie diese Pflicht auch genießen.

Mit einer Größe von einem Meter zweiundneunzig gehörte er zu den wenigen Menschen in ihrem Leben, die sie überragten. Diese breiten Schultern, die schokoladenbraunen Haare, deren Spitzen sich ringelten, diese erstaunlichen braunen Augen, die glatte olivenfarbene Haut ... Sam war nie einem aufregenderen Mann begegnet. Und apropos aufregend ...

„Na?", erkundigte Nick sich, der ihre Kapitulation spürte. „Ist das nicht viel besser?"

„Ich bin immer noch wütend auf dich."

„Du kannst mich später bestrafen." Dann flüsterte er ihr ins Ohr: „Die ganze Nacht lang."

Sam lächelte über seine leise gesprochenen Worte. Eigentlich wollte sie das nicht, denn er zwang sie, zum kitschigsten, abgedroschensten Song zu tanzen, den ihre Stiefmutter sich hatte aussuchen können. Andererseits tanzte sie eng mit Nick, und das machte sie Sache erheblich besser.

Nicks wundervolle Brust ruinierte den Moment, indem sie anfing, an ihrer Wange zu vibrieren.

„Ignoriere es", sagte er und meinte das BlackBerry in seiner Brusttasche. „Heute keine Telefone."

„Da widerspreche ich bestimmt nicht." Es war ihnen immer noch nicht gelungen, einen ganzen Tag zusammen freizunehmen, in den fast zwei Monaten, seit sie nach dem Mord an U.S.-Senator John O'Connor kurz Vor Weihnachten wieder zusammengekommen waren. Sechs Jahre nach einem denkwürdigen One-Night-Stand, machten sie genau dort weiter, wo sie aufgehört hatten. Nick war gedrängt worden, das letzte Jahr von Johns Legislaturperiode im Senat zu beenden und steckte nun mitten im Wahlkampf, um den Sitz im November aus eigener Kraft zu gewinnen. Auf diesen freien Tag hatten sie sich seit Wochen gefreut und entsprechend große Pläne für eine romantische frühe Valentintagsfeier nach der Hochzeit gemacht.

Erneut vibrierte Nicks Handy. „Ignoriere es", wiederholte er, diesmal nachdrücklicher.

„Und wenn es dein Dad ist oder irgendeine Katastrophe in Virginia passiert ist? Du kannst es nicht einfach ignorieren."

„Doch, kann ich." Wegen des intensiven Wahlkampfes in letzter Zeit brauchte er den freien Tag sogar noch dringender als sie. Doch wenn es eines gab, was Sam nicht ertragen konnte, dann ein klingelndes Telefon.

„Nick."

„Sam."

Sie griff in seine Jacketttasche, um das summende Handy herauszuholen. „Henry Lightfeather", las sie den Namen vom Display ab. Selbst sie wusste, dass es sich um den Senior Senator aus Arizona handelte.

„Arbeit." Nick schloss die Arme fester um sie. „Der kann bis Montag warten."

„Er hat schon zweimal angerufen."

„Er kann *warten.*"

„Da ist eine Voicemail-Nachricht. Bist du nicht neugierig?"

„Na schön, jetzt ist es offiziell – du bist ein noch schlimmerer Workaholic als ich."

„Unmöglich. He, er hat einen Text geschickt – 'Ruf mich an, Nick. 911.'"

Nick hörte auf zu tanzen und nahm ihr das Telefon aus der Hand. „Nun hast du es geschafft."

„Was geschafft?"

„Wenn du es ignoriert hättest, hätte ich niemals diesen Text gesehen. Nun bleibt mir keine andere Wahl, als ihn anzurufen."

Sie grinste. „Dann können wir wenigstens diesen Albtraumtanz beenden."

Das Telefon schon am Ohr, ging Nick von der Tanzfläche. Auf halbem Weg durch den Saal blieb er unvermittelt stehen, drehte sich zu Sam um und machte ihr ein Zeichen.

Neugierig kam sie näher.

„Er sucht eigentlich dich, Lieutenant." Nick übergab ihr das Telefon und ging zu Skip und Celia, um mit ihnen zu sprechen.

„Senator", sagte Sam, „hier spricht Sam Holland. Was kann ich für Sie tun?"

„Sie müssen herkommen", erwiderte Lightfeather. Er klang sehr aufgeregt und durcheinander. „Sofort. Ich glaube, sie ist tot. Ich brauche Sie. Nur Sie. Keine anderen Cops."

„Wer ist tot?"

„Regina." Seine Stimme brach. „Die wunderschöne Regina."

„Woher wissen Sie, dass sie tot ist?"

„Da ist so viel Blut, und sie ist kalt."

„Wo sind Sie, Senator?"

Er nannte eine Adresse in Columbia Heights, eine multikulturelle Gegend in der nordwestlichsten Ecke der Stadt.

„Ich bin unterwegs. Rühren Sie sie nichts an. Fassen Sie überhaupt nichts an. Haben Sie verstanden?"

„Ja", sagte er mit brüchiger Stimme. „Beeilen Sie sich."

Nach einem kurzen Stopp bei Nicks Haus, damit Sam diese rote Monstrosität von einem Brautjungfernkleid eintauschen konnte gegen Jeans, fuhr Nick sie von Capitol Hill nach Columbia Heights. Während er den BMW geschickt durch den Verkehr lenkte, fragte Sam sich, wann er angefangen hatte, wie ein Cop zu fahren und warum es ihr bisher nicht aufgefallen war.

„Was weißt du über ihn?", fragte sie.

„Er ist ein Freund – einer der ersten, die mich im Senat willkommen hießen, der erste, der mir erklärte, was ich wirklich wissen musste, der erste, der mir seine Hilfe anbot."

„Und?"

„Und was?"

„Was weißt du außerdem noch, wovon du nicht sicher bist, ob du es mir in Anbetracht der jüngsten Ereignisse erzählen solltest?"

„Manchmal ist es ziemlich ärgerlich, dass du mich so gut kennst."

„Geht mir genauso. Los, rede."

Er sah sie an. „Ich glaube, er hat in seinem Büro gewohnt."

„Warum sagst du das?"

„Ich habe ihn dort zu seltsamen Zeiten in Jogginghose und T-Shirt gesehen. Er duscht im Fitnessstudio, aber ich habe ihn nie trainieren sehen."

„Wenn du zu ungewöhnlichen Zeiten da bist, warum kann er das dann nicht auch sein?"

„Er schien eben nicht wirklich zu arbeiten, verstehst du? Ich habe nicht groß darüber nachgedacht, um ehrlich zu sein. Bis jetzt."

„Und warum sollte er in seinem Büro wohnen?"

„Viele Leute im Kongress haben Schwierigkeiten, zwei Wohnungen zu bezahlen – eine in ihrem Heimatstaat und eine hier. Wie wir beide wissen, ist es nicht gerade billig, hier zu wohnen, und entgegen der allgemeinen Überzeugung ist nicht jeder Politiker reich."

„Hat er Familie?"

„Eine Frau und fünf Kinder in Sedona, alle adoptiert, einige davon mit besonderem Förderbedarf."

„Das könnte der Grund dafür sein, weshalb er kein Geld für eine Wohnung in Washington hat."

„Würde mich jedenfalls nicht wundern."

„Hört sich an, als sei er ein netter Kerl."

„Ist er."

„Was macht er dann mit einer toten Frau in Columbia Heights?"

„Ich habe keine Ahnung."

Henry erwartete sie blutbesudelt auf dem Treppenabsatz vor Reginas Wohnung im dritten Stock. Sam begutachtete rasch den Senator: von mittlerer Größe, dunkle Haut, schwarze Haare und Augen. Er war jünger als er im Fernsehen wirkte, Ende vierzig, höchstens Anfang fünfzig.

„Schnell", sagte er, als er sie kommen sah. „Hier entlang." Henry zerrte Sam halbwegs in die schäbige Wohnung hinein. Sie ließ sich nur deshalb von ihm führen, weil er Nicks Freund war. Jeder andere hätte inzwischen eine gebrochene Hand. „Im Schlafzimmer."

Regina lag nackt auf dem Boden, in zwei Blutlachen, die eine um ihren Kopf herum, die andere zwischen ihren Beinen. Ihr Hals war von einem Ohr zum anderen aufgeschlitzt. Sie hatte langes dunkles Haar, eine schlanke Figur, kleine, aber feste Brüste und eine glatte Haut, die lediglich am Bauch einige Dehnungsstreifen aufwies, die darauf schließen ließen, dass sie mindestens ein Kind geboren oder enorm viel Gewicht verloren hatte. Sam tippte auf das Baby. Sie schätzte das Opfer auf Mitte dreißig und konnte trotz des vielen Blutes erkennen, dass es sich um eine sehr schöne Frau handelte.

Als Nick die blutige Szene sah, schnappte er hörbar nach Luft, aber wenigstens wurde er nicht ohnmächtig, wie bei vorangegangenen Tatorten. Je länger er mit Sam zusammen war, desto mehr schien er sich an solche Dinge zu gewöhnen. Sam war sich nicht sicher, ob das nun gut oder schlecht war.

Neben ihr brach Henry zusammen, während er die tote Frau betrachtete.

„Woher kennen Sie sie, Senator?", wollte Sam von ihm wissen.

Er weinte so heftig, dass er kaum antworten konnte.

„Sie arbeitet für die Firma, die das Capitol reinigt", erklärte Nick und klang geschockt. Diesen Ton hatte Sam viel zu oft gehört nach den Morden an Nicks Freunden John O'Connor und Julian Sinclair.

„Kanntest du sie?", wollte Sam von Nick wissen.

„Nur vom Sehen."

Sie merkte, dass das nicht alles war, entschied sich jedoch, zu warten, bis sie allein waren, ehe sie weiter nachforschte. Zu Henry sagte sie: „Senator, ich muss das melden."

„Ich muss los", verkündete er panisch. „Ich darf nicht hier sein, wenn die Polizei kommt."

„Ich fürchte, Sie müssen bleiben, Sir. Sie sind mindestens ein wichtiger Zeuge." Sie musterte sein blutbeflecktes Hemd, dann sah sie ihm in die Augen.

„Mindestens? Was bedeutet das?"

Sam war sich sehr wohl der Macht bewusst, die dieser Mann in Capitol Hill hatte, deshalb schluckte sie. „Ich habe ohne weitere Ermittlungen keine Gewissheit darüber, ob Sie für diese Tat verantwortlich sind."

In den Kummer des Senators mischte sich Zorn. „Ich habe Sie angerufen, weil ich dachte, Sie können mir helfen! Wir müssen denjenigen finden, der ihr das angetan hat!" Er sah Nick flehend an. „Sag es ihr. Du kennst mich, Nick. Du weißt, dass ich so etwas nicht getan haben kann."

Sam musste Nick zugute halten, dass er schwieg.

„Ich kann es nicht fassen! Du glaubst tatsächlich, ich hätte ihr das antun können?" Der Senator wischte sich grimmig die Tränen aus dem Gesicht.

Sam richtete den Blick erneut auf sein blutbesudeltes Hemd. „Ich muss Sie als Verdächtigen ausschließen. Dabei können Sie mir entweder helfen oder mich behindern. Auf jeden Fall werden Sie nirgendwo hingehen, Senator. Begreifen Sie?"

„Ja", sagte er bitter. „Ich habe verstanden."

„Ich möchte, dass Sie beide jetzt hinaus auf den Flur gehen." Nachdem die Männer den Raum verlassen hatten, nahm Sam ihr Handy. „Hier spricht Lieutenant Holland. Ich muss einen Mord in Columbia Heights melden."

WEITERE TITEL VON MARIE FORCE

Die Fatal Serie
One Night With You – Wie alles begann (Fatal Serie Novelle)
Fatal Affair – Nur mit dir (Fatal Serie 1)
Fatal Justice – Wenn du mich liebst (Fatal Serie 2)
Fatal Consequences – Halt mich fest (Fatal Serie 3)
Fatal Destiny – Die Liebe in uns (Fatal Serie 3.5)
Fatal Flaw – Für immer die Deine (Fatal Serie 4)
Fatal Deception – Verlasse mich nicht (Fatal Serie 5)
Fatal Mistake – Dein und mein Herz (Fatal Serie 6)
Fatal Jeopardy – Lass mich nicht los (Fatal Serie 7)
Fatal Scandal – Du an meiner Seite (Fatal Serie 8)
Fatal Frenzy – Liebe mich jetzt (Fatal Serie 9)
Fatal Identity – Nichts kann uns trennen (Fatal Serie 10)
Fatal Threat – Ich glaub an dich (Fatal Serie 11)
Fatal Chaos – Allein unsere Liebe (Fatal Series 12)
Fatal Invasion – Wir gehören zusammen (Fatal Serie 13)
Fatal Reckoning – Solange wir uns lieben (Fatal Serie 14)
Fatal Accusation – Mein Glück bist du (Fatal Serie 15)
Fatal Fraud – Nur in deinen Armen (Fatal Serie 16)

Fatal Serie Bände 1-6
Fatal Serie Bände 7-11

First Family
State of Affairs – Liebe in Gefahr, Band 1

Die McCarthys
Liebe auf Gansett Island (Die McCarthys 1)
Mac & Maddie
Sehnsucht auf Gansett Island (Die McCarthys 2)
Joe & Janey
Hoffnung auf Gansett Island (Die McCarthys 3)
Luke & Sydney
Glück auf Gansett Island (Die McCarthys 4)
Grant & Stephanie
Träume auf Gansett Island (Die McCarthys 5)
Evan & Grace
Küsse auf Gansett Island (Die McCarthys 6)
Owen & Laura
Herzklopfen auf Gansett Island (Die McCarthys 7)
Blaine & Tiffany
Rückkehr nach Gansett Island (Die McCarthys 8)
Adam & Abby
Zärtlichkeit auf Gansett Island (Die McCarthys 9)
David & Daisy
Verliebt auf Gansett Island (Die McCarthys 10)
Jenny & Alex
Hochzeitsglocken auf Gansett Island (Die McCarthys 11)
Owen & Laura
Gansett Island im Mondschein (Die McCarthys 12)
Shane & Katie
Sternenhimmel über Gansett Island (Die McCarthys 13)
Paul & Hope
Festtage auf Gansett Island (Die McCarthys 14)
Big Mac & Linda
Im siebten Himmel auf Gansett Island (Die McCarthys 15)
Slim & Erin
Verzaubert von Gansett Island (Die McCarthys 16)
Mallory & Quinn
Traumhaftes Gansett Island (Die McCarthys 17)
Victoria & Shannon

Schneeflocken auf Gansett Island
Geliebtes Gansett Island (Die McCarthys 18)
Kevin & Chelsea
Blütenzauber auf Gansett Island (Die McCarthys 19)
Riley & Nikki
Sommernächte auf Gansett Island (Die McCarthys 20)
Finn & Chloe
Verführung auf Gansett Island (Die McCarthys 21)
Deacon & Julia
Magie auf Gansett Island (Die McCarthys 22)
Jordan & Mason
Sonnige Tage auf Gansett Island (Die McCarthys 23)

Andere Bücher
Sex Machine – Blake und Honey
Sex God – Garret und Lauren
Five Years Gone – Ein Traum von Liebe
One Year Home – Ein Traum von Glück
Mein Herz für dich
Nicht nur für eine Nacht
Take-off ins Glück
The Fall – Du und keine andere
Dieses Mal für immer
Helden küsst man nicht
Küsse für den Quarterback

Miami Nights
Bis du mich küsst
Bis du mich berührst
Bis du mich liebst

Die Green Mountain Serie
Alles was du suchst (Green Mountain Serie 1)
Endlich zu dir (Green Mountain Serie 1/Story *1)*
Kein Tag ohne dich (Green Mountain Serie 2)
Ein Picknick zu zweit (Green-Mountain-Serie/Story 2)
Mein Herz gehört dir (Green Mountain Serie 3)
Ein Ausflug ins Glück (Green-Mountain-Serie/Story 3)

Schenk mir deine Träume (Green-Mountain Serie 4)
Der Takt unserer Herzen (Green-Mountain-Serie/Story 4)
Sehnsucht nach dir (Green-Mountain Serie 5)
Ein Fest für alle (Green-Mountain-Serie 5/Story 5)
Öffne mir dein Herz (Green-Mountain-Serie 6/Story 6)
Jede Minute mit dir (Green-Mountain-Serie 7)
Ein Traum für Uns, (Green-Mountain-Serie 8)
Meine Hand in Deiner, (Green-Mountain-Serie 9)
Mein Glück mit dir, (Green-Mountain-Serie 10)
Nur Augen für dich, (Green-Mountain-Serie 11)
Jeder Schritt zu dir, (Green-Mountain-Serie 12)

Die Neuengland-Reihe
Vergiss die Liebe nicht (Neuengland-Reihe 1)
Wohin das Herz mich führt (Neuengland-Reihe 2)
Wenn das Glück uns findet (Neuengland-Reihe 3)
Und wenn es Liebe ist (Neuengland-Reihe 4)
Für immer und ewig du (Neuengland-Reihe 5)

Die Quantum Serie
Tugendhaft (Quantum-Serie 1)
Furchtlos (Quantum-Serie 2)
Vereint (Quantum-Serie 3)
Befreit (Quantum-Serie 4)
Verlockend (Quantum-Serie 5)
Überwältigend (Quantum-Serie 6)
Unfassbar (Quantum-Serie 7)
Berühmt (Quantum-Serie 8)

Gilded Serie
Die getäuschte Herzogin
Eine betörende Braut

ÜBER DIE AUTORIN

Marie Force ist die New-York-Times-Bestseller-Autorin von über fünfzig zeitgenössischen Liebesromanen, unter anderem den beliebten Romanserien »Gansett Island«, »Green Mountain« und der erotischen Quantum-Serie. Sie hat unterdessen weltweit über sechs Millionen Bücher verkauft. Die Autorin lebt zusammen mit ihrem Mann, zwei fast erwachsenen Kindern und zwei Hunden in Rhode Island.

Tragen Sie sich in Maries Mailingliste ein, um alles Wichtige über neue Bücher und Veranstaltungen zu erfahren. Folgen Sie ihr auf Facebook *https://www.facebook.com/Marie-Force-Germany-821352967947273/?ref=bookmarks* und auf Instagram *https://www.-instagram.com/marieforceauthor/*